IMAGINAIRE

Collection dirigée par Charlotte Volper

DAN SIMMONS

L'AMOUR, LA MORT

Nouvelles traduites de l'anglais (États-Unis) par Monique Lebailly

POCKET

Édition originale américaine :
LOVEDEATH

MIXTE
Papier issu de
sources responsables
FSC® C003309

Pocket, une marque d'Univers Poche,
est un éditeur qui s'engage pour la préservation
de l'environnement et qui utilise du papier fabriqué
à partir de bois provenant de forêts gérées
de manière responsable.

ISBN : 978-2-266-29806-3
Dépôt légal : janvier 2021

Ce livre est dédié à mes bons amis,
mes chers compagnons de voyage,
Richard Harrison et Dan Peterson.

« *Amour, tu es l'unique seigneur absolu de la vie et de la mort.* »

RICHARD CRASHAW. (1613-1649)
Hymne à sainte Thérèse

« *Jamais, jamais, jamais, jamais, jamais.* »

WILLIAM SHAKESPEARE
Le Roi Lear

AVANT-PROPOS

Je voulais intituler ce recueil de cinq nouvelles « *Liebestod* », mais on me rappela avec gentillesse que peu d'Américains aiment l'opéra, que tout le monde ne peut pas comprendre instantanément ce mot allemand, que peu de gens savent qu'il est tiré de l'acte II de *Tristan et Isolde* de Richard Wagner, et que même si toutes ces conditions étaient réunies… ce ne serait pas une bonne idée d'associer mon livre à l'image d'une grosse dame portant un soutien-gorge en laiton et qui chante à pleins poumons un hymne funèbre indéchiffrable sur le cadavre de son amant. C'est ce que m'ont dit mes conseillers littéraires. Bien sûr, je pense que ce sont des philistins. Mais, à vrai dire, je ne suis pas, moi-même, un si fervent admirateur de Wagner.

Il paraît que Mark Twain a dit : « La musique de Wagner n'est pas si mauvaise qu'on pourrait le croire à l'entendre », mais je n'ai jamais trouvé d'où venait cette citation. Par contre, je suis tombé récemment sur une lettre que Mark Twain a écrite pendant un voyage en Europe où il assista pour la première fois de sa vie à un opéra wagnérien, et cet extrait montre l'enthousiasme qu'une telle expérience a éveillé en lui :

> « Chaque chanteur, accompagné par un orchestre de soixante instruments, y allait de son récit accusateur, et, après un bon bout de temps, juste au moment où on espérait qu'ils finiraient peut-être par s'entendre et feraient moins de bruit, un grand chœur composé uniquement de fous se déchaînait soudain, et pendant deux minutes, parfois trois, je revivais tout ce que j'avais souffert la fois où l'orphelinat avait été réduit en cendres. »

J'ai alors envisagé d'intituler ce recueil : *L'Incendie de l'orphelinat*, mais en dépit de la ravissante sonorité de cette phrase, mes conseillers littéraires l'ont de nouveau emporté sur moi.

Alors, ce sera : *L'Amour, la Mort*.

La rédaction d'un roman ou d'une longue nouvelle est un travail auquel je me livre avec amour, même aux pires instants, mais ce fut particulièrement le cas pour *L'Amour, la Mort*, et en partie parce que ces textes exigèrent de moi que je les écrive précisément… au plus mauvais moment. Quand les douleurs de l'enfantement s'annoncèrent, j'étais tranquillement en train de rédiger un roman et calculais déjà à quelle date j'aurais terminé le suivant. Je n'avais pas prévu d'écrire ces nouvelles *maintenant*, ce n'était pas le moment, et des ennuis s'ensuivraient si je consacrais mon temps et mon énergie à le faire. *Dur, dur*. Une voix s'éleva de l'intérieur lorsque les contractions littéraires bien connues commencèrent. *Me voilà.*

C'est bizarre, mais les choses de la vie s'arrangent rarement pour que leur naissance s'intègre bien à nos emplois du temps surchargés.

L'heure de naître était venue pour *L'Amour, la Mort* et le fait était accompli. Puisqu'il est entre vos mains, rendez-moi service et comptez ses doigts et ses orteils. S'il lui manque quelque chose, faites-le-moi savoir plus tard. Pour le moment, je me repose.

J'ai envisagé d'écrire quelque chose de superficiellement profond sur Éros et Thanatos qui tournent dans ces cinq histoires comme des requins affamés dans une piscine, mais à dire vrai, presque toutes les histoires réussies comportent des éléments de ces thèmes jumeaux que sont l'amour et la mort. Ce qui rend celles-ci caractéristiques – si elles le sont –, c'est peut-être les différents angles sous lesquels j'aborde le sujet. Après avoir publié une douzaine de livres, je connais assez bien mon œuvre pour savoir que les thèmes de l'amour, de la mort et des stratagèmes que nous employons pour surmonter l'impression de perte liée à ces expériences humaines sont presque une obsession chez moi. Ce n'est pas délibéré de ma part. Il s'agit de quelque chose de très fort en moi dont je parle dans mes romans. Je n'ai pas le choix en la matière. Cependant, dans ces nouvelles, j'ai décidé d'aborder ces sujets sous différentes perspectives en espérant qu'une parallaxe utile en sortirait.

À mon avis, c'est le cas. Je ne peux qu'espérer qu'il en sera de même pour le lecteur. Parlons maintenant des « novellas », comme nous disons, nous autres,

Américains. Les écrivains se plaisent à écrire des textes de fiction d'une longueur intermédiaire, trop longs pour être appelés des nouvelles, trop courts pour prétendre au titre de roman, mais les éditeurs les détestent.

Pour l'écrivain, ce peut être le cadre parfait dans lequel enfermer un univers fictionnel sans souffrir de la diffusion de l'attention qui se produit presque inévitablement au long d'un roman. Ce genre de texte permet à l'auteur – et avec de la chance, au lecteur – de s'imprégner du personnage, du cadre, du thème et d'un récit jamais bâclé, en échappant aux intrigues annexes, aux personnages secondaires, à la rupture des chapitres et aux inévitables digressions qui obscurcissent l'atmosphère de tous les romans, sauf les plus parfaits. Une longue nouvelle, comme une courte d'ailleurs, exige que chaque phrase – non, chaque *mot* – ait une double raison d'exister. Les écrivains adorent ce genre de texte qui constitue pour eux à la fois un changement « d'allure » et un défi.

Les éditeurs détestent les *novellas* parce qu'ils ont du mal à les vendre. En dépit de l'énorme succès populaire de celles d'écrivains aussi différents que Hemingway, Salinger, Saul Bellow et Stephen King, elles donnent des insomnies aux éditeurs qui se demandent comment les présenter commercialement. En ce qui concerne les textes « littéraires », ils ont tendance à faire comme s'il s'agissait d'un court roman (ex. : *Le Vieil Homme et la mer*) en mettant beaucoup de pages blanches au début et à la fin ; ils espèrent que personne ne s'en apercevra et s'attendent à décrocher le prix Nobel.

D'autres écrivains ont tendance à broder maintes fois sur leur thème préféré et, ce faisant, exorcisent les démons qui les poussent à traiter ce sujet, puis publient des récits à mi-chemin entre le roman et la nouvelle malgré les gémissements, les grognements et les supplications de leurs éditeurs. Pour certains auteurs, cela présente plusieurs avantages : d'abord, la *novella* est parfaite pour l'horreur ; deuxièmement, dans une anthologie de ce type, des récits réalistes peuvent coexister avec des textes ouvertement « para-littéraires », ce que ne pourrait permettre aucun autre genre de recueil ; enfin, si l'auteur se révèle capable de styles différents et d'une grande variété de tons narratifs, elle rehaussera le prestige de l'écrivain et fera les délices du lecteur.

Ou, du moins, c'est ainsi que moi je réagis, en tant que lecteur, face à un recueil de *novellas* d'un écrivain auquel je fais confiance. Je me souviens du jour où lisant pour la première fois celle de Stephen King intitulée *Le corps*[1], je me suis dit : *Voilà !*

Et maintenant, après avoir bien invectivé les éditeurs qui gémissent, grognent et geignent, j'aimerais remercier John Silbersack, de chez Warner, pour son enthousiasme et son soutien indéfectible. Il a compris mon choix des thèmes jumeaux de l'amour et de la mort, et la forme sous laquelle je leur ai prêté vie. Il fut un bon accoucheur et je le recommande aux autres écrivains qui souhaitent donner naissance à ce genre de textes.

Parlons maintenant des nouvelles qui composent ce recueil.

1. « L'automne de l'innocence, le corps », dans *Différentes saisons*, Albin Michel, 1986 (trad. de Pierre Alien). *(N.d.T.)*

Dans *Le lit de l'entropie à minuit*, je tente d'explorer le rôle que l'accident joue dans la mort, l'amour, la douleur et le rire. C'est un péan à la théorie du chaos appliquée à l'homme. Les affaires du « Classeur orange » de mon agent d'assurances sont réelles. Croyez-moi.

Mourir à Bangkok constitue peut-être mon dernier mot sur l'horreur du sida, cet accouplement de l'amour et de la mort qui a transformé notre monde… et qui persistera durant le prochain siècle, même si l'on trouvait un traitement demain. Pour en chercher le cadre, je suis arrivé à Bangkok en mai 1992, peu d'heures après que le gouvernement de ce pays qui, jusqu'alors, avait toujours essayé d'éviter la violence ouverte, eut trouvé bon de fusiller des douzaines de manifestants. Les traces des balles étaient encore visibles dans la rue tachée de sang du monument à la Démocratie. Les gens étaient avides de me parler de ce qu'ils venaient de vivre. Mais aussi tragique qu'ait été cette émeute, aussi alarmantes que fussent les traces des balles et les taches de sang, c'était de savoir que l'épidémie du sida allait s'étendre ici, aussi silencieuse, furtive et inexorable que la Mort Rouge, qui m'attrista le plus tandis que je parcourais les rues bruyantes du quartier de Patpong.

Dans *Coucher avec des femmes dentues*, je célèbre la richesse de la tradition des Amérindiens – en particulier des Sioux, même si ce récit s'inspire des contes d'une douzaine de tribus – dont la lecture m'a procuré infiniment de plaisir. Les Black Hills du Dakota du Sud exercent un pouvoir étrange et persuasif, même sur un incroyant invétéré comme moi. On comprend alors aisément pourquoi les *Paha Sapa* sont des lieux sacrés… et pourquoi les jeunes Sioux à la recherche de leur vision s'y rendent encore aujourd'hui. Finalement, cette longue histoire d'un jeune messie « malgré lui », qui désire seulement se faire oublier et qu'on élit sauveur de son peuple, est un antidote à la condescendance sirupeuse d'une parodie telle que *Danse avec les loups*. Je n'ai qu'une goutte de sang indien dans les veines, mais même si j'étais sioux à part entière, je pense que je préférerais être pourchassé et exterminé par un ennemi redouté que traité avec complaisance par Hollywood comme une victime politiquement correcte, faible, geignarde et idéalisée. *Mitakuye oyasin. À tous mes parents.*

Flash-back, c'est de la science-fiction. En partie. Il y a très peu de haute technologie sensationnelle dans cette histoire de souvenir et de deuil, d'amour et de mort. J'y étudie ce moment où la capacité d'évoquer le passé – et ceux que nous avons perdus – devient non plus une source de réconfort mais une maladie. Alors que l'histoire elle-même n'a qu'une portée modeste, j'ai découvert que la simple mention de la possibilité d'un retour dans le passé, qui ressemblerait à une drogue, a poussé les gens à discuter entre eux de la manière dont ils s'en serviraient – si, quand, pourquoi, et combien de fois. Même des amis qui n'ont jamais fumé un joint disent qu'ils pourraient rapidement devenir accros du flash-back. Et au moment où nous émergeons à peine de l'ère reaganienne durant laquelle le pays semblait se contenter de rêver de son passé tout en hypothéquant son avenir, la toxicomanie du flash-back pourrait bien être plus qu'une simple idée fantasque.

Et pour finir *Le grand amant*. Il faut que je vous parle plus longuement de cette histoire peu orthodoxe.

J'évoque un poète fictif dans ce texte, mais la poésie qu'il est censé avoir écrite est en réalité celle de poètes du début du siècle, comme A. G. West, Siegfried Sassoon, Rupert Brooke, Charles Sorley et Wilfred Owen. En principe, utiliser de vrais poèmes – non attribués à leur auteur, sauf dans des notes en bas de page – serait gênant. Créer l'illusion que ces vers sont sortis de l'imagination d'un poète fictif serait impensable… au mieux, inefficace, au pire, malhonnête.

Mais il y a une raison à cela. Au sens strict du terme, je n'avais que peu ou pas de choix en la matière. En fait, je n'ai pas inclus ces poèmes pour augmenter la vraisemblance de l'histoire – j'ai *écrit l'histoire* pour expliquer et éclairer le pouvoir de cette poésie-là.

Je vais tenter de m'expliquer.

À la fin des années soixante, arrivé au terme de mon année de licence au Wabash College et sachant que j'allais inévitablement être incorporé et envoyé au Viêt-nam, je me plongeai dans les écrits antimilitaristes des années vingt et trente. Largement oubliés maintenant du grand public, les textes sur la Première Guerre mondiale publiés à cette époque sont inégalables. Les jeunes Anglais morts par millions lors de cette guerre comptaient quelques-uns des plus beaux écrivains du siècle. Rien qu'à la bataille de la Somme, il y avait Robert Graves, Siegfried Sassoon, John Masefield, Edmund Blunden et Mark Plowman. La poésie romantique de Rupert Brooke, auquel j'ai emprunté le poème et le titre : *Le grand amant*, illustre le mieux l'idéalisme dont ces hommes étaient imprégnés lorsqu'ils partirent pour le front. Mais Brooke est mort des fièvres sur l'île grecque de Skyros, en 1915, avant qu'aient eu lieu les plus terribles batailles de cette guerre… avant la mort de l'innocence… avant la disparition de tant de jeunes gens de sa génération. Les vers qu'écrivaient Sassoon, Blunden et tant d'autres sur les tranchées montraient le passage de l'abstraction romantique à l'horreur et au cynisme du champ de bataille. Les poètes qui ont survécu publièrent des récits en prose, comme *Good-Bye to All That* (Adieu à tout cela) de Robert Graves, *Memoirs of an Infantry Officer* de Siegfried Sassoon, *L'Adieu aux armes* d'Ernest Hemingway et *À l'Ouest, rien de nouveau* d'Erich Maria Remarque (que j'étais en train de lire en allemand la semaine où le numéro de mon contingent – le 84 – sortit à la loterie).

Cette poésie et cette prose jouèrent un rôle important dans ma vie pendant ces deux années où je craignais d'être entraîné dans ce cauchemar que constituait le Viêt-nam. Bien plus tard, en pensant à la remarquable littérature de guerre des années vingt et trente, je fus d'accord avec le critique qui dit qu'en comparaison la plus grande partie de ce que l'on a écrit sur la guerre du Viêt-nam ressemble « aux lettres geignardes d'enfants partis en colonie de vacances et qui trouvent cette expérience moins agréable qu'ils ne s'y attendaient ».

Cela ne veut pas dire que les horreurs du Viêt-nam étaient, pour ceux qui les ont vécues, moins terribles que celles de la guerre de tranchées pour les Tommies et les Sammies de la Grande Guerre… seulement que les poètes et les romanciers de celle-ci étaient de meilleurs écrivains.

À la vigoureuse clarté de leurs textes s'ajoutait, pour moi, le simple fait que la guerre de 14-18 m'avait toujours épouvanté. Pour une raison que j'ignore, les conditions de vie et de mort de ce conflit – la boue, les tranchées et la claustrophie qu'elles engendraient, les gaz, les baïonnettes, le pilonnage de l'artillerie, les bêtises insensées du commandement – étaient *ma bête noire*[1]. Pour lutter contre l'obsession qui me poussait à lire tout ce que l'on avait écrit sur ce sujet, je l'évitais pendant des années. Cela me donnait la nausée et me mettait en colère ; cela réveillait en moi des peurs profondément enfouies.

Deux événements conspirèrent à changer cette attitude. Premièrement, ma famille et moi rendîmes visite à des amis, en Angleterre, le 11 novembre 1991, et je vis de mes propres yeux combien étaient encore sensibles les cicatrices que cette guerre apparemment ancienne avait imprimées dans l'esprit et le cœur du peuple britannique. Deuxièmement, presque un an plus tard, je visitai les plages de Normandie où avait eu lieu le débarquement, en compagnie de mon ami Richard Harrison – directeur d'un établissement scolaire, mais historien militaire par vocation – et nous reconnûmes, sur les ossements de la *Festung Europa* de Hitler, que la Première Guerre mondiale avait exigé un sacrifice encore plus effrayant.

C'est là, en Normandie, par un jour frisquet d'août, loin dans le temps et dans l'espace de la paisible Somme et des rangées de pierres tombales des cimetières militaires qui s'y dressent comme des coquelicots, que je décidai d'écrire sur la bataille de la Somme.

Cette décision fut facile à prendre. La manière dont je choisis de rédiger ma *novella* fut plus problématique.

---

1. En français dans le texte. *(N.d.T.)*

Le plus important pour moi, c'était d'y inclure cette poésie qui m'avait tellement touchée, vingt ans auparavant. En créant mon poète fictif, James Edwin Rooke, je ne souhaitais pas ternir l'éclat des vrais poètes qui écrivirent ces vers, mais plutôt mêler un peu de leurs expériences disparates à la vie d'un homme « ordinaire ». Ce faisant, j'espérais pouvoir comprendre comment un être au cœur et à l'esprit sensibles avait pu survivre – en gardant essentiellement intacts ce cœur et cet esprit – aux horreurs incroyables de cette Première Guerre mondiale de notre siècle sanguinaire.

La seconde condition que je m'imposai, ce fut de présenter celles-ci d'une manière aussi réaliste que possible, malgré les prémisses quelque peu fantastiques de mon histoire d'amour et de mort. Je décidai donc de me documenter sur les moindres détails de la bataille de la Somme. Il en résulte un montage d'images et d'événements tirés de la vie et non de mon imagination – et il en est de même pour la poésie que j'y ai incluse. Par exemple, lorsque James Edwin Rooke tombe sur un cadavre, un dentier et un rat, c'est l'écho des souvenirs d'un soldat français cité dans *La Vie quotidienne des soldats pendant la grande guerre* de J. Meyer[1] et raconté par Henri Barbusse dans *Le Feu, Journal d'une escouade*[2]. De même, le double point de vue que je présente de l'attaque de la Somme du 10 juillet 1916 m'a été inspiré par un unique incident rapporté par le sergent Jack Cross, numéro matricule 4842, compagnie

1. Hachette, 1966.
2. Le Livre de Poche.

C, 13e section d'infanterie légère[1], brièvement commenté par Siegfried Sassoon[2] et perçu tout à fait différemment par le lieutenant Guy Chapman[3].

Je mentionne cela non pour prétendre à une précision érudite – mes lectures ont trop été effectuées au hasard, mes recherches deux fois remises, ma méthode peu rigoureuse et plus que douteuse –, mais pour faire partager au lecteur le jeu complexe que j'ai pratiqué afin de rester le mieux possible *conforme à la réalité.*

Cela ne veut pas dire que mon récit l'est parfaitement. (Parfois j'en ai décidé autrement, comme lorsque je dépeins les premières utilisations de l'ypérite plusieurs mois avant qu'elle apparaisse réellement sur le front de l'ouest, au printemps 1917.) Mais je crois que ceux qui ont vécu ces événements et les ont rapportés par écrit avec tant d'éloquence, en prose comme en poésie, semblaient rendre infiniment mieux la terrible beauté et l'horreur des combats que la plupart des chroniqueurs de ces guerres depuis Homère. Sachant que la mémoire est au mieux imparfaite, je fais malgré tout confiance à la persistance de leurs souvenirs.

D'étranges choses se produisirent pendant que j'étais plongé dans mes recherches pour *Le grand amant*. L'allusion que fait en passant un officier d'infanterie de 1916 à une peinture intitulée *Le Guerrier heureux*, d'un artiste du dix-neuvième siècle, George Frederick Watts, m'a envoyé compulser les piles poussiéreuses de la bibliothèque de l'université du Colorado (à Boulder)

1. In *Somme*, Lyn Macdonald, Michael Joseph Ltd, 1983.
2. *Memoirs of an Infantry Officer*, Faber and Faber, Ltd, 1930.
3. *A Passionate Prodigality*, Buchan & Enright, Londres, 1933.

à la recherche d'un exemple de cet art qui semblait faire appel au côté à la fois sentimental et morose de cet officier. En feuilletant des livres publiés dans les années 1880, et que personne n'avait consultés depuis 1917, je tombai sur la photographie d'une peinture allégorique de Watts, *L'Amour et la Mort*, et compris aussitôt qu'elle allait devenir la métaphore centrale de mon histoire. J'allai jusqu'à demander à mon agent et à mon éditeur que cette obscure toile soit reproduite en frontispice de mon recueil.

Ce n'est que plus tard, en lisant une partie que j'avais précédemment ignorée de la trilogie autobiographique de Siegfried Sassoon, *Les Mémoires de George Sherston*, que je découvris ce passage :

> « Depuis les vacances de Pâques, j'avais l'impression de n'être plus le même. La porte du salon craqua lorsque j'entrai à pas feutrés sur le parquet encaustiqué. Les bougies presque consumées de la veille et le bol de lait du chat à moitié vide, sous la table en demi-lune, semblaient curieusement déplacés, et mon propre visage silencieux me regarda étrangement dans le miroir. Et puis, il y avait la reproduction familière de *L'Amour et la Mort* de Watts, avec sa signification secrète que je n'avais jamais vraiment formulée en pensée, bien qu'elle provoquât souvent en moi une vague montée de pathos. »

Pour finir, je dois dire que ma lecture de ces romanciers et de ces poètes, en 1969 et 1970, a fait plus que confirmer mes sentiments antimilitaristes de l'époque.

Voir l'impact de leurs vers et de leur littérature sur la génération qui devint majeure entre les deux guerres, observer comment une classe d'Oxford, à la fin des années trente, pouvait être si émue par les souvenirs oraux de la Grande Guerre qu'elle ignorait la montée du nazisme et s'engageait à ne pas combattre pour son pays *quelles que soient les circonstances*... tout cela ouvrait une perspective révélatrice et troublante sur une question déjà fort complexe. Même avec cette suppuration du Viêt-nam et les appels d'un intellectualisme antimilitariste, je comprenais qu'il ne suffisait pas d'être sensible aux horreurs d'une guerre… qu'il y avait des choses pires… les camps de la mort par exemple, ou les ténèbres d'un Reich de mille ans, ou encore le fait de troquer une guerre du Viêt-nam contre un conflit nucléaire… et que si rien ne pouvait excuser les stupidités qui ont conduit à une bataille de la Somme, certains événements pouvaient expliquer le besoin honnête de retourner se battre sur son propre front qu'éprouva la génération suivante. Et celle d'après. Et la suivante. Est-ce que tout cela répond à la question de savoir pourquoi j'ai choisi d'intégrer de la vraie poésie dans *Le grand amant* et pourquoi je me donne tant de mal pour justifier certains détails ? Probablement pas. Mais je vous remercie de votre attention.

Curieusement, je n'ai pas envisagé d'utiliser la poésie publiée après la Première Guerre mondiale qui m'émut le plus durant ces jours lointains de la fin des années soixante où j'attendais l'appel sous les drapeaux. L'auteur en est Ezra Pound qui – par la plus grande coïncidence – avait été renvoyé, quelques soixante ans plus tôt, en 1908, de son poste de professeur dans ce même Wabash College que je fréquentais alors. Selon la rumeur publique, il avait hébergé une girl dans sa chambre. Comme les cannibales des îles Sandwich qui, chez Mark Twain, mangèrent le missionnaire, Pound a dit qu'il en était navré. Qu'il ne recommencerait pas. L'université le congédia tout de même. (Pound fit alors des choses bien plus excitantes. Il s'embarqua pour l'Italie afin d'y rejoindre des amis écrivains et s'exclama en mettant le pied sur la passerelle qu'il avait été « sauvé du Neuvième Cercle de la Désolation ! », ce que toute personne qui a fréquenté ma petite université de Crawfordsville, Indiana, comprendra.)

Le poème s'intitule « *Hugh Selwyn Mauberly* ». Il y a vingt-deux ans, j'ai pensé que c'était une bonne parabole non seulement des horreurs de la Grande Guerre, mais de la tragédie que constitua l'expérience américaine au Viêt-nam. Je n'ai pas changé d'avis.

IV

Eux se battaient, de toute façon,
Et *pro domo*,
Comme le croyaient certains…

Les uns faciles à armer,
le goût de l'aventure,
ou la peur d'être lâches,
ou la crainte du qu'en-dira-t-on ?
ou le fantasme du meurtre
vite réalisé…
le plaisir de tuer dans la peur.

Ils meurent, *pro patria*,
    ni *dulce* ni *decorum*...
les yeux grands ouverts dans cet enfer,
abusés par les mensonges des vieillards,
détrompés de retour dans leur patrie,
patrie du mensonge et des fraudes,
mensonges usés pour une nouvelle ignominie,
les trahisons publiques de la vieille usure,
l'usure sans âge.

L'immense ravage d'un si grand courage,
l'épandage d'un sang si neuf, si bon,
le saccage de ces corps pleins de vigueur,
ce courage jamais vu,
cette générosité inégalée,
ces désillusions inouïes,
hystéries, confessions de tranchée,
les morts s'en tiennent les côtes.

V

Ils sont morts par myriades,
Et parmi eux les meilleurs,
Pour une vieille putasse finie,
Une civilisation pourrie.

Les yeux vifs de ces beaux visages
Clos sous les paupières de la terre,

Pour une douzaine de statues mutilées
Et un petit millier de livres rongés[1].

Et ainsi nous revenons à *Éros et Thanatos*. À l'amour. À la mort. Et, je l'espère, à l'amour encore. Et faut-il emprunter le dernier mot à mon poète fictif, James Edwin Rooke, qui a peut-être entendu le lieutenant Guy Chapman citer Andrew Marvell lorsque le jeune officier regardait ses camarades qui se préparaient à mourir, dans la Somme :

Mon amour est d'aussi merveilleuse naissance
Que son objet est haut et extraordinaire :
Le Désespoir l'engendra
De l'impossibilité[2].

DAN SIMMONS
Colorado, janvier 1993

---

1. In *Poèmes* d'Ezra Pound, choix et introduction de T.S. Eliot, Gallimard, 1985 (trad. par Michèle Pinson, Ghislain Sartoris et Alain Suied).

2. Tiré de « The Definition of Love », cité et traduit par Robert Ellrodt dans la 1re partie, t. II, de sa thèse, intitulée *L'Inspiration personnelle et l'esprit du temps chez les poètes métaphysiques anglais*, José Corti, 1959. *(N.d.T.)*

Le Lit de l'entropie à minuit

Nous sortions tout juste de Denver et nous nous dirigions vers l'ouest à l'heure de pointe d'un vendredi soir, nous étions arrivés en haut de la première grande montée et Caroline venait de me demander à quoi servait la voie de détresse des camions lorsque j'aperçus le semi-remorque en difficulté, dans la file en sens inverse, au pied de la côte. Sur le moment, je pensai qu'il avait simplement roulé trop vite sur les six kilomètres de pente à cinq pour cent, mais le lendemain matin, à Breckenridge, je vis les photos de l'accident en première page du *Denver Post* et du *Rocky Mountain News* ; le camionneur avait survécu, mais les trois passagères de la Toyota Camry qu'il avait percutée et envoyée pardessus le séparateur en béton étaient mortes.

J'expliquai à Caroline à quoi servait la voie de détresse des camions et nous guettâmes les autres rampes de ralentissement durant l'heure qu'il nous fallut pour atteindre la petite station de sports d'hiver. « Ça donnerait plutôt la frousse, dit-elle en regardant l'une des impasses abruptes couvertes de gravillon foncé. Est-ce que les camionneurs perdent souvent le contrôle de leur véhicule ? » Caroline avait six ans depuis trois mois, mai exactement, mais elle était précoce par son vocabulaire et par l'inquiétude que suscitait en elle un monde aux arêtes bien trop coupantes. S'il fallait en croire Kay et les autres, j'étais en grande partie responsable de cette anxiété.

« Non, répondis-je en mentant effrontément. C'est très rare. »

Breckenridge en août n'était pas l'endroit le plus excitant où j'aurais pu emmener ma fille, que je n'avais pas vue depuis plusieurs mois. La station de ski était plus « réelle » que Vail ou Aspen, mais sauf quelques boutiques de luxe et un seul Wendy's – déguisé en vieille demeure victorienne, mais présentant encore un menu convenable pour les enfants – il n'y avait pas grand-chose à faire ici en été. J'avais prévu de camper vendredi soir, mais après trois mois de chaleur sèche dans tout le Colorado, le temps avait tourné au froid ce week-end, le vent soufflait en rafales et il pleuvait à verse. Je nous dégotai une petite suite avec kitchenette dans un chalet, en bas de la piste, et nous passâmes cette soirée-là devant une minuscule télé à regarder *La Guerre des mondes* de George Pal.

Dehors, la pluie s'écoulait bruyamment de la gouttière et, tout en couchant Caroline sur la banquette-lit du coin repas, je ne pus m'empêcher de remarquer combien elle ressemblait à Kay. Depuis cinq mois qu'elles étaient retournées s'installer à Denver, Caroline avait minci et maintenant que sa rondeur de bébé s'estompait, son visage commençait à refléter l'élégante structure osseuse de Kay ; ses cheveux bruns étaient plus courts qu'avant, pas beaucoup plus longs que ceux de ma femme en ce jour d'été où je l'ai rencontrée, après mon retour du Viêt-nam et ma collision avec le camion de Pepsi-Cola. Les yeux marron de Caroline révélaient la même intelligence vulnérable que celle de sa mère, et je remarquai qu'elle avait posé sa joue sur sa paume et non sur l'oreiller, comme Kay.

Le drame, quand vous avez été séparé, même brièvement, de vos enfants en bas âge, c'est qu'en revenant vous découvrez qu'ils ont complètement changé. Peut-être que c'est toujours comme ça, quel que soit l'âge. Je ne sais pas.

« Papa, on ira voir la Piste alpine demain matin ?

— Bien sûr, mon poussin. Si le temps s'améliore. »

Je regrettai d'avoir pris ces brochures à la réception. Tout se serait bien passé si Caroline n'avait pas appris à lire toute seule, avant ses cinq ans. Mais elle m'avait lu tout haut les descriptions enflammées de la Piste alpine de chacun des cinq dépliants intitulés « Que faire à Breckenridge ». Dire que je n'éprouvais guère d'enthousiasme à l'idée de lui faire descendre en luge le versant d'une montagne serait bien en dessous de la vérité.

« Ce film sur les Martiens, il était stupide, hein, papa ?

— Oui, totalement stupide.

— Je veux dire que s'ils étaient assez intelligents pour construire un vaisseau spatial, ils connaîtraient aussi l'existence des microbes, tu ne trouves pas ?

— Certainement », répondis-je.

Je n'y avais jamais pensé.

La Guerre des mondes est le premier film non produit par Walt Disney que je vis – j'avais cinq ans quand il est sorti, en 1953 – et durant le retour à la maison, je n'ai pas lâché la main de mon frère aîné. « T'as vu les fils qui tenaient ces ridicules machines martiennes ? » me demanda Rick en essayant probablement d'apaiser ma peur, mais je me suis contenté de cligner les yeux sous les flocons de neige gris de Chicago en serrant encore plus fort sa main gantée de laine. Après, j'ai dormi avec une veilleuse pendant des mois et je ne pouvais plus regarder le ciel nocturne, du haut de notre troisième étage, sans m'attendre à voir les traînées météoriques des cylindres des envahisseurs martiens. L'année d'après, lorsque nous avons emménagé dans une petite ville située à une cinquantaine de kilomètres de Peoria, je me rassurais en me disant que les Martiens s'en prendraient d'abord aux grandes villes et laisseraient aux ruraux que nous étions assez de temps pour se suicider avant de tourner contre nous leurs rayons brûlants. Plus tard, quand je passai de la peur des extraterrestres à la peur d'une guerre nucléaire, j'utilisai le même raisonnement pour garder un peu de quiétude.

« Bonne nuit, papa, dit Caroline en nichant sa joue dans le creux de sa main.

— Bonne nuit, ma chérie. »

J'allai dans l'autre chambre en laissant la porte entrouverte et essayai de lire le dernier recueil de nouvelles de Raymond Carver. Au bout d'un moment, je renonçai et me contentai d'écouter la pluie tomber.

Je n'ai jamais beaucoup aimé le père de Kay – avant sa retraite, il était ingénieur des travaux publics et pour lui tout était blanc ou noir – mais il me surprit le jour où il vint me voir à la clinique ; j'y subissais une cure de désintoxication et me remettais de l'espèce de dépression nerveuse provoquée par notre séparation à Kay et à moi.

« Kay me dit que, tous les matins, vous guettiez le départ de Caroline pour l'école et que vous l'attendiez à la sortie, me dit le vieil homme. Aviez-vous l'intention de l'enlever ? »

Je fis non de la tête en souriant. « Vous avez trop de bon sens, Calvin, pour croire une chose pareille. Je voulais juste être sûr qu'elle allait bien.

— Et vous avez failli donner un coup de poing à la dame qui gardait Caroline pendant que Kay travaillait. »

Je haussai les épaules en regrettant de n'être vêtu que d'un pyjama et d'une robe de chambre.

« Elle emmenait Caroline et les autres enfants dans sa camionnette sans leur mettre de ceinture de sécurité. »

Il me regarda. « De quoi avez-vous peur, Bobby ?

— De l'entropie », répondis-je sans prendre le temps de réfléchir.

Calvin fronça un peu les sourcils en se frottant la joue.

« Mes cours de physique, au lycée, remontent sacrément loin, mais est-ce que l'entropie, ce n'est pas seulement l'énergie qu'on est incapable d'utiliser ?

— Oui, répondis-je, stupéfait de parler de cela avec le père de Kay, mais c'est aussi un moyen de mesurer l'aléatoire. Et la certitude que tout ce qui peut foutre la merde le fera. C'est la force qui opère dans la loi de Murphy.

— Le pont de Brooklyn.

— Pardon ?

— Si l'entropie vous épouvante, Bobby, pensez au pont de Brooklyn. »

Je secouai la tête. Cela me fit mal. Être sobre ce n'est pas du tout aussi sensationnel qu'on le dit.

« John Roebling et son fils avaient conçu ce pont pour qu'il dure, dit Calvin. Il a été construit dans les années 1870 pour recevoir un dixième de la circulation actuelle et terminé des années avant que la première voiture le traverse, mais ils avaient calculé toutes les tensions, multiplié par cinq ou dix toutes les tolérances, et regardez-le. On l'a inspecté de fond en comble il y a quelques années, et tout ce dont il avait besoin, c'était d'être repeint.

— Formidable. Si on est un pont. »

Mais je suis allé à New York, après qu'on m'eut laissé sortir. Mon prétexte, c'était que je devais y retourner pour voir des gens du Centurion, la maison mère de la compagnie Prairie Midland, et discuter de mon transfert dans la région de Denver, mais en réalité, je voulais regarder le pont. Je me demandais si, en ce qui concernait la vie de Caroline, j'avais factorisé les tolérances dans une marge de cinq, ou dix, ou plus, et, ce faisant, transformé des choses qui auraient dû grandir au soleil sous forme de briques et de fer.

Idée stupide. Il y avait un grand bar juste à côté, mais je n'ai pris qu'une bière avant de rentrer à l'hôtel.

La pluie diminua peu après minuit, mais un vent fort soufflait toujours des montagnes et je fis bon usage de la couverture supplémentaire rangée dans le placard. Plusieurs fois dans la nuit, j'allai voir Caroline. Elle était étalée dans l'une de ces impossibles positions que les enfants de six ans adoptent pour dormir ; je remontais la couverture et le dessus-de-lit sur elle et revenais dans ma chambre pour essayer de dormir.

La déclaration de sinistre du fermier McDonald et de son fils Clem constituait l'un de mes comptes rendus favoris du Classeur orange. Ce ne sont pas leurs véritables noms, bien sûr. Je ne sais pas ce que je ferais si jamais j'arrivais à rassembler tout cela pour en faire une espèce de livre. Les noms des assurés sont parfois si bien adaptés à leurs histoires – comme ce dentiste libidineux de Salem qui s'appelait Dick[1] – que je ne souhaiterais les changer pour rien au monde. Et puis, pour tirer de ces dossiers autant de plaisir que je le fais depuis des années, il faudrait que vous lisiez les polices d'assurance, plus les rapports des gendarmes, les rapports d'expertise établis sur le terrain, les constats d'accident, et les déclarations des victimes, des plaignants, des parties en cause et des témoins.

De temps à autre, je m'imaginais ce que devait être le dossier quand on interrogeait un policier ou un gendarme à la télé, après un meurtre ou un truc comme ça. Habituellement, je tirais Kay de son livre en lui donnant un petit coup de coude pour qu'elle regarde. « Euh… à environ telle heure, disait le gros gendarme face à la caméra, euh… le présumé coupable est descendu du véhicule et a continué à pied… euh… à une vitesse relativement élevée jusqu'à ce que Fogerty et moi, on l'intercepte pour le maîtriser. C'est alors que… euh… le

1. Pénis en anglais. *(N.d.T.)*

suspect a opposé une résistance physique dont Fogerty et moi, on a réussi à triompher. »

Je traduisais pour Kay. « Cela veut dire que le voleur est descendu de voiture et s'est enfui à toutes jambes jusqu'à ce que ces deux-là le flanquent par terre à coups de pied. »

Kay souriait consciencieusement. « Bobby, toute pseudo-profession et toute activité bureaucratique ont leur quotient de langage ambigu.

— Par exemple ? » demandais-je.

Je n'avais été que dans l'armée et dans les assurances. C'était presque la même chose.

« Prends mon domaine. L'enseignement. Pour compenser un manque de termes techniques, nous avons élaboré un jargon inutile. On ne dit pas d'un enfant qu'il est retardé, mais que c'est un EGDA… un élève en grande difficulté d'apprentissage. Pour s'occuper de ceux qui veulent abandonner leurs études avant de passer l'examen… on engage un PPP… un professeur sur poste à profil. Au lieu de donner des leçons particulières à un enfant à l'esprit lent, on élabore un DPA… un dispositif pédagogique adapté. On ne crée pas des classes pour enfants surdoués, on fonde des MAC… des modules d'approfondissement des connaissances.

— Ouais, répliquais-je en montrant l'écran où notre présentatrice locale eurasienne et séduisante avait succédé au gros gendarme, mais les flics parlent d'une façon si merveilleusement *stupide*. »

En tout cas, le fermier McDonald était en train de recouvrir de bardeaux le toit de sa grange lorsque se produisirent les événements cités dans la déclaration de sinistre automobile mentionnée plus haut.

Attendez une minute, dites-vous. De sinistre *automobile* ? Alors qu'il est en train de travailler sur son toit ? Attendez. Écoutez.

À l'époque, je travaillais sur le terrain pour la filiale de l'Oregon de la Prairie Midland. McDonald possédait une grande ferme à cinquante kilomètres au sud-est de Portland. Je me souviens qu'il pleuvait le jour où je suis allé prendre les mesures et recueillir les déclarations. Il pleut toujours dans mes souvenirs de l'Oregon.

Donc, Mr. McDonald avait effectué le tiers de son travail du côté nord de la grange quand il commença à s'inquiéter de la pente trop accentuée du toit. Il descendit chercher un grand morceau de corde, remonta, enroula l'extrémité de celle-ci autour de sa taille, puis grimpa jusqu'au faîte à la recherche de quelque chose pour l'arrimer. Il estima que la lanterne était trop pourrie, la tige du paratonnerre et la girouette trop fragiles. C'est alors qu'il aperçut Clem, son grand fils, dans la cour de la maison. McDonald jeta la corde par-dessus le haut du toit et lui ordonna de l'attacher à quelque chose de « vraiment solide », puis il redescendit de l'autre côté pour terminer son travail.

Le jour où je l'interrogeai, Clem pesait environ cent vingt kilos et souriait pas mal. Kay aurait certainement dit que c'était un EGDA et lui aurait attribué le plus efficace des DPA qu'on puisse accorder à un élève à l'esprit lent. Clem incarnait l'un des échecs des PPP. Il avait également besoin d'un bain.

Le jour de l'accident, Clem fit une double demi-clef pour attacher la corde au pare-chocs arrière de leur pick-up garé entre la porte de derrière et le poulailler. Puis il retourna à ses corvées.

Mrs. McDonald sortit approximativement dix-neuf minutes plus tard, monta dans la camionnette et partit faire des courses en ville.

Elle n'arriva jamais jusqu'à l'épicerie. Selon le rapport du gendarme : « … À environ trois kilomètres cinq cents du domicile des McDonald, Mr. Floyd J. Howell, le facteur, qui roulait sur la 483, arriva à hauteur de Mrs. McDonald et fit signe à l'épouse de Mr. McDonald de s'arrêter, lui faisant comprendre, par tout un assortiment de communications verbales et non verbales, que Mrs. McDonald tirait quelque chose derrière son véhicule et devait se ranger dans les meilleurs délais. »

La Prairie Midland finit par payer. La décision finale du juge dut prendre en compte le fait incontestable que Mr. McDonald était, au moment de l'accident, attaché à un véhicule couvert par nous. Si mes souvenirs sont exacts, le remboursement comprenait le remplacement de la lanterne que le fermier avait arrachée en passant par-dessus le faîte. Nous avons dû aussi payer l'achèvement de la pose des bardeaux.

Le lendemain, il faisait froid, mais la tempête s'était apaisée ; aussi, après avoir pris notre petit déjeuner au Wendy's, nous sommes montés en voiture jusqu'au pied du pic n° 8, d'où partait la Piste alpine. « Oh, papa, ça a l'air amusant.

— Mmmm.

— Tu n'as pas envie que maman soit là ?

— Mmmm », dis-je.

Dans les mois suivant la séparation, chaque fois qu'il m'arrivait quelque chose de nouveau, j'avais envie que Kay soit là, mais j'avais fini par m'habituer à son absence, comme on s'habitue à une dent qui manque. J'aurais voulu que Kay soit là aujourd'hui pour m'aider à trouver un argument élégant qui puisse empêcher Caroline de descendre cette damnée Piste alpine.

« On peut la descendre, dis ?

— Ça paraît un peu effrayant. »

Caroline hocha la tête et regarda le versant de la montagne pendant une minute.

« Oui, un peu, mais je ne pense pas que Scout aurait eu peur.

— Non. » Mon fils aurait adoré ça. Oui, même si on l'avait enfermé dans une boîte en carton et jeté dans le vide à mi-chemin d'un sommet, il aurait trouvé que c'était un truc formidable. « On va d'abord aller voir comment ça se passe, d'accord ? » proposai-je.

C'était ouvert depuis moins d'une demi-heure, mais déjà le parking était aux deux tiers plein et un flot continu d'enfants et d'adultes faisait la queue devant la baraque des billets et aux tire-fesses. Il y en avait deux : l'un appelé Super Téléski du Colorado, des sièges qui par rangée de trois gravissaient la montagne jusqu'au Vista Haus, un restaurant situé à trois mille cinq cents mètres d'altitude, et l'autre plus petit, pour deux personnes, qui montait, sur un kilomètre cinq, un versant plus abrupt. On entendait déjà le grincement des freins et les cris de ceux qui négociaient le dernier tournant dans le couloir sinueux en béton. Je n'arrivais pas à voir, entre les arbres, le sommet de la Piste alpine. Le gros téléski touristique, presque vide, gravissait calmement une pente qui, dans la somptueuse lumière matinale, ressemblait à un parcours de golf incliné presque à la verticale.

« Pourquoi ne pas prendre le grand téléski ? suggérai-je. De là, on aurait une vue sensationnelle.

— Oh, non ! Je préfère la piste. »

Je n'ai jamais rencontré une petite fille de six ans qui pleurniche moins que Caroline, mais là, elle allait vraiment s'y mettre.

« Voyons combien ça coûte. »

Nous nous joignîmes à la queue qui avançait lentement vers le guichet. En dépit du soleil, intense à cette altitude, l'air était frisquet et la brise le refroidissait encore. Caroline et moi portions des jeans et des sweat-shirts, mais la plupart des familles, en shorts et en T-shirts, frissonnaient et souriaient largement comme pour proclamer, merde alors, on est en août, c'est l'été, et puis on est en *vacances*. Des nuages commençaient à apparaître au-dessus du sommet de la montagne. Les billets coûtaient quatre dollars pour un adulte et deux dollars cinq pour Caroline. Elle n'aurait rien payé six mois plus tôt, quand elle avait encore cinq ans.

Je contemplai de nouveau la Piste alpine. Deux parcours sinueux en béton avaient été installés parallèlement à la piste de ski. Une barrière peu solide avec une rambarde à claire-voie la bordait de chaque côté et descendait la colline en zigzaguant comme une foudre brune. Je n'arrivais pas à voir le début de la piste, mais les passagers des luges étaient visibles et audibles lorsqu'ils dévalaient le dernier tiers du parcours et que leurs traîneaux colorés s'élevaient sur la courbe relevée des tournants. La plupart d'entre eux criaient.

« Je t'en prie, papa !

— Je réfléchis », répondis-je, bien conscient d'exaspérer encore son désir.

La femme derrière le guichet regarda mon billet de dix dollars et dit : « Si vous voulez faire le parcours plusieurs fois, c'est plus intéressant d'acheter un billet spécial pour cinq tours.

— On n'en fera probablement qu'un.

— Le billet de deux tours à six dollars pour vous et quatre pour la petite fille serait moins cher.

— Juste un tour par personne, dis-je plus sèchement que je ne voulais.

— Tu te le mets comme ça », dit Caroline en passant l'élastique du billet autour de son cou pendant que nous avancions vers le tire-fesses.

Le mien était trop court. Il me serrait la gorge comme un garrot. La queue au téléski était moins longue que je ne le craignais.

La Prairie Midland était spécialisée dans les assurés à risques. Ils payaient de plus grosses primes parce qu'ils conduisaient mal, n'étaient que peu solvables, ne réglaient pas toujours leur loyer, étaient fichés par la police, avaient été autrefois arrêtés pour conduite en état d'ivresse ou pour une centaine d'autres raisons. Dans ce pays, tout le monde peut être assuré s'il a de l'argent. Le lendemain du jour où cet ivrogne emboutit un car de ramassage scolaire et tua vingt-sept enfants, il aurait pu obtenir une couverture de la Prairie Midland ou d'une vingtaine d'autres compagnies semblables à la nôtre. Ce pays dépend de l'automobile. On ne peut pas laisser les consommateurs coincés chez eux.

Peu après que je fus passé de la State Farm à la Prairie Midland, si je voyais un poivrot vomir poliment dans le caniveau ou une clocharde converser avec le ciel, je disais fièrement à Kay : « Voilà un de nos assurés. Probablement en route pour une réunion de la Mensa[1]. »

Je n'avais jamais eu l'intention de travailler dans une compagnie d'assurances. Au lycée, je voulais être comédien – comique de café-théâtre. Les premiers enregistrements de Bill Cosby et de Jonathan Winters étaient mes disques préférés. À l'époque, Cosby était drôle. Il n'avait pas encore abandonné son humour d'enfant pour ces niaiseries, et cette autosatisfaction, accompagnées de petits sourires imbéciles, que je lui vois proférer maintenant chaque fois que j'allume la télé.

Jonathan Winters était encore meilleur – un vrai génie de la dinguerie. J'interprétais des monologues entiers de ses premiers albums. Parfois, mon frère Rick ne voulait pas participer à l'exploit stupide dont je rêvais – disons, sauter à bicyclette de cinq mètres de hauteur ou attendre sur le viaduc que l'express de 4 h 10 lance son appel avant le dernier tournant – et je disais, en imitant parfaitement Jonathan Winters : « D'accord, sénateur, vous avez les foies, alors retournez à votre voiture. Je vais aider l'As à atterrir et je m'en tirerai tout seul. »

À l'université, je n'avais plus envie de faire du café-théâtre, pas plus qu'autre chose d'ailleurs. Je me suis inscrit en culture générale, j'ai manifesté contre la guerre et passé un temps fou à essayer de m'envoyer en l'air. Au Viêt-nam, je me suis parfois demandé quel

1. Organisation internationale à laquelle seuls peuvent appartenir les deux pour cent de la population possédant un QI supérieur à la moyenne. *(N.d.T.)*

job je trouverais quand je reviendrais dans le monde normal, mais je n'ai jamais envisagé d'entrer dans les assurances. Là-bas aussi, la plupart du temps, je ne pensais qu'à m'envoyer en l'air.

J'ai un jour calculé que, durant les six mois et douze jours passés « sur le terrain », durant mon bref périple dans la défunte mais non regrettée république du Sud-Viêt-nam, je ne me suis jamais éloigné à plus de dix kilomètres de l'endroit où j'avais atterri pour la première fois, c'est-à-dire de l'aéroport de Tan Son Nhut, dans la banlieue de Saigon. J'étais, dans le langage de mes compagnons d'armes qui sont partis dans la brousse et se sont fait descendre, un fumier de planqué. Cela me convenait tout à fait à l'époque. Je suppose que cela n'a pas changé, bien que parfois cela me donne à réfléchir.

En tout cas, c'est drôle que je n'ai jamais pensé à entrer dans les assurances alors que papa y a travaillé pendant des années. La première fois où je suis allé seul avec lui quelque part, il effectuait l'une de ses missions d'expertise – je suppose que c'était dans la ceinture verte de Chicago, non loin des faubourgs, mais pour moi, cela ressemblait à la jungle – et j'ai joué dans la carcasse d'une voiture pendant qu'il examinait l'autre.

« Je me suis installé dans le siège du passager pour feuilleter un livre pour enfants trouvé là, par terre. C'était *Bambi.* Je me souviens que la page où Bambi rencontre Faline était repliée et tachée par un liquide sombre encore frais. Dans le pare-brise, juste en face de moi, il y avait un trou ovale qui correspondait parfaitement à mon crâne d'enfant de quatre ou cinq ans.

Personne ne pensait aux ceintures de sécurité, à l'époque. Au début des années soixante, j'ai été en avion avec mon père et d'autres gens qui ne savaient pas boucler leurs ceintures. Papa en avait acheté pour notre Chrysler dans un magasin qui vendait des surplus de l'Automobile-Club ; elles provenaient de voitures de course et tout le monde nous prenait pour des cinglés.

Je me souviens que la voiture où j'avais trouvé l'histoire de Bambi était une Renault. Les voitures importées étaient relativement rares au début des années cinquante. Celle-là ressemblait à un jouet fragile. La manette des clignotants me resta dans la main lorsque j'essayai de jouer avec. Je n'ai rien dit à mon père.

Le Classeur orange était composé en grande partie de mes propres dossiers, mais d'autres m'étaient envoyés par des agents et des hommes de terrain qui apprenaient l'existence de ma collection.

L'un de mes favoris, à l'époque de la naissance de Scout, fut la déclaration de sinistre du parc de stationnement d'un magasin Safeway. Kay et moi venions d'emménager à Denver pour nous rapprocher de la famille de mon épouse. Je n'étais pas encore directeur du service des sinistres et j'avais dû faire l'expertise moi-même.

Je les appellerai Mr. et Mrs. Casper. La femme était bâtie comme un obus géant que l'on aurait enveloppé dans une robe à fleurs. Casper était grand et maigre, avec des lunettes aux verres épais, un nœud papillon, des bretelles – dix ans avant que le film *Wall Street* ne les mette à la mode –, une bouche crispée, de longs doigts agités de tics et des pieds à la Ichabod Crane[1] chaussés de Florsheim bien cirées.

Le couple venait de sortir d'un Safeway de Littleton, dans la banlieue de Denver, et avait ouvert leur Plymouth quatre portes, assurée depuis 1978 par la Prairie Midland, du côté du conducteur pour ranger leurs achats sur le siège arrière. C'était Casper qui portait les deux sacs d'épicerie. Mrs. Casper déverrouilla la portière avant, se pencha à l'intérieur afin de soulever le loquet de la portière arrière tout en continuant à lui parler. Lorsqu'elle lui ouvrit cette dernière, Casper s'écarta un peu, le dos tourné à sa voiture.

Comme le Destin semble toujours se mêler malignement de nos affaires, la Ford Bronco garée à côté d'eux était aussi couverte par notre firme, bien que la Prairie Midland n'assure environ qu'une voiture sur mille. Notre second client, ouvrier des travaux publics temporairement au chômage, n'était pas dans la Bronco. Ni son épouse, seul autre conducteur également couvert par notre police. La Bronco avait été amenée là – ce qu'ignorait, paraît-il, notre assuré – par son fils de quatorze ans, Bubba, qui choisit bien entendu ce moment-là pour faire brusquement marche arrière et sortir du parking en rugissant et en écrasant les deux pieds de Casper avec ses roues avant et arrière droites.

La victime hurla et lança en l'air pour quatre-vingt-six dollars quarante-six d'épicerie. La Bronco poursuivit sa

---

1. Ce maître d'école grand et squelettique « dont les pieds auraient pu servir de pelles » est le personnage d'une nouvelle de Washington Irving (1783-1859) intitulée : *The Legend of Sleepy Hollow. (N.d.T.)*

route. Casper, souffrant le martyre, s'effondra contre sa voiture et se retint de tomber en s'accrochant au chambranle de la portière.

« Si j'ai fait ça, c'est parce que j'avais perdu la tête », me déclara ensuite sa femme. Que fit-elle ? Elle referma à toute volée la portière arrière. Sur les doigts de Casper.

Voir souffrir quelqu'un n'a rien de drôle, mais enregistrer la déclaration de Casper dans sa petite maison de Littleton fut l'une des choses les plus pénibles que *moi* j'aie jamais faites. Il avait les deux pieds emmaillotés dans d'énormes pansements et posés, en élévation, sur une ottomane. Huit de ses doigts étaient éclissés. Il ne semblait pas se soucier du conducteur de la Bronco – qui, six jours après l'accident, n'était toujours pas rentré chez lui – et ne parlait que de sa femme. « Si cette putain ose se pointer, dit-il en agitant bien haut ses attelles, je *l'étrangle* ! »

J'ai enregistré sa déclaration en essayant de tenir le plus longtemps possible et puis, une fois sorti de là, je me suis arrêté au coin de la rue et cramponné à une boîte postale jusqu'à ce que mon fou rire se soit un peu calmé. Comment résister à l'image de Casper étranglant quelqu'un avec ces doigts étendus et raidis par les éclisses ?

Caroline n'avait jamais pris de télésiège jusqu'à aujourd'hui, et nous ne savions pas bien nous y prendre. Je dus la redresser un peu avant qu'elle ne glisse. À l'aire d'embarquement, la préposée, une adolescente qui mâchait du chewing-gum, ne nous fut d'aucun secours ; elle poursuivit un monologue inintelligible tout en accrochant deux luges en plastique à des crochets, au dos du siège.

Nous gravîmes le versant à huit ou dix mètres au-dessus de la roche et du chaume brun. J'avais déjà utilisé des remonte-pentes en hiver, quand les versants étaient blancs et que la neige donnait l'illusion d'une douceur ouatinée ; maintenant, j'avais plutôt l'impression d'être sur une balancelle suspendue au-dessus de rochers et de souches.

Caroline était ravie.

« C'est si *tranquille*. Regarde, papa, un tamia.

— Un écureuil de terre », la repris-je en gardant le bras droit passé autour de sa taille. La Piste alpine était plus longue que je ne le pensais. Nous entrevoyions, en dessous de nous, des adultes et de jeunes enfants qui donnaient de la bande dans le couloir, leurs luges crissant contre les bords en béton. Leurs mains étreignaient le levier de commande, leurs yeux étaient écarquillés, leurs cheveux et les pans de leur chemise claquaient au vent de leur course, mais aucun n'avait l'air particulièrement alarmé. Un rouquin corpulent descendit la piste à toute allure, le corps penché en avant, les yeux tendus, les deux mains sur le manche à balai comme un pilote de chasse essayant de reprendre de l'altitude après un piqué. Dans un tournant, sa luge monta jusqu'au rebord du muret de béton en faisant un boucan de mauvais augure, comme si le véhicule échappait à son contrôle et allait s'envoler jusque dans le ravin. Le traîneau d'acier et de plastique bleu oscilla, se cabra et retomba dans le couloir, puis filant comme le vent, il disparut de notre champ de vision.

C'était bizarre que Kay, qui avait grandi au Colorado, n'ait jamais pratiqué le ski. Elle avait l'habitude de dire, en plaisantant, qu'une douzaine d'enfants non skieurs du pays se rencontraient toutes les semaines pendant l'hiver pour se soutenir mutuellement. Gwen, mon ex-secrétaire, était née dans la partie la plus plate de l'Indiana, mais adorait le ski. Un vendredi soir, au moment de partir, elle me raconta les circonstances de la mort de son père. « Nous étions allés passer un week-end prolongé dans le New Hampshire ; papa venait juste de faire une piste noire particulièrement difficile et se tenait sur ses skis, non loin de la piscine, fier comme un coq, quand une expression de surprise se peignit sur son visage ; il remonta ses grosses lunettes sur son front, son visage devint aussi gris qu'un ventre de souris et il se pencha sur ses bâtons comme s'il allait sauter, jusqu'à ce que son nez vienne presque toucher la neige entre ses spatules. Puis il est tombé avec un bruit sourd. Tony, un petit ami qui m'avait accompagné ce week-end-là, et moi, on s'est mis à rire. Mais papa restait couché sans bouger. Quand on l'a retourné, il avait la figure presque noire, la langue gonflée, et il était tout ce qu'il y a de mort. Mais comme j'ai dit à maman au téléphone ce soir-là, eh bien, il était heureux quand il est parti. »

Je suis allé skier avec Gwen. Pas ce week-end-là, mais un autre. J'ai dit à Kay qu'il fallait que j'assiste à une conférence à Louisville, et je me suis rendu, en avion, dans le Vermont ou dans l'Utah. Gwen était une gentille fille – elle a pleuré quand le poisson rouge du bureau est mort – mais on ne l'aurait probablement jamais accusée d'avoir besoin d'un des MAC pour surdoués dont Kay m'avait parlé.

« Accroche-toi, mon poussin », dis-je à Caroline en lui prenant la main, car notre ascension tirait à sa fin. Il n'y eut pas de ralentissement sensible lorsque nous arrivâmes sur la rampe de débarquement et le préposé, un autre adolescent mâcheur de chewing-gum, s'affairait plus à détacher les luges de leur crochet qu'à aider les passagers, aussi Caroline et moi nous sautâmes en trébuchant un peu et filâmes par nos propres moyens loin du danger.

Il y avait d'autres luges appuyées contre un mur, avec des noms comme POU DU CIEL, X-15, et FOUDRE BLEUE, écrits à l'encre, à l'intérieur. J'en choisis une appelée VIEUX PÉPÈRE et rejoignis la plus courte des queues, en haut de la piste.

« Je descends toute seule, papa ?

— Pas cette fois-ci », répondis-je. Je lui pressai la main. Elle était plus froide, à cette altitude. Des nuages s'amoncelaient sur le contrefort de la montagne. « Essayons-la ensemble. »

Caroline hocha la tête et me pressa la main à son tour. Devant nous, la queue s'amenuisait.

Dès qu'il fut assez grand pour se tenir debout, Scout se jeta tête la première dans le vide vers Kay ou moi, certain que nous le rattraperions. Caroline n'a jamais fait cela. Même lorsqu'elle montait sur notre dos, elle était circonspecte et recommandait à son « cheval » de ne pas trébucher ou tomber en arrière. Scout aimait qu'on le lance en l'air – même quand il était bébé – et lorsque j'ai vu le générique du *Monde selon Garp*, il y a quelques années, je n'ai pas pu m'empêcher de rire. Caroline voulait être câlinée, bercée, enveloppée… protégée.

Kay et moi, nous détestions l'idée que cela tenait peut-être seulement à la différence qui existe entre les garçons et les filles. Nous disions que c'était une question de caractère, de petites personnes bien distinctes, mais je me demande. Cela n'avait fait que s'accentuer pendant les deux ou trois dernières années.

Croyez-moi si vous voulez, je sais exactement à quoi la Mort ressemble. C'est un camion de Pepsi-Cola aux flancs noirs.

L'été où je revins du Viêt-nam, je m'installai à Indianapolis et pris de l'insuline pour un diabète qui ne fut diagnostiqué qu'à l'hôpital de Tan Son Nhut, et qui me valut d'être renvoyé dans mes foyers cinq mois plus tôt que prévu. J'habitais avec trois autres types dont deux ex-carabins du Viêt-nam qui s'étaient inscrits à l'École de médecine, et notre appartement ressemblait à un décor de M.A.S.H… le film, pas le spectacle télé. Nous portions la plupart du temps des treillis, constamment des sous-vêtements gris-vert, et deux d'entre nous dormaient dans des lits de camp provenant des surplus de l'armée. Nous étions tous cool comme Donald Sutherland, bêcheurs comme Elliott Gould, et dans notre vie, l'alcool et le hasch allaient de soi. Nous circulions tous à moto.

Le premier drame de la route dont je fus témoin – j'avais quatre ans et nous étions sur la 66 à la sortie de Chicago – fut un accident de moto, mortel. Je me souviens du bruit mat que firent l'homme et sa bécane en heurtant l'arrière gauche de la Studebaker arrivée au croisement en même temps qu'eux. Depuis, j'ai assisté à une trentaine au moins de morts à moto, lu les détails de plusieurs centaines d'autres, et subi moi-même une demi-douzaine d'accidents. La première fois que j'en ai *enfourché* une, j'ai failli monter sur le toit d'une station-service Conoco. Tout s'était bien passé jusqu'à ce que j'entre dans le parking pour faire demi-tour – j'étais en troisième et j'allais vite – et m'aperçoive que j'avais simplement oublié où étaient les freins. J'avais treize ans. Trois vieux chnoques sont sortis de la station après que j'ai dérapé sur le mur, gravi la porte en saillie, et vidé les pédales. J'étais couché sous le réservoir d'essence et le guidon tordu de la nouvelle 250 cc de Rick lorsqu'ils se penchèrent sur moi. Pour finir, l'un d'eux cracha et dit, la bouche encore pleine de chique, avec l'accent traînant de l'Illinois : « Qu'ess c'est que ça, mon gars, on sait pas monter sus c'te machine ? »

Mais, à l'époque du camion de Pepsi-Cola, j'avais des années de moto derrière moi ; je m'étais tapé plus de temps sur une bécane que derrière le volant d'une voiture. Même au Viêt-nam, j'avais acheté une Kawasaki à un marin qui rentrait chez lui.

Donc, un jour, à Indianapolis, je conduisais la Honda 450 d'un de mes compagnons de logement – la mienne était au garage – sur la 38e Rue, à quelques kilomètres de la voie express. Une camionnette d'Econoline, sans vitre arrière, qui était devant moi, ralentit après que nous eûmes redémarré à un feu, au coin de la High School Road. Je me penchai et accélérai pour la doubler sur la voie de gauche, fonçant avec la confiance en soi que donnent quelques années de pratique, mais avant votre premier gros accident. Comme si, en grillant toutes ces gueuses de fonte de Detroit embourbées dans la circulation, vous pouviez vous débarrasser de cette impression d'infériorité et de vulnérabilité que ces mêmes tas de ferraille vous donnent sur la route.

En tout cas, je devais faire du soixante-dix ou quatre-vingts quand je doublai l'Econoline. Et alors, je découvris pourquoi le conducteur avait ralenti.

Un camion de Pepsi-Cola, sortant de la station Shell, n'avait pas pu s'introduire dans la file de droite et s'était arrêté. Il était aussi massif qu'un rhinocéros de métal et portait sur ses flancs le vieux logo de la marque. Ses hauts casiers étaient pleins de bouteilles. Le camion occupait toute la voie de gauche et la plus grande partie de celle de droite, et la Chevy bleue qui précédait la camionnette d'Econoline remplissait le peu d'espace restant. Cette dernière s'élevait comme un mur vert sur ma droite. Le flot des véhicules défilait dans l'autre sens à un mètre de moi, et la cabine du camion de Pepsi-Cola mordait de six mètres sur leur voie. Une Camaro était en train de freiner à mort derrière moi.

D'habitude, quand on est dans le doute, on couche sa bécane aussi doucement que possible, en s'attendant à perdre un peu de peau et en espérant que tout se passera pour le mieux. J'ai toujours porté un casque – même à cette époque, la plus stupide de mon existence – et souvent des bottes et un cuir, mais on était en plein mois d'août. J'étais en baskets, en treillis coupé, et bien entendu, en tricot de corps gris-vert.

Le dessous du camion de Pepsi-Cola semblait descendre jusqu'au ras du sol – boîtes de transmission, silencieux, marchepieds, tuyaux, denture – et il avançait peu à peu, lentement, pas assez pour dégager la voie, mais suffisamment pour me donner une vision claire de ces doubles roues arrière gauches écrasant ce qui resterait de moi et de la Honda de mon copain, après que je fus venu me fourrer sous toute cette merde. Je décidai de rester en position verticale. Je ne crois pas avoir appuyé assez fort sur les freins pour laisser une trace de dérapage. La roue avant gauche de ce camion, c'était tout ce que pouvais voir maintenant, et elle était plus haute que moi. Je m'imaginai qu'elle serait plus douce que le métal et je fonçai droit dessus.

Bien sûr, je n'ai pas pensé d'une manière aussi linéaire. Les accidents qui vous laissent le temps de *penser* ne sont pas de vrais accidents. Mais tous ceux qui ont regardé la Mort et s'en sont sortis se souviennent de la clarté de leur perception, d'un temps surréel qui freinait et s'étirait presque à l'infini. Je suis convaincu que les dernières pensées qui s'éteignent dans le cerveau mourant des victimes d'un accident sont pleines de ce phénomène d'étirement du temps, de cette acuité presque douloureuse de la perception, et de l'ahurissement qui s'ensuit. C'est comme si la mort violente était un trou noir astronomique et qu'en entrant dedans, on donnait naissance au temps ralenti, aux réalités multiples et à l'espace étiré dont parlent des types comme Stephen Hawking. Cela et les jurons. Un de mes amis qui travaille sur les rapports d'accidents d'avion de la National Transportation Safety Board m'a raconté une fois que sur les centaines d'enregistrements de cockpit qu'il a écoutés après des catastrophes aériennes, seule une poignée ne comportait pas de jurons à la dernière ou l'avant-dernière seconde.

En tout cas, je doublai la camionnette, vis le camion de Pepsi-Cola, pensai : « Oh, merde ! » – et lui rentrai dedans de plein fouet.

Elisabeth Kübler-Ross et ces autres goules nous offrent des comptes rendus incandescents de mourants qui flottent dans de longs tunnels, voient de la lumière, entendent des voix aimées et sentent une bienveillante chaleur.

Conneries.

La mort est un camion de Pepsi-Cola avec aucun endroit où aller. Mourir c'est *vlan*, sentir qu'on s'est foutu dans le plus grand merdier du monde et être enlevé, emporté hors de tout cela. Comme un chiot que l'on sort de son panier en le prenant par la peau du cou. Comme une pièce d'échecs qu'un joueur balaie rageusement de l'échiquier. *Vlan*, une secousse, terminé.

Dick Pennington, l'un de mes compagnons de logement, se trouvait de garde dans le service de réanimation quand on m'y amena, et il était assis à mon chevet quand je suis revenu à moi, le lendemain matin. « Bobby, dit-il gentiment, avec ces manières particulières qu'on inculque aux internes à l'Hôpital méthodiste, t'es dans un putain d'état. » J'étais bien content que Kurt n'ait pas été de garde ce soir-là ; c'était le copain dont je venais de bousiller la Honda.

Cent quatre-vingts points de suture à la jambe droite, soixante-trois à la gauche. Fractures multiples du bras droit. Commotion cérébrale. Clavicule cassée. Je fis la connaissance de Kay quelques semaines plus tard, à un concert de Simon et Garfunkel parce que, assise derrière moi, elle ne pouvait rien voir à cause de tous mes plâtres, pansements et attelles.

Des années après, comme je lui vantais les mérites de la loi sur le port du casque, Kay me surprit fort en disant qu'on ne devrait pas obliger les motocyclistes à porter un casque ou n'importe quel autre équipement de sécurité. D'habitude, en ce domaine, Kay était tellement du genre Ralph Nader que je lui demandai pourquoi elle soutenait cette opinion. « Cela élimine les faibles de notre fonds génétique commun, répondit-elle sans une ombre de sourire. La moto, c'est la chose la plus proche des facteurs de sélection naturelle qu'on puisse posséder dans une société civilisée. »

J'en fais encore, parfois. Je n'ai jamais emmené Scout sur ma bécane et je n'imaginerais même pas de laisser Caroline monter sur une moto.

Le gamin préposé en haut de la piste ne mâchait pas de chewing-gum, mais il gardait la bouche ouverte et les muscles de ses mâchoires ondulaient un peu, comme s'il voulait les maintenir en forme. « Vous n'en prenez qu'une ? » demanda-t-il. Il avait l'air vaguement désapprobateur.

« Oui. » J'avais réussi à mettre la luge dans le couloir, j'étais monté dedans à quatre pattes et j'avais installé Caroline entre mes genoux. Celle qui nous précédait avait disparu et les ados qui attendaient derrière nous piaffaient d'impatience.

« Bon, OK, vous connaissez le truc ? » demanda le gamin. Il n'attendit pas que je réponde. « OK, tirez sur le levier pour voir si les freins fonctionnent, oui, bien, en avant pour accélérer, en arrière pour ralentir, ne serrez pas la luge qui est devant, vous pourriez décoller quand elle s'arrêtera en bout de piste. OK ? Partez ! » Il me donna une claque dans le dos. Caroline était dans le creux formé par mes bras et mes jambes, ses mains tenaient, sous les miennes, le levier de commande. Nous dévalâmes la pente.

Beaucoup d'accidents sont dus à un surcroît de précautions. L'un des premiers dossiers de mon Classeur orange date de mes débuts et fut constitué pour la State Farm d'Indianapolis. Kay était encore dans l'instruction publique et enseignait dans un petit lycée d'une ville appelée Brownsburg, à une quinzaine de kilomètres de chez nous ; quant à moi, je parcourais la région pour enquêter sur des accidents. Et, mon Dieu, nous étions heureux à l'époque.

Ce sinistre – oh, et puis merde, je vais garder leur véritable nom, les Johnson – eut lieu près du croisement de l'I-70[1], de l'I-465 et de la 74, pas très loin de l'aéroport. Mr. et Mrs. Johnson avaient pris leur retraite anticipée pour réaliser le rêve de leur vie : parcourir l'Amérique pendant un an ou deux avant de s'installer en Floride, ou dans l'Arizona, ou ailleurs. Ils avaient emmené la mère de Mr. Johnson, âgée de quatre-vingt-un ans, s'imaginant que lorsqu'il serait temps de la placer dans une maison de retraite, ils n'auraient qu'à la laisser dans un bel endroit et poursuivre leur voyage. L'ennui, c'est que tous deux détestaient conduire et que, depuis plus de dix ans, ils ne s'étaient jamais éloignés à plus de cinquante kilomètres de leur petite maison de banlieue bien briquée.

Ils avaient acheté du matériel sérieux – la plus grande caravane que l'on fabriquait à l'époque, accrochée à une

1. I-70 : abréviation pour *Interstate*-70, route inter-États. *(N.d.T.)*

camionnette GM qui aurait pu tirer six tonnes jusqu'à la lune et revenir. Mrs. Johnson me raconta plus tard qu'ils auraient bien pris une autocaravane – un méga camping-car – mais elle avait l'air « trop grande et trop puissante » dans le hall d'exposition. Les choses étant ce qu'elles étaient, ils abandonnèrent un labrador au profit d'un bull-terrier.

Ils ne testèrent jamais vraiment la puissance de leur nouveau véhicule. Quand j'examinai la GM, après qu'on l'eut remorquée, l'odomètre indiquait 14,240 kilomètres, dont 12 kilomètres pour la livraison. Et les 2,240 kilomètres qui séparaient la maison des Johnson de l'I-465.

Mr. Johnson était au volant et tout se passa bien jusqu'à ce qu'il arrive au bout de la bretelle d'accès et marque le stop. Mrs. Johnson, assise à côté de lui et chargée de le guider, dit : « C'est bon, vas-y. » Mr. Johnson ne démarra pas. Il ne faisait pas confiance au rétroviseur droit de la camionnette. Il se demandait si la GM accélérerait suffisamment. Elle était plus difficile à conduire que sa Ford Chrono Victoria.

Pendant que les Johnson et leur nouvelle caravane restaient sur la bretelle, la circulation s'intensifiait sur l'Interstate en direction du sud, et les véhicules s'agglo-méraient derrière eux jusqu'à Morris Street. Des coups de klaxon commencèrent à retentir. Mr. Johnson avoua plus tard qu'il s'était alors mis à tremper de sueur sa chemise neuve de chez JC Penney[1].

« Ça a l'air mieux ! » dit Mrs. Johnson. Elle voulait dire, expliqua-t-elle plus tard, que le flot allait peut-être

---

1. Chaîne de magasins bas de gamme. *(N.d.T.)*

s'éclaircir après que le prochain groupe de voitures lancées à pleine vitesse fut passé.

Mr. Johnson n'attendit pas plus longtemps. Sans vérifier dans ses rétroviseurs, il appuya sur le champignon, fit ronfler le moteur et se lança dans le flot de véhicules à la vitesse de douze à quinze kilomètres à l'heure, comme l'estima plus tard la gendarmerie de l'Indiana Highway.

Trois des voitures qui roulaient sur la voie où aboutissait la bretelle d'accès réussirent à changer de file. Deux de ces véhicules en heurtèrent trois autres, ce qui provoqua une petite réaction en chaîne de carambolages, mais aucun ne nous intéresse car les conducteurs n'étaient pas assurés par la State Farm. Le dernier véhicule de ce groupe, lancé à grande vitesse, n'eut ni le temps ni la place de changer de voie. C'était un semi-remorque dix-huit roues loué par Mother's Own Baked Goods, une S.A.R.L. de Saginaw, dans le Michigan.

Le camionneur roulait depuis neuf heures et faisait à peu près du cent vingt quand il vit le pick-up et la caravane de Johnson surgir devant lui. « Ce sacré truc a sautillé en crabe pour venir se foutre juste devant moi, dit-il plus tard. J'ai vu des quadraplégiques qui se déplaçaient plus vite que ce vieux chnoque. »

Les voies, à droite du camion de la Mother, étaient pleines d'automobiles en train de se caramboler. Celle de gauche était engorgée par les véhicules sortant de la bretelle qui s'étaient amassés derrière les Johnson. Le routier fit de son mieux – il vira à droite, aussi loin qu'il le put sans écraser une Volvo de 78, en klaxonnant sans arrêt.

Cette fanfare produisit son effet sur nos assurés. Mr. Johnson freina pour s'arrêter pile. Mrs. Johnson hurla.

La cabine du camion loupa la camionnette des Johnson en arrachant seulement le rétroviseur droit. En réalité, le semi-remorque les loupa *presque*. Ce fut une question de centimètres.

Plus tard, le gendarme auquel j'offris un verre au 911 Lounge, sur Washington Street, me dit : « Le semi-remorque a découpé cette putain de caravane comme on ouvre une boîte de thon. Le plus beau travail de chirurgie que j'aie jamais vu sur une autoroute. »

Les Johnson étaient secoués mais indemnes. Ils entendirent un bruit – « comme une espèce d'ouvre-boîtes géant », déclara Mrs. Johnson –, sentirent une forte vibration et se retournèrent à temps pour voir le semi-remorque de la Mother et une partie de leur propre caravane les doubler sur la droite. « C'est alors que je me suis rappelé Maman », dit plus tard Mr. Johnson.

Dans l'Indiana, il est interdit de circuler avec des passagers dans une caravane remorquée ou dans la partie habitation d'un camping-car. Les Johnson ont dit qu'ils l'ignoraient. Ils savaient seulement que Maman ayant la migraine avait décidé de passer les premières heures du voyage à dormir et qu'ils n'avaient pas payé trente-deux mille dollars pour l'avoir avec eux pendant tout leur tour d'Amérique.

Maman n'était donc pas dans la cabine avec eux. Elle n'était pas non plus dans l'une des quatre couchettes de la caravane, ni dans le coin salle à manger, ou dans l'un des sièges à l'arrière. Maman avait choisi ce moment-là pour aller aux toilettes.

Dans ce type de caravane, ce sont des waters chimiques aménagés dans un bloc métallique préfabriqué, disposant d'une entrée particulière ; ils sont installés dans le coin arrière droit du véhicule aux derniers stades de la fabrication. « Ces putains de cabinets sont sortis de là sans difficulté, me dit le gendarme au bar. Il restait plus que la porte. Le camion a envoyé ce machin tournoyer comme un gyroscope, un de ces trucs avec lesquels mon gamin aime tellement jouer à Noël. »

« Maman », dit Mr. Johnson lorsque sa mère et les toilettes passèrent à côté de lui en pivotant, à une vitesse à peine inférieure à celle du camion de la Mother, estima-t-on plus tard.

Le conducteur de la Volvo de 78 déclara plus tard, lors de l'enquête : « Je verrai toujours ces deux jambes blanches et maigrichonnes qui dépassaient tout droit, à l'horizontale. Je pense qu'elle portait ces pantoufles roses qu'ont toutes les vieilles dames, mais tout ce que j'ai aperçu pendant que le machin atterrissait en glissant sur l'autoroute, c'était une tache floue, rose et blanc. »

Quatre-vingt-sept mètres. Je sais que ce n'est pas une exagération car j'ai moi-même mesuré les traces pendant que le gendarme comptait ses pas et que son compagnon arrêtait la circulation sur cette voie. Durant un certain temps, on put voir sur cette partie de l'I-465 une voiture de police garée sur la voie médiane d'intervention pendant que ses occupants racontaient l'histoire à un type qui n'était pas au courant.

J'ignore comment l'affaire s'est terminée parce que, peu après, nous avons emménagé à Denver. Je sais seulement que l'entreprise du camionneur de la Mother poursuivit la State Farm, que nous intentâmes une action en justice contre eux, que plusieurs des conducteurs impliqués dans l'accident déposèrent une plainte contre les Johnson, que Mr. et Mrs. Johnson poursuivirent le camionneur de la Mother en dommages-intérêts et – c'était la meilleure – que Maman entama une action contre son fils et sa bru, non seulement pour le règlement des honoraires médicaux résultant de sa fracture de la hanche et de ses côtes cassées, mais pour « atteinte à la sécurité et honte sérieuse résultant d'une humiliation publique ».

Je crois que tout cela se plaide encore.

Caroline et moi descendions la piste aussi lentement que je le pouvais sans arrêter la luge. C'était déjà suffisamment rapide. La pente s'inclinait à quarante degrés et nous devions atteindre le cinquante kilomètres à l'heure en ligne droite. Ce n'est rien en voiture, mais on le sent dans ses entrailles quand on descend une colline à toute pompe, les fesses à cinq centimètres d'une piste en béton. Les jeunes, derrière nous, me criaient d'accélérer. Je les ignorais et ne pensais qu'à freiner avant le prochain tournant pour ne pas m'élever trop haut dans la courbe.

« Tu aimes ça ? criai-je à Caroline pour me faire entendre par-dessus le vent et le rugissement des roulettes.

— *J'adore !* » répondit-elle en criant. Ses cheveux volaient contre mon menton.

Une dernière série de tournants, une déclivité moins forte, une absence d'arbres, et nous freinions pour nous arrêter sur la longue partie plane, au bout de la pente. J'aidai Caroline à se lever et à sortir, me remis gauchement sur mes pieds et ôtai la luge du couloir. Les jeunes nous dépassèrent en maugréant et en traînant les pieds.

« Encore, papa, s'il te plaît ? *Je t'en prie*, dit Caroline.

— Pas question », répondis-je. Le truc, c'est de savoir ne pas céder.

« Six cinquante, s'il vous plaît, dit la femme derrière le guichet. Je vous avais dit que ce serait moins cher d'acheter le spécial deux-descentes-pour-dix-dollars. »

On gardait les cadavres à la PIE-1 – *Principale Installation d'Entreposage* – de Tan Son Nhut. Il y avait une morgue à la base, et une autre unité réfrigérée mobile près du hangar principal, mais c'était à la PIE-1 que les corps attendaient entre la dernière toilette et l'envol pour le pays. Certains idiots du bataillon l'appelaient le Hilton de DEROS[1] ou le *Pré-embarquement des Imbéciles Éliminés*.

Beaucoup de jeunes gens dont je m'occupais avant qu'ils soient expédiés du Viêt-nam en Amérique avaient été victimes d'un accident. Il était parfois lié au combat ou aux armes, mais résultait le plus souvent d'anicroches avec les Jeep ou l'équipement lourd ou ces saletés de vélomoteurs qui grouillent à Saigon et aux alentours de la ville. La Prairie Midland aurait fait fortune en vendant des contrats au Viêt-nam.

Un jour, j'ai dû quitter la remorque qui me servait de bureau pour examiner le corps d'un gamin qui glandouillait dans le coin avec ses copains en faisant

1. DEROS : *Date Estimate Return from Overseas :* date approximative du retour d'outre-mer. *(N.d.T.)*

semblant d'attacher des explosifs C-4 à un transporteur de troupe vietnamien. Il s'était couché par terre et prétendait fourrer des grenades dans les chenilles d'un véhicule qui passait ; ils avaient vu faire ça dans un film appelé *Les commandos passent à l'attaque*[1], dit plus tard son copain ; mais le conducteur, un Sud-Vietnamien, n'avait pas envie de jouer. Les sept tonnes du transporteur de troupe avaient fait marche arrière sur le jeune des Forces spéciales, couché sur de l'asphalte renforcée, pas dans la boue.

Je n'ai pas vu le corps, mais je me souviens que le sac dans lequel il était semblait aussi plat que la housse d'un de mes costumes. Plus tard, en remplissant les formulaires, je remarquai que le gamin venait de Princeville, dans l'Illinois, petite ville qui n'était qu'à quelques kilomètres d'Elmwood, où j'habitais avant que nous partions de Chicago.

C'est à Elmwood que j'ai pris conscience, pour la première fois, que je mourrais vraiment un jour. C'était un samedi soir de la fin du mois d'août de l'été 1960, quelques jours seulement avant la rentrée des classes. J'avais douze ans et j'allais rentrer en cinquième, mais j'avais oublié de passer l'examen médical. Je me demande pourquoi et comment je réussis à obtenir un rendez-vous avec le seul médecin de notre ville un samedi soir. La vie était étrange à l'époque. Les médecins visitaient même les malades à domicile.

Celui-là avait fui la Hongrie deux ans plus tôt. Il s'était bien intégré à Elmwood, sauf qu'il s'habillait d'une manière singulière, sentait vraiment bizarre,

1. *Darby's Rangers* de William Wellman (1958). *(N.d.T.)*

se peignait drôlement, avait l'air étrange, et parlait si curieusement que personne n'arrivait à le comprendre. C'était aussi un sale coureur. Il s'appelait Dr. Viskes, mais tous les gamins du pays l'appelait Dr. Vice.

Je me souviens qu'il me fit plusieurs vaccins – à l'ancienne mode, avec des aiguilles émoussées qui passaient à l'autoclave. J'ai dans l'idée que le Dr. Viskes réutilisait les siennes jusqu'à ce qu'elles ne soient plus assez pointues pour percer la peau. Je devais me rendre ensuite au War Memorial Park pour assister à la séance gratuite. Le seul cinéma d'Elmwood – quarante-six sièges – était fermé pendant l'été parce que Don et Deedee Ewalt, les propriétaires, se rendaient alors dans leur résidence secondaire de Big Pine Park, dans le Minnesota. Mais leur fils, Harmon, bien qu'il fût dentiste à Peoria, à presque une heure de voiture, venait régulièrement avec un projecteur 16 mm et les boîtes d'un film récemment sorti pour nous offrir une projection gratuite sur une toile blanche suspendue au kiosque du Memorial Park. Les familles pique-niquaient sur des couvertures ou restaient dans leurs voitures garées le long du trottoir, et c'était infiniment plus agréable que d'aller à l'Ewalt Theater.

C'était la dernière séance gratuite de l'été et je m'y précipitai après la visite médicale, les bras endoloris, lorsque brutalement, l'idée me frappa que j'allais mourir.

Sans doute pas tout de suite. Pas ce soir, peut-être. Mais un jour. Inéluctablement. Irrévocablement.

Ce fut comme si on m'avait coupé le souffle d'un coup de poing. Je reculai en trébuchant et m'assis sur une pierre à l'endroit où l'herbe rejoint l'asphalte de la

3e Rue. J'entendais la bande sonore du dessin animé de la séance gratuite, à quelques maisons de là.

La mort était une chose réelle. Il était impossible de l'éviter. Nous le savions tous et faisions semblant d'accepter ce fait, mais personne *n'y croyait*. Moi non plus. La mort était quelque chose que nous rangions au fond de notre esprit comme on se débrouille pour ne pas penser aux rendez-vous chez le dentiste ou à la réouverture de l'école après un été de liberté. Quelque chose pouvait se produire… un événement pouvait reporter à plus tard le rendez-vous chez le dentiste… il y aurait d'autres vacances.

Mais la mort, *c'était* pour de bon. Je mis la tête entre mes genoux, je fixai mes baskets et essayai de respirer.

Cela se passerait un des jours de la semaine qu'en ce moment je traversais joyeusement, d'un pas léger. Je mourrais ce jour-là. Ce serait forcément l'un de ces sept jours. Lequel ? Un samedi ? Ce n'était pas juste de mourir un samedi. Un dimanche ? Un lundi ? Un mardi ? Un mercredi ? Mercredi… mon émission télé préférée, « L'homme dans l'espace » avec William Lundigan, passait le mercredi soir. Un jeudi ? Un vendredi ?

L'entrepôt et le quartier général administratif du bataillon étaient de l'autre côté du champ d'aviation, face aux bâtiments civil et militaire du terminal. Les C-130 et les C-5A en partance quittaient le hangar principal en roulant lentement et traversaient l'extrémité de la piste, comme s'ils étaient prêts à s'envoler, pour se rendre de notre côté, où ils recevaient leur vraie cargaison.

Il faisait toujours très chaud dans l'entrepôt de Tan Son Nhut. On disait que les cercueils en acier, hermétiquement scellés, étaient étanches à l'air, mais l'odeur suave et lourde de la décomposition y flottait continuellement. Elle me rappelait le camion de la fonderie de graisse qui passait le soir dans les rues d'Elmwood.

Des années après mon retour du Viêt-nam, je commençai à penser à cette guerre comme à un accident, comme si les États-Unis avaient été une Ford Fairlane ou une Buick Regal et le Viêt-nam un mur ou un arbre qui s'était trouvé là au moment où l'attention du conducteur se fixait sur autre chose. Ou peut-être que le conducteur était en état d'ivresse. Qui s'en souciait maintenant ? Il ne s'agissait que de dommages mineurs. Putain, tout le monde sait que, tous les ans, nous tuons autant d'Américains sur les routes qu'en dix ans de guerre au Viêt-nam. Seulement, on n'érige pas des monuments commémoratifs aux victimes de la route. Et on n'entasse pas tous les corps dans un seul entrepôt.

Ce soir-là, à Elmwood, douze ans avant la PIE, je restai assis un moment, jusqu'à ce que l'impression d'avoir reçu un gnon dans le plexus solaire diminue, disparaisse. Mais cette expérience, elle, ne s'effaça jamais.

Pour finir, je me levai, époussetai mon jean, frictionnai mes bras douloureux et me rendis à la dernière séance de l'été.

Dans le tire-fesses qui nous emmenait vers notre seconde descente, Caroline dit :

« Papa, tu crois en Dieu ?

— Hein ? »

J'étais en train de surveiller le sombre cumulus qui s'amassait sur notre sommet.

« Est-ce que tu crois en Dieu ? Maman, non, je pense, mais Carrie qui habite en bas de la rue, elle y croit. »

Je m'éclaircis la voix. J'avais tellement préparé ma réponse à cette question redoutée au cours de ces dernières années que si elle avait été éditée, elle aurait pu servir de programme d'études à un cours de philosophie d'un semestre comportant une option d'étude comparative des religions. « Non, dis-je à Caroline. Je suppose que non. »

Caroline hocha la tête. Notre remontée arrivait à sa fin.

« Moi non plus, je suppose, du moins d'après ce que Carrie dit de Dieu, mais parfois, j'y pense.

— À Dieu ?

— Pas vraiment. Mais s'il n'y a pas de Dieu, alors il n'y a pas de ciel, et s'il n'y a pas de ciel… alors, où est Scout ? »

Nous approchions de la plate-forme de débarquement. Le préposé mâle était en train de parler aux deux autres préposées, de sexe féminin. « Donne-moi la main, dis-je à Caroline lorsque nous arrivâmes à l'endroit où il fallait sauter. Ne lâche pas prise. »

Il n'y eut pas de demande d'indemnités, mais faisons comme s'il y en avait eu une. Appelons-la Famille X. Mr. et Mrs. X – un fils de cinq ans et demi et une fille qui n'en avait pas tout à fait quatre.

Passer de l'Indiana à l'Oregon, c'était une bonne chose pour Mr. et Mrs. X. Après avoir travaillé pendant des années pour une grande compagnie d'assurances, le père s'était installé comme expert à son compte. La mère allait, grâce à son nouveau diplôme, passer de l'enseignement secondaire au supérieur. Les enfants attendaient avec impatience un plus grand jardin, la proximité des bois, un lac dans le voisinage et de nouveaux camarades, toutes choses que les enfants attendent avec impatience.

Leur nouvelle maison était dans une banlieue de Portland appelée Lake Oswego, l'une et l'autre fort belles. Le jardin était bien dessiné, luxuriant comme une forêt tropicale, un délice après des années de Colorado presque désertique. Il y avait, derrière la maison, un petit pavillon où Mr. X allait installer son bureau. Il ne l'utilisa jamais.

Comme c'est le cas pour tous les accidents, une modification de l'une des centaines de petites décisions qu'ils ont prises aurait pu l'éviter. Comme toujours, rien ne vint l'empêcher.

Mr. X s'affairait dans la maison avec les déménageurs, mais il prit le temps de dire aux enfants qu'ils pouvaient aller jouer dans le jardin, derrière la maison, à condition de ne pas s'approcher du camion. Mrs. X surveillait l'ouverture des caisses dans la pièce la plus éloignée. Elle dit plus tard qu'elle croyait que les enfants étaient devant la maison.

L'un des déménageurs avait descendu la nouvelle bicyclette du fils et l'avait laissée dans l'allée. Le petit garçon ayant démoli l'ancienne, on lui en avait acheté une plus grande. Il était vraiment doué pour le vélo. Les amis disaient qu'il avait les yeux et les cheveux de son père. Mais son courage à corps perdu, il ne le devait qu'à lui.

Les deux enfants revenaient du fond du jardin lorsque le garçon aperçut sa nouvelle deux-roues qui l'attendait devant la véranda. Il se précipita vers elle à l'instant même où le conducteur du camion reculait – d'un mètre ou deux seulement – pour pouvoir descendre plus facilement le piano.

C'est le cri de Caroline qui me prévint que quelque chose était arrivé. Quand je sortis, je crus que c'était le chauffeur – il était à genoux à côté de son véhicule et sanglotait d'une manière presque hystérique. Caroline s'était tue, mais je suivis son regard horrifié et vis ce qui s'était passé.

Scout n'avait pas été écrasé. L'arrière du camion l'avait à peine heurté, du moins c'est ce que je crus sur le moment, jusqu'à ce que je sente mes doigts s'enfoncer sous ses cheveux, à la base du crâne. Je le pris dans mes bras sans réfléchir, me dirigeai d'abord vers la maison, puis tournai le dos comme pour descendre l'allée en courant et le porter ainsi jusqu'à l'hôpital. Je le tenais toujours lorsque Kay s'approcha, vit combien c'était grave, courut téléphoner à la police et revint écarter les cheveux de son visage pendant que je continuais à le serrer contre ma poitrine. Je le tenais toujours, le berçant, lorsque l'ambulance est arrivée.

Je me souviens que Kay prit le camionneur par l'épaule comme si c'était *lui* qui avait besoin d'être consolé. Pendant une seconde, je l'ai détestée à cause de ce geste. Je la déteste toujours.

L'entreprise de déménagement proposa un règlement en espèces, à l'amiable. L'argent changea de mains. Comme si cela avait de l'importance.

« Je peux descendre toute seule ?

— Je ne crois pas, mon poussin. Il faut tirer très fort sur le levier pour ralentir le traîneau une fois qu'il est en route. Je ne suis pas sûr que tu sois assez forte pour le faire toi-même.

— Je t'en prie, papa, je ferai attention.

— Laisse-moi réfléchir une seconde, Caroline.

— Alors, vous avancez », cria le gamin préposé à la piste.

Il n'y avait personne derrière nous. Je remarquai pour la première fois que le télésiège avait cessé de décharger des clients, probablement à cause des nuages noirs qui s'amoncelaient sur la montagne.

« Papa ?

— D'accord. »

Je la soulevai pour la mettre dans la luge bleue. Elle avait l'air toute petite là-dedans.

Je déposai la luge orange dans le couloir et me hissai dedans avec difficulté. Le préposé récita sa litanie d'un air de se barber et donna une tape dans le dos de Caroline. Elle regarda par-dessus son épaule, une fois, poussa le levier vers l'avant et se mit en route sur la pente raide. Trop tard, je me rendis compte que j'aurais dû passer devant elle pour la ralentir si la luge échappait à son contrôle.

Mon cœur battait la chamade. Je me penchai sur le manche à balai et la suivis.

Quand j'étais à la clinique, je faisais le même rêve presque toutes les nuits. Peut-être à cause des médicaments.

Je rêvais que j'étais en train de faire un cours de géométrie et que j'expliquais un graphique peint sur un mur rouge. Il représentait un cône inversé. Je montrais le cercle dessiné au sommet du cône. « Le diamètre est en unités de virtualités, disais-je. La circonférence en unités de choix possibles. À la naissance, les deux sont presque infinis. »

Je faisais courir ma baguette à l'extérieur du cône en traçant une spirale descendante. « Imaginez que la distance verticale est composée d'unités de temps qui correspondent aussi aux unités de choix de la circonférence décroissante. Plus le temps passe, plus un nombre croissant de choix sont effectués, et il est évident qu'un nombre presque infini de choix alternés sont ainsi éliminés. »

La baguette descendait en spirale. « Je vous prie de noter la rapide descente dans le temps et la série sans cesse plus réduite de choix amènent le sujet *ici.* » Je tapais le point le plus bas du cône. « Temps laissé – zéro. Choix restant – zéro. Virtualités dans lesquelles puiser – zéro. » Je m'arrêtais. « Bien sûr, c'est le diagramme de la vie. »

Les étudiants hochaient la tête et gribouillaient studieusement des notes. Tous les étudiants étaient Scout. Tous.

Caroline ne se sert pas beaucoup de ses freins. Nous descendons beaucoup plus vite que la première fois. Je lui crie de ralentir. Des éclairs brillent quelque part derrière nous. Le tonnerre est presque étouffé par le rugissement de nos luges. J'essaie de la rattraper.

Elle va beaucoup trop vite.

De nombreuses morts inexpliquées, survenues sur l'autoroute et impliquant un seul véhicule, sont des suicides. La police conclut : « inexpliqué » ou « perte de contrôle du véhicule » ou « possibilité de la présence d'un insecte qui a fait perdre le contrôle du véhicule au conducteur », mais je soupçonne qu'il s'agit le plus souvent de la combinaison d'une grande vitesse, d'une butée et d'une brusque prise de conscience de l'opportunité. L'homicide est aussi à la mode. Un certain nombre de dossiers très embrouillés de la Prairie Midland étaient des cas d'homicides impossibles à prouver.

Mon dernier dossier de l'Oregon aurait pu prendre place dans le Classeur orange : une femme suit son mari jusqu'au domicile de sa maîtresse et attend toute la nuit, puis elle repart, toujours derrière lui, jusqu'à son lieu de travail. Quand il sort pour déjeuner, elle traverse le parking et la route à deux voies en appuyant sur le champignon pour l'écraser avec sa Taurus 1987.

Le mari est plus circonspect que bien d'autres. Il la voit arriver et, d'un bond, retraverse la porte à tambour. Sa femme n'arrive pas à s'arrêter et heurte le mur.

Notre assuré et sa femme s'en sont tirés indemnes. La plainte a été déposée par un programmateur de quarante-six ans qui travaillait dans un bureau en sous-sol. L'une des briques du mur abattu par la conductrice avait traversé le revêtement phonique et était venue le frapper en plein front. Il demande un million deux de dommages et intérêts. Si l'affaire va devant le tribunal, il en obtiendra probablement une bonne partie. Ceux qui disent que l'Amérique ne deviendra jamais socialiste oublient que notre système juridique a déjà trouvé le moyen de redistribuer l'argent.

Pendant les premiers mois, ce ne fut pas trop horrible – au moins, Caroline avait-elle besoin de moi quand elle se réveillait en hurlant la nuit –, mais je finis par comprendre qu'il fallait que je parte.

Je ne pouvais pas m'empêcher de la suivre quand elle se rendait à l'école le matin, même lorsque je ne vivais plus avec elles. Parfois, je m'asseyais dans le parc, de l'autre côté de la rue, et je regardais les fenêtres de sa classe en essayant d'apercevoir le sommet de sa tête. Je l'attendais le soir à la sortie et l'accompagnais chez elle à pied, puis je revenais plus tard en voiture pour surveiller la maison. Parfois, je retournais vivre avec elles, quelques jours, une semaine, mais je savais que c'était impossible de les protéger *réellement* par ma simple présence. Pour voir ce qui se passe il faut être à l'extérieur, à proximité, mais à l'extérieur.

Caroline et moi, nous sommes seuls sur la Piste alpine. Elle ne ralentit pas, aussi j'essaie d'accélérer pour la rattraper. En réalité, je ne peux rien faire. Nous sommes chacun dans une luge. Mais si elle s'écrase, si elle s'envole, si elle glisse et passe par-dessus le muret, il faut que je sois là pour la suivre.

Elle regarde derrière elle lorsque nous surgissons en trombe d'un bouquet de trembles ; leurs feuilles chatoient contre la toile de fond noire du ciel. Je lui crie de ralentir, tout en sachant que mes paroles sont emportées par le vent.

Peu de temps avant que les choses ne partent vraiment en quenouille pour moi, je me suis rendu à l'une des soirées que donnait la fac de Kay. Je n'avais pas vraiment aimé ses collègues de lycée. J'aimais encore moins ses collègues d'université.

Ce soir-là, un sale con en uniforme réglementaire – veste en tweed avec du cuir aux coudes – me demanda quel était mon domaine, et je répondis :

« L'entropie.

— Intéressant, répondit le petit con en remontant d'un tic ses lunettes de grand-mère. J'enseigne la physique. Peut-être que nos centres d'intérêt se chevauchent.

— J'en doute », répliquai-je. J'avais bu plusieurs doubles scotchs depuis mon arrivée, mais je ne me sentais pas ivre. Je repris : « Je ne m'en mêle que lorsque l'entropie sort de son lit à minuit. »

Un second sale con, en qui je reconnus vaguement le chef du département de Kay, se joignit à la conversation sans y être invité. « Quelle phrase intéressante », dit-il. Son accent me faisait penser à quelqu'un de Brooklyn qui aurait passé quelques années en Angleterre.

« Elle est de vous ?

— Non, non, répondis-je, ravi d'en remontrer à ces mecs. De Shakespeare. » J'avais entendu cette phrase dans une pièce à laquelle j'avais assisté quand j'étais en fac et elle m'avait frappé. J'étais sûr que c'était de Shakespeare.

« Oh, j'en doute, dit le con numéro deux en riant poliment.

— Doutez si vous en avez envie, répliquai-je sèchement, brusquement en colère. Shakespeare l'a écrite. Ce n'est pas ma faute si vous ne connaissez pas vos classiques. »

Le physicien rajusta ses lunettes. Sa voix était douce, mais pleine de suffisance :

« C'est une jolie phrase, mais il n'y a guère de chances pour que Shakespeare l'ait trouvée. L'entropie n'est pas un concept du seizième siècle.

— C'était peut-être un autre mot, non ? demanda le petit con du département d'anglais.

— Ou une autre pièce ? proposa le physicien.

— C'est de Shakespeare », dis-je en essayant de trouver une repartie vraiment spirituelle, du niveau études supérieures. Je finis par jeter mon verre de scotch par terre et sortir d'un air digne.

Je passai près de quatre mois à lire toutes les pièces de Shakespeare, en commençant par *Hamlet* et *Macbeth* – celles sur lesquelles j'avais suivi des cours – puis en continuant avec les autres. Je découvris quelque chose d'intéressant. Il y avait de la tragédie dans la plupart des prétendues comédies et indiscutablement de la comédie – si brièvement que ce fût – dans les pires de ses tragédies.

Je finis par la trouver. La phrase était dans *Henry IV*, Ire partie, acte II. Seulement elle disait : « *Que fait la gravité hors de son lit, à minuit*[1] *?* »

Bon, pensai-je avec autant de philosophie que je le pouvais, *putain de merde*.

Nous avons déjà parcouru la moitié de la piste et Caroline ne fait pas mine de ralentir.

---

1. Trad. d'Yves Bonnefoy, in *Œuvres complètes*, publiées sous la direction de Pierre Leyris et Henri Evans, Club français du Livre, 1956, p. 116. *(N.d.T.)*

Nous penchons sec dans les virages, nous nous rabattons violemment dans les lignes droites, et montons plus haut dans les courbes très relevées. C'est comme de faire du toboggan sur du béton.

Plus nous descendons, plus notre vélocité s'accroît. Je redoute la dernière partie du parcours.

Le Classeur orange est né là-bas, à Indianapolis, le jour où je n'ai pas réussi à trouver un dossier pour ranger l'affaire Johnson et quelques autres. Une secrétaire temporaire – je pense que c'était Gwen – avait commandé d'absurdes classeurs orange, aussi j'en récupérai un dans la corbeille à papier et le glissai dans mon tiroir.

Il est épais maintenant.

Il y a deux semaines, avant que je quitte l'Oregon pour faire une autre tentative au Colorado, deux voitures roulaient dans des directions opposées sur une étroite route de campagne, près de la côte. Un épais brouillard déferlait. Pas de ligne blanche au centre de la chaussée. Le type qui se dirigeait vers le sud dans une BMW de 88 décida de baisser la vitre et de passer la tête pour mieux voir, juste au moment où le type qui allait vers le nord dans une Audi de 87 décidait de faire la même chose…

La semaine dernière Tom m'a appelé pour me parler d'un dentiste, le Dr. Dick, qui a emmené sa maîtresse faire une longue promenade à l'heure du déjeuner dans sa Jag décapotable flambant neuve, tout cuir à l'intérieur…

Merde.

La plupart des accidents sont comme celui auquel Caroline et moi avons échappé hier. Du verre brisé qui scintille à la lumière des balises. Des affaires personnelles éparpillées sur le bas-côté. Des cadavres sous des draps, ou encore coincés dans du métal tordu, ou bien couchés dans les herbes folles, incroyablement contorsionnés. Plus de sang qu'on ne peut l'imaginer. Il y a eu si peu de sang avec Scout. Je l'ai remarqué pendant que je le tenais sur mon cœur, cela m'a rassuré alors qu'il se refroidissait déjà dans mes bras.

Caroline va très, très vite, mais je suis plus lourd et je la rattrape. Le devant de ma luge touche presque l'arrière de la sienne. Elle est totalement absorbée par ce qu'elle fait, prise dans l'extase du contrôle de la vitesse. Elle se concentre de toutes ses forces sur le tournant qui s'annonce. Lorsque nous le négocions en trombe, quelques centimètres seulement séparent nos luges. Je la vois sourire, ses joues sont rouges.

Les accidents, c'est comme la mort. Ils nous attendent n'importe où. Inévitables. Inéluctables. Nous pouvons toujours faire des plans, ils s'en rient.

Mais je commence à voir qu'il existe une différence entre la gravité et l'entropie. Les dossiers contenus dans le Classeur orange sont tous vrais, mais le Classeur orange est un mensonge. Mon mensonge.

« Houhou, papa ! » Caroline jette un second coup d'œil par-dessus son épaule et me fait signe, puis elle reporte son attention sur le levier de commande, se préparant pour la prochaine série de virages. Il y a bien longtemps que je ne l'ai vue aussi heureuse.

Je lui rends son salut quand elle ne regarde pas et tire le levier vers moi, ralentissant légèrement. La distance entre sa luge et la mienne augmente.

Une bande de fondamentalistes en coma dépassé font un piquet de grève et distribuent des tracts au lycée proche de l'endroit où habitent Kay et Caroline. Où j'habiterai peut-être bientôt. L'année dernière, c'était parce qu'on embauchait « des professeurs de lettres laïques », dit Kay. Cette année, c'est parce qu'un professeur de sciences exerce sa profession avec suffisamment de conviction pour dire aux enfants que toutes les recherches laissent supposer que la vie sur cette terre est un accident, que si vous prenez une bouilloire de soupe primordiale, si vous la secouez assez fort, si vous la traumatisez, et si vous la congelez même, vous aurez des composés organiques. Laissez ces composés souffrir assez d'accidents aléatoires pendant assez longtemps et vous obtiendrez de la vie.

C'est-à-dire la vie avec un grand V.

Les fondamentalistes sont outrés que quelque chose d'aussi sacré et important que la Vie puisse être un accident. Ils veulent que ce soit le résultat d'un ordre, d'un plan, d'un schéma directeur, d'un projet simple, méthodique, bien machiné, facile à comprendre, conçu par une déité qui, comme le père de Kay, calculerait toutes les tolérances et les éviterait en programmant un facteur de sécurité de cinq ou dix.

Eh bien, qu'ils aillent se faire foutre. Les accidents arrivent. Nous sommes l'un d'eux. Mais notre amour n'est pas un accident. Pas plus que notre plaisir à être ensemble. Nos inquiétudes les uns pour les autres et notre peur des coins pointus lorsque nos enfants apprennent à marcher non plus.

Mais, comme Scout, parfois il faut être brave et nous jeter tête la première dans le vide, sachant que quelqu'un que nous aimons sera là pour nous rattraper, s'il le peut.

Caroline est loin devant maintenant. Son sweat-shirt jaune brille lorsqu'elle négocie les tournants comme une flèche et fait vrombir sa luge dans les lignes droites.

Je tire mon levier en arrière, je ralentis pour descendre plus calmement, ce qui correspond mieux à mon humeur. Je veux regarder autour de moi, voir le paysage que je traverse. Peut-être que je ne reviendrai plus dans ces montagnes.

J'entends Caroline rire de bonheur devant moi et l'amour que j'éprouve pour elle prend des dimensions douloureuses. La douleur m'est égale. Nous avons laissé l'orage derrière nous, mais j'entends le ciel gronder et je sens de l'eau sur ma joue.

Nous sommes plus bas que je ne l'avais cru. Je peux voir le bout de la piste maintenant, mais il nous reste assez de chemin pour jouir encore de notre descente. Caroline vole maintenant. Elle ose lever la main une seconde dans ma direction puis regarde devant elle. Je la perds de vue un moment lorsqu'elle traverse un bouquet d'arbres, mais je suis sûr qu'elle va réapparaître, et c'est ce qu'elle fait plus bas, petite tache bleue et jaune, sa luge en parfait équilibre entre la pesanteur et la vitesse, son esprit en parfait équilibre entre la maîtrise de son véhicule et la joie.

Sachant qu'elle ne me regarde pas, je lève la main et la salue.

Et la salue de nouveau.

Mourir à Bangkok

Je retourne en Asie au printemps 1992, laissant une Cité des Anges qui vient d'exorciser ses esprits mauvais en une orgie de pillage et de flammes pour plonger dans une autre où les démons avides de sang s'amassent à l'horizon, tels les nuages noirs de la mousson. Un mois auparavant, ma ville a connu une démentielle explosion d'incendies et de déprédations ; Bangkok – appelée aussi Krung Thep, « la Cité des Anges » – se prépare à massacrer ses propres enfants au pied de son monument à la Démocratie.

Je ne suis en rien mêlé à tout cela. J'ai mes propres dettes de sang à régler.

Dès que je mets le pied hors des salles climatisées de l'aéroport international de Don Muang, tout me retombe dessus : une chaleur de plus de quarante degrés et la puanteur du monoxyde de carbone et de la pollution industrielle, l'égout à ciel ouvert formé par dix millions de personnes qui transforment l'air en un cocktail assez épais pour qu'on puisse le boire. L'odeur, la chaleur, l'humidité et l'intense lumière tropicale se combinent pour faire de la respiration un effort, comme si l'on essayait d'inhaler de l'oxygène au travers d'une épaisse couverture imbibée de kérosène. Et l'aéroport est à vingt-cinq kilomètres du centre-ville.

Rien que de me retrouver là, je sens mon sexe bouger et se durcir.

« Dr. Merrick ? »

Je réponds d'un hochement de tête. Une Mercedes jaune de l'Oriental Hotel m'attend. Le chauffeur en livrée essaie de me faire la conversation, peut-être pour meubler ce trajet de quatre-vingt-dix minutes, jusqu'à ce qu'il s'aperçoive que je ne réponds pas. Alors, il se plonge dans un silence maussade et moi, j'écoute le bourdonnement du climatiseur, je regarde Bangkok s'ouvrir comme les pétales d'une fleur en ciment et en acier.

On ne peut plus suivre de chemin pittoresque pour pénétrer dans Bangkok, à moins de remonter la rivière en *sampan*[1] jusqu'au cœur de la cité. Les vieux quartiers sombrent dans une pure folie capitaliste : embouteillages, palais asiatiques transformés en centres commerciaux, pagaille industrielle, nouvelles voies express surélevées en construction, tours d'habitation en béton armé, panneaux d'affichage vantant l'électronique japonaise, rugissement des motos, constants éclairs des lampes à souder et grondements des marteaux-piqueurs des chantiers. Comme c'est le cas dans toutes les mégalopoles asiatiques, Bangkok se démolit et se reconstruit tous les jours dans une frénésie qui rend les cités occidentales comme New York aussi permanentes que les pyramides.

1. En français dans le texte. *(N.d.T.)*

David, mon chauffeur, opère une dernière tentative ; il m'offre ses conseils en matière touristique, propose de me véhiculer pendant mon séjour à l'Oriental, et nous voilà arrivés au cœur de la ville. Nous descendons au pas les allées bordées d'arbres de Silom Road dans le vacarme des moteurs à deux temps des *tuk-tuks* et les hurlements plus agressifs des Suzuki.

Silom Road fourmille de piétons, mais semble vide et léthargique comparée à l'habituelle bousculade de ses foules en démence. Je jette un coup d'œil à ma montre. Il est vingt heures, un vendredi, à Los Angeles ; ici, à Bangkok, il est onze heures du matin et nous sommes samedi. Silom Road se repose en attendant que monte l'excitation du soir qui émane déjà de Patpong comme l'odeur d'une chienne en chaleur. Un dernier tournant nous introduit dans un *soi*, une rue latérale insignifiante, nous ralentissons pour pénétrer dans l'allée de l'Oriental Hotel et des hommes en uniforme se précipitent pour ouvrir la portière de la Mercedes.

En parcourant les quelques mètres qui séparent la rue de l'intérieur climatisé de l'Oriental, je la sens. Malgré la pollution et la puanteur de la rivière, proche mais invisible, malgré le lourd cocktail de miasmes d'égout provenant des humains, du parfum des hibiscus bordant l'allée de l'hôtel et du monoxyde de carbone tourbillonnant comme un invisible brouillard, je la hume : une senteur obsédante, subtile mélange de parfums exotiques, de l'odeur forte et piquante du sperme et du goût cuivré du sang.

J'écourte l'accueil courtois, les *wais* – les courbettes – et la cérémonie raffinée de l'enregistrement du plus bel hôtel du monde, désirant seulement monter dans ma chambre pour y prendre une douche et m'adonner à un sommeil feint, pour m'allonger et contempler fixement le plafond de teck et de plâtre jusqu'à ce que la lumière du soleil s'affaiblisse et que la nuit descende. L'obscurité ramènera à la vie cette exceptionnelle Cité des Anges – ou du moins prêtera à son cadavre un lent mouvement érotique.

Quand il fait bel et bien noir, je me lève, j'enfile les vêtements que je réserve aux rues de Bangkok, et sors dans la nuit.

Il y a presque vingt-deux ans, je vins pour la première fois à Bangkok, en mai 1970. Tres et moi avions choisi cette ville pour y passer la semaine de R&R[1] qu'on venait de nous accorder. En fait, je ne connais pas beaucoup de troufions qui appelaient cela R&R à l'époque : pour la plupart, c'était B&B… baise et bibine. Les officiers mariés retrouvaient leurs épouses à Hawaï, mais à nous, les bidasses, l'armée offrait un assortiment de destinations allant de Tokyo à Sydney. Beaucoup choisissaient Bangkok pour quatre raisons : 1) c'était facile de s'y rendre et le voyage ne prenait pas trop de notre précieux temps ; 2) les putains n'étaient pas chères ; 3) les putains n'étaient pas chères ; 4) les putains n'étaient pas chères.

En fait, Tres avait choisi Bangkok pour d'autres raisons et je le suivis parce que je faisais confiance à son jugement, autant que lorsque nous étions en patrouille de reconnaissance. Tres – Robert William Tindale III – n'avait qu'un an de plus que moi, mais il

1. Permission. *(N.d.T.)*

était plus grand, plus fort, plus intelligent et infiniment plus instruit. J'avais abandonné en deuxième année des études entamées dans une université du Middle West et glandouillé jusqu'à ce que l'ordre d'incorporation m'amène ici. Lui était licencié de Kenyon College avec la mention très bien, et s'était engagé dans l'infanterie au moment d'entreprendre un troisième cycle.

Tres, cela veut dire « trois » en espagnol. La plupart des membres de notre section avaient des sobriquets – le mien, c'était Prick[1] à cause de la lourde radio PRC-25 que je trimballai pendant mon bref passage dans la radiotéléphonie –, mais lorsque Tres nous rejoignit, il portait déjà ce surnom. Quelqu'un avait jeté un coup d'œil à ses papiers et, avant que sa première semaine se soit écoulée, nous commentions tous le fait que, malgré son instruction et sa capacité à taper à la machine, qualités qui permettaient généralement à une recrue de devenir un heureux SPDB (salaud de planqué dans les bureaux), *Tres s'était engagé dans l'infanterie comme soldat de première ligne*.

Il s'intéressait beaucoup aux cultures asiatiques et était doué pour les langues. C'était le seul troufion de la compagnie qui parlait vraiment le vietnamien. La plupart d'entre nous croyaient que *beaucoup*[2] était un mot du coin et se vantaient de savoir *didi-mau* et une demi-douzaine de phrases déformées. Tres *parlait* vietnamien, même s'il veillait à ce qu'aucun officier, en dehors de son propre lieutenant, ne l'apprenne. « Je ne voudrais pas qu'ils fassent de moi un employé de bureau ou un

1. Bite. *(N.d.T.)*
2. En français dans le texte. *(N.d.T.)*

officier, me disait-il souvent. Et tout plutôt que de les laisser me transformer en un méprisable inquisiteur. »

Tres n'avait jamais étudié le thaï, mais il l'apprit rapidement.

« Dis-moi seulement quel est le mot thaï pour "pipe", lui demandai-je pendant le trajet en MAC de Saigon à Bangkok.

— Je ne sais pas. Mais pour branlette c'est *shak wao*.

— Vrai ?

— Vrai », répondit Tres. Il était en train de lire et ne leva pas les yeux. « Cela veut dire "tirer sur la ficelle du cerf-volant". »

Je réfléchis pendant une minute à cette image. Le transporteur aérien perdait de l'altitude en rebondissant de nuage en nuage. Nous approchions de Bangkok. « Je crois que je vais exiger une pipe », dis-je. À vingt ans à peine, je n'avais expérimenté la sexualité orale qu'une seule fois, avec une copine de lycée visiblement novice. Mais mes hormones s'activaient et j'affectais un machisme acquis à la section, sans parler de la poussée d'adrénaline que provoquait en moi le simple fait d'être vivant après six mois de bled. « C'est décidé, ce sera une pipe », répétai-je.

Tres grommela quelque chose et reprit sa lecture. C'était un bouquin tout poussiéreux sur les coutumes ou la mythologie ou la religion thaïe.

Je me rends compte, maintenant, que si j'avais su ce qu'il lisait et pourquoi il avait choisi Bangkok, j'aurais probablement sauté de l'avion en plein vol.

Le garçon d'étage, le liftier, le groom et les portiers de l'Oriental demeurent impassibles en voyant mon pantalon de twill froissé et mon gilet de photographe maculé. À trois cent cinquante dollars la nuit, leurs clients peuvent porter ce qu'ils veulent pour s'aventurer dans la ville. Cependant, le groom s'avance pour me parler avant que je quitte la sécurité climatisée de l'hôtel.

« Dr. Merrick, dit-il, vous êtes au courant des… euh… des tensions qui existent à Bangkok actuellement ? »

Je hoche la tête. « Les émeutes des étudiants ? La répression militaire ? »

L'homme sourit et s'incline légèrement, visiblement soulagé de ne pas avoir à instruire le *farang* d'un sujet qui semble l'embarrasser. « Oui, monsieur, dit-il. Si je vous en parle, c'est que, bien que l'agitation ait été circonscrite aux alentours de l'université et du Grand Palais, il y a eu des… incidents sur Silom Road. »

Je hoche de nouveau la tête. « Mais il n'y a pas encore de couvre-feu. Patpong est encore ouvert ? »

Le groom sourit sans la moindre expression salace. « Oh, oui ! monsieur. Patpong et les night-clubs sont ouverts. La ville est très ouverte. »

Je le remercie et sors, sans tenir compte des boniments des petits pisteurs qui s'attroupent devant la porte de l'hôtel pour vanter les promenades en bateau, les trajets en taxis et les « bonnes nuits de plaisir ». L'obscurité règne, mais la chaleur n'a pas diminué et le bruit de la circulation des *soi* est plus fort que jamais. Je tourne à gauche dans Silom Road et me dirige vers Patpong dans la cohue et la bousculade.

Quand on y est arrivé, on s'en aperçoit tout de suite ; les ruelles qui se déversent dans Silom Road et Suriwong Road regorgent d'enseignes lumineuses de mauvaise qualité : MERVEILLEUX MASSAGES, CHATTES EN ABONDANCE, PÉPÉES À GOGO, SEX-SHOWS DE SUPER-GIRLS EN DIRECT, CHATTES EN CHALEUR ! et des douzaines d'autres. Seuls les piétons peuvent circuler dans les venelles de Patpong, mais les *tuk-tuks* à trois roues qui passent en rugissant sur les boulevards fournissent un accompagnement sonore incessant aux beuglements de rock and roll qui jaillissent des haut-parleurs et des portes ouvertes.

Dès que je tourne dans la ruelle appelée Patpong Un, des jeunes gens des deux sexes – difficiles à distinguer à cause de l'apparence androgyne des Thaïlandais – commencent à me tirer par la manche en montrant des portes.

« Monsieur, les meilleurs sex-shows en direct, les meilleurs shows de chattes…

— Hé, monsieur ! par ici les plus jolies filles, les moins chères…

— Vous voulez des filles ? Non ? Vous voulez des garçons ? »

Je continue à flâner, ignorant leurs gentils tiraillements. J'ai essuyé la dernière question lorsque j'entre dans la venelle appelée Patpong Deux. Le quartier nocturne est divisé en trois zones. Patpong Un se met au service des hétéros, Patpong Deux offre ses délices aussi bien aux hétéros qu'aux homos, et Patpong Trois se consacre uniquement à ces derniers. La plupart des spectacles de Patpong Deux sont destinés aux hétérosexuels, bien que beaucoup de ses bars comptent autant de garçons souriants que de filles.

Je m'arrête devant un lieu catalogué : DÉLISSES DE CHATTES. Un petit homme dont l'unique bras et le visage ont tourné au bleu à cause du néon clignotant s'avance et me tend une grande carte en plastique. « Menu des chattes ? » dit-il. Sa voix est celle d'un maître d'hôtel de grande classe.

Je prends la carte pas très propre et l'étudie :

CHATTE À LA BANANE
CHATTE AU COCA-COLA
CHATTE AUX BAGUETTES
CHATTE AUX LAMES DE RASOIR
CHATTE QUI FUME

Je hoche la tête et entre dans le night-club animé. Le maître d'hôtel manchot fond sur moi pour récupérer sa carte.

La salle, petite et enfumée, compte quatre bars disposés autour d'une scène rudimentaire. Une fille, qui semble âgée de seize ou dix-sept ans, y fait le pont ; le sommet de sa tête touche presque le bois rugueux du plancher en une posture qui évoque un crabe. Elle est nue et ses poils ont été rasés. Des flèches de lumière colorées traversent la fumée et tombent sur elle comme de doux lasers. Le centre de la scène est une plaque tournante et la fille garde la pose pendant que son corps pivote, offrant à tous les yeux son sexe ainsi exposé. Il y a une cigarette allumée entre ses grandes lèvres. La fumée s'élève de sa vulve comme si elle inhalait. Parfois l'un des clients, plus ivre que les autres, applaudit.

La plupart des hommes présents sont des Thaïs, mais il y a beaucoup de *farangs* parmi eux : d'arrogants Allemands en kaki dont les cheveux gominés sont coiffés en arrière, des Anglais au nez en bec d'aigle qui prêtent plus d'attention à leurs verres qu'à la fille, quelques rares Chinois de Hong Kong, renfrognés, qui la lorgnent au travers de leurs lunettes, et de gros Américains aux verres encore pleins et aux yeux exorbités. Mais pas de Japonais ; à l'est de Patpong, il existe un endroit réservé à leurs hommes d'affaires en vacances sexuelles. Je n'ai jamais vu cette ruelle, mais j'ai entendu dire qu'elle est propre comme le Ginza[1], gardée par des vigiles qui en interdisent l'entrée aux autres touristes, et que les filles qui y travaillent doivent passer toutes les semaines le test du sida. En tout cas, il n'y a pas de Japonais ici ce soir.

Je m'installe sur un tabouret vide, au bar central. Le visage renversé de la fille tourne à un mètre de moi. Ses yeux ouverts fixent le vide. Ses petits seins ne sont guère plus que deux renflements. Je peux compter ses côtes.

Un barman se glisse dans l'étroit espace entre la scène et le bar et je lui commande une Singha bien fraîche : la bière locale coûte cinquante bahts de plus ici que dans un bar normal, mais c'est encore la moins chère des boissons. Le verre et la boîte ne sont pas plus tôt en face de moi qu'une jeune Thaïe se glisse sur le tabouret voisin ; son sein gauche vient toucher mon bras nu au travers de son corsage en coton léger. Elle n'est pas plus âgée que la jeune fille dont le sexe se tourne de nouveau vers nous, mais elle fait plus à cause de

1. Quartier de Tokyo fameux pour ses bars et ses night-clubs. *(N.d.T.)*

l'épais maquillage qui brille maintenant d'une couleur cadavérique sous la lumière devenue bleue.

Elle dit quelque chose, mais le beuglement du rock and roll est si puissant que je dois me pencher plus près, alors elle répète sa phrase. Son sein se presse encore plus contre mon bras.

« Mon nom, Nok, répète-t-elle en criant presque cette fois. Et toi ? »

Elle est si proche que, malgré la fumée des cigarettes, je sens son odeur agréable de talc et de transpiration. Les Thaïs sont parmi les gens les plus propres du monde ; ils se baignent plusieurs fois par jour. Ignorant sa question, je lui dis : « Nok… cela signifie oiseau. Es-tu un oiseau, Nok ? »

Ses yeux s'élargissent. « Tu parles le thaï ? » demande-t-elle dans sa langue.

Je fais comme si je n'avais pas compris. « Es-tu un oiseau, Nok ? » demandai-je de nouveau.

Elle soupire et répond en anglais : « Oui, moi, oiseau assoiffé. Tu paies un verre ? »

Je hoche la tête et le barman surgit une fraction de seconde plus tard pour lui verser le plus cher de ses « whiskies ». C'est du thé à quatre-vingt-dix-huit pour cent, bien sûr.

« Toi, américain ? demande-t-elle, avec un peu d'animation dans ses yeux sombres. J'aime beaucoup Amérique. »

J'écarte ses longs cheveux de ses yeux et bois une petite gorgée de bière. « Si tu es un oiseau, dis-je, es-tu un *khai long* ? » Ces mots signifient « petit poulet perdu », mais à Bangkok, ils s'appliquent souvent aux filles des rues.

Nok rejette la tête en arrière et croise les bras sur sa poitrine, comme si je l'avais giflée. Elle va pour s'en aller, mais j'empoigne son bras mince et la ramène à moi. « Finis ton whisky. »

Nok fait la moue mais boit une gorgée de son thé. Nous regardons sa camarade lorsque la vulve glabre se tourne de nouveau vers nous. La cigarette s'est consumée jusqu'aux lèvres. Tout en sirotant ma bière, je m'émerveille – et ce n'est pas la première fois – que les êtres humains puissent rendre aussi grotesques les spectacles les plus intimes. À la dernière seconde, juste avant que la cigarette ne la brûle, la fille tend la main, la récupère, tire une dernière bouffée entre des lèvres plus appropriées à la chose, jette le mégot entre la scène et le bar et se redresse. Seuls deux ou trois hommes applaudissent. Elle sort de scène en bondissant et une Thaïe plus âgée, tout aussi nue, monte sur la plaque tournante, s'accroupit et déploie en pleine lumière quatre lames de rasoir.

Je reviens à Nok. « Je suis désolé de t'avoir blessée. Tu es un oiseau très joli. Tu veux bien qu'on s'amuse ensemble, ce soir ? »

Nok se force à sourire. « J'aimerais te faire amuser ce soir. » Elle fronce les sourcils comme si elle venait de penser à quelque chose. « Mais Mr. Diang… – elle montre d'un signe de tête un Thaï mince aux cheveux teints en rouge qui se tient debout dans l'ombre –, il sera très fou contre Nok si Nok travaille pas toute la nuit. Lui je dois payer si je pars faire amuser. »

Je hoche la tête et sors une grosse liasse de bahts que j'ai obtenus contre mes dollars à l'aéroport. « Je comprends », dis-je en tirant quatre billets de cinq cents bahts… presque quatre-vingts dollars. Autrefois, même les putains les plus huppées de Bangkok ne prenaient que deux ou trois cents bahts, mais le gouvernement a tout fichu en l'air, il y a quelques années, en sortant un billet de cinq cents bahts. C'est mal vu de réclamer la monnaie, aussi la chose coûte-t-elle maintenant cinq cents bahts, plus un autre billet pour leur « Mr. Diang ».

Elle jette un coup d'œil au vieil homme aux cheveux rouges et il hoche imperceptiblement la tête. Nok me sourit. « Oui, j'ai chambre pour beaucoup plaisir. »

Je reprends l'argent et crie, plus fort que les hurlements du rock and roll : « On pourrait essayer de trouver quelqu'un d'autre pour s'amuser avec nous. » Du coin de l'œil, je vois la femme, sur scène, insérer les lames dans son vagin.

Nok fait la grimace ; partager la soirée avec une autre fille réduira son profit. « *Sakha bue din* », dit-elle doucement.

Je souris d'un air perplexe. « Qu'est-ce que cela veut dire ?

— Ça veut dire, tu as assez amusement avec Nok qui t'aime beaucoup », réplique-t-elle en souriant.

En réalité, la phrase qu'elle a dite dans sa langue est la version abrégée d'un dicton des villages du Nord : « Ta bite est par terre, je l'écrase comme un serpent. » Je souris pour montrer combien j'apprécie sa gentillesse.

« Bien sûr, cet argent sera rien que pour toi, dis-je en rapprochant les deux mille bahts de sa main. Il y en aura d'autres si nous trouvons la fille qui me convient. »

Souriant plus largement, Nok me regarde du coin de l'œil. « Tu as la fille à l'esprit ? Quelqu'un tu connais ou quelqu'un je trouve. Petite amie qui t'aime aussi beaucoup ?

— Quelqu'un que je connais, dis-je en respirant à fond. As-tu entendu parler d'une femme appelée Mara ? Ou peut-être de sa fille, Tanha ? »

Nok se fige et, pendant un instant, elle est réellement un oiseau – un oiseau effrayé, piégé. Elle essaie de s'en aller, mais je la tiens toujours par le bras.

« *Na !* crie-t-elle d'une voix de petite fille. *Na, na*...

— Je te donnerai encore plus d'argent… »

Je fais glisser les bahts vers elle.

« *Na !* » crie Nok, des larmes plein les yeux.

Mr. Diang s'avance rapidement et fait un signe de tête au gigantesque Thaï qui se tient près de la porte. Les deux hommes traversent la foule dans notre direction comme des requins dans une eau peu profonde.

Je lâche le bras de Nok et elle s'enfuit. Je lève les deux mains, paumes ouvertes ; Mr. Diang et son videur s'arrêtent à cinq pas de moi. Le vieil homme aux cheveux rouges montre la porte en levant le menton et j'acquiesce d'un hochement de tête.

Je termine ma bière d'une longue goulée et m'en vais. Il y a d'autres endroits sur ma liste. Et d'autres filles pour qui l'amour de l'argent sera plus fort que leur peur de Mara…

Peut-être.

Vingt-deux ans plus tôt, Patpong existait déjà mais les bidasses américains ne pouvaient pas se l'offrir. Le gouvernement thaï et l'armée des États-Unis avaient bricolé un quartier réservé de bars, d'hôtels et de salons de massages bon marché sur New Petchburi Road, à plusieurs kilomètres de Patpong, plus professionnel.

On se foutait de l'endroit où ils nous envoyaient du moment qu'il y avait des filles, de l'alcool et de la drogue. Et il y en avait.

Tres et moi avons passé nos premières quarante-huit heures à faire le tour des bars et des clubs. Pour trouver des prostituées, on n'était pas obligé de quitter l'espèce d'asile de nuit qui nous servait d'hôtel – une douzaine de filles traînaient dans le hall – mais se contenter de prendre l'ascenseur, cela ne nous semblait pas assez excitant. C'est comme de tirer sur les hirondelles d'une grange en braquant sur leurs nids le faisceau d'une lampe électrique, dit Tres. Alors, nous tournions en rond dans Petchburi Road.

Le premier soir passé à Bangkok, je découvris ce qu'était un bar-sans-les-mains. La nourriture était dégueulasse et la boisson beaucoup trop chère, mais les filles nous donnaient la becquée et portaient le verre à nos lèvres, ça, c'était vraiment de l'inédit. Entre les bouchées et les gorgées, elles roucoulaient, nous faisaient de l'œil, et leurs doigts aux ongles longs remontaient le long de nos cuisses, du genou à l'entrejambe. C'était difficile de se souvenir que vingt-quatre heures auparavant, nous trimbalions encore nos sacs dans les collines d'argile rouge de la vallée d'A Shau.

Ces dix mois de Viêt-nam dépassaient tout ce que j'avais jamais connu dans ma brève existence. Même maintenant, où j'ai plus de quarante ans de vie derrière moi, la chaleur, la terreur, la fatigue extrême qui caractérisent la guerre dans la jungle restent distinctes de mes autres souvenirs.

Distinctes de tout, sauf de ce qui m'est arrivé à Bangkok.

En tout cas, nous avons bu et baisé des putains dans le quartier réservé pendant quarante-huit heures d'affilée. Tres et moi avions pris des chambres séparées afin de pouvoir ramener des filles, et c'est ce que nous fîmes. Une soirée de faveurs sexuelles coûtait moins cher qu'une boîte de bière fraîche à la base de tir… et pourtant elle n'était pas chère. Un T-shirt ou un jean donné à nos petites femmes nous valait une semaine de *mai chao*, d'« épouse louée ». Elles ne faisaient pas que baiser ou nous tailler une pipe, mais lavaient notre linge et rangeaient la chambre d'hôtel pendant que nous en cherchions d'autres.

Il faut vous souvenir que c'était en 1970. On n'avait jamais entendu parler du sida. Oh, l'armée nous fournissait des capotes anglaises et nous avait projeté une demi-douzaine de films sur les maladies vénériennes, mais le plus grand danger que courait notre santé, c'était la « Rose de Saigon », une souche résistante de la syphilis apportée là par les GI. Tout compte fait, nos filles semblaient si jeunes, si innocentes, et étaient si stupides, je m'en rends compte maintenant, qu'elles ne nous demandaient même pas de mettre un préservatif. Peut-être croyaient-elles qu'avoir un enfant d'un *farang* portait chance, ou que cela les transporterait miraculeusement aux États-Unis. Je ne sais pas. Je ne leur ai pas posé la question.

Mais au bout de quatre jours – sur les sept auxquels nous avions droit –, la marijuana thaïe de mauvaise qualité et le sexe à bon marché perdirent un peu de leur attrait. Je faisais tout cela pour imiter Tres ; suivre son exemple était devenu pour moi la seule manière de survivre dans ce pays.

Mais il voulait quelque chose d'autre. Et une fois de plus, je le suivis.

« J'ai trouvé un truc vraiment super, me dit-il le soir de notre quatrième jour dans la ville. Vraiment super. »

Je hochai la tête. Tang, ma petite *mai chao*, avait dit en faisant la moue qu'elle aimerait bien aller au restaurant, mais je n'en avais pas tenu compte et j'étais descendu rejoindre Tres au bar lorsqu'il m'avait appelé.

« Ça va coûter un paquet. Combien as-tu ? » me demanda-t-il.

Je fouillai dans mon portefeuille. Tang et moi avions fumé quelques cigarettes de marijuana thaïe dans la chambre et les choses semblaient un peu luminescentes et décentrées. « Deux billets de cent bahts », répondis-je.

Tres secoua la tête.

« Il faut des dollars pour ça. Peut-être quatre ou cinq cents. »

Je le regardai avec des yeux en billes de loto. Nous n'avions même pas dépensé une fraction de cette somme depuis notre arrivée ici. Rien à Bangkok coûtait plus de deux ou trois dollars.

« C'est quelque chose d'exceptionnel, dit-il. De tout à fait particulier. Tu ne m'as pas dit que tu emportais les trois cents dollars que ton oncle t'a envoyés ? »

Je hochai la tête sans rien dire. L'argent était caché dans une de mes baskets, au fond de mon sac resté dans la chambre. « Je voulais acheter quelque chose de beau pour ma mère, dis-je. Une soierie ou un kimono ou bien… » Ma voix s'éteignit, faute de conviction.

Tres sourit. « Ça va te plaire plus qu'un kimono pour ta mère. Va chercher ton argent, dépêche-toi. »

Je me dépêchai. Quand je redescendis, un jeune Thaï m'attendait à la porte avec Tres. « Johnny, je te présente Maladung. Maladung, voilà Johnny Merrik. Dans la section, on l'appelle Johnny Prick. »

Maladung me fit un petit sourire narquois.

Avant que je puisse expliquer qu'on surnommait la radio PRC-25 « Prick-25 », et que j'en avais trimbalé une sur mon dos pendant un mois et demi avant qu'ils dégottent un radio téléphoniste plus costaud, Maladung nous avait fait signe de le suivre et plongé dans la nuit. Nous prîmes un *tuk-tuk* à trois roues jusqu'à la rivière. En principe, celle qui coulait depuis l'Himalaya pour venir couper en deux le cœur du vieux Bangkok s'appelait la Chao Phraya, mais j'avais entendu les indigènes dire Mae Nam – la Rivière – en parlant d'elle.

Nous arrivâmes sur l'embarcadère mal éclairé. Maladung lança quelques mots à un homme debout sur un long bateau étroit qui, sous l'appontement, se réduisait à une ombre. Ce dernier riposta et Tres me dit : « Passe-moi un billet de cent bahts, Johnny. »

Je fouillai dans mon portefeuille en essayant de ne pas mélanger les dollars et les bahts colorés. Seule la lumière d'une péniche qui passait me permit de trouver le bon billet. Je le tendis à Tres qui le donna à Maladung qui le transmit à la forme sombre, sur le bateau.

« Embarquez », dit Maladung. Tres et moi, nous nous installâmes sur un banc étroit à l'avant. Notre guide s'assit à mi-chemin entre nous et le conducteur dont le visage n'était visible qu'à la lueur de sa cigarette. Maladung lança un ordre en thaï, l'énorme moteur rugit derrière nous et le bateau s'engagea d'un bond sur la rivière, sa proue étroite martelant le sillage d'une péniche.

Je sais maintenant qu'on appelle ces petits bateaux des « taxis à longue queue » et qu'on en trouve des centaines à louer. Ils tirent ce nom de leur arbre de transmission particulièrement long sur lequel on a monté un moteur d'automobile. Je remarquai, le soir où Tres et moi embarquâmes sur l'un d'eux, que l'arbre faisait si bien office de contrepoids que notre chauffeur pouvait soulever d'une seule main le propulseur hors de l'eau comme si le lourd moteur, situé au centre de l'embarcation, ne pesait rien.

Bangkok est une ville sillonnée de petits canaux, ou *klongs*. Les guides touristiques se plaisent à l'appeler « la Venise du Levant », mais c'est un oxymoron typique de ce genre de littérature. La dernière fois que je suis allé à Venise, je n'ai pas vu des milliers de sampans attachés le long des canaux, ni des structures de bambou délabrées suspendues comme des cabanes sur pilotis, ou une eau si chargée de saleté et de débris qu'on pourrait presque la traverser sans se mouiller.

Cette nuit-là, je remarquai tout cela sur les *klongs* de Bangkok.

Nous passâmes devant les lumières de l'Oriental Hotel, dont Tres et moi avions entendu parler mais que nous ne rêvions même pas de nous offrir un jour, puis sous le pont d'une route où défilaient des véhicules. Pour gagner la rive ouest, notre taxi à longue queue coupa comme une flèche la route d'un énorme ferry en faisant rugir son moteur V-6, puis s'engagea dans un *klong* pas plus large qu'un des étroits *sois* de Patpong.

Le petit canal, d'un noir d'encre, n'était éclairé que par la faible lueur rougeâtre des lanternes des sampans et des cabanes suspendues. Notre chauffeur avait allumé sa propre lanterne rouge suspendue à la poupe, mais je me demandais comment les autres bateaux faisaient pour ne pas entrer en collision avec nous lorsque nous prenions des tournants sans visibilité et glissions sous des passerelles basses. Parfois, j'étais sûr que le dôme en toile de notre taxi allait heurter la voûte affaissée des ponts, mais même lorsque Tres et moi devions baisser la tête, il restait encore quelques centimètres entre les poutres pourries et nous. Les autres taxis fluviaux nous croisaient comme des spectres bruyants et leur sillage giflait notre proue en éclaboussant nos genoux. Je regardai Tres lorsque nous doublâmes un sampan faiblement éclairé ; il y avait dans ses yeux une lueur sauvage. Il souriait d'une oreille à l'autre.

Juste au moment où j'allais lui demander, en criant, quelle était notre destination, le chauffeur mit le moteur au ralenti et dirigea notre bateau vers un embarcadère dont les grands pilotis se dressaient devant nous comme une herse rabattue. Je m'attendais à ce qu'il s'arrête, ou du moins ralentisse suffisamment pour dériver doucement jusqu'à la sombre barrière, mais il accéléra avec un rugissement et nous bondîmes droit sur les pilotis.

« Nom de Dieu ! » m'écriai-je, mais le juron se perdit dans l'écho de notre moteur que renvoyait le dessous pourri de l'appontement. Nous tournâmes de nouveau à droite et le nuage de nos gaz d'échappement enveloppa des sampans qui dansaient dans notre sillage et semblaient avoir été abandonnés là depuis des années. Ce *klong* était l'équivalent d'une ruelle ; il n'y avait pas assez de place pour que deux embarcations puissent se croiser. Il n'y en avait d'ailleurs pas d'autres que la nôtre.

Pendant une demi-heure au moins, nous parcourûmes ces étroits *klongs* à sens unique. La puanteur des égouts était si forte que mes yeux se remplirent de larmes. Plusieurs fois, j'entendis des voix à bord des sombres sampans qui donnaient de la gîte, bordant le canal comme autant d'épaves imprégnées d'eau.

« Des gens y *vivent* », chuchotai-je à Tres lorsque nous passâmes devant une masse barbouillée de noir ; à cet endroit, des cabanes en ruine et des sampans à demi submergés encombraient tellement le *klong* que même notre chauffeur suicidaire dut ralentir sérieusement. Tres ne répondit pas.

Juste au moment où je me disais que le chauffeur s'était perdu dans ce dédale de canaux, nous débouchâmes dans une étendue d'eau entourée d'entrepôts sur pilotis, abandonnés, et de cabanes réduites en cendres. Cela ressemblait à une grande cour flottante, invisible des rues et des canaux publics de la ville. Plusieurs péniches et sampans étaient rassemblés au centre de cette place fluviale et j'aperçus les lanternes pâles de quelques taxis à longue queue amarrés à l'embarcation la plus proche.

Le chauffeur coupa le moteur et nous glissâmes jusqu'à ce bassin de fortune dans un silence si soudain qu'il me fit mal aux oreilles.

Je venais seulement de comprendre que le « dock » n'était qu'une masse flottante de barils de pétrole et de planches arrimée au sampan lorsque deux hommes surgirent d'un trou irrégulièrement taillé dans la paroi en toile du bateau et restèrent à se balancer sur les planches en regardant notre taxi stopper brutalement. Même dans l'obscurité, je vis que tous deux étaient bâtis comme des lutteurs ou des videurs. Le plus proche vociféra quelque chose en thaï.

Maladung répondit et l'un des hommes attrapa notre corde pendant que l'autre s'écartait pour nous laisser grimper sur le petit quai improvisé. Je quittai le taxi le premier, aperçus la faible lueur d'une lanterne par l'ouverture effilochée et allai la franchir lorsqu'un des hommes posa sur ma poitrine trois doigts qui me parurent plus forts que mon bras tout entier.

« Faut payer d'abord », siffla Maladung resté dans le taxi.

Payer pour quoi ? aurais-je voulu demander, mais Tres se pencha vers moi et chuchota : « Passe-moi tes trois cents dollars, Johnny. »

Mon oncle m'avait envoyé cet argent en billets de cinquante, tout neufs. Je les donnai à Tres qui en tendit deux à Maladung et les quatre autres à l'homme le plus proche de nous.

Celui-ci s'écarta et me montra l'entrée. J'étais en train de me courber pour franchir l'ouverture quand je fus surpris d'entendre le rugissement du moteur de notre bateau. Je me redressai à temps pour voir la lanterne rouge disparaître au bout de l'étroit *klong*.

« Putain, dis-je. Comment allons-nous faire pour rentrer ? »

Quelque chose de bien plus sérieux qu'une simple tension nerveuse vibra dans la voix de Tres. « On s'occupera de ça plus tard. Vas-y. »

Je regardai l'orifice grossièrement taillé qui semblait s'ouvrir sur un couloir reliant une série de sampans et de péniches. Des odeurs fortes m'assaillirent, et j'entendis un bruit sourd, comme si une grosse bête respirait quelque part, au bout du tunnel.

« Tu veux vraiment pénétrer là-dedans ? » chuchotai-je à Tres. Les deux Thaïs, restés sur le quai, semblaient aussi inanimés que ces statues de chiens-lions chinois qui, sur tout le continent asiatique, gardent l'entrée des bâtiments importants. « Tres ?

— Oui. Viens. »

Il me poussa pour passer le premier et se glissa dans l'ouverture.

Habitué à le suivre en patrouilles et en embuscades nocturnes, je baissai la tête et lui emboîtai le pas.

Dieu me vienne en aide, je l'ai suivi.

Lors de ma seconde nuit à Patpong, j'assiste à un sex-show en direct dans la boîte appelée « Chattes à gogo » lorsque quatre Thaïs m'entourent.

C'est le genre de spectacle typique de Bangkok : un jeune couple fait l'amour sur deux Harley-Davidson suspendues au-dessus de la scène centrale. Ils baisent depuis plus de dix minutes. Leurs visages ne simulent aucune émotion, mais leurs corps savent révéler leur accouplement à chaque coin du bar. Une certaine tension émane du public, qui ne tient pas à l'acte sexuel mais à l'espoir que, peut-être, ils vont tomber des motos.

Quand les Thaïs costauds se fraient brutalement un chemin dans la foule pour converger vers moi, je ne suis pas en train de regarder le show, j'interroge une entraîneuse appelée Lah. La fille s'évanouit dans la foule. Il fait sombre dans le bar, pourtant les quatre hommes portent des lunettes de soleil. Je bois une gorgée de bière éventée et ne dis rien lorsque leur cercle se referme sur moi.

« Vous vous appelez Merrick ? » demande le plus petit. Son visage est étroit comme la lame d'une hache et grêlé de cicatrices d'acné, ou de variole.

Je hoche la tête.

Mon interlocuteur se rapproche.

« Vous avez posé des questions sur une femme appelée Mara, ici, ce soir, et dans d'autres clubs hier soir.

— Oui.

— Venez », dit-il.

Je n'offre aucune résistance et nous sortons tous les cinq du bar en nous enfonçant comme un coin dans la foule. Dehors, une brèche s'ouvre un peu entre les malabars, sur ma gauche, et je pourrais filer si je le voulais. Je ne le fais pas. Une limousine noire nous attend à l'entrée de la ruelle et l'homme qui est à ma droite ouvre la portière arrière. Quand il fait ce geste, j'aperçois la crosse en forme de poire d'un pistolet glissé à sa ceinture.

Je m'assois sur la banquette. Les deux plus grands m'encadrent. L'homme au revolver s'installe derrière le volant et le grêlé monte à côté de lui. La voiture s'engage dans des petites rues. Je sais qu'il est plus de trois heures du matin, mais à proximité de Patpong, les *sois* sont tout de même curieusement vides. Tout d'abord, je comprends que nous nous dirigeons vers le nord, parallèlement à la rivière, pourtant je perds bientôt le sens de l'orientation dans le dédale des venelles. Seul le fait que les enseignes éteintes sont écrites en chinois m'apprend que nous sommes dans un quartier, au nord de Patpong, appelé Chinatown.

« Ne passe pas par Sanam Luang et Ratchadamnoen Klang, dit le grêlé en thaï au conducteur. L'armée tire sur les manifestants, ce soir. »

Je jette un coup d'œil à droite et aperçois le rougeoiement des flammes au-dessus des toits. Le personnel de l'Oriental m'a vivement conseillé de ne pas sortir ce soir. Maintenant, j'entends le fracas lointain, presque doux, des armes portatives par-dessus le sifflement du climatiseur de la voiture.

Nous nous arrêtons dans un quartier d'immeubles vides. Ici, il n'y a pas d'éclairage public et seule la lueur orange de l'incendie qui se réfléchit sur les nuages bas me permet de voir que la rue se termine en terrains vagues et en entrepôts à moitié démolis. Je sens l'odeur de la rivière quelque part dans l'obscurité.

Le grêlé se retourne et hoche la tête. Le Thaï qui est à ma droite ouvre la portière et me fait sortir en me tirant par ma veste. Le conducteur reste dans la voiture pendant que les trois autres m'entraînent dans les ténèbres, près de la rivière.

J'allais parler juste au moment où le Thaï qui est derrière moi m'attrape par les cheveux et me renverse brutalement la tête en arrière. Le troisième m'immobilise les bras tandis que l'autre pose la lame d'un poignard sur ma gorge. Le visage grêlé surgit brusquement si près de moi que je sens l'odeur de poisson et de bière qui imprègne son haleine.

« Pourquoi poses-tu des questions sur une femme appelée Mara qui a une fille prénommée Tanha ? » me demande-t-il en thaï.

Je cligne des yeux, comme si je ne comprenais pas. La lame m'entaille la peau, juste sous la pomme d'Adam. Ma tête est tellement renversée en arrière que j'ai beaucoup de mal à respirer.

« Pourquoi poses-tu des questions sur une femme appelée Mara qui a une fille prénommée Tanha ? » répète-t-il, en anglais cette fois.

Ma réponse ressemble plus à un gargouillis qu'à des paroles : « J'ai quelque chose pour elles. » J'essaie de libérer ma main droite, mais le troisième homme la retient par le poignet.

« Dans ma poche intérieure gauche », dis-je d'une voix croassante.

Le grêlé hésite une seconde seulement avant d'ouvrir mon gilet et de fouiller dans la poche secrète. Il en sort les vingt billets.

Je sens son haleine sur mon visage lorsqu'il rit doucement. « Vingt mille dollars ? Mara n'a que faire de vingt mille dollars. Il n'y a *pas* de Mara », conclut-il en anglais. Il dit en thaï à l'homme qui tient le couteau : « Tue-le. »

Ils n'en sont pas à leur coup d'essai. Le premier homme me cambre encore plus en arrière, l'autre tire mes bras vers le bas pendant que le grêlé recule pour se mettre hors de portée du jet de sang artériel. Une seconde avant que le couteau ne me tranche la gorge, je dis d'une voix entrecoupée. « Regardez mieux. »

Je sens la tension s'accroître dans le bras de l'homme au couteau dont la lame continue à s'enfoncer, mais le grêlé lève la main pour l'arrêter. Le poignard fait couler assez de sang pour tremper le col de ma chemise et celui de mon gilet, pourtant il ne pénètre pas plus profondément. Le petit homme lève un billet, le regarde dans la faible lumière en plissant les yeux, puis allume un briquet. Il marmonne tout bas.

« Quoi ? » demande le troisième homme en thaï.

Le grêlé répond dans la même langue. « C'est un titre au porteur de dix mille dollars. Ce sont *tous* des titres de dix mille dollars. Les vingt. »

Les deux autres sifflent.

« Il y en a d'autres, dis-je en thaï. Beaucoup d'autres. Mais il faut que je voie Mara. »

Ma tête est maintenant trop renversée en arrière pour que je puisse voir le grêlé, mais je sens l'intensité de son regard sur moi. La tentation doit être forte pour ces trois-là de me tuer, de jeter mon corps dans la rivière et de garder les deux cent mille dollars.

Seul le fait qu'ils obéissent à Mara me donne de l'espoir.

Tous restent immobiles pendant au moins une minute avant que le grêlé grogne quelque chose ; le poignard s'écarte de ma gorge, on me lâche les cheveux et nous retournons à la limousine.

Tres m'avait précédé dans l'espèce de tunnel que formaient les toits des sampans. Les trois premiers bateaux étaient vides ; l'eau stagnait dans leurs carènes, ils sentaient le pourri et la cuisine asiatique, mais sur le troisième, nous trouvâmes un peu de lumière et surtout un bruit tonitruant. Je compris, en mettant le pied dans cet espace plus vaste, que c'était une des péniches que j'avais vues attachées au centre des sampans.

Plusieurs Thaïs nous lancèrent un coup d'œil lorsque nous pénétrâmes dans l'embarcation couverte, puis nous regardèrent de nouveau, visiblement surpris que des *farangs* aient eu le droit de venir en ce lieu. Mais ils reportèrent vite leur attention sur la scène improvisée qui occupait le centre de l'embarcation. Je restai immobile à cligner des yeux en essayant de percer l'épais nuage de fumée de tabac et de marijuana ; le plateau, qui ne faisait pas plus d'un mètre sur deux, était éclairé par deux lanternes chuintantes accrochées aux poutres. Deux femmes y pratiquaient le cunnilingus. Des bancs rudimentaires l'entouraient sur quatre rangées et la vingtaine de Thaïs qui les occupaient n'étaient que des formes sombres et indistinctes dans les vapeurs de cigarettes.

« Que… », commençai-je, mais Tres me fit taire et alla s'asseoir sur un banc vide. Sur scène, deux jeunes gens à peine pubères rejoignirent les femmes, mais pour s'exciter et se caresser mutuellement.

J'en avais assez qu'on m'empêche de parler. Je me penchai vers Tres et dis : « Merde alors, pourquoi est-ce qu'on a dû payer trois cents dollars pour ça, alors qu'on pouvait voir la même chose pour deux ou trois, dans n'importe quel bar de Petchburi Road ? »

Tres fit non de la tête. « Ce sont juste les préliminaires, Johnny, chuchota-t-il. Pour mettre le public en train. On a payé pour la pièce de résistance. »

Deux ou trois hommes, assis devant nous, s'étaient retournés et nous regardaient d'un air furieux, comme si nous faisions du bruit dans une salle de cinéma. Sur scène, les deux garçons étaient prêts et s'occupaient maintenant autant des jeunes femmes que d'eux. Les combinaisons étaient complexes.

Je croisai les jambes et attendis. Nous n'avions pas de sous-vêtements au Viêt-nam parce que cela provoquait des mycoses à l'entrejambe et, comme pas mal de troufions, j'avais perdu l'habitude d'en mettre lorsque j'étais en civil, pendant les permissions. J'aurais bien voulu, ce soir-là, porter un slip collant sous mon léger pantalon de coton. C'était gênant d'avoir une érection si visible devant tous ces hommes qui m'entouraient.

Les deux couples essayèrent différents arrangements pendant encore dix minutes au moins. Quand ils jouirent – presque simultanément –, les femmes jouaient peut-être la comédie, mais les orgasmes mâles, eux, n'étaient pas simulés. L'une des Thaïes recueillit le sperme sur ses seins pendant que l'autre étalait celui du second sur les fesses du premier. Ces jeux bisexuels me dérangeaient et m'excitaient à la fois. Je ne comprenais pas bien mes réactions.

Une fois la chose terminée, les quatre jeunes se relevèrent et sortirent par une porte taillée dans le mur du fond et donnant sur le tunnel. Les spectateurs n'applaudirent pas. La scène resta vide plusieurs minutes et je pensais qu'en dépit de ce qu'avait dit Tres le programme de la soirée était peut-être terminé, mais alors un petit Thaï vêtu d'un pantalon et d'une chemise de soie noire monta sur la scène et dit quelque chose d'une voix lente et grave. Je saisis deux fois le mot « Mara ». Une tension soudaine s'empara des spectateurs.

« Qu'a-t-il…, commençai-je.

— Chut, m'interrompit Tres, les yeux rivés sur la scène.

— Qu'ils aillent se faire foutre », dis-je. J'avais payé pour ces conneries ; ce que j'allais avoir pour mon argent, j'avais le droit de le savoir. « Qu'est-ce que c'est un Mara ? »

Tres soupira.

« Mara, c'est le *phanyaa mahn*. Le prince des démons. C'est lui qui a envoyé ses trois filles – Aradi, le mécontentement… Tanha, le désir… et Raka, l'amour… pour tenter Bouddha. Mais celui-ci leur a résisté. »

Je plissai les yeux dans la fumée pour regarder la scène vide et les lanternes qui se balançaient lentement. Un bateau venait de traverser le petit lac caché et son sillage secouait un peu la péniche. « Alors, Mara, c'est un homme ? » Je ne savais pas si je pourrais supporter un autre truc homo.

Tres secoua la tête.

« Pas quand l'esprit du *phanyaa mahn* se combine au *naga* dans une incarnation démon-être humain. »

Je regardai Tres avec de grands yeux. Nous avions tous les deux fumé pas mal de came depuis notre arrivée à Bangkok – la cigarette de marijuana était quasiment en vente libre ici –, mais Tres avait visiblement dépassé la dose. Il comprit mon expression et sourit un peu. « Mara, c'est la part du monde qui meurt, Johnny… le principe de mort. La chose que nous craignons plus que les Viets quand on est en patrouille, la nuit. Le *naga* est une sorte de dieu-serpent associé à l'eau. À la rivière. Il peut donner la vie, et tuer. Quand l'esprit du *naga* est donné à quelqu'un déjà possédé par le *phanyaa mahn* – Mara –, le démon peut être mâle ou femelle. Mais nous avons payé pour voir un Mara femelle qui est censé être un *phanyaa mahn naga kio*. Cela n'arrive qu'une fois pour mille incarnations… »

Je regardai Tres fixement. Il chuchotait si bas que je pouvais à peine l'entendre, mais quelques Thaïs s'étaient retournés pour le dévisager. Je n'avais pas compris un fichu mot de ce qu'il disait. « Qu'est-ce que c'est un *kio* ? » demandai-je. Mon cœur se serrait car j'avais l'impression d'avoir craché trois cents dollars pour rien.

« Un *kio*, c'est un… chut », siffla Tres en montrant la scène du doigt.

Une femme en soierie thaïe traditionnelle, tenant dans ses bras un petit bébé, venait d'apparaître. Ses traits étaient anguleux, presque masculins, et sa chevelure un simple halo de mèches noires enchevêtrées. Elle était plus âgée que les couples que nous venions de voir, mais n'avait sans doute pas plus de vingt ans. Le bébé vagissait et tiraillait la soie qui couvrait ses petits seins. Je m'aperçus que les Thaïs assis sur les bancs s'inclinaient légèrement dans sa direction. Quelques-uns exécutaient le traditionnel *wai* d'obéissance – paumes jointes. C'était une drôle de chose à faire devant une putain. Je regardai Tres d'un air furieux, mais lui aussi était en train de la saluer respectueusement. Je haussai les épaules et reportai mon attention sur la scène. La plupart des hommes avaient maintenant éteint leur cigarette, mais la fumée était si épaisse dans la péniche couverte qu'elle formait comme un brouillard.

La femme s'était agenouillée. Le corps du bébé reposait mollement dans ses bras. L'homme vêtu de soie noire revint sur scène et prononça quelques mots à voix basse, sans intonation.

Il y eut un long silence. Pour finir, un gros Thaï assis au premier rang se leva, se retourna pour regarder la foule, puis monta sur le plateau. Presque tous les spectateurs exhalèrent une sorte de soupir et je sentis que la tension changeait de cible, sans vraiment faiblir.

« Que… », chuchotai-je.

Tres secoua la tête et me fit signe de regarder. Le gros homme tendit une grosse liasse de billets à l'homme en soie noire.

« Je croyais qu'on devait tous payer avant d'entrer », murmurai-je à Tres. Il ne m'écoutait pas.

L'homme en noir mit une minute à compter l'argent – il y avait plusieurs milliers de bahts – puis il s'en alla. Comme si elles répondaient à un signal, les deux jeunes femmes que nous avions déjà vues reparurent. Elles portaient un costume rituel que j'associai aux danses thaïes dont j'avais vu des photos : un grand chapeau pointu, un corsage et un pantalon en soie dorée et de drôles d'épaulettes. Je commençai à me demander si j'avais payé trois cents dollars pour regarder quatre personnes faire l'amour habillées.

Les deux garçons rentrèrent en scène, vêtus de même et portant un fauteuil sculpté. J'eus peur de voir encore un truc d'homos et de lesbiennes, mais ils se contentèrent de poser le fauteuil et disparurent. Les deux filles commencèrent à déshabiller le gros homme pendant que la femme appelée Mara regardait fixement dans le vide, ne prêtant attention ni à l'homme, ni à ses aides, ni au public.

Ayant dévêtu le client d'une façon presque rituelle et plié soigneusement ses vêtements, les filles le poussèrent à reculons dans le fauteuil. Je vis que la sueur perlait sur sa lèvre supérieure et sur sa poitrine. Ses jambes tremblaient un peu. S'il avait payé pour un truc érotique, il ne semblait pas être du tout à la hauteur. La bite du pauvre type était ratatinée et ses bourses pas plus grosses qu'une noix.

Les filles se penchèrent et se mirent à le travailler des mains et de la bouche. Cela prit un bon moment, mais elles étaient très efficaces et bientôt la pine du gros bonhomme banda si bien que son gland touchait presque son ventre. Il n'y avait toujours rien d'extraordinaire dans tout cela. Pendant ce temps, la femme laide appelée Mara regardait toujours dans le vide tandis que le bébé s'agitait un peu dans ses bras. Son indifférence frôlait la catatonie.

Mon cœur commença à battre plus fort. J'avais peur qu'ils fassent quelque chose au bébé et cette idée me rendait physiquement malade. Si un nourrisson était impliqué dans ce truc et que Tres l'ait su à l'avance…

Je lui jetai un coup d'œil, mais il regardait la sorcière avec un mélange de peur et d'intérêt scientifique. Je secouai la tête. C'était une drôle de merde.

Les deux filles s'en allèrent et il ne resta plus sur scène que l'homme en état d'érection et la femme à l'enfant. Mara se tourna vers le client et, à la lumière de la lanterne, ses yeux brillèrent d'une lueur jaune. Brusquement, la salle me parut bien trop silencieuse, comme si tout le monde avait cessé de respirer.

Mara se leva, fit trois pas vers l'homme, puis s'agenouilla. Elle était assez loin de lui, si bien qu'elle dut se pencher pour poser la main sur sa cuisse. Je remarquai que ses ongles étaient très rouges et très longs. L'érection du gros homme commença visiblement à fléchir et je vis ses bourses se rétracter de nouveau comme si elles voulaient se cacher dans son corps.

À cette vue, Mara esquissa un sourire. Tenant toujours l'enfant dans ses bras, elle se pencha et ouvrit la bouche.

Je m'attendais à une fellation, mais la tête de la femme ne s'approcha jamais à plus de cinquante centimètres des organes génitaux de l'homme. Sa langue se glissa entre ses dents pointues, parfaitement blanches, et se recourba jusqu'à toucher son menton. Les yeux du gros homme étaient maintenant écarquillés et je vis que ses bras et son ventre frissonnaient. Il bandait de nouveau.

Mara bougea un peu la tête, la secoua comme pour détendre son cou, et la langue continua à sortir. Quinze centimètres de langue. Puis vingt centimètres. Une langue charnue de trente centimètres se glissait hors de sa bouche comme une vipère rose sortant de son nid sombre.

Quand une langue de quarante-cinq ou cinquante centimètres se fut déployée sous nos yeux, qu'elle eut pris appui sur la cuisse du gros homme et commence à s'enrouler autour de sa bite, je tentai de déglutir et m'aperçus que cela m'était impossible. J'essayai de fermer les yeux mais découvris que mes paupières refusaient d'obéir. Bouche ouverte, haletant, je ne pouvais que regarder.

La langue de Mara enveloppa la bite non circoncise en repoussant le prépuce. La lumière de la lanterne se reflétait sur sa moiteur rose et faisait briller la muqueuse qu'elle avait lubrifiée.

L'organe musculeux continuait à s'allonger et s'enroulait en spirale autour du gland palpitant, telle la tête chercheuse d'un serpent au corps aplati. Le gros homme ferma les yeux lorsque l'immense langue ayant fini d'encercler son pénis, l'étroite extrémité de ce ruban charnu s'avança en oscillant vers les testicules rétractés. Les cils de Mara se baissèrent aussi, mais le blanc et le jaune des yeux luisaient toujours sous les lourdes paupières pendant que les hanches de l'homme se mettaient en mouvement.

La vue de cette langue humide à la lumière jaune de la lanterne était horrible – donnait presque la nausée – mais ce n'était pas le pire. Le pire, c'étaient les lésions qu'elle présentait : des fentes obliques dans la partie interne et plus charnue de l'organe, comme si quelqu'un avait pris un scalpel bien aiguisé et pratiqué une série d'incisions longues d'un centimètre, mais qui ne saignaient pas.

Ce n'étaient pas des incisions. Même sous ce faible éclairage, je pus voir qu'elles s'ouvraient et se fermaient à volonté, telles les petites bouches d'une anémone affamée soulevée par le courant d'une faible marée. La langue s'enroula plus étroitement autour du pénis tendu et soumis à des contractions presque péristaltiques lorsque le ruban de chair rose tirait et serrait, serrait et tirait. Mara ferma les lèvres, rejeta la tête en arrière comme un pêcheur dont l'hameçon s'est profondément enfoncé, et le gros homme gémit de jouissance. Il s'agrippa aux bras du fauteuil et agita les hanches plus frénétiquement, les yeux à demi ouverts mais ne voyant rien que la rouge montée de son plaisir.

Aujourd'hui, après des années d'exercice de la médecine, je sais avec précision ce qui s'est passé. Y penser en termes cliniques me facilite les choses.

Le Thaï trop corpulent avait connu une excitation sexuelle normale et était passé très rapidement à la phase en plateau. À l'intérieur du pénis, les trois colonnes spongieuses de tissu musculaire – les deux longues *corpora cavernosa*, et le *corpus spongiosum*, à l'extrémité – s'engorgeaient de sang. Le pénis était constamment alimenté de sang artériel par les artères dorsale, caverneuse et bulbo-urétrale tandis que les valves des veines dorsales se fermaient, ne laissant que peu ou pas de sang retourner dans le corps tant que durait la phase en plateau.

L'excitation continuait à croître. Elle provoquait des contractions spathiques des muscles faciaux, abdominaux et intercostaux du Thaï. À l'époque, je ne perçus qu'une grimace de douleur sur son visage tendu, suant, et des hanches qui se levaient et s'abaissaient dans la lumière voilée par la fumée. Si j'avais pris son pouls, j'aurais découvert que son rythme cardiaque était passé de cent à cent soixante-quinze battements par minute. Sa tension systolique s'élevait à environ 18 et la diastolique à 140 ou plus. En même temps, son sphincter anal se contractait et une rougeur maculopapuleuse commençait à se répandre sur son visage, son cou et sa poitrine.

Normalement, ces symptômes indiquent le début de l'orgasme, avec une brève pointe tensionnelle systolique et diastolique très élevée, puis un rapide retour à la normale lorsque le corps atteint la phase de résolution et que le sang s'écoule par les veines du pénis, enfin réouvertes.

Il n'y eut pas de résolution.

La langue de Mara enserrait toujours dans ses anneaux le pénis qu'elle continuait à branler. Le visage du gros Thaï devint encore plus rouge tandis que ses hanches tressautaient de plus belle. On ne voyait plus que le blanc de ses yeux. Son gland, à peine visible à la lumière de la lanterne, parut s'engorger au point d'éclater. Un mince anneau de langue le recouvrit et l'enserra.

L'homme entra alors dans ce que j'appellerais maintenant la phase finale de la réaction éjaculatoire : spasmes des muscles, perte de contrôle de ceux du visage, rythme respiratoire excédant quarante par minute, rougeur de tout le corps et agitation frénétique des hanches. À l'époque, je crus qu'il allait jouir.

La tête de Mara s'inclina et elle commença à rembobiner sa langue. Ses yeux étaient ouverts maintenant, et très jaunes. Une vingtaine de centimètres de langue enveloppaient encore le pénis distendu lorsque Mara le prit dans sa bouche aux lèvres rouges.

Le Thaï continuait à se tordre dans les affres du plaisir. Pas un bruit n'émanait de la vingtaine de spectateurs présents dans la salle enfumée. On n'entendait que les gémissements de l'homme. Son orgasme se prolongeait bien au-delà du temps qu'il faut à un mâle pour éjaculer. Le visage déformé de Mara s'élevait et s'abaissait, et chaque fois qu'il était au plus haut, nous voyions que sa langue était toujours enroulée autour du membre encore rigide de l'homme.

« Bordel de merde », chuchotai-je.

Je sais maintenant que la phase de résolution de la détumescence du pénis est rapide et involontaire. Pendant les secondes que dure l'expulsion du fluide séminal, la verge entame une involution en deux stades qui commence par une perte d'environ cinquante pour cent de l'érection dans les premières trente secondes. Même quand la vasocongestion persiste – « quand on continue à bander » comme j'aurais dit lorsque j'étais au Viêt-nam – ce n'est pas, cela ne peut pas être une pleine érection pré-éjaculatoire.

Ce Thaï continuait à bander. Nous pouvions le voir lorsque la bouche de Mara se relevait au-dessus de sa langue enroulée. Le gros homme parut en proie à une crise d'épilepsie : ses bras et ses jambes battaient l'air violemment, ses yeux étaient complètement retournés, de sa bouche ouverte la salive coulait sur son menton et ses mâchoires. Il continuait à jouir. Les minutes passèrent – cinq, dix. Je m'essuyai la figure et ma paume se mouilla de sueur. Tres respirait la bouche ouverte, ses yeux étaient fixes et son visage exprimait l'horreur.

Pour finir, Mara lâcha la bite du Thaï. Sa langue se détacha et rentra en glissant entre ses lèvres comme happée par un enrouleur. Le gros homme poussa un dernier gémissement et tomba du fauteuil ; son pénis en érection s'agitait encore dans l'air vide.

« Putain », me chuchotai-je, soulagé que ce fût terminé.

Ce n'était pas fini.

Les lèvres de Mara semblaient enflées, ses joues restaient aussi gonflées qu'une seconde auparavant. Un instant, j'imaginai sa bouche et ses joues remplies par cette énorme langue enroulée sur elle-même et faillis vomir mon dîner dans l'obscurité pleine de fumée.

Mara rejeta la tête encore plus en arrière et, pendant une seconde, je remarquai que ses lèvres fardées le semblaient plus qu'avant, comme si elle avait réussi à y appliquer une épaisse couche de rouge pendant qu'elle accomplissait sa fellation. Puis sa bouche s'entrouvrit et le rouge glissa de ses lèvres, coula sur son menton et se répandit sur son corsage en soie dorée.

Du sang. Je compris que ses joues et sa bouche étaient pleines de sang ; sa langue obscène s'était gorgée de celui du Thaï. Elle le refoula et quelque chose comme un sourire éclaira ses traits anguleux.

Je luttai contre la nausée, baissai la tête et me dis : *C'est fini, maintenant. C'est fini.*

Ce n'était pas terminé.

Le bébé était resté pendant cette interminable fellation au creux de son bras gauche, caché à nos yeux par la tête de Mara et la cuisse du gros homme. Mais maintenant on le voyait, accroché au corsage taché de sang. Lorsque la femme rejeta la tête encore plus en arrière et sembla se gargariser avec le sang comme avec un bon vin, le bébé commença à se hisser sur sa poitrine en agrippant la soie dorée dans ses poings minuscules, sa bouche vagissante ouverte en une moue avide.

Je regardai Tres. J'étais incapable de parler et reportai mon attention sur la scène. Les jeunes Thaïs emportèrent le gros homme à demi inconscient, et seuls Mara et son bébé restèrent sous la lumière de la lanterne. L'enfant continua à grimper jusqu'à ce que sa joue touche celle de Mara ; je pensai à un film que j'avais vu, montrant un petit kangourou à demi formé et presque embryonnaire rampant sur la fourrure de sa mère, du vagin à la poche, pour un parcours de vie ou de mort.

Le bébé se mit à lécher la joue et la bouche de la femme. Je vis combien sa langue était longue, comme elle glissait telle un ver rose sur le menton et les lèvres de sa mère, et j'essayai de fermer les yeux ou de les détourner, mais cela me fut impossible.

Mara parut sortir de sa transe, pencha la tête pour poser ses lèvres sur celles du bébé. Je vis la petite fille ouvrir la bouche toute grande et pensai aux oisillons réclamant leur nourriture.

Mara régurgita le sang dans la bouche ouverte du bébé. Les joues du nourrisson se remplirent, sa gorge déglutit plusieurs fois pour avaler le brusque flot d'épais liquide. Le processus s'accomplit merveilleusement bien ; très peu de sang coula sur la robe dorée du bébé ou sur les soieries de la femme.

Des taches noires dansèrent devant mes yeux et je baissai la tête entre mes genoux. La pièce me parut soudain trop chaude et ma vue se réduisit à une sorte de tunnel étroit. La peau de mon front devint moite et froide au toucher. Près de moi, Tres émit un bruit mais ne quitta pas la scène des yeux.

Quand je relevai la tête, le bébé avait presque fini de se nourrir. Je vis sa longue langue lécher, sur les lèvres et les joues de Mara, les restes du repas régurgité.

Des années après, je tombai, dans le *Scientific American*, sur un article intitulé : « Le partage de la nourriture chez les vampires », qui montrait avec quel altruisme collectif ces chauves-souris régurgitent du sang dans la gueule de leurs compagnes de perchage. Les membres de cette espèce meurent, paraît-il, de faim s'ils n'absorbent pas de vingt à trente millilitres de sang en une soixantaine d'heures. Il s'est avéré que, répondant au stimulus approprié – l'animal qui a faim lèche celui qu'il sollicite sous les ailes et sur les lèvres –, une chauve-souris vampire ne régurgite du sang que pour une compagne qui, sans cet apport, mourrait dans les prochaines vingt-quatre heures. Ce système d'échange réciproque offre au vampire qui en est le bénéficiaire une nuit ou deux de plus pour chercher du sang et ne coûte au donneur que l'équivalent de douze heures de sang sur sa réserve de soixante heures.

Mais c'est le dessin du *Scientific American* montrant la chauve-souris plus petite en train de lécher les lèvres de sa donatrice, l'entrelacement des ailes parcheminées, les bouches comme des balafres se rejoignant pour le baiser du sang, qui me fit vomir dans la corbeille à papier de mon bureau, vingt ans après cette nuit passée à Bangkok.

Je ne me souviens guère du reste de la soirée. L'homme en soie noire est revenu et un autre Thaï – plus jeune, plus mince, vêtu d'un costume coûteux – est monté sur la scène et a payé. Alors, j'ai traîné Tres hors de ce lieu. J'ai le vague souvenir d'avoir fourré une liasse de *bahts* dans la main du chauffeur d'un taxi à longue queue qui attendait à l'embarcadère. S'il l'avait fallu, je serais parti à la nage en tirant Tres derrière moi. Je me souviens vaguement qu'en remontant la Chao Phraya, le vent que provoquait notre passage me raviva un peu, dissipant mes nausées et arrêtant la montée de la crise d'hystérie à laquelle j'étais sur le point de succomber.

Je me rappelle que, cette nuit-là, je suis monté seul dans ma chambre et m'y suis enfermé à clef. Tang, ma *mai chao*, avait disparu et j'en éprouvai un immense soulagement.

Dans l'heure qui précéda le lever du soleil, j'ai regardé fixement la lente giration du ventilateur et sottement pouffé de rire en effectuant une traduction qui n'avait rien de difficile. À l'inverse de Tres, je n'ai jamais été doué pour les langues, mais le sens de ces mots étaient brusquement évident. *Phanyaa mahn naga kio*. Si *phanyaa mahn*, c'était Mara, le prince des démons, et si *naga* était l'incarnation femelle du *phanyaa mahn* sous la forme d'un démon-serpent, alors *kio* ne pouvait signifier qu'une chose : vampire.

Je restai couché, à glousser et à attendre que le soleil se lève pour pouvoir enfin dormir.

La ville brûle toujours et pendant que les quatre hommes me conduisent chez Mara, j'entends le feu sporadique des armes automatiques des troupes du gouvernement en train de tuer les étudiants.

Cette fois-ci, pas de parcours tortueux dans les *klongs* noirs. La limousine traverse la rivière, longe en direction du sud la rive opposée à l'Oriental Hotel et s'arrête devant une tour inachevée, quelque part près du pont de la Tak Sin Road. Le grêlé nous guide vers la plate-forme élévatrice du chantier, appuie sur un bouton, et nous démarrons bruyamment. L'ascenseur n'a pas de paroi et tandis que nous montons de trente étages et plus dans l'air lourd, la rivière et la ville s'offrent à mes yeux avec une netteté onirique. Je n'ai jamais vu aussi peu de circulation sur la rivière ; seuls quelques ferries remontent péniblement le courant. En amont, vers le Grand Palais et les universités, la lueur des flammes s'élève dans la nuit.

Nous nous hissons vers le quarantième étage et le vent ébouriffe mes cheveux. Je suis le plus près du bord de la plate-forme grinçante. Le grêlé n'aurait qu'à me pousser par-derrière et je dégringolerais dans la rivière, cent mètres plus bas. Je me demande distraitement si durant quelques secondes, avant de heurter le sol, ce serait comme lorsque je rêve que je vole.

Nous arrivons au sommet et l'ascenseur rudimentaire s'arrête avec un cri aigu. Une grille se relève et le grêlé me fait signe de sortir.

Quelque part, au-dessous de nous, un chalumeau lance des arcs de lumière stroboscopique et des étincelles d'un blanc de magnésium. La construction ne s'arrête jamais dans la Bangkok nouvelle. Ici, il n'y a pas encore de cloisons, mais des feuilles de plastique suspendues aux poutrelles divisent l'étendue de ciment en sections séparées les unes des autres. Un vent chaud les agite avec un bruit qui évoque un battement d'ailes parcheminées.

Des lampes baladeuses se balancent aux poutrelles et j'aperçois d'autres lumières au travers des murs transparents, sur notre gauche. Nous avançons tous les cinq vers elles. Les trois gardes du corps restent à l'entrée d'une sorte de tunnel constitué de bruissantes feuilles de plastique ; le grêlé me fait signe d'entrer et il est le seul à me suivre à l'intérieur.

Ici, pas de scène. Une douzaine de chaises pliantes entourent un luxueux tapis persan posé sur le ciment poussiéreux. L'unique lampe est masquée et dispense plus d'ombre que de lumière. Six hommes, tous des Thaïs en smoking brillant, sont installés sur les sièges. Ils ont les bras croisés. Deux d'entre eux fument une cigarette. Ils me regardent lorsque le grêlé m'introduit.

Je n'ai d'yeux que pour les deux femmes qui trônent dans de profonds fauteuils de rotin. L'une a peut-être mon âge ou un peu plus ; elle a bien vieilli. Ses cheveux restés noirs sont relevés en une coiffure à la mode. Pas une ride sur ses traits asiatiques ; ses joues et son menton sont encore fermes et seules quelques veines qui ressortent sur son cou et ses mains laissent supposer qu'elle a dépassé les quarante ans. Elle porte une élégante robe de soie rouge et noir, visiblement coûteuse ; la soie noire de son corsage fait ressortir le pendentif d'or et de diamants qui brille sur sa veste rouge.

La femme plus jeune, assise à côté d'elle, est aussi infiniment plus belle. Cette fille à la peau olivâtre, aux yeux noirs, à la chevelure coupée court, douée d'un long cou et de mains élégantes qui exsudent la grâce, même au repos, est d'une beauté qu'aucune actrice ou qu'aucun mannequin ne pourrait atteindre. Il est évident qu'elle se sent bien dans sa peau, à la fois consciente et oublieuse de sa beauté, et que si une passion la gouverne, ce n'est certes pas la recherche de l'approbation ou de l'admiration des autres.

Je sais que je contemple Mara et sa fille Tanha.

Le grêlé s'avance vers elles, s'agenouille comme le font les Thaïs pour exprimer leur déférence envers la royauté, exécute un *wai* élaboré, puis la tête toujours inclinée, offre à Mara ma liasse de titres au porteur. Elle lui parle doucement et il répond avec respect.

Mara pose l'argent et me regarde. Ses yeux réfléchissent la lueur jaune de la lampe masquée.

Le grêlé se relève, me fait signe d'avancer et tend la main vers moi pour m'obliger à m'agenouiller. Je le fais de moi-même avant qu'il puisse toucher ma manche. Je baisse la tête et garde les yeux fixés sur les pieds chaussés de mules.

Dans un thaï élégant, Mara me dit : « Vous savez ce que vous demandez ?

— Oui. » Je réponds en thaï, d'une voix ferme.

« Et vous êtes prêt à payer deux cent mille dollars pour cela ?

— Oui. »

Elle fait la moue. « Si vous me connaissez, alors vous devez savoir que je n'accomplis plus ce… cet office.

— Oui, je le sais. » Je m'incline avec déférence.

« Levez la tête », dit Mara. À sa fille, elle murmure que j'ai le *jai ron* – le cœur brûlant.

« *Jai bau dee* », répond Tanha avec un doux sourire, suggérant que le *farang* a perdu l'esprit.

« Connaître ma fille vous coûterait trois cent mille dollars », dit Mara.

Il n'y a pas la moindre intonation de négociation dans sa voix ; le prix est définitif.

Je hoche respectueusement la tête, fouille dans la poche dissimulée dans le dos de mon gilet, et en sors cent mille dollars en liquide et en titres au porteur.

L'un des gardes du corps prend l'argent et Mara esquisse un hochement de tête. « Quand voulez-vous que cela ait lieu ? » demande-t-elle d'une voix limpide. Ses yeux ne montrent ni ennui ni intérêt.

« Maintenant. Ce soir. »

La femme regarde sa fille. Le hochement de tête de Tanha est presque imperceptible, mais il y a quelque chose dans ses yeux d'un brun de velours ; de la faim, peut-être.

Mara frappe dans ses mains, deux jeunes femmes soulèvent les feuilles de plastique bruissantes et viennent se ranger à mes côtés ; elles me relèvent et commencent à me déshabiller. Le grêlé fait un signe de tête et ses hommes de main apportent un autre fauteuil de rotin et le posent sur le tapis persan.

Les six hommes en smoking se penchent en avant, les yeux brillants.

Le lendemain, en fin de matinée, Tres et moi avons pris notre petit déjeuner dans un endroit pas cher, près de la rivière. Je n'avais pas envie de lui en parler, pourtant il fallait que je le fasse.

Pour finir, le sujet vint sur le tapis. Je découvris que nous en parlions à voix basse, d'un air gêné, comme lorsqu'un membre de l'escouade s'est fait tuer et que personne n'ose dire son nom pendant plusieurs jours, sauf pour plaisanter. Nous n'avons pas plaisanté.

« Tu as vu la bite de ce type… après ? » me demanda Tres.

Je clignai des paupières, fis non de la tête et regardai par-dessus mon épaule pour m'assurer que personne ne nous écoutait. La plupart des tables installées au bord de la rivière étaient vides. Il devait faire plus de quarante.

« Elle présentait des… lésions, chuchota Tres. Comme les marques que j'ai vues un jour, quand j'étais surveillant de baignade au Cap, sur un type qui en nageant avait croisé un banc de méduses… » Sa voix s'éteignit.

Je bus une gorgée de café glacé et essayai de ne pas frissonner.

Tres ôta ses lunettes et se frotta les yeux. Lui non plus n'avait pas beaucoup dormi. « Johnny, tu voulais être médecin. Combien de sang y a-t-il dans un corps humain ? »

Je haussai les épaules. J'y avais songé autrefois, aussi à mon retour, je m'inscrirai peut-être à une faculté de médecine ; en dépit de mon manque d'assiduité aux études, mes parents s'attendaient à ce que je les termine et décroche une vraie profession. Ils ne savaient pas qu'au bout d'une semaine passée au Viêt-nam, j'avais compris que je ne retournerais jamais à la maison.

« Je sais pas », répondis-je.

Je ne pense pas que Tres ait vu mon haussement d'épaules.

Il remit en place ses lunettes à monture métallique. « Je pense que c'est cinq ou six litres. Cela dépend du gabarit de la personne. »

Je hochai la tête, incapable à l'époque de juger à quoi correspondait un litre. Des années après, quand on s'est mis à vendre des boissons non alcoolisées en bouteilles d'un litre, je me figurais toujours que cinq ou six de ces bouteilles pleines de sang représentaient ce que nous avions dans les veines.

« Imagine un orgasme où tu éjaculerais du sang », chuchota Tres.

Je regardai de nouveau derrière moi. Je sentis mes joues et mon cou s'empourprer.

Tres me toucha le poignet. « Non, réfléchis, Johnny. Ce type était encore vivant quand ils l'ont emmené. Ces gars-là ne paieraient pas ça si cher s'ils savaient que cela les tuera. »

Tu en es sûr ? pensai-je. Je prenais conscience pour la première fois que quelqu'un pourrait baiser tout en sachant qu'il allait le payer de sa vie. D'une certaine manière, cette révélation que j'eus en 1970 me prépara à la vie que je devais mener dans les années quatre-vingt et quatre-vingt-dix.

« Combien de sang peut-on perdre tout en restant en vie sans subir de transfusion ? » murmura Tres.

Je compris à son ton qu'il n'attendait pas une réponse de ma part, mais se contentait de penser tout haut, comme il le faisait quand nous préparions une embuscade.

À cette époque, j'ignorais la réponse, mais depuis j'ai eu l'occasion de l'apprendre de nombreuses fois, surtout pendant mon internat dans un service de réanimation. Un blessé peut perdre environ un litre de sang et le reconstituer naturellement. Si plus d'un sixième du volume total disparaît, la victime fait de même. Avec des transfusions, l'hémorragie peut s'élever jusqu'à quarante pour cent du volume sanguin et vous laisser tout de même une chance de survie.

Je ne savais rien de tout cela à l'époque et cela ne m'intéressait pas. J'étais trop occupé à imaginer une éjaculation de sang pendant un orgasme qui durait, non pas plusieurs secondes, mais plusieurs minutes. Cette fois, je frissonnai.

Tres appela le garçon et régla la note. « Il faut que je parte. J'ai besoin d'un taxi pour aller à la Western Union.

— Pour quoi faire ? » demandai-je.

J'étais si somnolent que l'air dense et chaud semblait empâter mon élocution.

« Je vais télégraphier pour qu'on m'envoie de l'argent », répondit Tres.

Je me redressai, plus du tout endormi. « Pourquoi ? »

Tres ôta ses lunettes afin d'en essuyer les verres. Quand il me regarda, ses yeux pâles semblaient myopes et perdus. « J'y retourne ce soir, Johnny. »

Les jeunes femmes m'avaient déshabillé et la créature appelée Tanha s'était avancée pour me caresser quand soudain, tout s'arrêta. Sur un signe de Mara.

« Nous avons oublié quelque chose », dit-elle. C'est la première fois qu'elle parle anglais. Elle fait un geste gracieux mais ironique. « Les temps exigent des précautions supplémentaires. Je suis désolée de ne pas y avoir pensé plus tôt. » Elle jette un coup d'œil à sa fille et je vois se dessiner sur leurs visages un demi-sourire. « J'ai bien peur que nous ne soyons obligés d'attendre jusqu'à demain soir, afin que vous puissiez faire faire l'analyse », soupire Mara en retournant au thaï. Je vois bien que ces deux femmes ont joué plusieurs fois la même scène auparavant. Je suppose que ce qu'elles veulent surtout, c'est enflammer les désirs en différant la chose, et faire ainsi monter le prix.

Je souris aussi. « Vous voulez que l'une de vos cliniques certifie que je suis séronégatif ? »

Tanha est assise sur le tapis persan, non loin de moi, dans une pose gracieuse. Elle se tourne vers moi, sourit d'un air moqueur et fait une petite *moue*[1] « C'est regrettable, mais nécessaire à notre abominable époque », dit-elle d'une voix aussi exquise qu'un carillon éolien en cristal.

Je hoche la tête. J'ai vu les statistiques. Ici, l'épidémie de sida a commencé relativement tard, mais en 1997 – dans moins de cinq ans –, cent cinquante mille Thaïlandais seront morts de cette maladie. Trois ans plus tard, en l'an 2000, cinq millions et demi de personnes, sur les cinquante-six millions de Thaïlandais,

1. En français dans le texte. *(N.d.T.)*

seront séropositives et au moins un million en mourront. Après cela, la progression logarithmique se poursuivra, impitoyable. La Thaïlande – avec ce mélange mortel de prostitution omniprésente, de promiscuité sexuelle et de résistance aux préservatifs – sera avec l'Ouganda le meilleur territoire de chasse du rétrovitrus.

« Vous allez m'envoyer dans l'une de vos cliniques qui font à la va-vite un millier de tests du sida par semaine », dis-je calmement, comme si j'avais l'habitude d'être assis, tout nu, entre deux belles filles habillées, devant un public d'étrangers en smoking.

Mara déploie ses doigts minces et la lumière se réfléchit sur ses longs ongles rouges. « Nous n'avons guère le choix, murmure-t-elle.

— Je peux peut-être vous proposer autre chose », dis-je en tendant la main vers mon gilet soigneusement plié sur la pile de vêtements. Je déplie les trois documents et les tends à Tanha. La fille les regarde en fronçant gracieusement les sourcils et les passe à sa mère. Je suppose qu'elle ne sait pas lire l'anglais… peut-être même pas le thaï.

Mara feuillette les documents. Ce sont des certificats délivrés par deux grands hôpitaux de Los Angeles et la clinique de l'université, attestant que des analyses de sang ont révélé mon état séronégatif. Chacun d'eux porte la signature de plusieurs médecins et le sceau de leur institution. Le papier de ces documents est épais, couleur crème, et coûteux. Ils sont tous datés de la semaine précédente.

Mara me regarde en plissant les yeux. Son sourire révèle de petites dents pointues et juste un soupçon de langue. « Comment savoir s'ils sont valables ? »

Je hausse les épaules. « Je suis médecin. J'ai envie de vivre. Si j'avais voulu vous tromper, il m'aurait été plus facile de soudoyer une clinique thaïe pour obtenir le même genre de certificat. Je n'ai aucune raison de vous mentir. »

Mara jette de nouveau un coup d'œil sur les papiers, sourit et me les tend. « Je vais y réfléchir. »

Je me penche vers elle. « Moi aussi je cours un risque. »

Mara lève ses sourcils élégants. « Oh, comment serait-ce possible ?

— Le sang gingival, dis-je en anglais. Des gencives qui saignent. Une plaie dans la bouche. »

Mara répond d'un petit sourire ironique, comme si j'avais fait une plaisanterie. Tanha tourne son exquis visage vers sa mère. « Ce que dit ce *farang* est absurde. »

Mara ne tient pas compte de sa remarque. « Vous n'avez rien à craindre », me déclare-t-elle.

Elle fait un signe de tête à sa fille.

Tanha recommence à me caresser.

Nous n'avions plus que trois jours et deux nuits de permission. Tres ne me demanda pas d'y retourner avec lui ce soir-là et je ne me portai pas volontaire.

Nous n'avions pas le droit d'emporter une arme en permission, mais à cette époque le détecteur de métal n'existait pas, il n'y avait pour ainsi dire aucun dispositif de sécurité dans les aéroports, et pas mal d'entre nous passaient en fraude un poignard ou un pistolet. J'avais dans mon sac un 38 gagné dans une partie de poker à un jeune Noir appelé Newport Johnson, trois jours avant qu'il mette le pied sur une mine. Je sortis l'arme, vérifiai qu'elle était chargée et passai toute la soirée enfermé dans ma chambre, vêtu seulement d'un pantalon de treillis, à boire du scotch, à écouter les bruits de la rue et à regarder les pales du ventilateur tourner lentement au-dessus de ma tête.

Tres revint vers quatre heures du matin. De l'autre côté de la cloison, je l'entendis aller et venir pendant plusieurs minutes dans la salle de bains en se cognant aux murs, alors je me mis au lit et fermai les yeux. Peut-être maintenant, allais-je pouvoir dormir. Son cri m'arracha du lit, le 38 à la main. Je me précipitai pieds nus dans le couloir, frappai une fois à la porte, l'ouvris et pénétrai dans la chambre.

L'unique source de lumière, le néon de la salle de bains, jetait une mince flèche de lumière fluorescente sur le parquet et le lit en désordre. Il y avait du sang par terre et du linge en lambeaux également trempés de sang. Tres avait dû déchirer les draps pour faire des pansements. J'allais entrer dans la salle de bains lorsqu'un gémissement monta de l'obscurité qui enveloppait le lit, et je pivotai, tenant toujours le 38 à la hauteur de ma hanche.

« Johnny ? » Sa voix était sèche, fêlée et atone. J'avais déjà entendu ce ton-là auparavant. Newport Johnson, criblé d'éclats de mine du cou aux genoux, avait parlé ainsi pendant dix minutes avant de mourir. Je m'approchai et allumai la petite lampe de chevet.

Tres ne portait que son maillot de corps. Il était affalé sur le matelas trempé de sang, entouré de bandes de coton sale tout aussi maculées. Son pantalon, par terre, était noir de sang séché. Tres couvrait son sexe de ses mains. Ses ongles étaient endeuillés de rouge sombre.

« Johnny ? murmura-t-il. Cela ne veut pas s'arrêter. »

Je me rapprochai, posai le 38 et lui touchai l'épaule. Tres ôta ses mains et je reculai.

Dans les eaux stagnantes du Viêt-nam vit une sangsue qui s'introduit dans l'urètre des hommes qui y pataugent. Une fois bien installée dans le pénis, elle commence à s'y nourrir ; le sexe enfle jusqu'à devenir gros comme la moitié d'un poing. Nous avions tous entendu parler de cette saleté. Nous y pensions chaque fois que nous traversions un ruisseau ou une rizière, ce qui nous arrivait une douzaine de fois par jour.

On aurait dit que cette sangsue s'était installée dans la verge de Tres. Non, c'était encore pire. Au lieu d'être enflé et d'avoir l'air à vif, son pénis portait une série de petites lésions en spirale. Comme si quelqu'un s'était amusé à y broder une rangée de stigmates avec une machine à coudre pourvue d'une grosse aiguille. Les lésions saignaient à profusion.

« J'arrive pas à l'arrêter », chuchota Tres. Son visage était pâle et trempé de sueur. J'avais vu cette expression-là sur les traits des blessés, juste avant qu'ils perdent conscience.

« Viens, je t'emmène à l'hôpital », dis-je en passant un bras autour de sa taille.

Tres se dégagea et retomba sur le lit. « Non, non, non. Il faut juste arrêter l'hémorragie. » Il tira quelque chose de sous un oreiller et je m'aperçus qu'il tenait à la main le couteau Ka-bar à lame noire qu'il emportait en patrouille de nuit. Je brandis mon 38 et pendant une seconde, seuls le bruissement des pales du ventilateur et les bruits de la rue rompirent le silence.

Pour finir, je fus pris d'un rire nerveux. C'était complètement con. Nous étions là, à des centaines de kilomètres du Viêt-nam et de la guerre, prêts à nous étriper, moi avec mon pistolet et Tres avec son couteau de commando. Quelle connerie !

Je posai mon arme. « J'ai une de ces putains de trousse, dis-je. Je vais la chercher. »

C'était la plus petite des deux trousses de premiers secours que j'emportais dans mon sac, sur le terrain, non à cause des pansements, mais pour la pénicilline et surtout pour les excitants, les calmants et les sédatifs qu'on nous distribuait avant les missions dangereuses. La morphine était soigneusement rationnée par les toubibs, mais j'avais planqué pas mal de Dexedrine et un peu de Demerol. Il y avait aussi des sulfamides. Je revins avec les pansements et les pilules et laissai Tres se soigner pendant que je versai de l'eau dans un verre.

Il était maintenant assis bien droit et avait ramené sur lui le drap ensanglanté. Il prit deux pilules et s'essuya la figure. « Je me demande pourquoi cela n'arrête pas de saigner », fit-il.

Je secouai la tête. Je l'ignorais. Je le sais maintenant.

Les vampires, ainsi que les sangsues, exsudent le même anticoagulant : l'*hirudine*. Les chauves-souris la sécrètent dans la salive ; les sangsues la fabriquent dans leur intestin et l'étalent sur la morsure. Cette substance empêche la plaie de se refermer et permet au sang de couler à profusion tant que la sangsue a envie de se nourrir. Les vampires sucent le sang d'un cheval ou d'une vache pendant des heures, et souvent reviennent avec d'autres chauves-souris pour prolonger leurs agapes jusqu'au lever du soleil.

Au bout d'un moment, Tres s'endormit et je m'installai dans le fauteuil près de la fenêtre pour surveiller la porte, le 38 inutile posé sur les genoux. Je rêvais que j'obligeais Maladung à me conduire jusqu'à Mara et les tuais tous les deux. *Et le bébé*, ajoutai-je en pensée.

L'idée n'était pas si horrible que cela. J'avais vu assez de bébés morts depuis cinq mois. Et aucun de ces nourrissons vietcongs n'avait, avant d'être massacré, lapé du sang régurgité sur les lèvres de sa maman. Je crois que je n'aurais pas hésité une minute à descendre Mara et sa fille. *Et comment tu ficherais le camp d'ici ?* disait la partie rationnelle de mon esprit. Les Thaïs prendraient sûrement mal le fait que je liquide leur *phanyaa mahn naga kio*. Ils tiraient trop de plaisir des services de la mère.

J'écartai ce plan pour le moment et essayai de m'imaginer ce que je pourrais faire d'autre. Si Tres continuait à saigner, je l'emmènerais au bureau de liaison de l'Armée qui était, paraît-il, quelque part, à Bangkok. Si ce renseignement se révélait faux, il faudrait que je trouve des membres de la police militaire et que je les oblige à nous procurer une aide médicale quelconque. Si cela ne marchait pas, j'emmènerais Tres jusqu'à l'hôpital thaï le plus proche et me servirais de mon 38 pour les forcer à le soigner.

Je m'endormis tout en ruminant ces différentes options. Quand je me réveillai, il faisait nuit. Le ventilateur tournait toujours d'une manière aussi irrégulière, mais les bruits extérieurs avaient augmenté. Les draps étaient trempés de sang frais, il y avait du sang par terre, la salle de bains était jonchée de serviettes ensanglantées, mais Tres avait disparu.

Je me précipitai dans le couloir et descendis bruyamment les marches jusqu'à la réception avant de penser à l'aspect que je présentais : le regard affolé, pieds et torse nus, mon pantalon de treillis fripé et taché de sang, le 38 à la main. Les putains thaïes et leurs souteneurs se gardèrent bien de regarder de mon côté.

Revenu dans ma chambre, j'enfilai des vêtements civils, dont une chemise hawaïenne flottante sous laquelle je pus dissimuler le pistolet passé à ma ceinture, et je replongeai dans la nuit.

Je faillis rattraper Tres. Je le vis sur le même embarcadère dont nous étions partis l'avant-veille. La silhouette indistincte qui l'accompagnait devait être Maladung. Ils venaient de s'installer dans le taxi à longue queue lorsque j'arrivai en courant. L'embarcation démarra avec un rugissement.

Tres me vit. Il se leva et faillit tomber du bateau en pleine accélération. Il tendit le bras, les doigts écartés, comme pour me toucher à quinze mètres de distance. Je l'entendis crier au chauffeur : « *Yout ! Phuen young mai ma ! Yout !* » ce que je ne compris pas alors, mais que je peux maintenant traduire par : *Arrêtez ! Mon ami vient d'arriver ! Arrêtez !*

Maladung le fit rasseoir. Je tirai mon pistolet et le brandis inutilement pendant que le taxi traversait la rivière en bondissant, disparaissait derrière une péniche qui remontait le courant, puis réapparaissait seulement sous les espèces d'une lointaine lanterne avant de s'évanouir dans un *klong*, de l'autre côté de la Chao Phraya.

Je compris que je ne reverrais jamais Tres vivant.

Mara regarde Tanha se pencher sur mon sexe. La jeune fille ne se sert pas de sa langue. Pas encore. Ce sont ses lèvres qui me mettent en état d'érection.

Bien que beaucoup d'hommes parlent abondamment des délices de la sexualité orale, il y a toujours une légère ambiguïté dans la réaction du mâle à la fellation. Pour certains, une bouche est trop « asexuée » pour permettre au subconscient de se détendre et d'apprécier la chose. Pour d'autres, c'est l'intensité non contrôlée de la sensation qui provoque un peu d'inquiétude, au sein de ce flot de jouissance. Mais pour beaucoup, le plaisir n'est pas sans mélange car ils ne peuvent s'empêcher de penser aux dents pointues.

Je dois faire un effort pour ne pas réfléchir, afin de permettre à l'érection de se produire. Heureusement, le sexe mâle est le plus simple mécanisme naturel de réaction au stimulus. La bouche de Tanha est douce et savante : mon pénis s'engorge de plus en plus.

Je ferme les yeux et refoule l'idée qu'il ne faut *pas penser* aux hommes en smoking, derrière moi. Quelqu'un a mis la lumière en veilleuse si bien que seules les étincelles qui retombent de la soudeuse, deux étages en dessous, éclairent la scène et l'intérieur de mes paupières de leur lumière stroboscopique. Mara chuchote quelque chose et je sens se retirer la bouche chaude de Tanha. Au choc de l'air plus froid succède, une seconde après, une moiteur différente.

J'ouvre les yeux juste à temps pour voir la langue de Tanha sortir de sa bouche et s'enrouler autour de mon sexe. L'éclairage au magnésium rend la chair marbrée plus pourpre que rose. J'entrevois les fentes qui palpitent comme de minuscules orifices nutritifs. Je repousse les images qui me viennent de la bouche-anus des lamproies et des sangsues. Pendant des années, je me suis entraîné pour être à la hauteur de cet instant.

La sensation, quand elle surpasse celle de la chaleur qui m'enveloppe, ressemble plus à une petite décharge électrique qu'à la piqûre d'une méduse. Je halète et ouvre les yeux. Tanha me regarde entre ses cils. La sensation se propage dans le système nerveux raffiné du pénis jusqu'à la base de mon épine dorsale, puis remonte droit au centre du plaisir de mon cerveau. Je referme les yeux et gémis. Mon scrotum se contracte de jouissance. La spirale des petites décharges déferle et remonte tout le long de mon corps puis retourne à mon pénis comme une main gantée de velours remuant doucement. Mes hanches se mettent en branle sans que je le veuille.

Mon cœur bat si fort qu'il remplace tous les sons et devient l'unique bruit de l'univers. Mon crâne résonne du battement rythmé de mon propre pouls. Tout le long de mon sexe, les minuscules décharges, ponctuelles, se mêlent pour former une unique spirale, parfaite, de jouissance. C'est comme si je baisais le soleil. Même lorsque mes hanches poussent frénétiquement mon bas-ventre en avant et que mes mains cherchent à tâtons la tête de Tanha pour que cette chaleur se rapproche encore, une part reculée de mon esprit observe les symptômes classiques de l'arrivée de l'orgasme et se pose des questions sur le taux de tachycardie, de myotonie et d'hyperventilation.

Une seconde plus tard, tout ce qui me reste de conscience clinique est balayé par un nouveau déferlement, plus intense encore, de pur plaisir. La langue de Tanha resserre son étreinte de mon scrotum à mon gland, elle se contracte et se détend, se contracte et se détend. Les décharges électriques sont devenues un unique circuit fermé de sensations presque intolérables.

J'éjacule presque sans m'en apercevoir. Sous mes paupières qui papillonnent, je vois le sperme jaillir et retomber comme un ruban de pétales blancs sur les cheveux et les épaules de Tanha. Sa langue ne s'arrête pas un seul instant. Ses yeux sont, maintenant, aussi jaunes que ceux de sa mère. L'orgasme se termine sans me soulager des tensions qui continuent à monter. Mon cœur s'épuise à pomper plus de sang dans mon organe distendu.

Oui ! Je le veux, même lorsque ma tête s'arque en arrière, que mon cou se tend et que mon visage se défigure. *Oui !* Je choisis la chose pour laquelle je n'ai maintenant plus le choix.

Une seconde plus tard, je jouis. Mon pénis éjacule du sang qui vient baigner le visage et les seins de Tanha. Avidement, sa bouche revient vers moi, désireuse de ne pas en perdre une goutte. Mes hanches continuent à danser, mon sexe à palpiter. Cet instant s'étire à l'infini.

Mara se penche vers nous.

La police thaïe est arrivée juste après le lever du soleil, il y a vingt-deux ans de cela. Je pensais qu'ils venaient m'arrêter parce qu'au petit matin j'avais surgi dans le hall de l'hôtel, en criant et en brandissant un pistolet armé. Ils venaient simplement me chercher pour que j'identifie Tres.

La petite morgue de Bangkok était insuffisamment réfrigérée. L'odeur me rappela un verger où trop de fruits tombés avaient pourri au soleil. Ici, pas de casiers métalliques ni de grands tiroirs comme dans les films américains : Tres reposait sur une table en acier, comme la douzaine de cadavres exposés dans la petite salle. Son visage n'était pas recouvert. Il avait l'air vulnérable sans ses lunettes.

« Il est si… pâle, dis-je au seul policier qui parlait anglais.

— On l'a trouvé dans la rivière, répondit l'homme brun en veste blanche et baudrier.

— Il ne s'est pas noyé. » Je ne posais pas une question.

Le policier fit non de la tête. « Votre ami a perdu beaucoup de sang. » Il remonta son gant blanc, toucha le menton de Tres et fit pivoter la tête du cadavre pour que je voie la longue entaille qui courait de son oreille gauche à sa pomme d'Adam.

Je refoulai un gloussement nerveux. « Comment avez-vous su où me trouver ? » demandai-je au policier.

Le gant blanc se glissa dans sa poche et en sortit une clef de chambre. « La seule chose qu'il y avait sur lui. »

J'expirai, oscillai légèrement et me retins de tomber en m'appuyant contre la table. « Ce n'est pas ce coup de couteau qui l'a tué, inspecteur. Laissez-moi vous montrer quelque chose. » Je soulevai le drap pour découvrir le corps nu de Tres.

Cette fois, je ne gloussai pas. L'inspecteur et les deux autres policiers me regardèrent d'un air soupçonneux.

Il n'y avait plus de stigmates. On avait grossièrement, mais efficacement émasculé Tres. Mon ami ressemblait à une poupée mâle sur laquelle on aurait répandu du vernis à ongles incolore. Je laissai retomber le drap et reculai d'un pas.

L'inspecteur se rapprocha et me saisit par le bras, soit pour m'empêcher de tomber, soit pour m'empêcher de m'enfuir, je l'ignore. « Nous pensons que c'est… comment vous dire… une histoire de pédés. Un combat entre homos. Nous avons déjà vu ce genre de blessure. C'est toujours une histoire de pédés. La jalousie ?

— Une histoire de pédés, répétai-je, en refoulant des sanglots ou un rire nerveux. Oui. »

Je me voyais déjà arrêté et jugé. Les pensées que j'avais gardées si secrètes s'étaleraient à la une des journaux, on les chuchoterait dans les baraquements et les latrines. Les Thaïs allaient-ils m'emprisonner ou me renvoyer pour que je sois jugé par un tribunal militaire ?

L'inspecteur me relâcha. « Nous savons que vous n'étiez pas avec lui à l'heure du meurtre, soldat Merrick. Le patron des bateaux de Phulong Dock vous a vu interpeller l'embarcation qui a emporté le caporal-chef Tindale. Le gérant de l'hôtel attestera que vous êtes revenu quelques minutes plus tard, que vous vous êtes enivré et qu'on ne vous a ni vu ni entendu de toute la nuit. Vous n'étiez pas présent lorsque le caporal a été tué, mais avez-vous une idée de l'identité du criminel ? Votre police militaire voudra le savoir. »

Je remontai le drap pour recouvrir le cadavre de Tres et reculai pour m'écarter des deux hommes. « Non, je n'en ai pas la moindre idée. »

Mara lèche les lèvres de sa fille. Leurs bras sont ramenés le long de leurs flancs, leurs mains recroquevillées comme si elles étaient paralysées. J'imagine des chauves-souris vampires suspendues au plafond froid d'une caverne, les ailes repliées, et dont seules la langue et les lèvres s'activent.

Tanha arque la tête et l'épais liquide rouge est propulsé de ses lèvres distendues dans la cavité buccale, en attente, de sa mère. J'entends très distinctement les lapements et les gargouillis. La langue de Tanha ne m'a pas relâché et des spasmes m'agitent encore. Mon cœur est mis à rude épreuve. Un voile noir couvre mes yeux et je ne peux plus les voir partager leur nourriture, j'entends seulement les bruits de déglutition.

Les muscles de mon visage sont tétanisés dans le spasme myotonique d'une grimace involontaire. Si je le pouvais, je sourirais.

Je retrouvai la trace de Maladung à l'automne 1975, peu après avoir terminé mes études de médecine. Le petit souteneur devenu riche avait pris sa retraite et était retourné dans sa ville natale de Chiang Mai. Je payai le détective thaï que j'avais engagé avec le premier acompte de mon héritage et passai deux jours à surveiller Maladung avant de le cueillir. Il était marié et avait deux fils adultes et une fille de dix ans.

Il se rendait à pied au petit magasin qu'il tenait dans la vieille ville quand j'arrêtai ma Jeep à sa hauteur, lui montrai mon automatique 9 mm et lui ordonnai de monter. Je l'emmenai à la campagne, dans la petite maison que j'avais louée. Je promis de lui laisser la vie sauve s'il me disait tout ce qu'il savait.

Je pense qu'il ne m'a rien caché. Mara et sa fille avaient disparu de la circulation ; elles ne s'occupaient plus que d'hommes très riches. La liquidation de Tres n'était qu'une simple précaution ; nous avions été les seuls Américains admis à voir Mara et ils craignaient ce qui pourrait s'ensuivre si l'existence de ces faits venait à être connue des autorités militaires américaines. Ils avaient l'intention de me tuer aussi, cette nuit-là, mais les deux hommes envoyés pour exécuter cette tâche m'ayant aperçu ivre et hurlant dans le couloir de l'étage avaient remarqué mon arme et décidé de s'abstenir. Le temps qu'on en envoie d'autres, je m'étais embarqué pour Saigon.

Maladung jura qu'il n'était pas au courant de ce plan et ne l'avait appris qu'après le meurtre de Tres. Il me le jura. Il n'aurait jamais supposé que la *phanyaa mahn naga kio* ferait d'autre tort aux *farangs* que ceux qu'entraînaient ses bons offices. Je mis le Browning sur sa tempe et lui demandai de me parler de ce qui arrivait habituellement aux bénéficiaires des services de Mara.

Maladung tremblait comme un vieillard. « Ils meurent, dit-il en thaï, puis en anglais. D'abord, ils perdent leur âme » – *khwan hai*, c'est l'expression qu'il utilisa, « leur esprit papillon s'envole » – puis leur *winjan*, leur « esprit de vie », s'échappe. « Ils reviennent et reviennent encore jusqu'à ce qu'ils en meurent, dit-il d'une voix tremblante. Mais cela, ils l'ont choisi. »

Je baissai mon automatique et dis : « Je te crois, Maladung. Tu ne savais pas qu'ils avaient assassiné Tres. »

Puis je relevai mon Browning et lui tirai deux balles dans la tête.

Ce même automne, je me mis à la recherche de Mara.

Je reprends connaissance, les hommes en smoking sont partis, Tanha est assise dans le fauteuil, à côté de sa mère, et les deux autres femmes finissent de me laver et de m'habiller. Je sens les pansements sous mon pantalon. J'ai l'impression de porter des couches. Mon entrejambe est trempé de sang, mais je remarque à peine cette gêne à cause de la persistance des pulsations de plaisir qui me remplissent comme l'écho d'une belle musique.

« Mr. Noi m'informe que vous avez encore de l'argent », dit doucement Mara.

Je me contente de hocher la tête, trop faible pour parler. M'attaquer à ces femmes est devenu maintenant inconcevable, même si j'ignorais que les hommes de main attendent de l'autre côté du plastique agité par le vent. Mara et Tanha sont une source d'infini plaisir. Leur faire du mal, interrompre ce qui va arriver dans les nuits à venir, est impensable maintenant.

« Demain, à minuit, la limousine viendra vous chercher à votre hôtel », dit Mara. Elle fait un infime geste de la main et les quatre hommes entrent. Je ne suis que légèrement surpris de découvrir qu'il m'est impossible de marcher sans leur aide.

Un silence sépulcral pèse sur les rues vides. La fusillade a pris fin. Des flammes orange brûlent toujours au nord. Je ferme les yeux et savoure l'extase en train de s'effacer pendant qu'ils me ramènent à l'Oriental.

Je ne crois pas avoir pris conscience de mon homosexualité pendant la guerre du Viêt-nam. J'ai déguisé le véritable amour que j'éprouvais pour Tres en bien d'autres choses : la fidélité envers un camarade, l'admiration, et même cette espèce d'amour mâle que les troufions sont censés ressentir les uns pour les autres au combat. Mais c'était du désir amoureux. Je m'en rends compte aujourd'hui. J'ai pris conscience de mes goûts peu après mon retour.

Je ne les ai jamais révélés. Jamais en public. Même pendant mes études de médecine, j'ai appris à hanter les bars les plus secrets, à fréquenter les hommes les plus réservés et à organiser le plus discrètement possible mes liaisons éphémères. Plus tard, lorsque ma clientèle et mon personnage public se développèrent, j'appris à restreindre mes chasses nocturnes à quelques rares nuits que je passais dans des villes éloignées de Los Angeles. Ceux qui se demandaient pourquoi je ne me mariais pas n'avaient qu'à jeter un coup d'œil sur mon intense activité professionnelle pour comprendre que je n'avais pas de temps à consacrer à une vie domestique.

Et je continuais à chercher Mara. Deux fois par an, j'allais en Thaïlande pour apprendre la langue et parcourir les villes, et deux fois par an, ceux que je payais me disaient que cette femme avait disparu. Sa fille et elle n'ont refait surface qu'en 1990, il y a deux ans. Poussées par des besoins d'argent, elles ont fini par organiser de nouveau des séances très chères.

À l'époque, je ne pus rien faire. Plus j'apprenais de choses sur Mara, Tanha et leurs habitudes, plus j'étais certain que je ne pourrais jamais m'approcher d'elles avec une arme. Mon amant de San Francisco me quitta après six années de liaison parce qu'en dormant je l'avais appelé « Tres ».

Puis, il y a six mois seulement, j'appris certains résultats de laboratoire et, après quelques heures de colère presque hystérique, je compris qu'une arme avait été mise entre mes mains.

Je commençai à élaborer mon plan.

Le grêlé fait signe aux autres de me lâcher et je m'engage dans l'allée qui mène à l'hôtel. Même à cinq heures du matin, les portiers en uniforme m'accueillent d'une voix aimable. Je réussis à les remercier d'un hochement de tête et traverse l'ancienne Aile des Écrivains pour gagner les ascenseurs du nouveau bâtiment. Un autre domestique vient m'ouvrir la porte de la cabine.

« Bonne matinée, docteur Merrick », dit le jeune Thaï, presque un enfant.

Je souris et attends que la porte de l'ascenseur se soit refermée pour m'accrocher à la rambarde de cuivre ; je dois faire un grand effort pour ne pas m'effondrer. Je sens les pansements suinter dans mon pantalon. Seul mon long gilet de photographe dissimule le sang.

Une fois arrivé dans ma chambre, je me baigne, je soigne les lésions avec un baume spécial que j'ai apporté, je m'injecte un coagulant, je prends un second bain et enfile un pyjama propre avant de me glisser dans mon lit. Il fera jour dans quelques minutes. Dans quatorze heures, la nuit tombera de nouveau et je retournerai voir Mara et sa fille.

À Chiang Mai, où les putains ne sont pas chères et où les jeunes gens célèbrent leur accession à la virilité en se payant une passe, soixante-douze pour cent des prostituées les plus pauvres de la ville ont été trouvées séropositives en 1989.

Dans les bars et les clubs spécialisés de Patpong, un homme en costume de super-héros rouge, bleu et or, distribue gratuitement des préservatifs. On l'appelle Capitaine Capote et il est employé par l'ADCP, l'Association pour le Développement de la Communauté et de la Population, invention personnelle du sénateur Mechai Viravaidya, économiste et membre de la Commission du sida à l'OMS. Mechai a dépensé tellement de son temps, de son énergie et de son argent à promouvoir l'utilisation du préservatif que tout le monde, à Bangkok, appelle les capotes anglaises des *mechais*. Presque personne ne s'en sert. Les hommes les refusent et les femmes ne font pas pression sur eux.

Une personne sur cinquante, en Thaïlande, gagne sa vie en se prostituant.

Je pense que les prévisions effectuées par ordinateur pour l'an 2000 sont fausses. Je crois que plus de cinq millions de Thaïs seront infectés et que plus d'un million d'entre eux mourront. Je pense que les cadavres rempliront les *klongs* et les caniveaux des *sois*. Je crois que seuls les citoyens très riches qui ont fait très, très attention survivront à ce fléau.

Mara et Tanha étaient – jusqu'à ces derniers temps – très riches. Et elles avaient fait très, très attention. Seulement leur désir d'être de nouveau riches les avait poussées à se montrer négligentes.

Mes certificats de séronégativité sont, bien entendu, falsifiés. Cela n'a pas été difficile. Les résultats d'analyse sont vrais, je n'ai fait que changer la date et le nom avant de les photocopier sur papier officiel et d'ajouter les cachets. J'enseigne dans trois des institutions dont j'ai emprunté les formulaires et les cachets.

Dans les six mois qui ont suivi la nouvelle de ma séropositivité, mes plans sont passés de l'état de projet à celui de fait inéluctable.

Mara et sa fille sont des monstres, mais même les monstres finissent par commettre des imprudences. Même les monstres, on peut les tuer.

Il n'y a pas de ventilateur dans ma suite luxueuse et climatisée de l'Oriental Hotel. Lorsque les premières lueurs blêmes de l'aube parcourent en rampant le plafond en plâtre et en teck de ma chambre, je me contente d'imaginer que des pales y tournent lentement afin que cette image m'entraîne dans le sommeil.

Je souris en pensant à l'activité nocturne prochaine et à la nuit qui suivra celle-ci. Je vois la femme plus âgée lécher les lèvres de la plus jeune, puis ouvrir tout grand la gueule pour recevoir le flot de sang. De mon sang. Du sang mortel.

Avant de sombrer dans le sommeil, apaisé par le sédatif que j'ai avalé et par le tour inévitable qu'a pris la situation, j'évoque l'image qui m'a soutenu pendant toutes ces années, pendant ces derniers mois.

Je vois Tres ; il ôte ses lunettes pour me regarder, son visage est aussi vulnérable que celui d'un petit garçon, ses joues aussi douces que seules peuvent l'être celles d'un amant. Et il me dit : « J'y retourne, Johnny. J'y retourne ce soir. »

Je prends sa main dans la mienne. Et je dis, avec l'absolue certitude de la conviction : « Je viens avec toi. »

Souriant enfin, car j'ai trouvé l'endroit où je voulais revenir et que j'ai cherché si longtemps, je cède au sommeil et au pardon.

Coucher avec des femmes dentues

Écoutez-moi. Je vais vous dire quelque chose d'important.

Je n'ai encore raconté cette histoire à personne. Je ne crois pas que j'aurai le temps ou la force de la redire avant de mourir. Aussi écoutez-moi bien, si vous voulez l'entendre.

Il faut d'abord que j'ouvre ce ballot. Je vous ai vu y jeter des coups d'œil pendant que je parlais dans votre appareil, ces dernières semaines. Vous avez été poli et vous ne m'avez pas demandé ce que c'était, pourtant ce balluchon de toile a dû éveiller votre curiosité. Après tout, il est aussi grand qu'un homme. J'ai vu votre regard se poser dessus lorsque j'ai raconté comment un *wicasa wakan* tel que moi était, pendant une cérémonie *yuwipi*, enroulé dans ses couvertures comme une momie, et je sais que vous avez dû vous demander si ce vieux fou ne gardait pas le cadavre d'un autre *wicasa wakan* dans un coin de sa cabane.

Non, ce n'était pas un homme. Maintenant, regardez, je l'ouvre.

Sous la toile, vous voyez qu'il y a sept peaux non tannées et solidement attachées, comme ça. Je vais les enlever.

Sous les cuirs bruts, il y a cet emballage en peau de bison.

Sous la peau de bison, il y a cet emballage en peau de daim. Tâtez comme elle est souple en dépit de son âge. C'est la salive de mon arrière-grand-mère qui lui a valu cette douceur. Maintenant, tenez ces lanières pendant que je défais la peau de daim.

Sous la peau de daim, il y a cette flanelle rouge.

Sous la flanelle rouge, il y a cette flanelle bleue. C'est la dernière couche. Asseyez-vous pendant que j'éteins les lampes, sauf la bougie posée sur la table. Je vais ôter la flanelle bleue.

Je vois votre déception. Deux vieilles pipes, pensez-vous. Vous avez tort.

Les membres de ma tribu, des Sioux Lakotas, attendent parfois toute une vie de voir l'une de ces pipes et, même alors, leur espérance peut être déçue. On ne les sort qu'aux temps les plus importants et les plus saints. Vous vous demandez peut-être pourquoi je les montre à un *Wasicun* comme vous… un *Wasicun* ignorant de ces choses.

La réponse, c'est que vous êtes ignorant, mais comme la plupart des *Wasicun*, vous n'êtes pas stupide. Vous avez une secrétaire qui prendra les mots que je dis dans votre magnétophone et les tapera sur sa machine sans rien y changer. C'est capital. Je raconterais bien cette histoire à mon *takoja* – mon arrière-petit-fils gras et choyé – mais ses yeux et ses oreilles sont remplis de l'excrément de la télévision des *Wasicun* qu'il regarde six heures par jour. Mon autre *takoja*, mon vrai petit-fils, est en prison à Rapid City. Même s'il n'y était pas, son intelligence et son *nagi* – son esprit – ont été détruits par l'alcool.

Alors, il n'y a personne dans la réserve qui ait la patience, la cervelle ou la sagesse d'entendre cette histoire, et de la comprendre, et de s'en servir pour devenir un *wicasa wakan* – un saint homme – ou un *waayatan*, un homme de vision qui peut voir le futur. Pas maintenant. Pas en ces temps maudits que les *Wasicun* nous ont offerts à manger et que nous avons absorbés comme un cheval stupide avalant des orties qui lui déchireront l'estomac jusqu'à ce qu'il en meure.

Mais un jour, il se peut que certains Lakotas apprennent ces choses à partir de votre ignorante répétition. Et peut-être comprendront-ils. Alors, taisez-vous et écoutez.

Cette pipe que vous contemplez, c'est la *Ptehincala Huhu Canunpa* – la Pipe en Os de Veau de Bison. Elle est depuis quinze générations dans ma famille, qui appartient à la tribu Itazipcho de la nation Sioux. Ces choses rouges suspendues à la pipe, ce sont des plumes d'aigle ; ça, ce sont des peaux d'oiseaux et des petits scalps. Je vois ta réaction. Oui, peut-être que ce sont des scalps d'enfants de *Wasicun*, mais je suppose qu'il s'agit simplement de scalps de Pawnees. Les Pawnees ont toujours eu des petites têtes parce qu'ils ont des cervelles minuscules.

On dit que le gardien de la pipe vit jusqu'à cent ans ou presque, et vous savez que je suis né avant que ce siècle commence.

Celle-là, c'est notre pipe tribale sacrée. Vous voyez le fourneau rouge ? Il a été taillé dans une pierre à pipe qui provient d'une seule carrière dans un seul endroit du monde[1]. Les bisons, conduits là par les chasseurs, tombaient du haut des falaises. Cette pierre est imprégnée de leur sang. Mais ce n'est pas le sang des bisons qui la rend sacrée pour notre peuple.

La pierre à pipe est la chair des Sioux. En disant cela, je ne fais pas ce que vous appelez une métaphore. La pierre d'argile rouge qui est dans ce fourneau *est* la chair des Sioux.

Il y a presque quatre-vingt-cinq ans, je suis entré pour la première fois dans une église catholique – la petite chapelle d'une mission, dans la prairie, qui a disparu depuis, avant la Grande Crise – et je me souviens de mon saisissement en entendant le prêtre nous expliquer l'Eucharistie. « C'est le corps du Christ, dit-il par l'intermédiaire d'un Sioux Brûlé qui nous faisait entendre ses mots. C'est sa vraie chair que nous mangeons. »

Je me souviens combien ma famille fut choquée lorsque nous avons parlé de cela dans notre tipi, ce soir-là. Nous savions que les *Wasicun* étaient voraces – le mot pour hommes blancs signifie « ravisseurs

1. Pierre argileuse rougeâtre utilisée par les Indiens pour fabriquer le fourneau de leurs pipes rituelles. On l'appelle « catlinite » du nom du peintre George Catlin (1796-1872) qui découvrit leur carrière sacrée dans le Minnesota. Voir George Catlin, *Les Indiens d'Amérique du Nord*, Éditions Albin Michel. *(N.d.T.)*

gras » – mais nous ne savions pas que c'étaient des cannibales. Nous ne savions pas qu'ils mangeaient la chair et le sang de leur dieu.

Mais alors mon *tunkashila* a pris la parole. Mon grand-père, très vieux et très sage, était à la fois *wicasa wakan* et *waayatan*, et certains disent qu'il était non seulement homme-médecine et homme-vision, mais aussi *wapiya*, conjureur d'esprits. Je me souviens qu'il y avait une longue marque de naissance blême sur son scalp et son front, presque comme une cicatrice, et qu'elle faisait partie de son *wakan*, de son saint pouvoir. Quand il parlait, nous l'écoutions. Je l'ai écouté ce soir-là.

« Cette chose qu'a dite le prêtre *wasicun* n'est pas mauvaise. Peut-être que la chair de leur dieu s'est transformée en pain comme la chair de notre peuple s'est transformée en pierre à pipe. Peut-être que le sang de leur dieu s'est transformé en vin comme le sang de notre peuple coule en nous par la pipe tribale et la *Ptehincala Huhu Canunpa*. Ces choses-là ne sont pas mauvaises. Ce n'est pas du cannibalisme comme dans les histoires que ma grand-mère me racontait sur les Kangi Wicasha, les Corbeaux. Nous ne jugerons pas cette chose. »

Et ce soir-là, les anciens ont hoché la tête et craché, et moi, j'ai fait de même.

Mais aujourd'hui, je tiens ces pipes dans mes mains, devant vous, et je vous dis qu'en touchant ces fourneaux de pierre je touche la chair de mon peuple. En fumant cette pipe tribale, je mêle mon sang au sang de tous les Sioux qui sont venus avant moi.

Et il y a autre chose. Je fumerai cette pipe pendant que je vous raconterai cette histoire. Si je mens en fumant cette pipe, je mourrai. Pensez à cela pendant que je vous raconte cette histoire.

Maintenant, écoutez-moi. Ne parlez pas. Ne posez pas de questions. Contentez-vous d'écouter.

Il faut d'abord que je vous dise pourquoi je vous raconte cela alors que je n'en ai parlé à personne pendant tant d'années.

Le mois dernier, mon petit-fils – pas celui qui est en prison à Rapid City, mais le fils de la fille de ma troisième épouse défunte – m'invita à venir voir un film en vidéocassette dans sa caravane, près de Deadwood. Il en faisait toute une histoire. Plusieurs de ses filles, sa demi-sœur et cinq autres membres de ma famille étaient là. Tous voulaient voir comment leur vieux *tunkashila* réagirait. C'était comme s'ils me faisaient un très beau cadeau parce que j'étais toujours vivant, alors qu'en fait j'aurais dû être mort.

Le film que nous avons regardé ce soir-là s'appelait *Danse avec les loups*. Il était sorti quelque temps auparavant et il y avait eu une première à Rapid City, à laquelle beaucoup de gens de la réserve avaient assisté, mais à l'époque, j'étais à l'hôpital pour une pneumonie et je l'avais ratée. Aussi mon petit-fils Leonard Sweetwater organisa cette soirée afin que je ne meure pas sans avoir vu cette merveilleuse chose qui avait été faite pour notre peuple.

Eh bien, je suis sorti au milieu du film. Leonard et les autres pensèrent que j'étais allé uriner dans les fourrés – je préfère cela aux cabinets, qu'ils soient à l'extérieur ou à l'intérieur –, mais en réalité, j'étais reparti à pied pour rentrer chez moi, à soixante kilomètres de là.

Le film me donnait envie de vomir. Et j'ai vraiment vomi, mais c'étaient peut-être les *burritos*[1] dégueulasses que Leonard avait servis avant de passer la cassette.

Mes petits-enfants en faisaient toute une histoire parce qu'on parlait parfois lakota dans ce film, le peu que j'en ai entendu était épouvantable – cela avait l'air aussi stupide que l'anglais parlé par un étranger qui a mémorisé des mots sans connaître leur signification, ou sans savoir quelle syllabe accentuer. Cela m'a rappelé Bela Lugosi dans *Dracula*. Seulement Lugosi était un étranger ; ceux-là prétendaient être des Lakotas *parlant leur propre langue* !

Mais ce n'était pas l'idiotie du langage qui m'a poussé à partir. C'est le mépris.

Après avoir vomi, j'ai pleuré durant ma longue marche, avant que Leonard et les autres s'aperçoivent que j'étais en train de rentrer à la maison et viennent me prendre dans leur camionnette. Je pleurais parce que mes propres descendants pensaient que ce film montrait notre peuple tel qu'il avait été. Celui qui fait un film comme ça est une fouine, et le film aurait dû s'appeler *Danse avec les fouines*. L'acteur vedette qui l'a fait, qui l'a dirigé et qui interprète le premier rôle est une fouine[2]. Je trouve qu'il joue un personnage lent et stupide, qui se conduit comme une fouine ; au lieu de l'accueillir parmi

---

1. Tortillas fourrées au bœuf haché, au fromage râpé ou aux haricots frits. *(N.d.T.)*

2. En français, cette comparaison évoque quelqu'un de rusé et de sournois, de « chafouin ». En anglais, s'ajoute un autre sens. Le verbe *to weasel* veut dire soit s'exprimer d'une façon ambiguë, soit se tirer d'une situation difficile en misant sur l'ambiguïté. *(N.d.T.)*

eux, de lui faire fête, de lui donner un beau nom et une femme – même s'il s'agissait d'une *Wasicun* captive –, mes ancêtres auraient fait semblant de ne pas le voir. Ou, s'il avait insisté, continué à tourner dans le coin, ils lui auraient coupé les couilles.

Non, ce qui m'a fait vomir, puis pleurer, c'était que mon propre peuple ne voyait pas le mépris qu'il y avait dans ce film. Le mépris que seul un conquérant absolu peut montrer envers ceux qu'il a totalement conquis.

Au début, les *Wasicun* craignaient les Indiens des plaines. Ils étaient à notre merci lorsqu'ils nous ont découverts. Puis, quand leur nombre grandit et que leur envie de posséder nos terres dépassa leur peur, ils nous ont détestés. Mais au moins, c'était une haine qui s'appuyait sur le respect.

Les imbéciles efféminés, amoureux de la paix, écologiquement parfaits, que ce film avorté présente comme des Dakotás, ne pouvaient sortir que de la cervelle d'un *Wasicun* californien amateur de surf. C'est puant de condescendance. Plein d'un mépris issu d'une absence de peur ou de respect pour un peuple qui autrefois a joyeusement coupé les couilles de vos ancêtres. C'est l'arrogance pleine de dédain de quelqu'un qui condescend à la compassion parce que cela ne coûte rien.

En marchant cette nuit-là, je me suis rappelé quelque chose que je faisais quand j'étais enfant. Ce jeu s'appelait *isto kicicastakapi* et consistait à mâcher les baies d'un rosier, à cracher les pépins dans sa main et à les jeter à la figure de quelqu'un. Généralement, il y avait autant de crachats que de pépins.

Ce film est un *isto kicicastakapi* de *Wasicun*. Ce n'est qu'un crachat et des pépins jetés à notre figure. Il n'y a rien de vrai là-dedans, rien de la substance de notre peuple.

Aussi je vous le répète – écoutez bien. Il n'y a pas de stupide héros *wasicun* blond, surfeur et souriant d'une oreille à l'autre dans mon histoire ; tous les personnages sont des Ikce Wicasa – ça se prononce *Ik-tche Oui-tcha-cha*, des êtres humains libres, naturels –, le peuple que vous appelez les Sioux.

Mais de toute façon, écoutez.

Il y a longtemps, un petit garçon naquit dans notre tribu et on l'appela Hoka Ushte, ce qui veut dire Blaireau Boiteux. On le baptisa ainsi parce que la nuit où il est né, un blaireau est entré en boitant dans le campement et a laissé une crotte devant le tipi où la mère de Blaireau Boiteux commençait à se battre avec le pieu de naissance.

Il faut que vous compreniez que le blaireau est un animal *wakan*, sacré… plein d'une force mystérieuse. On se servait du pénis du blaireau, bien membré, comme d'une alène de cordonnier, ce qui est un peu comique étant donné les ennuis que celui de Hoka Ushte lui a causés en grandissant. Et de plus, le blaireau est un animal très fort, surtout quand il s'est réfugié dans son terrier. Trois hommes ne pourraient pas l'en sortir. Mon grand-père m'a raconté l'histoire de trois jeunes hommes de notre tribu qui, revenant à notre campement hivernal près de la Mini Sose, la Rivière aux Eaux Boueuses que les *Wasicun* ont appelée Missouri, non loin de l'endroit où s'installerait un jour l'Agence de

Queue Tachetée[1] et la réserve de Pine Ridge, aperçurent un blaireau fuyant vers son terrier. Le jeune brave appelé Queue Tachetée, plus tard connu sous le nom de Bras Cassé, le prit en chasse parce qu'il venait d'échanger l'un des poneys de son frère contre une corde *wasicun* toute neuve et qu'il voulait la mettre à l'épreuve. Il prit le blaireau au lasso juste avant qu'il ne saute dans son trou. Ses deux amis l'aidèrent à tirer, mais l'animal, qui continuait simplement à s'enfoncer plus profondément dans le sol, brisa le bras de Queue Tachetée en trois endroits et lui déboîta l'épaule. Dans la lutte, la traîtresse corde *wasicun* s'enroula autour des chevaux des trois braves et, lorsque Queue Tachetée et ses amis la lâchèrent, les trois montures furent entraînées dans le terrier du blaireau. Horrifiés, ils entendirent les chevaux hennir pendant une heure car les fortes mâchoires du blaireau se refermèrent comme un étau sur la bouche et les naseaux de chacun d'eux, à tour de rôle, pour les étouffer.

Ce jour-là, Queue Tachetée perdit son nom, car depuis on l'a toujours appelé Bras Cassé – « Céda-sa-Corde-et-ses-Chevaux-à-un-Blaireau » était trop long à dire en lakota –, mais personne dans la tribu n'a jamais oublié comment Queue Tachetée avait perdu les chevaux et sa corde neuve. C'est la vérité, et je raconte cela seulement parce qu'il faut que vous sachiez pourquoi nous respectons à la fois le pouvoir *wakan* et la puissance animale du blaireau.

Il y a aussi autre chose d'intéressant à dire au sujet de cet animal. Si vous ouvrez un blaireau mort avec

1. Célèbre chef des Sioux Brûlés (1833 ? – 1881). *(N.d.T.)*

un couteau et que vous regardez votre reflet dans la mare que forme le sang de l'animal, vous vous verrez tel que vous serez à l'heure de votre mort. Un de mes amis a essayé quand j'étais enfant et il a seulement vu son visage de gamin. Il a dit que la magie n'avait pas opéré, mais moins d'un mois plus tard, il a reçu un coup de pied de cheval dans la tête et il est mort ce jour-là. Je n'ai jamais voulu voir mon reflet dans le sang du blaireau, mais si je l'avais fait, j'aurais aperçu le vieux visage que tu vois devant toi maintenant et j'aurais pu – sachant que je ne mourrais pas avant d'être un ancien – devenir un brave guerrier ou un astronaute ou autre chose d'aussi dangereux au lieu du timide *wicasa wakan* que j'ai choisi d'être.

En tout cas, on attribua dès sa naissance un nom puissant à Hoka Ushte – Blaireau Boiteux –, et pourtant il n'avait apparemment rien d'extraordinaire. En grandissant, il ne montra aucun don particulier. C'était, comme la plupart des petits garçons, un *takoja*, un petit-fils choyé, et il s'intéressait bien plus à ses jeux qu'aux quelques corvées qu'on imposait à nos fils, à cette époque où il n'y avait ni écoles ni réserve. Ses jeux favoris, c'était le *mato kiciyapi* au printemps, où les petits garçons se lancent des brins d'herbe coupante jusqu'à ce que l'un d'eux saigne, et le *prehes-te* en hiver où l'on fait glisser un bâton emplumé sur la glace, et le jeu d'équipe de Tire-les-par-les-cheveux-et-donne-leur-des-coups-de-pied, en été. Non, Hoka Ushte ne montrait aucune aptitude particulière quand il était enfant.

Il faut vous souvenir que toutes les choses que je vous raconte sont arrivées pendant l'âge d'or, après que la Femme Bison nous eut donné la pipe sacrée, après que *Wakan Tanka* nous eut accordé le cheval, mais avant que les *Wasicun* soient devenus plus nombreux que les bisons sur les plaines où nous vivions.

C'était avant le *Pehin Hanska Kasata* – la liquidation de Longs Cheveux, à Herbe Grasse, c'est-à-dire la mise à mort de Custer à Little Big Horn, en 1876.

C'était avant le terrible traité de Fort Laramie, en 1868, qui fit de la liberté des Ikce Wicasa – les hommes libres naturels – une chose contraire à la loi. Avant que les *Wasicun* nous aient dit de vivre dans une réserve.

Cela s'est passé, je pense, l'année Où Ils ont Ramené les Captifs, 1843 en temps *wasicun*. Je le sais parce que le père de Hoka Ushte était un homme de quarante-quatre ans quand le garçon est né. Il s'appelait Dort-près-du-Ruisseau et était né l'année Où Beaucoup de Femmes Enceintes sont Mortes, ce qui correspond pour vous à 1799. Le plus étonnant, c'était l'âge avancé de la mère de Hoka Ushte, Femme Trois Nuages, au moment de sa naissance. On dit qu'elle était née soit l'année Où Ils ont Frisé les Poils des Chevaux, 1804, ou l'année Où Ils ont Tressé les Queues des Chevaux, 1805, et c'était une vieille femme de trente-huit ou trente-neuf ans quand elle a mis l'enfant au monde.

Hoka Ushte était fils unique. Ses parents, m'a-t-on dit, pensaient qu'un enfant qui leur était accordé si tard serait très important, mais ni l'un ni l'autre ne l'ont vu arriver à l'âge où l'on parle. Femme Trois Nuages a quitté son tipi pour aller chercher de l'eau dans une tempête de neige, ce même hiver de l'année Où Ils ont Ramené les Captifs et fut retrouvée morte de froid. Dort-près-du-Ruisseau, en dépit de son âge avancé, quitta le campement l'été suivant après s'être vanté qu'il allait compter des coups contre les Pawnees, et on ne l'a jamais revu.

Hoka Ushte fut élevé par ses grands-parents et toutes les femmes du village ; il est devenu le *takoja* gâté que je t'ai décrit plus tôt.

Mais en un sens, tous les Ikce Wicasa étaient des *takoja* à cette époque. Je veux dire par là qu'en ces temps d'abondance, le passé n'existait que dans les histoires et le futur uniquement dans les rêves, et en dépit de la douleur, de la peur, des épreuves et de la mort, la vie était bien remplie et simple. Les Ikce Wicasa se déplaçaient librement, sans rencontrer de frontière, et notre demeure, c'était vraiment le *maka sitomni* – le monde entier, l'univers.

Mais ça, c'est juste le cadre de l'histoire. Quand elle commence, Hoka Ushte est dans son dix-septième été et entame son *hanbleceya*, sa quête de la vision, qui allait le changer à jamais, ainsi que son peuple.

Maintenant arrêtez votre appareil et écrivez cela. Le mot que vous entendez, c'est « *hanbletchia* », mais je veux que vous le voyiez : HAN BLE CE YA. C'est important de connaître le mot.

« Un nom est un instrument qui permet d'enseigner et de distinguer les essences. » Sais-tu quel est le sage *wicasa wakan* qui a dit cela ?

Non, pas Élan Noir. Son nom est Socrate. Maintenant écrivez le mot. *Hanbleceya*. Bien. Alors, écoutez de nouveau.

Lorsque Hoka Ushte eut dix-sept étés, certains anciens de la tribu parlèrent de le renommer Perche de

Tipi parce que son faiseur-d'enfant semblait toujours se dresser, raide et grand comme les pins que nous coupons pour faire les perches de nos tipis. Cela embarrassait Hoka Ushte, mais c'était un garçon passionné. Les autres jeunes gens se plaisaient à chevaucher, à lutter entre eux et à faire des plans pour voler les poneys des Pawnees ou des Corbeaux, mais Hoka Ushte restait toujours aux environs du campement à regarder les jeunes filles ; il avait de la chance que les autres ne le renomment pas Compte-les-coups-sur-les-filles.

Maintenant il faut que je vous dise que dans un petit village comme celui dans lequel Hoka Ushte grandit, il n'y avait pas beaucoup de *wincincalas* – de filles séduisantes dont un garçon pouvait tomber amoureux. Sauf une qui s'appelait Génisse Agile. Quinze ans, un doux visage et de longs cheveux noirs qu'elle savait graisser pour les garder brillants. Elle était digne d'être demandée par un fier guerrier et non par un blanc-bec comme Blaireau Boiteux. Mais la plupart du temps, l'œil de Hoka Ushte restait fixé sur Génisse Agile.

Il y a aussi deux autres choses sur les mœurs amoureuses et sexuelles de mon peuple avant l'époque des réserves que je dois vous apprendre. Premièrement, nous sommes très réservés à ce sujet. Nous avons même un mot pour cela – *wistelkiya* – qui signifie à la fois pudeur et peur de l'inceste. C'est ce deuxième sens qui nous inquiète. Nos tribus n'ont jamais été grandes, vous comprenez, nos campements sont encore plus petits, et nos ancêtres ont vu les conséquences des unions consanguines. D'où les nombreux tabous sur les mariages entre membres d'une même famille. D'où notre *wistelkiya* sur la sexualité en général.

Deuxièmement, les gens disposaient à l'époque de fort peu d'intimité. Les familles dormaient ensemble dans des tipis communautaires, les petits enfants voyaient et entendaient le père et la mère faire ça comme des chiens dans un coin ou copuler sous leurs couvertures en peaux de bison, mais c'était mal élevé de les regarder, et plus grossier encore d'être impudique devant des enfants plus âgés. Élevé par ses grands-parents, Hoka Ushte n'avait probablement jamais vu faire la bête à deux dos. Et de toute sa vie, il ne s'était jamais trouvé seul avec une fille. La vie des jeunes Ikce Wicasa, c'était : les garçons avec les garçons et les filles avec les filles. Et sauf pour de grands travaux communs comme le déménagement du camp, ou la recherche du bois de chauffage, ou la cuisson des pâtés de buffle, les sexes étaient séparés.

Aussi Hoka Ushte faisait-il tout ce qui était en son pouvoir pour se rapprocher de Génisse Agile ; la plupart du temps, cela consistait à rôder près du ruisseau comme un chasseur traquant une proie rusée. Tôt ou tard, chaque femme du village descendait au bord de l'eau pour remplir son outre. Cela, il le savait. Alors, Hoka Ushte se cachait derrière les buissons, près du ruisseau, et attendait du lever du soleil à son coucher que Génisse Agile vienne seule chercher de l'eau. Parfois, elle arrivait avec son implacable mère, Femme Criarde, et Blaireau Boiteux devait se contenter d'attendre derrière son yucca, ou son peuplier de Virginie ou son genévrier, en se grattant les jambes, l'air ridicule. Et même lorsque Génisse Agile se rendait seule à la rivière, tout ce qu'il pouvait faire, c'était surgir brusquement de sa cachette et lui faire un grand sourire.

Parfois elle lui souriait, mais le plus souvent, elle faisait comme si elle ne l'avait pas vu et remplissait son outre. Et il ne restait plus à Hoka Ushte qu'à se gratter les jambes, l'air plus idiot que jamais.

Pour finir, Hoka Ushte se lassa de rôder aux environs du ruisseau et d'avoir l'air stupide, aussi décida-t-il de faire du rampe-tipi.

S'introduire en rampant dans la maison de sa petite amie, cela peut sembler, aujourd'hui, une chose assez simple à un *Wasicun* comme vous, mais cela exigea de Hoka Ushte qu'il rassemble tout le courage qu'il possédait. Le père de Génisse Agile s'appelait Corne Creuse Debout, et il était célèbre pour ses accès de colère. La plupart des gens pensaient que c'était parce qu'il vivait avec Femme Criarde, mais ses humeurs étaient néanmoins légendaires. Ce que Hoka Ushte craignait le plus, c'était que son rampe-tipi ne réveille Femme Criarde qui irait raconter la chose aux autres femmes du village. Les mères sioux ne prenaient pas à la légère les attentats à la pudeur envers leurs filles. Si Hoka Ushte avait été un brave vivant seul, les femmes auraient mis le feu à son tipi pendant qu'il dormait. Ou auraient peut-être coupé les jarrets de son cheval. Comme il vivait chez ses grands-parents et n'avait pas de monture, il tremblait à la pensée de ce que Femme Criarde et ses amies pourraient lui faire.

Mais sa passion pour la *wincincala* fut plus forte que sa peur.

Par une nuit bien noire, dans la Lune du Retour des Canards – c'est-à-dire en avril –, Hoka Ushte se faufila hors du tipi de son grand-père, fit le tour du campement en veillant bien à ne pas approcher de l'endroit où l'on gardait les chevaux. Heureusement, la tente de sa bien-aimée était à la périphérie, si bien que Blaireau Boiteux n'eut pas à affronter les aboiements des chiens qui se seraient réveillés s'il avait traversé le centre du village… Bien sûr, il connaissait tous les chiens par leur nom et eux le connaissaient, mais ces animaux sont nerveux la nuit et aboient vite si quelqu'un rampe comme un blaireau entre les tipis.

Hoka Ushte avait écouté son grand-père et les autres guerriers raconter comment ils se glissaient dans les campements des Pawnees et des Shoshones pour compter des coups, et il se servit de leurs trucs pour se faufiler jusqu'au tipi de Génisse Agile, écarter le rabat du piquet, à l'arrière de la tente, et passer la tête sous la peau de bison.

Dehors, l'air hivernal était piquant ; à l'intérieur, il s'alourdissait de la fumée du feu, des exhalaisons des dormeurs et de l'odeur familière des couvertures qui n'avaient pas été aérées depuis longtemps. Femme Criarde n'était pas la plus propre ni la plus travailleuse des femmes. Comme il l'avait appris des guerriers, Hoka Ushte cessa de respirer et de bouger jusqu'à ce qu'il ait localisé les silhouettes endormies. Il repéra tout de suite Corne Creuse Debout à son ronflement sonore ; Femme Criarde rembarrait quelqu'un dans son sommeil et, chaque fois que sa voix perçante remplissait l'obscurité, Hoka Ushte frissonnait à l'idée qu'il pourrait la réveiller. Génisse Agile dormait paisiblement et, les yeux de Blaireau Boiteux s'habituant à la pénombre, il put distinguer ses épaules pâles et ses cheveux noirs brillant doucement dans le peu de lumière que les étoiles projetaient par le trou d'aération.

Hoka Ushte ne recommença à respirer que lorsqu'il fut sur le point de s'évanouir. Le ronflement et les récriminations continuaient. Femme Criarde lança une raillerie aux interlocutrices de son rêve, puis se retourna vers la paroi du tipi opposée à Hoka Ushte en tirant violemment sur les couvertures. Le jeune homme y vit un signe de bon augure et se tortilla, glissant aussi silencieusement que possible son derrière maigrichon sous la lourde peau de bison. Retenant de nouveau sa respiration, il parcourut en rampant la courte distance qui le séparait de Génisse Agile. Il vit qu'elle ne portait qu'une légère chemise sous ses couvertures et que ses épaules minces étaient nues. Son cœur battait si fort que Hoka Ushte crut qu'il allait réveiller tout le campement. Il tendait la main pour toucher la jeune fille lorsque Corne Creuse Debout cessa de ronfler et se dressa sur son séant.

Hoka Ushte se figea dans une immobilité totale et essaya de ressembler à un tas de couvertures. Les battements de son cœur étaient si violents qu'il en avait mal à la poitrine.

Le père se leva dans l'obscurité en rejetant sa couverture à coups de pied, ouvrit le battant du tipi et sortit. Il urina. Le jeune homme crut entendre un bison en train de pisser. Corne Creuse Debout rentra dans le tipi et se recoucha sous sa couverture. Hoka Ushte n'était même pas à deux mètres de lui, mais il garda le visage pressé contre le sol, les jambes repliées, les mains fourrées sous son corps afin de ne pas réfléchir la lumière des étoiles, et pria *Wakan Tanka* de tout son cœur pour que le vieux guerrier ne sente pas qu'il y avait un corps de trop dans la tente et ne l'étripe comme un daim avant de découvrir l'identité de l'intrus.

Corne Creuse Debout se remit à ronfler.

Hoka Ushte laissa passer plusieurs minutes avant d'oser bouger. Comme si elle sentait son ardent désir, Génisse Agile se tourna vers lui et écarta d'un coup de pied sa couverture. Son haleine douce et rapide effleura la joue de Hoka Ushte qui se dit : *Elle est réveillée ! Elle m'accueille !*

Il passa la langue sur ses lèvres sèches et tendit la main gauche vers la jambe de la jeune fille : son autre main était levée, prête à s'abattre sur la bouche de Génisse Agile au premier signe d'effroi. Hoka Ushte toucha la cuisse de sa bien-aimée. La peau était plus douce qu'il n'aurait pu l'imaginer, la chair plus souple qu'il ne l'avait jamais rêvé. Génisse Agile poussa un soupir ensommeillé, mais ne cria pas. Hoka Ushte se pâma à demi sous la montée du désir et l'imminence du danger. Il se risqua plus haut et sentit le puissant muscle interne de sa cuisse ; la légère chemise de la jeune fille se retroussait au fur et à mesure que progressaient son poignet et sa main. Il ne s'arrêta que lorsque ses doigts furent à quelques centimètres de la chaleur que dégageait le sexe de Génisse Agile. Tout le corps de Hoka Ushte frissonnait d'excitation ; seule sa main était ferme et immobile, ses doigts aussi rigides que son faiseur-d'enfant dressé.

Pour finir, Hoka Ushte ne put attendre plus longtemps. Il glissa ses doigts plus près de la source de toute cette chaleur, certain que Génisse Agile se serait déjà réveillée si elle dormait, aurait crié si elle avait été réveillée. Elle ne se réveilla pas, elle ne cria pas, mais murmura doucement d'une voix endormie, trop imprécise pour être feinte.

Hoka Ushte oublia de respirer. Il touchait un *winyan shan* de femme pour la première fois de sa vie. Il fut sur le point de crier, tant était grande son excitation, mais il serra les dents sur sa lèvre inférieure jusqu'à ce que le sang coule. Toute son attention était centrée sur l'extrémité de ses doigts en train d'explorer ce nouveau prodige.

Hoka Ushte fut surpris de découvrir que les poils de la jeune fille n'étaient pas doux et frisés mais fort longs et semblaient tressés. Il suivit le pli de l'aine et découvrit que ces poils curieusement durs s'étendaient sur sa cuisse et étaient vraiment nattés. Cela le surprit et l'enflamma d'une façon presque insupportable, mais soudain, une pensée lui traversa l'esprit et glaça son désir juste avant qu'il n'y succombe.

Pris de soupçon, Hoka Ushte fit remonter des doigts encore plus tremblants sous l'ample chemise jusqu'à la taille de la *wincincala*.

La tresse s'y prolongeait et entourait la taille de la jeune fille, comme un harnais.

Hoka Ushte comprit aussitôt qu'il avait été berné. À tâtons, il suivit la natte qui se prolongeait entre les jambes maintenant jointes de Génisse Agile, passait sous l'ourlet de la chemise, sous la couverture, et s'étendait sur le sol du tipi. Hoka Ushte était couché dessus. Il se retourna et vit que la chose traversait le coin dortoir. Droit jusqu'aux pieds de Femme Criarde.

La mère de Génisse Agile s'était montrée plus maligne que lui. Se servant d'un vieux tour d'Ikce Wicasa, elle avait passé une corde de crins de cheval autour de la taille de sa fille et l'avait attachée autour de sa propre cheville. Hoka Ushte retira sa main tremblante, sachant que toute pression exercée sur elle réveillerait la vieille plongée maintenant dans un silence suspect. Peut-être était-elle déjà sortie du sommeil et étreignait-elle son couteau à dépecer.

Les doigts de Hoka Ushte étaient encore imprégnés de la chaleur de Génisse Agile lorsqu'il recula. Se soulevant avec d'infinies précautions, il s'éloigna de la jeune fille endormie comme il s'était une fois écarté lentement d'un serpent à sonnette lové sur un grand rocher où il avait fait la sieste.

Hoka Ushte mit une éternité à rejoindre la brèche par où il était entré, et il lui fallut deux éternités pour rassembler son courage, soulever le rabat et se glisser dessous. Le bruissement de la paroi du tipi fit autant de bruit qu'un coup de tonnerre s'ajoutant à une débandade de bisons. Une fois sorti, il s'accroupit pour reprendre son souffle, mais le chien d'une tente voisine se mit à aboyer. Hoka Ushte, oubliant toute ruse, courut jusqu'à la limite du village, dévala la berge, traversa le ruisseau et se cacha près d'un peuplier de Virginie pour attendre l'aube ; il pourrait alors retourner à pas de loup au tipi de son grand-père et y rentrer comme s'il venait d'uriner.

Pendant tout ce temps, le désir frustré ravagea le corps et l'esprit de Hoka Ushte. Ce fut une très longue nuit.

Tôt le lendemain matin, *tunkashila*, Faucon Bonne Voix, le grand-père de Hoka Ushte, entra dans le tipi, réveilla le garçon d'un petit coup de mocassin et dit :

« *Co-o-co-o !* Réveille-toi. Prépare-toi. Nous allons voir Corne Creuse Debout. »

Vous imaginez la peur de Hoka Ushte. Il se dit que le père de Génisse Agile avait aperçu ses traces dans la matinée et qu'il était au courant de son rampe-tipi. Aussi effrayé qu'il fût par Corne Creuse Debout, Hoka Ushte découvrit qu'il avait encore plus peur de Femme Criarde. Tout le camp se moquait de la vie misérable que Corne Creuse Debout menait à cause de la voix acérée de son épouse, et il imagina ce bec de tortue femelle s'acharnant sur lui pour le reste de sa vie. Traînant les pieds dans la poussière derrière son *tunkashila* jusqu'au tipi de Génisse Agile, Hoka Ushte ne trouva comme moyen de fuir son déshonneur que le suicide ou l'exil.

Dans la tente de Corne Creuse Debout, il n'y avait plus que les peaux de cérémonie sur lesquelles les deux hommes et le garçon, l'air penaud, s'installèrent. Aucun signe de Femme Criarde, sauf les bols de *pejuta sapa* qu'elle avait manifestement préparés et que son mari présentait maintenant à Faucon Bonne Voix et à Blaireau Boiteux. Le *pejuta sapa*, c'était « la médecine noire », la boisson épaisse et amère reçue parfois lors d'échanges effectués avec les *Wasicun*. Tout fort et mauvais qu'il fût, le café était considéré comme *wakan* par certains Sioux – tout de suite après le *mni waken*, l'eau sainte, le whisky – et, avant que les *Wasicun* n'envahissent les plaines comme les poux une peau de bison, le *pejuta sapa* était rare. Cette générosité étonna Hoka Ushte, puis il se dit qu'un tel cérémonial ne pouvait que précéder une épouvantable engueulade.

Une fois le *pejuta sapa* avalé, cela ne fit que croître et embellir quand Corne Creuse Debout remplit sa pipe de *kinnikkinnik* et l'alluma. De nouveau, Hoka Ushte fut surpris de se voir admis à ce rituel d'adulte et, de nouveau, il estima que c'était simplement le prélude à la terrible punition qu'il allait recevoir. La médecine noire et le tabac lui firent tourner la tête. Il décida qu'il était trop timoré et trop épuisé pour partir en exil. Il préférait se tuer.

« Hoka Ushte ! commença Corne Creuse Debout d'une voix si féroce et si claironnante que le garçon fut sur le point de léviter au-dessus de sa couverture. Je pense que tu connais ma fille, Génisse Agile ? »

Blaireau Boiteux ne put que répondre : « *Ohan.* » Oui. Les autres mots avaient fui son esprit. Il n'avait pas d'excuse.

« *Washtay* », dit Corne Creuse Debout, et il tira un bon coup sur sa pipe, puis la tendit de nouveau à Faucon Bonne Voix. « C'est bon. Alors, sais-tu pourquoi, ton *tunkashila* et moi, nous t'avons convoqué dans mon tipi ? »

Hoka Ushte ne peut que cligner des yeux. *Je vais me servir d'un couteau à dépecer pour m'ouvrir la grosse veine*, pensait-il. *Il est plus tranchant, cela ira plus vite et me fera moins mal*.

« Génisse Agile devient trop âgée pour rester sans époux, gronda Corne Creuse Debout. Il est temps qu'elle se marie et donne des petits-enfants à sa mère et à moi. Je l'ai dit plusieurs fois à Faucon Bonne Voix. Tu ferais un bon mari pour ma fille, nous sommes tombés d'accord là-dessus. »

Cette fois, Hoka Ushte ne fut même plus capable de cligner des yeux.

Corne Creuse Debout continua à regarder le garçon d'un air mauvais. « Et hier soir, j'ai rêvé de toi, Hoka Ushte. »

Les yeux du garçon restaient ouverts. Il sentait qu'il ne pourrait plus jamais ciller de sa vie.

« J'ai rêvé que j'entrais dans mon tipi par une nuit d'hiver et que tu étais là avec ma fille et deux petits enfants. Ce matin, je suis allé voir Bon Tonnerre, et notre *wicasa wakan* dit que ce rêve est peut-être une vision. Il dit que je ne suis pas *waayatan*, mais que le rêve est peut-être *wakinyanpi*. Il dit que cette chose est bonne. »

Hoka Ushte réussit à bouger la tête pour regarder son grand-père. Faucon Bonne Voix tirait sur la pipe. Ses yeux plissés n'étaient plus que des fentes. Hoka Ushte se tourna de nouveau vers Corne Creuse Debout. *Mon beau-père ?* Brusquement, il s'imagina vivant dans le même tipi que Femme Criarde devenue sa belle-mère. Heureusement que chez les Ikce Wicasa parler à sa belle-mère ou reconnaître ouvertement son existence est tabou. Conséquence de la *wistelkiya*, la peur de l'inceste, peut-être. Un interdit qui faisait bien plaisir à Hoka Ushte.

« *Pilmaya* », dit Hoka Ushte, d'une voix aussi ténue et tremblante que le saule rouge dans un orage d'été. « Merci beaucoup. » Il se rendit compte en prononçant ce mot combien sa réponse avait l'air stupide.

Corne Creuse Debout fit un geste d'impatience. « Tu ne comprends pas. Faucon Bonne Voix ? »

Le grand-père de Hoka Ushte souffla un nuage de fumée et regarda son *takoja*. « Le temps est venu pour Corne Creuse Debout et Femme Criarde d'avoir un petit-fils, dit-il lentement. Un bébé à choyer et gâter et transformer en *takoja* tel que toi. Le temps est venu pour Génisse Agile d'avoir un mari… » Il s'arrêta comme si la suite était évidente.

Hoka Ushte hocha la tête, sans comprendre.

Faucon Bonne Voix soupira. « Mais le temps n'est pas venu pour toi d'être un époux », dit-il doucement à Blaireau Boiteux.

Le garçon essaya de comprendre cela.

Faucon Bonne Voix se gratta la joue avec impatience. « Tu n'es devenu ni un guerrier, ni un bon chasseur, ni un jeune homme qui s'intéresse aux affaires de la tribu. Tu n'as ni poney, ni peaux, ni plumes d'aigle. Tu n'as jamais compté de coups ni ri à la figure d'adversaires qui voulaient avoir ton scalp. »

Le visage de Hoka Ushte s'allongea, mais Faucon Bonne Voix se hâta de poursuivre, comme pour atténuer la dureté de ses paroles. « Tu sais bien, Blaireau Boiteux, que nous ne demandons pas à tous les jeunes gens de devenir des guerriers ou des héros. Nous savons que ce à quoi tu rêves, et ce qui est dans ton cœur, déterminera quelle sorte d'homme tu seras… » Il posa une main noueuse sur l'épaule du garçon. « Tu sais que nous honorons même ceux nés pour être *winkte*…

— Je ne suis pas un *winkte* ! » répliqua Hoka Ushte, enfin piqué. Un *winkte* était un homme qui s'habillait et agissait comme une femme. Certains chuchotaient que le *winkte* avait les organes d'un homme et d'une femme. Même si l'on considérait les *winkte* comme *wakan* et si on les payait bien pour donner aux enfants des noms secrets pleins de puissance, aucun guerrier lakota qui se respecte n'avait envie d'être un « berdache ». « Je ne suis pas un *winkte*, répéta Hoka Ushte d'une voix rauque.

— Non, tu n'es pas un *winkte*, acquiesça Faucon Bonne Voix. Mais qu'est-ce que tu *es*, alors, mon petit-fils ?

— Je ne comprends pas ta question, Grand-Père », répondit Hoka Ushte en secouant la tête.

Le *tunkashila* du jeune homme respira lentement. « Tu ne t'es jamais joint à l'une des sociétés de guerriers, tu n'as jamais participé aux raids de poneys, tu n'as pas appris à être un puissant chasseur qui pourvoie aux besoins de la tribu… Y a-t-il quelque chose que tu aies décidé de faire pour devenir un mari digne de Génisse Agile ? Il faut en décider afin que mon ami et *kola* Corne Creuse Debout puisse choisir à bon escient un avenir pour sa fille. »

Hoka Ushte regarda son grand-père et le père de sa bien-aimée. Il ne savait pas que tous deux avaient fait vœu de *kola*, avaient enroulé des lanières de cuir brut autour de leurs poignets pour devenir de si grands amis qu'ils n'étaient plus qu'une seule et même personne. Hoka Ushte prit conscience que, la nuit précédente, sa tentative criminelle contre Corne Creuse Debout faisait tort à son propre *tunkashila* et il ferma les yeux, plein de gratitude pour la tresse en crins de cheval que Femme Criarde avait attachée autour de la taille de sa fille.

« Eh bien ? » insista Corne Creuse Debout.

Hoka Ushte comprit que les deux hommes attendaient une réponse qui déterminerait son avenir et celui de

Génisse Agile. L'esprit de Blaireau Boiteux était totalement vide.

Les deux vieux le regardaient avec des yeux que la fumée de *kinnikkinnik* faisait larmoyer.

« J'ai fait un rêve… », commença Hoka Ushte.

Les deux hommes se penchèrent un peu en avant. Les rêves étaient importants pour les Ikce Wicasa.

Hoka Ushte avait la tête qui tournait, à cause de la nuit d'insomnie, de la peur, du tabac et du fort *pejuta sapa*. « J'ai rêvé que je partais en *hanbleceya* et que je devenais *wicasa wakan.* » En dépit de la fermeté de sa voix, le garçon faillit s'évanouir de surprise en entendant les mots qui sortaient de sa propre bouche.

De surprise, Corne Creuse Debout rejeta brusquement la tête en arrière et regarda Faucon Bonne Voix d'un air interrogateur. « Un *wicasa wakan*, murmura-t-il. Bon Tonnerre se fait vieux et se replie sur lui-même, surtout depuis que sa femme est morte de la fièvre, l'hiver dernier. Une *hanbleceya* pour voir si ce jeune est appelé à devenir un *wicasa wakan*, grogna Corne Creuse Debout en tendant la pipe à Hoka Ushte. *Washtay !* »

Faucon Bonne Voix regarda son petit-fils fumer, puis il tendit la main vers la pipe. Son visage ridé s'était adouci et semblait dangereusement près de sourire. « *Washtay*, acquiesça-t-il. C'est bon. *Hecetu*. Qu'il en soit ainsi. »

Tôt le lendemain, lorsque le souffle des poneys devint visible dans l'air froid et que l'aboiement des chiens résonna presque douloureusement aux oreilles, Hoka Ushte se rendit en traînant les pieds au tipi du seul saint homme du campement ; il lui apportait un cadeau, du *kinnikkinnik* dans un petit sac spécial. Après avoir partagé avec le jeune homme la fumée du cadeau, dans la belle pipe tribale dont le *wicasa wakan* était le gardien, Bon Tonnerre finit par se tourner vers lui. « *Hiyupo*, dis-moi pourquoi tu es ici. »

Hoka Ushte déglutit et lui parla de son désir de partir en *hanbleceya*, et de voir s'il était appelé à devenir un saint homme.

Bon Tonnerre le regarda en coin. « C'est surprenant, Hoka Ushte. Depuis dix-sept printemps que je te connais, tu ne m'as jamais posé de questions, tu n'es jamais venu à mon tipi pour te renseigner sur les choses *wakan*, tu n'as jamais eu l'air de prêter attention aux rituels que j'ai accomplis pour tes grands-parents. Pourquoi cette soudaine inspiration de partir en *hanbleceya* ? »

Hoka Ushte déglutit avant de dire : « Un rêve, *Ate*. »

Le garçon appelait Bon Tonnerre « Père » par respect.

Le *wicasa wakan* lui jeta un coup d'œil perçant. « Un rêve ? Parle-moi de ton rêve. »

Hoka Ushte déglutit de nouveau et tissa ensemble des bribes de différents rêves afin de créer un rêve-vision convaincant. Il ne mentait pas. Pas totalement. Mentir à un *wicasa wakan* pendant qu'on fumait la pipe tribale, c'était attirer sur soi une mort instantanée envoyée par les Êtres-Tonnerre.

Quand le garçon eut fini, Bon Tonnerre le lorgna un bon moment. « Alors, tu as rêvé que tu étais sur un lieu élevé et qu'un cheval sortait des nuages et descendait pour te dire que les esprits souhaitaient te parler ? C'est ton rêve, Hoka Ushte ? »

Le jeune homme aspira l'air. « *Ohan*. »

Le saint homme se frotta le menton. « Ce n'est pas un rêve qui m'aurait envoyé en *hanbleceya* quand j'avais ton âge… » Il leva les yeux sur le garçon. « Mais les temps changent… les rêves changent. Aucun des autres jeunes gens n'a eu le *moindre* rêve qui le mènerait sur le chemin du *wicasa wakan.* » Il toucha l'épaule de Hoka Ushte. « Sais-tu ce que l'*hanbleceya* exigera de toi ? »

Blaireau Boiteux se mordit la lèvre un moment.

« Je sais que je dois jeûner pendant quatre jours, *Ate*. Et il y aura la loge à sudation…

— Non, non, l'interrompit Bon Tonnerre en posant la pipe sacrée. Ça, ce sont les choses qu'il faut *faire*. Je t'ai demandé si tu savais ce qui sera exigé de toi ! »

Hoka Ushte ne répondit pas.

« Lorsque tu es prêt et que l'endroit est préparé, dit Bon Tonnerre d'une voix soudain plus forte et plus sonore, comme Hoka Ushte ne l'avait pas entendue depuis bien longtemps, tu devras ne penser qu'à ta vision. Il faudra que tu vides ton esprit de toutes les autres choses. Ne pas penser à la nourriture. Ne pas penser aux *wincincala…* »

Hoka Ushte essaya de ne pas cligner des yeux.

« Tu ne dois penser qu'à la vision, poursuivit Bon Tonnerre. Tu dois offrir la fumée de la *cansasa* à l'Esprit de l'Est, puis à l'Esprit du Nord, et si ces esprits ne t'accordent pas une vision, alors tu dois offrir de la fumée à l'Esprit de l'Ouest, et s'il ne t'offre pas de vision, tu dois faire de même pour l'Esprit du Sud.

— *Ohan…*, commença Hoka Ushte.

— Tais-toi, dit Bon Tonnerre. Si ces esprits ne réagissent pas, et que tu as jeûné et médité comme il se doit pendant près de quatre jours, alors tu offres de la fumée à l'Esprit de la Terre, et, si cet esprit ne t'accorde pas ta vision, tu dois faire l'offrande de la fumée à *Wakan Tanka*, le Grand Esprit du ciel lui-même… mais seulement si tu es sûr que les autres esprits n'ont pas répondu. Est-ce clair ? »

Le garçon inclina la tête.

« Ne te décourage pas s'il te faut attendre longtemps avant de recevoir une vision, poursuivit Bon Tonnerre. Les esprits ne sont pas pressés. Quand tu l'auras reçue, cesse de conjurer les esprits, reviens ici et nous t'informerons de la signification de la vision. »

Hoka Ushte hocha un peu sa tête toujours inclinée.

« Si tu n'as pas de vision, nous serons déçus, mais si nous trouvons que la vision n'est pas acceptable, dit Bon Tonnerre d'une voix cinglante, tu seras disgracié, tes grands-parents te renieront et tu seras la honte de la tribu… »

Le jeune homme leva les yeux, la tête toujours penchée. Le visage ridé de Bon Tonnerre rayonnait comme un nuage de pluie.

« Et si tu étais assez stupide pour nous mentir en nous disant que tu as eu une vision, poursuivit le *wicasa wakan*, alors nous pourrions te conseiller de faire des choses que les esprits ne veulent pas que tu fasses… et cela apporterait le malheur sur toi et sur tous ceux qui te connaissent. »

Hoka Ushte ferma les yeux et souhaita n'avoir jamais désiré Génisse Agile.

Bon Tonnerre toucha la tête baissée de Hoka Ushte et le garçon sursauta. « Et même si tu as une vraie vision, dit le vieil homme, les choses peuvent mal tourner pour toi et la tribu. Si, par exemple, tu rêves des

Êtres-Tonnerre ou si ta colline est frappée par la foudre pendant que tu es en *hanbleceya*, alors tu deviens instantanément un *heyoka*, un clown, un contraire… »

D'horreur, Hoka Ushte rouvrit les yeux. Il y avait eu un *heyoka* dans le campement, quand il était petit. Le nom du saint homme contraire avait été Passe-l'eau-dans-une-corne et bien que craint et respecté – après tout, les contraires étaient *wakan* – l'*heyoka* était aussi un peu *onsika*. Pitoyable. Au milieu de l'hiver, quand tous les autres restaient près des feux de leur tipi, blottis sous leurs épaisses couvertures, l'*heyoka* Passe-l'eau-dans-une-corne errait dans les rafales de neige vêtu seulement d'un pagne et se plaignait de la chaleur. En été, quand Hoka Ushte et les autres garçons nageaient nus dans le ruisseau, l'*heyoka* devait rester frissonnant sous ses couvertures et rouspéter contre le froid. Hoka Ushte se souvenait d'avoir écouté le charabia de Passe-l'eau-dans-une-corne et entendu sa grand-mère dire : « Il parle à l'envers et seuls les esprits le comprennent. Après tout, il est *heyoka.* » La dernière fois qu'il l'avait vu, Passe-l'eau-dans-une-corne partait à cheval – tourné vers la croupe – et il n'était jamais revenu. Blaireau Boiteux se souvenait d'avoir entendu, cette semaine-là, son grand-père murmurer à sa grand-mère que le campement avait perdu un peu de *wakan* mais gagné un peu de paix.

« *Heyoka* ? » dit Hoka Ushte en relevant un peu le menton.

Les yeux de Bon Tonnerre louchaient un peu. « Ou *Wakan Tanka* peut t'appeler à devenir un saint homme, mais pas un *wicasa wakan* tel que moi, dit-il, d'une voix douce. Tu pourrais devenir homme-médecine et faire *yuwipi* et t'envelopper dans tes couvertures, dans l'obscurité, pour que les esprits puissent te trouver. Ou *waayatan*, un homme de vision, et donner à la tribu les *wakinyanpi* qui détermineront notre destin. Ou tu pourrais être appelé à devenir *pejuta wicasa*, un "guérisseur par les plantes", qui fabrique notre médecine. Ou peut-être… »

Bon Tonnerre fit une pause et son visage s'assombrit. « Peut-être seras-tu appelé à être wapiya, celui qui conjure les maléfices, et tu tireras sur la maladie avec *waanazin*. Ou peut-être seras-tu la forme la plus dangereuse de conjurateur, le *wokabiyeya*, qui travaille avec l'homme-médecine, le *wihmunge*, et aspire la maladie d'une personne mourante avec son propre souffle. »

Hoka Ushte se surprit en train de secouer la tête en signe de refus. « Non, *Ate*. Je souhaite seulement être un *wicasa wakan* ordinaire, comme toi, et épouser Génisse Agile et mener une vie simple. »

Le regard du saint homme redevint normal et Bon Tonnerre regarda Hoka Ushte comme s'il était surpris de le voir dans son tipi. « Tes souhaits n'ont rien à faire avec ce qui va arriver. Viens me voir demain avec encore plus de tabac, et nous commencerons les préparatifs de ton *hanbleceya*. »

Dans les jours qui suivirent, Hoka Ushte et Bon Tonnerre firent tout le nécessaire pour préparer sa quête de vision. Comme c'était l'unique saint homme du campement et que les autres villages d'Ikce Wicasa étaient trop loin pour qu'on puisse convoquer leur *wicasa wakan*, Bon Tonnerre députa des anciens de la tribu, comme Faucon Bonne Voix, le *tunkashila* de Hoka

Ushte, le vieux manchot Tasse en Bois, le *blota hunka*, le chef de guerre, Essaie d'Être un Chef, *l'eya-pah*, ou crieur, Bruits de Tonnerre, et les vieux guerriers Dur à Frapper et Chassé par les Araignées, pour aider le jeune homme à accomplir son *hanbleceya*. Ensemble, ils présidèrent *l'inipi* de Hoka Ushte, la première cérémonie de la loge à sudation.

D'abord, Blaireau Boiteux coupa douze saules blancs, planta les perches en un cercle d'environ deux mètres de diamètre, les recourba pour former un dôme et recouvrit cette armature de peaux, de couvertures et de feuilles. Il creusa un trou de ses mains, au centre, et conserva la terre pour en faire un petit chemin que les esprits pourraient suivre jusqu'à la loge à sudation. À son extrémité, Hoka Ushte éleva un monticule appelé *unci*, le mot qu'il employait pour s'adresser à sa grand-mère car Bon Tonnerre lui avait enseigné qu'il fallait penser à la Terre comme à une Grand-Mère.

Pendant ce temps, sa vraie grand-mère s'affairait. Tout en chantonnant, elle découpa dans la chair de son bras quarante petits carrés de peau qu'elle déposa dans un *wagmuha*, un hochet rempli de *yuwipi*, minuscules fossiles que des fourmis avaient rassemblés dans leur fourmilière.

Tasse en Bois, Essaie d'Être un Chef et Chassé par les Araignées emmenèrent Hoka Ushte au ruisseau qui descendait des collines et le surveillèrent pendant qu'il ramassait des *sintkala waksu*, pierres spéciales portant de minuscules dessins de « broderies de perles » qui montraient qu'on pouvait s'en servir dans la loge à sudation. Lorsqu'elles seraient rougeoyantes de chaleur et qu'on verserait de l'eau dessus, elles ne se fendraient pas et ne se briseraient pas en morceaux. Bon Tonnerre regarda attentivement les pierres que Hoka Ushte avait choisies et les déclara bonnes. *Tunkan*, l'esprit de la pierre, ancien et dur, présent lors de la création, avait touché ces sintkala waksu.

Tout cela s'effectua à une demi-journée de cheval du campement, parce que l'*hanbleceya* de Hoka Ushte se déroulerait dans les *Paha Sapa*, les Black Hills sacrées, et les anciens essayaient de lui faciliter les choses afin qu'il n'ait pas trop de distance à parcourir pour aller à sa loge de sudation et en repartir. Leur vieux chef de guerre, Essaie d'Être un Chef, prêta l'un de ses poneys à Blaireau Boiteux, si bien que le garçon se sentit un homme pour la première fois lorsqu'il traversa la prairie, nattes flottant au vent. Devenu le centre de l'attention des anciens, sous le regard approbatif des femmes du campement, y compris de Génisse Agile qui maintenant l'observait en coin, Hoka Ushte se dit qu'il aurait dû penser plus tôt à sa quête de vision.

Pour finir, la loge à sudation fut terminée, l'ouverture face à l'ouest – Bon Tonnerre l'avait averti que les portes donnant à l'est étaient seulement pour les *heyoka* – et les bâtons pour tenir la pipe tribale sacrée mis en place. Le *wakan* déposa un crâne de bison près de l'entrée, entouré de six offrandes de tabac pour porter chance au jeune homme. Puis les anciens vinrent assister à la cérémonie de l'inipi.

Dans la loge à sudation, tous les hommes étaient nus, et cela déconcerta d'abord Blaireau Boiteux. Il n'avait pas l'habitude de voir ses aînés nus et tout en sueur et éprouvait de la gêne à être ainsi devant eux.

Mais bientôt l'intimité de la minuscule tente et la vapeur lui firent oublier sa honte.

Le grand-père de Hoka Ushte, Faucon Bonne Voix, n'entra pas dans la loge, mais ce fut lui qui ferma le rabat de l'extérieur quand toutes les pierres chauffées eurent été mises en place. Hoka Ushte se retrouva donc hermétiquement enfermé dans l'inipi avec Bon Tonnerre, Chassé par les Araignées, Essaie d'Être un Chef, Tasse en Bois, Dur à Frapper et Bruits de Tonnerre.

Les hommes chantèrent « *Tunka-shila, hi-yay, hi-yay* » jusqu'à ce que la terre tremble. Ils inhalèrent la vapeur et la fumée de la pipe sacrée. Quatre fois, ils ouvrirent le rabat pour laisser l'air froid et la lumière pénétrer dans la loge, quatre fois ils déversèrent de l'eau sur les pierres, et quatre fois ils fumèrent le tabac de saule rouge. Et pendant tout ce temps, les six hommes âgés donnèrent des conseils à Hoka Ushte et celui-ci les écouta avec toute la concentration dont il était capable. Il faisait très chaud et très sombre et le tabac était très fort.

Pour finir, Bon Tonnerre posa la pipe et dit : « *Mitakuye oyasin* », ce qui signifie « à tous, à mes parents, à tout le monde, à nous tous », et Faucon Bonne Voix ouvrit le rabat de l'extérieur, les anciens sortirent en rampant dans la lumière, comme des bébés en train de naître ; l'inipi était terminé.

Alors Hoka Ushte partit tout seul pour les Paha Sapa, en quête de sa vision.

Il faut vous dire ceci : les visions ne sont pas choses faciles. Certains Ikce Wicasa attendent toute leur vie et n'en ont jamais. D'autres en ont seulement une…

mais ils passent le reste de leur existence à obéir à cette unique vision.

Hoka Ushte, accroupi dans son trou à vision, sur une corniche élevée des Paha Sapa, ne savait que penser de sa situation. Son corps nu était drapé dans une belle couverture que sa grand-mère lui avait donnée à l'occasion de cette quête. Il était sans armes, sauf la pipe prêtée par Bon Tonnerre et le hochet contenant quatre cent cinq pierres sacrées et les petites offrandes de peau de sa grand-mère, qui faisait un doux bruit lorsqu'il bougeait la main. Le jeune garçon était fatigué et un peu abruti par la fumée et la vapeur de l'inipi, mais il se sentait très propre, comme si quelqu'un l'avait nettoyé à la brosse à l'extérieur et à l'intérieur. Il avait faim, mais savait qu'il ne devait ni manger ni boire encore pendant quatre-vingt-seize heures. Quatre jours.

Ou moins, si la vision venait plus tôt.

Hoka Ushte essaya de prier, mais son esprit était plein d'images de Génisse Agile. Ses doigts se rappelaient la chaleur de son sexe avant qu'il touchât la corde en crins de cheval. Même le souvenir de celle-ci l'excitait. Aussi vide qu'il fût, aussi propre qu'il se sentît, l'excitation sexuelle semblait presque une vision en elle-même, comme si son *che*, son faiseur-d'enfant, s'émouvait de son propre chef.

En ce premier jour et cette première soirée dans les Paha Sapa, le vent soufflait froid pour la Lune du Retour des Canards, les drapeaux-médecines se tordaient et tiraient fort sur l'extrémité des bâtons enfoncés autour de l'endroit choisi par Hoka Ushte, aussi se recroquevilla-t-il dans son petit trou à vision en essayant de prier les esprits, mais seule l'image des jambes, des cuisses et des cheveux d'un noir brillant de Génisse Agile continuait à le hanter. Après la tombée de la nuit, l'air devint encore plus froid et le vent d'avril apporta l'odeur de la neige. Hoka Ushte se mit en boule et essaya de vider son esprit de tout ce qui n'était pas les pensées appropriées que lui avaient conseillées les sages anciens, dans la loge à sudation.

Juste avant l'aube, Blaireau Boiteux tomba endormi, blotti contre le sol frais de son trou à vision ; le *wagmuha* plein de pierres sacrées et de fragments de chair de sa grand-mère lui échappa avec un doux cliquetis. Ni le vent froid ni ce bruit léger ne le réveillèrent.

Alors, Hoka Ushte rêva ceci : il se vit endormi dans le trou à vision, au-dessus de sa tête, les étoiles frissonnaient dans l'air froid de la nuit, et entre son lieu choisi et celles-ci, une grosse pierre se dressait dans le sol sacré, à flanc de coteau, en haut de la montagne. Et tandis qu'il regardait de cet étrange endroit où il se trouvait, hors de son corps, la pierre géante s'ébranla et dévala la pente vers son corps assoupi.

Hoka Ushte hurla, mais son moi endormi ne se réveilla pas car ce cri fut comme le sifflement d'un *wanagi*, d'un fantôme – faible comme une note de flûte et pas du tout comme le cri d'un humain. La grosse pierre roulait vers sa forme pelotonnée, inconsciente du danger, et en spectateur Hoka Ushte ne pouvait que fermer les yeux et laisser écraser son corps. Mais le *nagi*, la forme-esprit de lui-même, n'avait pas de paupières, aussi Hoka Ushte fut-il obligé de regarder ce qui allait arriver.

La pierre s'arrêta à quelques centimètres de Hoka Ushte endormi. Puis une voix sortit de la pierre et du coteau et des arbres et même du vent : *Va-t'en, petit homme*, disait-elle. *Va-t'en et laisse ce lieu en paix. Ici, il n'y a pas de vision pour toi aujourd'hui.*

Et Hoka Ushte se réveilla en sursaut. C'était presque l'aube. La pierre était à sa place, là-haut sur la colline, grosse masse qui se détachait sur le ciel blêmissant, et le seul bruit, c'était le murmure du vent entre les pins. Mais le jeune homme tout secoué par cette vision de non-vision se leva, resserra la couverture autour de son corps nu et se promena à flanc de coteau en essayant à la fois de garder sa chaleur et de se réveiller.

Tout le jour suivant, le soleil et les vents furent gentils avec Hoka Ushte, mais aucune vision ne vint et il envisagea de retourner auprès de Bon Tonnerre et des autres avec seulement l'histoire de sa non-vision. Puis il jugea qu'il valait mieux pas. Il se souvint des paroles de Bon Tonnerre, disant qu'un homme, ainsi que sa tribu, était déçu si son *hanbleceya* n'aboutissait à rien, mais qu'on était déshonoré si l'on avait une vision inacceptable ; Hoka Ushte ne savait pas dans quelle catégorie ranger cette non-vision. En tout cas, il décida de rester là jusqu'à ce qu'un meilleur rêve lui soit accordé.

À la tombée de la seconde nuit, au bout d'un jour et demi seulement sur les quatre, la langue de Hoka Ushte était enflée par la soif et son estomac torturé par la faim. Le vent souffla encore plus froid cette seconde nuit, et Blaireau Boiteux sentit qu'il ne pourrait pas dormir du tout. Mais peu avant le lever du soleil, quand les brumes commencèrent à s'élever du cañon et enroulèrent leurs vrilles blanches autour des arbres de sa corniche, Hoka Ushte fit le rêve suivant.

Une fois encore, il était *nagi*, pure essence spirituelle, et une fois de plus, il flottait quelque part au-dessus de son corps étendu qui s'agitait dans un sommeil glacé. Cette fois, il n'y avait pas de grosse pierre, mais peu à peu il se rendit compte que des formes sombres se déplaçaient entre les arbres, vers son moi endormi. Elles traversèrent le brouillard mouvant pour apparaître sous la forme d'un ours – le plus grand ours que Hoka Ushte ait jamais vu, en rêve ou en réalité –, d'un couguar, d'un daim – pas n'importe quel daim, mais un *taha topta sapa*, un daim sacré avec une rayure noire en travers du museau et une seule corne redoutable sur le front – et d'un blaireau. Hoka Ushte qui regardait se réjouit de voir ce dernier, mais il s'aperçut vite que l'animal ne boitait pas et avait une expression déplaisante. Il semblait à la fois en colère et affamé.

Hoka Ushte aurait voulu crier à son corps de se réveiller et de se sauver, mais il savait maintenant que sa voix *nagi* était trop faible pour alerter quelqu'un. Aussi Hoka Ushte se contenta-t-il de regarder.

Lentement l'ours, le couguar, le daim et le blaireau convergèrent vers le garçon endormi. L'ours était si grand qu'une gifle de sa grosse patte aurait décapité le jeune homme. Le couguar était si terrible qu'en refermant ses mâchoires sur lui, il lui aurait ouvert le crâne pour en faire jaillir la cervelle. La corne du daim était si pointue qu'elle percerait Hoka Ushte assoupi comme la flèche d'un chasseur perce le foie d'un bison. Et le blaireau avait l'air si féroce qu'il arracherait la peau du visage de ce malheureux d'un seul geste, comme Grand-Mère dépeçant un lapin avant de le mettre dans la marmite.

Mais à quelques centimètres du Sioux endormi, les animaux s'arrêtèrent et la voix sortit encore de partout : *Va-t'en, petit homme. Laisse ce lieu en paix. Ici, il n'y a pas de vision pour toi aujourd'hui.*

Alors, Hoka se réveilla le cœur très « mauvais », *lila cante xica*, terrifié par les *ocin xica*, les animaux de mauvaise humeur. Mais il s'assit sur son séant, s'enveloppa dans sa couverture, leva la pipe que Bon Tonnerre lui avait prêtée, serra le *wagmuha* dans l'autre main et attendit que le soleil se lève, le réchauffe et renouvelle le peu de courage qui restait dans son cœur. Il resta ainsi et jeûna tout au long de cette journée. Et il était assis là, le soir, lorsque l'obscurité tomba de nouveau.

Ce fut une nuit très noire, sans aucune lune, des nuages recouvraient les étoiles, une douce neige tombait mais fondait en touchant le sol, et Hoka Ushte s'endormit avant que le soleil n'annonce qu'il allait faire pâlir le ciel.

Cette fois, il se vit dans le trou à vision avec une clarté encore plus grande qu'avant et, longtemps, il ne perçut rien d'autre qu'un garçon endormi, un bras replié sur le tuyau de sa pipe et un hochet serré dans la main. Il avait l'air d'un bébé, même à ses propres yeux, et Hoka Ushte se demanda pourquoi il s'était embarqué dans cette quête stupide.

Alors, la terre parut onduler et avant que le *nagi* de Hoka Ushte ait pu crier un avertissement au corps assoupi, la fosse de vision se remplit de serpents à sonnette. Des douzaines, peut-être des centaines. Des arrière-grands-pères plus longs qu'un homme, des petites femelles grasses pleines d'œufs et de venin, et d'innombrables bébés serpents pas plus grands que l'avant-bras du garçon, mais déjà armés de crocs et de sonnettes.

Cette fois, Hoka Ushte se réveilla en sursaut et découvrit que, même les yeux ouverts, le rêve ne s'envolait pas. Il était couvert de serpents. Ils étaient réels. Ils sifflaient et cliquetaient et crachaient et ouvraient d'impossibles mâchoires à quelques centimètres des yeux terrifiés du jeune homme.

C'est ta dernière chance, petit homme, dit la voix que Hoka Ushte connaissait si bien à cause de ces autres rêves. *Vas-tu partir de ce lieu et le laisser en paix ?*

Hoka Ushte faillit crier : « *Ohan* » et sauter du trou où se tortillaient les serpents, mais à la dernière seconde, il se souvint de la disgrâce qu'il en résulterait pour ses grands-parents et les anciens qui l'avaient patronné dans cette *hanbleceya*, aussi au lieu de crier « Oui ! », Hoka Ushte ferma les yeux, se prépara à mourir, grinça des dents et dit : « Non ! »

Quand il rouvrit les yeux, les serpents avaient disparu. Les nuages s'étaient dissipés, la lumière des étoiles éclairait toute chose. Elle était si brillante que Hoka Ushte la sentit sur sa peau. Il ferma les yeux et s'endormit.

Et pour finir, il eut sa vraie vision.

Hoka Ushte revint à la loge à sudation comme il en avait reçu l'ordre. On y avait posté deux jeunes garçons qui attendaient son retour et pendant que l'un courait au campement chercher les anciens, l'autre tisonnait le feu pour chauffer les pierres. Au milieu de la matinée, les six anciens assis nus dans la vapeur et la fumée écoutèrent Hoka Ushte décrire sa vision.

Tout d'abord, il avait envisagé de ne pas raconter les visions qui n'en étaient pas, mais pendant qu'il revenait des Paha Sapa, il décida de dire toute la vérité et rien que la vérité.

Les vieux grommelèrent, dans le cercle de la loge à sudation, lorsque Hoka Ushte décrivit la chute de la pierre et les animaux en colère ; quand il en vint à sa lutte avec les serpents à sonnette qui lui disaient de s'en aller, les six anciens crièrent « *Haye !* » à l'unisson.

« Mais alors, une vision est venue à moi, dit Hoka Ushte. Je pense. »

Bon Tonnerre passa la pipe au jeune homme et tandis que Hoka Ushte aspirait la fumée, le vieux *wicasa wakan* dit : « *Washtay*. Raconte-nous, *wicasa*. »

Et Hoka Ushte décrivit sa vision en ces mots :

« Après que les serpents à sonnette eurent disparu, j'étais tout tremblant et je fis ce rêve. D'abord, je rêvai que je ne rêvais pas mais que j'étais éveillé, et une voix me dit : "Hoka Ushte, viens en haut de la colline. *Yuhaxcan cannonpa*. Emporte ta pipe. Ta pipe est *wakan*. *Taku woecon kin iyuha el woilagyape lo. Ehantan najin oyate maka sitomniyan cannonpa kin he uywakanpelo*. On s'en sert pour faire toutes sortes de choses. Depuis que ceux qui se tiennent debout se sont répandus sur toute la terre, la pipe est *wakan*." Aussi j'ai emporté ma pipe en haut de la colline.

» Son sommet semblait maintenant beaucoup plus haut que dans mes souvenirs, et je voyais les Paha Sapa comme si j'avais regardé du haut des *mahpiya*, des nuages. Mais je pouvais voir aussi les choses de près… *hehaka*, l'élan dans la forêt, les oiseaux sur les branches, les castors dans le ruisseau, même les insectes dans l'herbe… c'était comme si on m'avait donné les yeux du *wanbli*, de l'aigle. Alors, avec mes nouveaux yeux d'aigle, je vis une *winyan*, une femme, et elle était très loin, dans une vallée reculée des Paha Sapa, et pourtant je distinguais facilement ses longs cheveux qui n'était pas nattés, sauf une petite tresse à gauche, attachée avec de la fourrure de bison, et sa robe était faite d'une peau de daim blanche et brillait si fort qu'elle me rappela les histoires de Grand-Père sur *Ptesan-Wi*, la Femme Bison Blanc, qui nous donna le premier *chanunpa* et qui apprit au peuple à utiliser la pipe pour prier… »

En entendant cela, les six anciens s'agitèrent, s'éclaircirent la voix et se regardèrent dans la vapeur et la fumée, car Femme Bison Blanc était le plus saint de tous les êtres sacrés qui avaient visité les Ikce Wicasa. Mais les vieillards gardèrent le silence et laissèrent Hoka Ushte continuer :

« Mais je pense que ce n'était pas la Femme Bison Blanc, pour des raisons que j'expliquerai plus loin dans le rêve », poursuivit Blaireau Boiteux sans remarquer le regard insistant des anciens penchés vers lui. Il était perdu dans son récit de la vision. « Pourtant, je la suivis des yeux jusqu'à ce qu'elle entre dans une grotte quelque part, au cœur des Paha Sapa. Alors, une chose étrange se produisit… » Le garçon ferma les yeux comme s'il essayait de mieux voir l'image du rêve. « Les Black Hills se mirent à trembler comme si elles étaient une robe de bison secouée par une femme. Je vis les arbres se courber et les oiseaux s'envoler et les rochers dégringoler dans les cañons ; je vis les ruisseaux cesser de couler lorsque le sol se souleva et s'abaissa sous leur lit. Je vis de gros rochers culbuter et des crevasses s'ouvrir dans la terre… »

Les six hommes semblaient ne plus respirer tant ils buvaient avidement les paroles de Hoka Ushte.

« … et alors, c'est difficile à décrire, mais le terrain se replia le long des crêtes comme si Grand-Mère la Terre allait accoucher, et quatre immenses têtes de pierre surgirent du sol et s'élevèrent aussi haut que mon lieu de vision plus-grand-que-les-montagnes, et leurs yeux de pierre me regardaient et je les regardais avec mes yeux d'aigle et je pense que c'étaient des têtes de *Wasicun…* »

Bon Tonnerre s'éclaircit la voix. « Pourquoi penses-tu que c'était des *Wasichu* ? » demanda-t-il en se servant de l'autre mot qui désigne les Ravisseurs, les hommes blancs.

Hoka Ushte cligna des yeux comme s'il était de nouveau bouleversé par son rêve. « Je n'ai jamais vu de *Wasicun*, mais *tunkashila* Faucon Bonne Voix les a décrits comme des êtres qui ont parfois des poils sur la figure, et deux de ces têtes de pierre avaient un visage poilu… l'un en avait sur son menton, l'autre sous le nez, comme l'aile d'un petit moineau. »

Les six hommes se regardèrent et grommelèrent.

« Il y avait aussi dans ces figures de pierre, poursuivit Hoka Ushte, quelque chose qui m'épouvantait comme le cri du soir rentre-maintenant-dans-le-tipi de Grand-Mère m'épouvantait quand elle disait : "*Hoka Ushte, istima ye, Wasicun anigni kte...*" »

Les vieux guerriers sourirent. Ils avaient aussi entendu les mères et les grand-mères du campement dire aux enfants de rentrer se coucher ou bien alors les hommes blancs viendraient les enlever. Les enfants n'avaient pas peur des *wanagi*, les fantômes, ou des croquemitaines *ciciye* ou *siyoko*, mais la menace des *Wasicun* faisait toujours son effet.

« Et alors, dit Hoka Ushte, j'ai pensé que ces grandes têtes de pierre nées dans les Paha Sapa étaient des *Wasicun*. Mais mon rêve ne s'arrête pas là. »

Il gigota, visiblement gêné de continuer.

Les anciens attendirent.

« Alors j'ai rêvé que je descendais dans cette vallée et que j'entrais dans la grotte où avait disparu la belle femme, dit-il d'une voix tendue. Il y avait dedans un feu qui illuminait un endroit sec avec de belles couvertures blanches posées sur le sol… »

Les hommes grommelèrent de nouveau à la pensée des couvertures de bison blanc. Hoka Ushte n'y prêta pas attention. « … et la robe brillante en peau de daim blanc était accrochée à une corne de daim enfoncée dans le mur, et… » Il passa la langue sur ses lèvres et respira un bon coup. « Et il y avait trois belles femmes endormies sur les couvertures, près du feu. Elles étaient nues et leur peau luisait, presque orange, à la lueur du feu, et leurs cheveux étaient tellement graissés qu'ils réfléchissaient la lumière… »

Il s'arrêta de nouveau.

« Continue, dit sévèrement Bon Tonnerre.

— Oui, *Ate*. Dans mon rêve, je pénétrais doucement dans cette grotte et je m'agenouillais sur la couverture près des trois femmes endormies, qui ne se réveillèrent pas. Et je… je prenais plaisir à regarder leurs seins et leur peau satinée, *Ate*… et je pensais en moi-même, *kicimu kin ktelo*... je vais le faire avec l'une d'elles, mais je ne savais pas laquelle choisir, parce que j'étais sûr que celle que j'allais… que j'allais…

— *Tawiton* », dit le vieux Dur à Frapper. « Baiser. »

L'ancien guerrier ne perdait pas son temps en subtilités.

« *Ohan*, acquiesça Hoka Ushte. J'étais sûr que celle que j'allais *tawiton* se réveillerait et crierait et tirerait les deux autres de leur sommeil. Aussi je décidai de choisir la plus belle des trois, mais elles étaient… on aurait dit que c'était la même femme. »

Hoka Ushte s'arrêta et essuya la sueur qui dégouttait de son front et de son nez.

L'*oinikaga tipi*, la loge à sudation, était très chaude et très enfumée, la tête lui tournait et il avait l'impression de voler encore au-dessus des Paha Sapa, comme dans son rêve, et les six anciens penchés vers lui dans l'obscurité humide semblaient être une extension de ses images oniriques. Il était sûr maintenant que son rêve n'était qu'un fantasme érotique et qu'il ne serait jamais acceptable. Ou pis encore, que c'était une vision envoyée par les *wakinyan*, les Êtres-Tonnerre, et qu'il passerait le reste de son existence comme un misérable *heyoka*, un contraire.

Mais Blaireau Boiteux ne voyait rien d'autre à faire que de continuer :

« Juste au moment où j'allais faire mon choix, j'entendis un bruit. C'était un doux grincement, un crissement. Je me penchai et m'aperçus qu'il venait de… du…

— Continue ! ordonna Essaie d'Être un Chef.

— … du *winyan shan* des femmes, chuchota Hoka Ushte. De leur sexe. Du sexe de toutes ces femmes… »

Plusieurs vieux rejetèrent la tête en arrière comme si Hoka Ushte avait pissé sur les pierres de cérémonie. Chassé par les Araignées mit la main sur ses yeux. Bon Tonnerre ne réagit pas. « Continue, dit-il.

— Je me penchai plus près, dit Hoka Ushte en laissant la sueur couler sur sa figure, et je vis que la toison pubienne de la femme la plus proche était très douce et que les lèvres charnues et douces de son *winyan shan* s'écartaient légèrement… »

Le garçon secoua la tête pour faire tomber la sueur de ses yeux. Il savait que son avenir dépendait de sa vision et que les anciens allaient être choqués et furieux. En dépit de leur pudeur vis-à-vis du sexe opposé, les Ikce Wicasa n'étaient pas bégueules – les hommes et les femmes s'amusaient des histoires paillardes et des plaisanteries osées qu'ils racontaient dans leurs propres cercles –, mais Hoka Ushte n'avait jamais entendu parler d'une vision de ce genre lors d'une *hanbleceya*. Pourtant, il n'avait pas d'autre possibilité que de poursuivre :

« Et à l'intérieur, entre les lèvres de son *winyan shan*, chuchota-t-il, je vis briller des dents.

— Des dents ! s'exclama Dur à Frapper, une expression dégoûtée sur son vieux visage. Hnnnnrrhhh. » Il fit un bruit d'ours en colère.

« Des dents, dit Hoka Ushte. Et je regardai le sexe des deux autres femmes, et il avait aussi des dents. Je les voyais. Je les entendais crisser doucement, comme lorsque mon grand-père grince des dents en dormant. »

Bon Tonnerre versa de l'eau sur les pierres. La vapeur siffla et s'éleva en volutes autour d'eux. « C'est la fin de ton rêve ?

— Laquelle as-tu *tawiton* ? demanda Dur à Frapper d'un ton bourru.

— Je l'ignore, dit Hoka Ushte en répondant à la seconde question d'abord. Je savais que je devais choisir et que c'était important que je fasse cela avec une seule des femmes, mais alors, dans mon rêve, je me suis retrouvé à l'extérieur, dans les cieux, au-dessus des Paha Sapa, et je contemplai de nouveau les figures de pierre renfrognées des *Wasicun* avec mes yeux d'aigle. Le vent s'est levé, et dans le vent, il y avait une voix qui dit…

— Quoi ? souffla Bruits de Tonnerre de sa voix profonde et modulée de crieur.

— Termine », ordonna Tasse en Bois. Le moignon de son bras coupé et emporté par les Shoshones plus de trois décennies auparavant était presque rose à la lueur des pierres rougeoyantes.

« La voix dit que je devais en choisir une et une seule, et que je devais les regarder seulement avec l'œil de mon cœur. Et la voix dit que je ne devais rien faire avant d'être purifié par les Êtres-Tonnerre et de renaître une seconde fois… »

Les vieux murmurèrent entre eux. « Y a-t-il autre chose ? demanda Bon Tonnerre.

— Oui, dit Hoka Ushte. La voix a dit qu'après être né une seconde fois, je recevrais un don d'un *Wasichu* dont l'esprit s'était enfui. »

Dur à Frapper fit un bruit impoli. « Recevoir un cadeau d'un Blanc mort ? Cela n'a aucun sens. »

Hoka Ushte acquiesça d'un hochement de tête.

« Si tu avais baisé une de ces femmes, tu aurais perdu ton pénis », grogna Dur à Frapper. Il jeta un coup d'œil entre les jambes de Hoka Ushte. « Mais cela a dû arriver seulement à ton *nagi che*, ton pénis-esprit.

— Je pense que ces trois femmes ne faisaient qu'une et qu'elle était un *winyan sni*, dit Essaie d'Être un Chef. Une femme-qui-n'est-pas-une-femme. »

Chassé par les Araignées ouvrit la bouche pour parler, mais Bon Tonnerre lui toucha le bras et s'écria : « Silence ! Le garçon n'a pas *tanyerci yaguna*. Il n'a pas complètement terminé. Continue, Blaireau Boiteux.

— J'allais seulement dire qu'à la fin de mon rêve, des gens sont sortis de la grotte, celle où une femme était entrée et où trois étaient endormies, dit Hoka Ushte d'une voix que la fatigue rendait monotone. Je vous ai vus sortir ainsi que mes grands-parents et tous les gens de notre campement, et d'autres – des Oglalas, des Lakotas, des Brûlés, des Miniconjous, et d'autres encore, je pense – des Sans Arcs, des Yanktonais, d'après leurs plumes, des Corbeaux et des Shahiyela et des Susuni. Il y avait beaucoup de tribus, je crois, et lorsque les gens de chaque nation émergeaient, ils se rejoignaient et s'agglutinaient comme des fourmis sur la pierre des visages des *Wasicun*, et alors je me suis réveillé, *Ate*, mais avant de quitter mon rêve, j'ai vu les visages de pierre s'effriter comme du sable amoncelé dans le lit asséché d'une rivière, et alors tous les Ikce Wicasa et les autres tribus s'éparpillèrent parmi les arbres des Paha Sapa… et alors je me suis réveillé et je n'ai plus rien vu. »

Les vieux ne parlèrent pas lorsque Hoka Ushte eut terminé, mais pour finir, Bon Tonnerre dit : « Mon fils, je pense que c'était une vision, et je pense que ce n'était pas une vision de *wakinyan*, ni un appel des

Êtres-Tonnerre, mais je veux que tu me jures que la vision était réelle. Jure sur la douleur de la mort donnée par les Êtres-Tonnerre eux-mêmes, et souviens-toi que tu tiens la pipe. »

Hoka Ushte ne cligna pas des yeux. « *Na ecel lila wakinyan agli – wakinyan namahon* », jura-t-il. Il n'y eut pas d'éclair et les Êtres-Tonnerre ne le détruisirent pas.

Bon Tonnerre hocha la tête. « *Washtay.* Retourne au campement et au tipi de ton grand-père et fais la sieste. Nous allons parler de cette vision et voir si nous pouvons la comprendre. » Il prit la pipe des mains de Hoka Ushte. « *Mitakuye oyasin*, dit-il. À mes parents. »

Ainsi se termina la cérémonie.

Hoka Ushte rentra à la maison avec son grand-père, mangea un peu de soupe préparée par sa grand-mère bien qu'il n'eût pas grand-faim après quatre jours de jeûne, but beaucoup d'eau, dormit plusieurs heures, s'éveilla dans l'après-midi vidé et désorienté, puis se rendormit pour quinze heures d'affilée. Bon Tonnerre et les autres vieux revinrent au campement le lendemain matin. Faucon Bonne Voix alla parler au *wicasa wakan* pendant que Hoka Ushte restait assis à l'entrée du tipi de son grand-père et attendait d'apprendre quelle direction allait prendre le reste de sa vie.

Faucon Bonne Voix et Bon Tonnerre revinrent ensemble une heure plus tard, et le cœur de Hoka Ushte se serra en voyant leurs visages menaçants.

Le grand-père posa une main osseuse sur l'épaule du garçon. « Les anciens n'ont pu se mettre d'accord sur la signification de ta vision, dit-il. Bon Tonnerre va partir pour la Butte de l'Ours afin d'y rencontrer certains de ses amis *wicasa wakan* qui l'aideront à comprendre cette chose. »

Les épaules de Hoka Ushte s'affaissèrent.

« *Heya !* dit son grand-père en donnant une tape sur le bras du jeune homme. Ils sont sûrs que c'est une vraie vision.

— Et moi, je suis certain qu'elle ne vient pas des Êtres-Tonnerre, dit Bon Tonnerre. Tu n'est pas un *heyoka*. »

Le visage de Hoka Ushte s'éclaira.

« Des Ikce Wicasa, saints hommes des Yanktonais, des Deux Bouilloires, des Hunkpapas et des Miniconjous, se rencontrent à la colline sainte en forme d'ours, au nord des Paha Sapa, grinça Bon Tonnerre. Je vais les rejoindre. »

Hoka Ushte fronça les sourcils. « Comment sais-tu que les saints hommes de ces tribus se rencontrent là, *Ate* ? » Le village n'avait pas vu de coureur ou de visiteur depuis des mois.

Bon Tonnerre croisa les bras. « Je suis *wicasa wakan*. » Le ton se fit un peu moins sévère : « Si ta vision signifie que les esprits veulent que tu deviennes un saint homme, alors toi aussi tu comprendras cela un jour, Blaireau Boiteux. *Heceutu !* Maintenant, je pars. »

La plus grande partie du campement regarda le vieux Bon Tonnerre partir pour sa mission avec ses petits-fils adoptés, Poney Gras et S'Attarde au Bord de l'Eau. La chevauchée jusqu'à la Butte de l'Ours prendrait deux jours et il s'en écoulerait peut-être plusieurs avant que les autres saints hommes trouvent le temps de rencontrer Bon Tonnerre pour arracher à la vision sa signification.

Pendant ce temps-là, Hoka Ushte continua à vaquer à ses affaires, mais il s'aperçut bientôt que les autres se comportaient différemment avec lui ; les braves de son âge qui l'avaient toujours traité avec mépris parce qu'il ne s'était pas joint à une société de guerre le saluaient poliment d'un signe de tête ou s'arrêtaient pour lui parler ; les vieilles lui souriaient ouvertement et les jeunes épouses le regardaient du coin de l'œil ; Génisse Agile lui faisait un signe de tête et lui souriait lorsqu'elle se rendait au ruisseau avec son outre. Hoka Ushte comprit qu'on ne le regardait plus simplement comme un jeune brave de dix-sept printemps, mais comme le futur saint homme du village.

Il en fut ainsi pendant les deux premiers jours de l'absence de Bon Tonnerre. Cela aurait peut-être continué ainsi jusqu'au retour du vrai *wicasa wakan*, si Corne Creuse Debout et Femme Criarde n'avaient pas entamé une célébration prématurée du mariage de leur fille avec le jeune homme qui venait d'accomplir son *hanbleceya*.

Femme Criarde commença par dire à tout le monde que sa fille allait épouser Hoka Ushte dès que Bon Tonnerre reviendrait pour attacher les lanières. Quand la grand-mère de Blaireau Boiteux gloussa en apprenant cette nouvelle, le garçon lui dit : « Cela ne te fait pas plaisir, Grand-Mère ? »

La vieille femme continua à passer l'alène et le tendon dans la peau tannée, sans lever les yeux. « Cette chose n'est pas bien. La jeune fille n'a pas été *isnati* depuis deux lunes. »

Hoka Ushte rougit et baissa les yeux, tant il était choqué. Il n'arrivait pas à croire que sa grand-mère ose parler de cela. Les jours où une femme saignait étaient considérés à la fois comme *wakan* et comme effrayants. Elle devait s'isoler durant les quatre jours où elle était *isnati*, plus par peur de son pouvoir que parce qu'elle se sentait expulsée du campement. Hoka Ushte ne comprenait pas l'*isnati*, mais il savait qu'une femme qui l'était pouvait tuer un serpent à sonnette rien qu'en crachant dessus. Un *wicasa wakan* qui essayait de soigner une femme *isnati* pouvait en mourir ainsi que la femme, si grand était alors le pouvoir de celle-ci.

Cela, il le comprenait, mais Hoka Ushte ne voyait pas quel était le problème si Génisse Agile avait passé deux lunes sans être *isnati*. N'était-ce pas une bonne chose ? Il décida d'ignorer les gloussements de sa grand-mère et ne prêta plus attention qu'à sa nouvelle popularité.

Après que Femme Criarde eut fait courir le bruit que sa fille et le petit-fils de Faucon Bonne Voix allaient se marier, son mari Corne Creuse Debout compliqua les choses en lançant un *otuhan*. Un *otuhan*, c'est lorsqu'un père plein de fierté sort sa couverture et offre des biens de valeur pour honorer son enfant. Corne Creuse Debout, généralement revêche, se départit de son couteau de tous les jours, de son protège-flèches en peau de daim, de sa meilleure couverture de poney, et d'autres choses encore, pour célébrer le mariage à venir.

Hoka Ushte commença à se sentir inquiet. Les choses évoluaient trop rapidement.

Sa nervosité s'accrut le quatrième jour, lorsque Corne Creuse Debout donna un festin et fit de lui son invité d'honneur. La plupart des hommes du village étaient présents. Le père de Génisse Agile prêta encore plus d'importance au festin en présentant pour plat principal une soupe de chien. Sacrifier un aussi bon ami que son chien, c'était considéré comme presque *wakan*. Corne Creuse Debout n'avait pas de chien et dut en acheter un à Grand Cheval, le fils de Chassé par les Araignées, mais c'était l'intention qui comptait.

Le festin dura la plus grande partie de cette quatrième nuit après le départ de Bon Tonnerre, mais Hoka Ushte était trop inquiet pour y prendre vraiment plaisir. Il sourit à peine quand six braves se divisèrent en trois équipes de deux pour le concours de plus gros mangeur d'intestin de bison. Ils démarraient aux extrémités opposées d'un long boyau de bison cru et s'avançaient l'un vers l'autre en mâchant et en avalant. Les plus vieux braves rugissaient de rire lorsque les concurrents s'arrêtaient pour roter à cause de l'herbe à moitié digérée et bien fermentée qui le remplissait. Plus tard, quand ce fut au tour de Hoka Ushte de plonger sa louche dans le bol de soupe, elle en ressortit avec la tête du chiot. On estima qu'il avait de la chance et que c'était un très bon présage pour le mariage à venir, mais Blaireau Boiteux ne goûta pas la chose car il trouvait tout cela trop prématuré. Cependant, il apprécia le repas. Il avait toujours considéré la soupe de chien comme un régal et la tête était délicieuse.

Le lendemain, Bon Tonnerre revint avec ses petits-fils adoptés et la fête prit fin. L'après-midi même, le *wicasa wakan* irrité convoqua Hoka Ushte et la plupart des anciens du village à une réunion dans son tipi. Après que les offrandes adéquates eurent été faites et que la pipe eut accompli le tour de l'assemblée, voici ce que dit le saint homme :

« Les autres *wicasa wakan* m'attendaient à la Butté de l'Ours. Buveur d'Eau, le prophète, avait eu une vision de ma venue accompagnée d'un message important. Nous nous sommes aussitôt retirés dans la loge à sudation. Outre le prophète Buveur d'Eau, les *wicasa wakan*, Copeaux, Frère de Bosse, Refuse-de-partir, Tonnerre de Feu et Saint Daim à la Queue Noire étaient présents. »

En entendant cela, ceux qui étaient dans le tipi de Bon Tonnerre en eurent le souffle coupé, car c'étaient les plus célèbres saints hommes des Ikce Wicasa.

« Je leur ai raconté la vision de Hoka Ushte, poursuivit Bon Tonnerre sans expression, puis ils ont fumé et médité. Au bout de plusieurs heures, nous l'avons comprise. »

Il régnait dans la tente un silence aussi épais que la fumée.

« La vision de Blaireau Boiteux est vraie et importante, dit le vieil homme saint avec un ton qui exprimait plus de colère qu'autre chose. Buveur d'Eau confirme que ce rêve est celui du *wakinyanpi*… que Hoka Ushte a été choisi comme *waayatan*, comme prophète, pour apporter un message à tous les peuples Ikce Wicasa. »

Pour rester bien droit, Hoka Ushte posa les doigts sur sa couverture en peau de bison. La fumée lui faisait tourner la tête et il craignait de s'évanouir. Il vit son grand-père cligner des yeux de surprise et Corne Creuse Debout se gonfler d'importance. *Je vais être* wicasa wakan, *pensa le garçon. Génisse Agile aura un saint homme pour mari.*

Bon Tonnerre tira sur la pipe tribale comme s'il voulait se fortifier pour ce qu'il avait encore à dire. « Le rêve de Hoka Ushte est une vraie vision venue du *cante ista*, poursuivit-il. De l'œil du cœur. Sa signification est que… les *Wasichu*, les *Wasicun*, nous envahiront un jour. Les Ravisseurs nous empêcheront de vivre sur les plaines, nous ôteront le bison, nous prendront nos armes et nous voleront les Paha Sapa – nos saintes Collines noires. Les têtes de pierre *wasicun* signifient ceci. *Tunkan*, l'esprit de la pierre qui était présent à la création et qui nous donne les *Inyan*, les saints rochers, nous a envoyé une vision. Il est impossible d'y échapper. Le temps des Ikce Wicasa, des hommes naturels libres, est presque fini… »

Les hommes crièrent leur colère et leur désaccord, interrompant Bon Tonnerre sans tenir compte des bonnes manières.

« Non ! » murmurèrent-ils ou hurlèrent-ils, et « *Sica* » – Mauvais ! – et un guerrier chuchota que Bon Tonnerre était *witko*, fou.

« Silence ! » dit le saint homme, et bien qu'il n'ait pas élevé la voix, tout le tipi sembla secoué par la puissance de cet ordre. Dans le silence subit, il poursuivit : « Ce ne sont pas de bonnes nouvelles, mais c'est la vérité. Pendant tout un jour, les autres hommes saints et moi nous avons cherché nos propres visions, espérant contre tout espoir qu'*Iktomé*, le Coyote, nous roulait, nous rendait fous par de fausses visions. Mais chacun de nous entendit la voix de *Wakan Tanka*… cette chose est vraie. Les *Wasicun* vont prendre nos vies, nos chevaux, notre liberté et notre avenir. Les grandes têtes de pierre prédisent cela. La vie des hommes naturels libres telle que nous la connaissons va prendre fin. Être effacée. Mais… » Bon Tonnerre leva la main pour réduire au silence les murmures renaissants. « Mais, il y a de l'espoir dans la vision de Hoka Ushte. »

À ce moment, le jeune homme avait presque perdu conscience. Le bruit du terrible message qu'il avait apporté et les regards furieux des autres hommes semblaient être tout au bout d'un long tunnel. Il appuya ses paumes sur le sol pour ne pas basculer en avant.

« La femme de la vision n'est pas la Femme Bison Blanc, mais elle vient du même lieu que Femme Bison Blanc et peut être sa sœur », poursuivit le saint homme.

Faiblement, à l'extrémité du noir tunnel de sa perception, Hoka Ushte pensa : *Mais il y avait trois femmes dans mon rêve,* Ate.

Bon Tonnerre tourna la tête. Ses yeux noirs sondèrent Blaireau Boiteux. « Il y avait trois femmes dans le rêve, mais en réalité, c'était une seule et même femme… la sœur de la Femme Bison Blanc à la robe brillante. Les deux autres femmes qui étaient dans la grotte représentent les mauvais côtés de cet esprit – les mauvais côtés voudront nous punir, la vraie sœur de la Femme Bison Blanc nous accordera le salut. »

Comment saurais-je reconnaître celle qui nous sauvera ? pensa Hoka Ushte, croyant déjà que le saint homme lisait dans ses pensées.

Bon Tonnerre grogna et son regard fit le tour du cercle d'hommes aux yeux rouges. « Le feu, dans le rêve de Hoka Ushte, est le *peta-owihankeshni*, le feu sans fin, celui qui n'a cessé de brûler dans la pipe tribale depuis que la Femme Bison nous a visités, il y a bien longtemps. La présence de cette flamme dans le rêve est bonne. Elle signifie qu'il y aura des Ikce Wicasa pour transmettre la flamme de génération en génération. *Si* Hoka Ushte fait le bon choix… »

Comment, Père ? Hoka Ushte supplia mentalement, comprenant déjà que le choix dépendait de lui et que le destin de son peuple reposait dans ses faibles mains. *Comment ?*

« La fumée du feu, dans le rêve de Hoka Ushte, était le souffle de *Tunkashila*, poursuivit le saint homme qui n'entendait apparemment pas les pensées désespérées du jeune homme, et ça, c'est bon. C'est le souffle vivant de Grand-Père Mystère. » Il se tourna pour regarder de nouveau Hoka Ushte. « Et si ton choix est correct, la fin du rêve sera comme tu l'as vue… les hommes naturels seront de nouveau libres. Les *Wasicun* seront vaincus et tomberont en poussière comme leurs têtes de pierre dans le rêve. Le bison reviendra, les Paha Sapa appartiendront au peuple qui les aime, et les Ikce Wicasa marcheront de nouveau à la lumière du soleil de leurs manières de vivre naturelles. »

Tous les yeux étaient sur Hoka Ushte, mais ce fut Faucon Bonne Voix qui parla. « Quand cela arrivera-t-il, Père ? »

Bon Tonnerre ferma les yeux comme s'il était fatigué. « Le choix devra s'effectuer du vivant de ce jeune homme. L'Âge des Têtes de Pierre commencera du vivant de nos enfants. Nous sortirons de la grotte de l'exil… » Le vieil homme soupira. « … quand, je l'ignore. Nous ne pouvons pas voir si loin dans le rêve ou dans le futur.

— Des lunes ? » dit Sans un Tipi, un brave guerrier qui n'avait jamais été brillant.

Chassé par les Araignées fit un bruit grossier. « Du temps de nos enfants, répéta-t-il. Des années, alors, *Ate* ? »

Les yeux de Bon Tonnerre étaient toujours fermés. « Peut-être des centaines d'années. Cent fois cent. Peut-être jamais. » Il rouvrit les yeux. « Cela dépend du choix de Hoka Ushte. »

Le jeune homme vit tous les yeux se tourner vers lui, choqués, accusateurs, curieux et en colère. Il avait envie de leur dire : *Je n'ai pas choisi cette vision.*

Ce fut Corne Creuse Debout qui prit la parole. « Mais son grand-père et moi avons choisi une épouse pour lui. Ce sera Génisse Agile. »

Bon Tonnerre fit un mouvement de la main gauche pour écarter cette suggestion. « Ce ne sera pas Génisse Agile. C'est clair, d'après le rêve. »

Corne Creuse Debout se leva, jura et frappa la paroi du tipi en disant : « Mais j'ai offert une Grande Distribution ! » puis il vit le regard froid de Bon Tonnerre et, furieux, quitta le tipi.

Hoka Ushte soupira. Maintenant, il s'était fait un ennemi de l'homme le plus coléreux du campement. Tout cela parce que son faiseur-d'enfant voulait toujours se dresser aussi raide qu'une perche de tipi.

« Y a-t-il quelque chose que nous puissions faire ? demanda Dur à Frapper. Quelque chose que le peuple puisse faire pour changer cette vision ? » Il regarda Blaireau Boiteux et le garçon entendit la question implicite : *Que le choix dépende de quelqu'un d'autre ?*

« Non », dit Bon Tonnerre.

Hoka Ushte s'humecta les lèvres et prit la parole pour la première fois.

« Dois-je partir de nouveau en *hanbleceya*, *Ate* ?

— Non, répéta Bon Tonnerre. Mais les autres saints hommes et moi pensons que tu devrais avoir un temps d'*oyumni.* »

Hoka Ushte se mordit la lèvre. L'*oyumni* n'était pas une quête de vision, c'était simplement un temps d'errance. Il se sentit triste et effrayé à la pensée de quitter le campement et ses grands-parents.

Puis, en dépit du fait qu'un millier de questions restaient dans les cœurs des hommes assis là, et dix fois ce nombre dans celui épouvanté de Hoka Ushte, Bon Tonnerre posa la pipe et dit : « *Mitakuye oyasin.* À tous mes parents. »

Ainsi prit fin la réunion.

La nuit suivante, Hoka Ushte ne dormit pas bien. Tout le monde dans le camp l'avait regardé bizarrement après la cérémonie d'explication de la vision dirigée par Bon Tonnerre. Même ses grands-parents jetèrent sur lui d'étranges coups d'œil, comme si un être-esprit étrange était venu vivre avec eux. *C'est un mauvais rêve*, pensa Hoka Ushte, mais quand il se réveilla le lendemain matin, les regards étaient toujours là, le poids de la responsabilité pesait toujours sur ses épaules ; sa vision n'avait pas été un rêve.

En fin de matinée, son grand-père le trouva assis sur un rocher près du ruisseau et lui dit : « Tu es invité à manger au tipi de Corne Creuse Debout, cet après-midi. »

Hoka Ushte sentit son cœur s'emballer. « Suis-je obligé d'y aller, Grand-Père ? La colère de Corne Creuse Debout m'effraie. »

Faucon Bonne Voix fit un mouvement de la main. « Corne Creuse Debout n'est pas là. Il est parti ce matin pour chasser le bison. Il est très en colère. »

Hoka Ushte fut inondé de bonheur. « Est-ce Génisse Agile qui m'invite ? »

Son grand-père haussa les épaules. « C'est Femme Criarde qui m'a transmis l'invitation. Je ne sais pas si sa fille sera là. »

Hoka Ushte s'affaissa à la pensée de manger avec la vieille femme à la dent dure. « Dois-je y aller ?

— Oui. Et bien habillé. Mets ta chemise aux manches frangées, brodée de perles. »

Deux heures plus tard, Hoka Ushte se présentait au tipi de Corne Creuse Debout. Le jeune homme portait ses plus beaux vêtements. Corne Creuse Debout n'était pas là. Il ne vit pas le moindre signe de la présence de Génisse Agile. Seule Femme Criarde était assise près de la marmite, en train de couper des légumes. Elle lui montra d'un geste une couverture en peau de bison, près du feu, et lui sourit. Hoka Ushte ne l'avait jamais vue faire cela.

« Je suis honorée que le chercheur de vision ait accepté mon invitation », dit la femme, souriant toujours.

Hoka Ushte ne savait qu'en penser. Est-ce qu'elle se moquait de lui ? Les femmes Ikce Wicasa sont renommées pour leurs sarcasmes et leur langue acérée. Et aucune langue n'était aussi acerbe que celle de cette sorcière. Peut-être essayait-elle de se gagner ses faveurs maintenant qu'il était célèbre ? « Je suis honoré d'accepter ton invitation », dit Hoka Ushte, décidant d'être courtois.

Femme Criarde continua à sourire et à couper ses navets. Hoka Ushte vit qu'elle se servait du grand couteau à dépecer. « Qu'est-ce que tu fais cuire ? demanda-t-il poliment.

— Devine.

— Du *timpsila*, répondit Hoka Ushte, puisque tout ce qu'il avait vu tomber dans la marmite, c'étaient des navets.

— Non, répliqua Femme Criarde en faisant glisser les derniers petits morceaux de légumes dans le bouillon. Devine encore. »

Hoka Ushte se frotta la joue. « Du *wojapi* ? » Il aimait la soupe aux baies, mais n'avait jamais vu de navets dedans.

Femme Criarde sourit, mais fit non de la tête. « Non. Mais ce sera *lila washtay*. Très bon. Tu veux deviner encore, ou tu préfères que je te le dise ?

— Dis-le-moi. »

Hoka Ushte se sentait mal à l'aise avec cette femme.

« C'est de l'*itka*, de la soupe aux œufs.

— Ahhh », fit Hoka Ushte, pensant : *de la soupe aux œufs ?*

Le sourire de Femme Criarde allait maintenant d'une oreille à l'autre. Elle se releva. « Oui, roucoula-t-elle, tes *itka*. Tes œufs. Tes *susu*. Tes couilles. » Et elle sauta sur Hoka Ushte en poussant un cri féroce.

Le jeune homme eut la présence d'esprit de saisir son poignet avant que le couteau à dépecer s'abatte sur lui, et tous deux roulèrent sur les peaux et sur la terre battue. Femme Criarde sifflait et criait comme un Être-Tonnerre, et Hoka Ushte grinçait des dents et luttait pour garder ses *susu* attachées. La femme réussit à couper le pan de son pagne avant qu'il ne libère sa main droite et lui donne un bon coup de poing dans la mâchoire. Femme Criarde fut projetée en arrière, le couteau partit en tournoyant dans l'herbe haute, la vieille retomba lourdement dans le feu, hurla et s'écarta en roulant sur les couvertures, des braises rougeoyant encore dans ses cheveux et sa chemise en peau de daim.

Ce n'est pas une bonne façon de traiter sa belle-mère, pensa Hoka Ushte, qui se brossait en tremblant. *Non, maintenant ce n'est plus ma belle-mère.*

Il rentra au tipi de son grand-père. Son *tunkashila* et son *unci kunshi* l'attendaient à l'extérieur. Sa grand-mère avait des larmes dans les yeux.

« Je crois que je vais partir tout de suite pour mon *oyumni* », dit Hoka Ushte.

Tous deux hochèrent la tête. Son grand-père avait déjà préparé l'un de ses poneys ; l'arc, les flèches, le couteau, la poche-médecine, la couverture et l'autre paire de mocassins de Hoka Ushte étaient roulés en ballot sur la couverture du poney. Sa grand-mère lui donna un sac contenant du *papa* et du *wasna*, de la nourriture pour le voyage.

« *Toksha ake wacinyanktin ktelo* », dit son grand-père en lui touchant l'avant-bras. *Je te reverrai.*

Hoka Ushte serra ses grands-parents dans ses bras, se hissa sur le poney et sortit du campement sous les regards de beaucoup de gens. Il valait mieux qu'il soit le plus loin possible avant que Femme Criarde ne reprenne ses esprits ; et encore plus loin avant que Corne Creuse Debout ne revienne de sa chasse au bison.

Et ainsi commença l'*oyumni* de Hoka Ushte. Son temps d'errance.

Bon, je vois que vous changez votre cassette et je sais que ceci ne sera pas enregistré, mais je veux vous expliquer quelque chose pendant que vous tripotez votre appareil.

Quand je décris le monde où Hoka Ushte s'est engagé tout seul, vous pouvez reconnaître certains endroits car ces régions du Dakota du Sud vous sont familières. Mais vous vous trompez. Les Black Hills où Hoka Ushte s'est rendu pour son *hanbleceya* ne sont pas celles que vous avez traversées en voiture aujourd'hui. Non, parce qu'il n'y avait pas de têtes de pierre à l'époque, ni de villes, ni d'autoroutes, ni de boutiques où l'on vend des pierres, ni de vivarium avec des serpents à sonnette, ni d'ateliers de taxidermie, ni de boutiques de souvenirs pleines d'artisanat indien, ni de campings de Jellystone Park, ni de casinos, ni de parcs de location de 4 × 4. Non, les Paha Sapa étaient un endroit différent parce que c'était un endroit différent. Les *Wasicun* apportent plus que des boutiques de souvenirs dégueulasses et des barrières en fil de fer barbelé, ils apportent une obscurité et une mauvaise odeur qui cachent le soleil qui illuminait les Black Hills où Hoka Ushte eut sa vision.

Les plaines et les badlands[1] que Hoka Ushte traverse dans mon histoire ne sont pas semblables à celles que vous avez peut-être parcourues en voiture. Ce n'est pas seulement parce que les plaines élevées d'aujourd'hui

---

1. Succession de ravins et de crêtes pouvant mesurer plusieurs dizaines de mètres, due à la conjugaison d'un terrain imperméable, d'un climat semi-désertique aux averses rares mais très violentes, et d'une couverture végétale clairsemée. *(N.d.T.)*

sont divisées en parcelles par des barrières et des voies express, par des routes et l'Interstate, pas seulement parce qu'elles sont jonchées de villes de *Wasicun* et que des caravanes merdiques s'alignent sur les bas-côtés comme autant de packs de bière vides miroitant au soleil.

Non, la différence, ce n'est pas seulement parce que le monde était vide et qu'il est maintenant envahi par les ordures des Ravisseurs. Euh-euh. Le monde dans lequel Hoka Ushte s'engagea sur son poney, par cet après-midi de mai, il y a si longtemps, était peu peuplé – un homme pouvait chevaucher pendant des jours sans apercevoir un seul signe de la présence d'un autre être humain –, mais il était loin d'être désert.

Sur les herbages, il y avait alors des bisons, par millions encore quand Hoka Ushte était un jeune homme, et des animaux – le loup et l'élan pas encore chassés de la prairie, les ours errant toujours loin de leurs montagnes natales, les aigles montant en flèche dans le ciel, les blaireaux dans leurs terriers le long des berges de la rivière, les serpents à sonnette et les lézards, une métropole de chiens de prairie aussi nombreux que la population de Rapid City aujourd'hui, et, bien sûr, les mouches, les insectes et les sauterelles, comme les *ptewoyake* qui apprenaient aux Ikce Wicasa où l'on pouvait trouver les bisons.

Et il y avait bien autre chose que des bêtes dans le monde : Hoka Ushte pénétra à dos de poney dans un paysage qui grouillait d'êtres hostiles.

Les *Wasicun*, oui, mais le jeune homme n'avait jamais vu de Ravisseurs Gras et ne les craignait que comme on redoute un croquemitaine. Le terrible message de son rêve rendait les Blancs encore plus irréels à ses yeux. Mais bien réels étaient les autres Indiens qui se trouvaient là quelque part, campant juste au-delà de l'horizon ou attendant, couchés dans l'herbe, le passage d'un vagabond solitaire. Il y avait les autres branches des Ikce Wicasa – les Oglalas, les Miniconjous et les Sioux Brûlés. Et il y avait ceux qui scalperaient un jeune Lakota à vue : les Susuni, que vous appelez Shoshones, et les Shahiyela, les Cheyennes, et les Kangi Wicasha ou Corbeaux, qui étaient parfois des amis et des alliés et plus souvent des ennemis mortels, et les Nuages Bleus, que vous appelez Arapahoes. Il y avait des ennemis plus anciens, comme les Omahas, les Otos, les Winnebagoes et les Missouris, dont les Ikce Wicasa avaient volé ou essayé de voler les terres avant la naissance de Hoka Ushte. Et il y avait les Pawnees et les Poncas, dont nous essayions de dérober les terres aux temps que connut Hoka Ushte. Les Pawnees étaient des lécheurs de cul et, même à l'époque, les culs qu'ils avaient choisis de lécher étaient ceux des *Wasicun* ; et les Pawnees tuaient les Ikce Wicasa avec les mousquets et les carabines que les cavaliers *wasichu* leur donnaient.

Plus loin que les Pawnees, il y avait les Trois Tribus, les Mandans, les Hidatsas et les Arikaras, et ils détestaient passionnément notre peuple depuis que, dans notre expansion vers l'ouest, nous avions pris leur terre, tué leurs braves et brûlé leurs villages. Et plus loin encore, Hoka Ushte le savait, se trouvaient les Santees et les Yanktonais et les Hunkpapas, qui envoyaient régulièrement des expéditions guerrières vers l'est et le sud afin de tuer tout Ikce Wicasa qu'elles rencontreraient.

Les Utes, les Têtes Plates et les *Pend d'Oreille*[1] descendaient des montagnes pour chasser dans la plaine, et bien qu'ils n'aient peut-être pas le courage de faire une incursion dans un village lakota, ils tueraient volontiers un guerrier isolé pour montrer combien ils étaient forts. Hoka Ushte savait qu'on ferait grand cas de son scalp suspendu à la lance ou à la perche de la hutte d'un brave dans une douzaine de tribus voisines.

Toutes les tribus que j'ai mentionnées, et beaucoup d'autres que je ne prendrai pas le temps de nommer, craignaient les Pieds Noirs. Et même si, pendant cette année de l'*oyumni* de Hoka Ushte, les Pieds Noirs étaient fort occupés à massacrer les Corbeaux de la Rivière, les Assiniboins, les Gros Ventres, les Crees, les Ojibwas des Plaines, et les gros Ojibwas – les Chippewas –, ils auraient tout de même trouvé moyen de tuer, en passant, un guerrier lakota solitaire qui savait à peine se servir de son arc.

Les terres vides n'étaient pas vides, Hoka Ushte le savait. Mais cela ne changeait pas grand-chose à ce qu'il voyait alors, à ce que vous, ou tout autre *Wasicun*, voyez aujourd'hui.

Le paysage que Hoka Ushte traversait était plus vivant que vous ne pouvez l'imaginer. *Woniya waken* – l'air même était vivant. Le souffle de l'esprit. Le regain. *Tunkan*. *Inyan*. Les rochers étaient vivants. Et saints. Les orages qui se déplaçaient au-dessus de la prairie étaient *wakinyan*, le bruit de l'esprit tonnerre et le signe des Êtres-Tonnerre. Les fleurs qui s'épanouissaient dans l'herbe infinie révélaient la caresse de *Tatuskansa*,

1. En français dans le texte. *(N.d.T.)*

l'esprit qui bouge, le pouvoir qui se hâte. Dans les rivières résidaient les *Unktehi*, monstres et esprits à la fois. La nuit, Hoka Ushte entendait le hurlement des coyotes et pensait à Coyote, qui le roulerait volontiers. Ou bien une toile d'araignée, sur un arbre, portait un message d'Iktomé, l'homme-araignée, un filou encore pire que Coyote. Et le soir, quand tous les autres esprits étaient silencieux et que le ciel se vidait de lumière et de nuages, Hoka Ushte pouvait entendre la respiration de Grand-Père Mystère et de *Wakan Tanka* lui-même. Et la nuit, quand les étoiles s'étendaient d'un horizon à l'autre sans qu'aucune lumière, aucun reflet, ne vienne affaiblir leur splendeur, alors Hoka Ushte pouvait tracer le chemin de sa propre vie, sachant que, quand il mourrait, son esprit voyagerait vers le sud, en suivant la Voie lactée.

Oui, le monde n'était pas vide.

Je vois dans vos yeux ce que vous pensez. Je perçois de l'impatience dans la posture de votre corps.

Mais je voulais que vous compreniez un peu. Pour Hoka Ushte, le monde était différent.

D'accord. Allumez votre appareil.

Pendant les deux premiers jours de son vagabondage, Hoka Ushte chevaucha le cheval de son grand-père dans les herbages, vers l'est d'abord, puis vers le sud, le dos tourné aux Paha Sapa et aux tribus les plus hostiles qui vivaient à l'ouest. Le soir, il n'allumait pas de feu, mais mangeait le papa et le wasna que sa grand-mère avait préparés pour lui : de la viande séchée et du pemmican pilé avec des baies et de la graisse de rognons. De la nourriture de voyage. Le troisième jour, il tua un lapin d'une flèche et le fit cuire sur un feu si petit qu'en hiver il aurait pu se blottir dessus et dissimuler la lueur de ses braises sous sa couverture. Le lapin était dur et ne ressemblait en rien au délicieux plat que confectionnait sa grand-mère.

La nuit du troisième jour, il perdit son cheval.

Voici comment cela arriva. Toute la journée, il avait contourné un endroit desséché et dangereux qu'il connaissait sous le nom de Mako Sicha et que vous appelez badlands. Hoka Ushte n'en aimait pas l'aspect – rien que des roches, de la poussière, des crêtes sinueuses et de tortueux lits de rivière laissés par d'anciennes inondations –, mais plus que tout, il détestait les histoires qu'il avait entendu raconter sur ces lieux. C'est dans ce désert que s'était déroulée la bataille entre *Wakinyan Tanka*, le grand oiseau-tonnerre, et *Unktehi*, que certains appellent *Uncegila*, le grand monstre femelle de l'eau qui autrefois remplissait le Missouri d'une extrémité à l'autre. Avant la fin de la bataille, *Unktehi* avait noyé la plupart des hommes naturels libres et seule une guerre totale menée par *Wakinyan* et ses petits oiseaux-tonnerre contre *Unktehi* et ses petits monstres marins avait sauvé le reste des Ikce Wicasa.

Donc, le troisième soir, Hoka Ushte entrava le cheval de son grand-père relativement loin des badlands, fit cuire son lapin filandreux et s'enveloppa dans sa couverture pour une autre nuit de sommeil agité. Mais avant que *hanhepi wi*, le soleil-nuit, se soit levé, le flanc bleu-noir d'un orage traversa la prairie, cachant les étoiles et grondant comme une ancienne bête sortie des histoires de Bon Tonnerre. Juste au moment où Hoka Ushte se dressait sur son séant dans l'idée d'aller apaiser son cheval, l'air se remplit soudain de *wakangeli*, l'électricité malodorante que génère un orage, la foudre tomba du ciel à cinq cents mètres de là et le poney de son grand-père se libéra de son entrave mal attachée et s'enfuit vers les badlands.

Hoka Ushte sauta sur ses pieds et l'appela, mais le cheval n'en tint pas compte. Tous deux traversèrent à toute allure la prairie illuminée par les brusques explosions du tonnerre, le cheval laissant bientôt loin derrière le garçon pantelant. La dernière fois que Hoka Ushte aperçut l'animal, il remontait un arroyo et disparut juste avant que la pluie ne commence à tomber.

Blaireau Boiteux hésita au bord des Mako Sicha, pensant qu'il serait plus sage de retourner à son campement et d'attendre la fin de l'orage avant de s'engager dans ces ravines profondes et cette obscurité. Mais il savait qu'alors, il ne reverrait jamais le poney de son grand-père. Le mot lakota pour « cheval » était relativement nouveau puisque cet animal ne vivait avec les Ikce Wicasa que depuis quelques générations ; *sunka wakan* signifie « chien saint » et le cheval était encore considéré comme sacré. S'il perdait celui de Faucon Bonne Voix, Hoka Ushte ne pourrait pas revenir à la maison.

Il pénétra dans les badlands juste au moment où l'orage se déchaînait. Plus tôt, les nuages avaient caché la lune, mais maintenant l'obscurité était totale. Cela rappela à Hoka Ushte la cérémonie du *yuwipi* où le saint homme s'enveloppait comme une momie dans ses couvertures et restait seul dans le noir pour que les esprits puissent le trouver.

La pluie ne fut d'abord, sur son visage, qu'un souffle glacé qui trempa ses vêtements, mais bientôt l'averse devint si terrible que Hoka Ushte ne put rester debout. Il s'agenouilla dans l'eau et la boue profonde. Les éclairs se succédaient si rapidement que les yeux du jeune homme ne pouvaient s'adapter ni à l'obscurité ni à la lumière, et il était comme aveugle. Le tonnerre dépassa le simple tonnerre et devint le bruit déchirant du bec énorme, des serres immenses, de *Wakinyan Tanka*, et les cris des Êtres-Tonnerre. Les ravins, les rigoles et les arroyos s'étaient transformés en un terrible dédale dont Hoka Ushte n'aurait pu trouver la sortie s'il avait pu se tenir debout et marcher au sein de cet épouvantable orage. Le *wakangeli* remplissait l'air et faisait se dresser les cheveux sur la tête du jeune homme.

Il s'écoula plusieurs minutes avant que Hoka Ushte se rende compte que, s'il restait là, il allait mourir. L'eau s'élevait rapidement dans l'étroit arroyo, dévalant à flots d'un endroit rocheux élevé, au cœur des Mako Sicha. Le jeune homme examina le torrent glacé en amont : le bord déchiqueté de la crête, à une trentaine de mètres au-dessus de lui, se découpait sur un ciel rempli d'éclairs. Tandis qu'il regardait, la foudre jaune tomba sur les gros rochers qui le surplombaient. S'il grimpait, l'éclair le frapperait presque à coup sûr et le tuerait. S'il restait où il était, l'eau qui montait le noierait tout aussi certainement.

Hoka Ushte se mit à gravir le coteau à pic ; il retombait en arrière lorsque de grandes plaques de boue cédaient sous lui et le renvoyaient dans le torrent rugissant. L'eau lui montait jusqu'à la poitrine alors qu'il se hissait pour la dernière fois hors de la ravine. Le coteau à pic était un dédale de petits ruisseaux et de cascades boueuses. La pluie avait fait place à la grêle, qui bombardait le visage et les épaules de Hoka Ushte. On aurait dit que les *Wakinyan* avaient décidé de le lapider.

Pour finir, Hoka Ushte se servit de son couteau dont il enfonça profondément la lame dans le flanc de la colline pour résister aux avalanches de boue. Il avait l'impression de poignarder la terre tandis que les cieux tentaient de le tuer de leurs poings glacés. Les grêlons hachaient ses vêtements, fendant la peau de daim, et labouraient sa chair. Ses cheveux emmêlés étaient plaqués sur ses yeux, ses tresses déchirées, et le sang coulait de ses tempes et de son front. Il n'arrivait plus à ouvrir les yeux et ne comprit qu'il avait atteint le sommet de la falaise surplombant l'arroyo que lorsqu'il n'y eut plus de terre dans laquelle enfoncer son couteau.

Blaireau Boiteux resta couché à califourchon sur l'étroite crête, comme s'il chevauchait un cheval-esprit en train de ruer ; il avait lâché son couteau pour enfoncer ses doigts dans la boue et, la figure dans le sol trempé, il grattait désespérément la terre de ses orteils à la recherche d'une prise afin de résister au vent qui le poussait et à la grêle qui continuait à le bourrer de coups. La foudre frappa la crête en une centaine d'endroits autour de lui. À un moment, Hoka Ushte leva son visage ensanglanté vers le ciel en explosion et il hurla comme un loup, ses lèvres retroussées découvrant ses dents, pour lancer un défi aux *Wakinyan*.

Alors les cieux s'ouvrirent plus largement, les grêlons devinrent gros comme des poings, et Hoka Ushte perdit connaissance.

Quand il se réveilla, il crut que les cieux l'avaient tué. Puis, ses regards plongèrent dans un ciel parfaitement bleu, il vit que les collines et les ravines d'un blanc de sel commençaient déjà à sécher sous le soleil de l'après-midi, il entendit le filet d'eau des ruisseaux dans les étroits goulets, en dessous de lui, et comprit qu'il n'était pas encore dans l'autre monde où vont les esprits. Là, il le savait, les couleurs étaient ternes, le soleil ne brillait jamais plus que par un jour de brouillard et les bruits étaient assourdis. Hoka Ushte s'assit bien droit sur la crête et se contempla, rempli d'étonnement.

Il était nu. Même son pagne n'avait pas survécu aux flots et à la grêle. Une centaine de meurtrissures et un millier d'écorchures parsemaient son corps de bronze. Il gémit tout haut quand il bougea les jambes, puis réprima toute autre plainte. Il n'appartenait peut-être pas à une société de guerriers, mais c'était un brave, un Ikce Wicasa, et il devait se comporter comme tel.

Son couteau avait disparu. La terre de la crête avait été emportée par le torrent nocturne si bien qu'il ne restait plus que les pierres curieusement irrégulières qui avaient reposé dessous. Hoka Ushte s'avança vers les badlands en sautant de l'une à l'autre de ces arêtes rocheuses régulièrement disposées.

Il avait dépassé plusieurs centaines d'entre elles lorsqu'il s'aperçut que ces rochers étaient *trop* symétriques. Quand il regarda derrière lui, les yeux toujours plissés dans la lumière aveuglante qui se réfléchissait sur la roche blanche, il comprit aussitôt que ce n'était pas sur des pierres qu'il marchait.

Hoka Ushte était debout sur la plaque incurvée d'une grande vertèbre dénudée : l'épine dorsale blanche et luisante d'une entité enterrée depuis longtemps dans les Mako Sicha et partiellement découverte par la violente averse de cette nuit. Il comprit aussitôt qu'il était sur *Unktehi*… *Uncegila*… l'ancienne déesse-serpent vaincue par *Wakinyan Tanka*, à l'époque où les roches étaient jeunes.

L'épine dorsale s'étendait sur des kilomètres de badlands, disparaissant lorsque d'autres plissements la recouvraient ou révélaient une roche blanche qui avait peut-être été d'autres ossements.

Hoka Ushte se mit à trembler. *Unktehi* était *wakan*, mais c'était un genre de sacré bien trop puissant pour qu'un saint homme des Ikce Wicasa puisse traiter avec elle, encore moins un garçon de dix-sept printemps. Hoka Ushte sentait le pouvoir *wakan* remonter en lui par ses pieds nus comme si l'électricité *wakangeli* de la nuit précédente avait été emmagasinée dans les os blanchis qui s'infléchissaient sous lui. Il jeta un coup d'œil vers la limite des badlands, encore à cinq cents mètres de là, puis regarda craintivement par-dessus son épaule, comme si *Unktehi* allait se relever, sa chair se matérialisant autour des anciens os comme elle l'avait fait autrefois, ses crocs de serpent grands comme des montagnes, ses yeux brûlant plus férocement que le soleil.

Il fut tenté, pour fuir les clavicules dénudées, de glisser le long du coteau à pic jusque dans la ravine ombragée où les restes de l'inondation étaient en train de sécher. Mais patauger dans cette boue en suivant les arroyos sinueux lui prendrait des heures, s'il ne se perdait pas ou ne s'enlisait pas jusqu'à la taille.

Hoka Ushte ferma les yeux, pensa à sa vision, força ses jambes à cesser de trembler et continua à sauter de vertèbre en vertèbre, absorbant le pouvoir qui remontait dans ses pieds et ses chevilles et ses jambes et son sexe. Lorsqu'il atteignit les prairies et ôta le pied du dernier os blanc, là où le grand squelette semblait s'enterrer profondément dans la terre, Hoka Ushte sentit tout son corps picoter et ses muscles tressauter comme s'il était un *yuwipi*, un homme rempli de la force-esprit. Beaucoup de ses meurtrissures avaient disparu et la plupart de ses écorchures étaient guéries.

Deux cents pas sur la prairie et Hoka Ushte se retourna pour regarder en arrière. Seuls du sable et des rochers blancs miroitaient dans les Mako Sicha.

Il ne put retrouver son campement. Non seulement il avait perdu son cheval et son couteau, mais l'inondation avait emporté ou enterré son arc, ses flèches, sa peau de bison, sa couverture, ses silex, ses vêtements et le peu de nourriture qu'il avait économisée. Au bout d'une heure de recherches, Hoka Ushte renonça et se mit en marche vers l'est.

Nu, les muscles encore frémissants de l'énergie *wakan*, boitant un peu lorsque son pied nu se posait sur un cactus ou un yucca, il marcha vers l'horizon d'un monde parfaitement plat.

Il les vit d'abord comme une créature à quatre têtes qui s'avançait vers lui dans la brume de chaleur de cette fin d'après-midi. Hoka Ushte était sûr qu'il s'agissait d'un des monstres dont sa grand-mère lui avait parlé

– un ciciye ou un siyoko. Il n'y avait pas d'endroit où se cacher, la prairie s'étendait à l'infini de tous les côtés, et Hoka Ushte n'avait d'ailleurs pas l'intention de le faire. Il resta là à attendre que la créature le rejoigne.

Le monstre à quatre têtes n'était ni un ciciye ni un siyoko, mais simplement un poney chevauché par trois jeunes gens. Hoka Ushte comprit que trois braves d'une autre tribu étaient probablement plus dangereux qu'un monstre, mais il ne lâcha pas pied. Lorsqu'ils furent plus près, il vit que le cheval couvert d'écume était épuisé et que les trois braves n'étaient pas plus âgés que lui. Leurs visages portaient des peintures de guerre et lorsqu'ils virent que Hoka Ushte restait immobile, ils poussèrent des cris, levèrent leurs bâtons à coup et talonnèrent leur monture qui n'en pouvait plus.

C'est un bon jour pour mourir, pensa Hoka Ushte, mais ce n'était qu'une phrase. Il n'avait pas envie de mourir et son cœur battait la chamade. Surtout, il ne voulait pas mourir nu et sans défense de la main de garçons shoshones ou corbeaux qui n'étaient pas assez âgés pour disposer chacun d'un cheval.

Ce n'étaient ni des Shoshones ni des Corbeaux. Hoka Ushte vit les peintures dont leurs visages étaient parés, entendit leurs cris lorsqu'ils se rapprochèrent et reconnut des Ikce Wicasa, bien que leur dialecte rudimentaire désignât des Sioux Brûlés. Il constata aussi qu'ils étaient plus jeunes que lui ; l'aîné n'avait pas plus de quinze étés. De leur côté, les trois garçons cessèrent leurs cris sauvages et arrêtèrent leur poney à dix pas quand ils virent que Hoka Ushte était nu. Pendant une minute, il n'y eut aucun bruit, sauf la respiration haletante de leur monture épuisée et les sauts des insectes dans l'herbe.

« Hoka, hey ! dit enfin le plus âgé. Es-tu un être humain ? » Apparemment, le poney s'appelait Boiteux.

Hoka Ushte jeta un coup d'œil sur lui-même et comprit qu'il devait paraître plus effrayant qu'un guerrier, nu, égratigné et ensanglanté comme il l'était. « Oui », répondit-il, et il nomma sa tribu et sa famille.

Le plus âgé descendit de cheval et s'avança, son bâton à coup toujours prêt comme s'il allait tout de même s'en prendre à cette étrange apparition. Après avoir simplement touché Hoka Ushte, comme pour confirmer sa réalité, le garçon recula et leva la main. « On m'a nommé Aigle Tournant, fils de Coupe-Beaucoup-de-Nez. Ceux-là sont mes amis Quelques Queues et Tenta-de-Voler-des-Chevaux. »

Hoka Ushte se tourna vers les garçons qui lui rendirent son regard en clignant des yeux.

« Hier, nous avons tué deux Susuni et depuis nous sommes poursuivis par cinquante Susuni à cheval. »

Il y avait autant de fierté que de peur dans la voix du garçon.

Hoka Ushte regarda vers l'est, mais ne vit pas les cinquante Shoshones. Une brume, à l'horizon, aurait pu être un nuage de poussière.

« Nous chassions, poursuivit Aigle Tournant, lorsque nous avons trouvé un Susuni en train d'établir son campement près de la Rivière Blanche. Il était avec sa femme et un petit garçon de cinq ou six étés. Quand il nous a vus, il a sauté sur son cheval, hissé l'enfant à côté de lui et s'est enfui en laissant la femme. Nous l'avons tuée et poursuivi l'homme, bien que nous n'ayons que cet unique poney... » Aigle Tournant montra d'un geste le cheval au souffle rauque comme si c'était un motif de fierté. Hoka Ushte se dit que l'animal était sur le point de s'effondrer.

« Quand il a essayé de passer la rivière à gué, nous l'avons transpercé de deux flèches, il est tombé de cheval et nous l'avons rejoint en aval. » Le garçon tendit un scalp ensanglanté. « Il est mort en brave. Nous avons nagé pour attraper son cheval et le petit garçon, mais l'enfant avait enroulé ses mains dans la crinière et le poney était plus rapide que le nôtre. Nous le poursuivions depuis une heure lorsque, arrivant en haut d'une colline, nous avons aperçu le petit garçon avec une troupe de guerriers susuni, dans la vallée. Ils se sont lancés à notre poursuite. Nous les avons semés un moment, près de la rivière. Maintenant, ils sont de nouveau derrière nous. »

Aigle Tournant se toucha la poitrine avec fierté.

Hoka Ushte regarda vers l'est avec inquiétude. La brume était manifestement un nuage de poussière et il se rapprochait. « Qu'allez-vous faire ? »

Aigle Tournant se mordit la lèvre. « Notre campement était quelque part entre ici et la rivière, mais nous ne l'avons pas retrouvé pendant la nuit. Nous ne pouvons plus y retourner. Nous nous rendons à l'*O-ana-gazhee*. Au Lieu Protecteur. »

Hoka Ushte hocha la tête. L'*O-ana-gazhee* était un lieu élevé dans les Mako Sicha où quelques braves pouvaient tenir à distance une armée de Shoshones. Mais c'était à plusieurs kilomètres de là. Il y avait peu de chances pour que ce poney épuisé puisse distancer une bande de guerriers. Ces garçons étaient morts.

Aigle Tournant se rapprocha et dit en chuchotant, afin que ses amis ne puissent pas l'entendre : « Je n'ai pas peur de mourir, mais je vais manquer à une jeune fille appelée Voit-une-Vache-Blanche. Je lui ai promis de compter des coups et de revenir à elle si je le pouvais. » Le jeune homme regarda Hoka Ushte presque avec regret. « Je t'aurais bien demandé de dire à Voit-une-Vache-Blanche que je serais revenu à elle si je l'avais pu, mais les Susuni vont sûrement te tuer. »

Hoka Ushte cligna des yeux.

Aigle Tournant recula et dit plus fort : « C'est un bon jour pour mourir. » Il remonta d'un bond sur le poney. Les deux garçons derrière lui semblaient très jeunes et très effrayés.

« Hoka, hey ! » cria Aigle Tournant, et il enfonça les talons dans les côtes du poney. Le petit cheval était trop fatigué pour galoper, mais il partit au trot.

Hoka Ushte les regarda s'éloigner lentement, puis il se tourna vers l'est. Le nuage de poussière était bien visible. Blaireau Boiteux n'hésita qu'une seconde avant de se mettre en marche à sa rencontre.

Si l'herbe avait été plus haute, Hoka Ushte aurait pu s'y cacher, mais là où il marchait, ce n'était que sol sec et maigres touffes. On pouvait voir à des kilomètres à la ronde. Il n'y avait pas de gros rochers ni d'arbres ni de grands yuccas. Le nuage de poussière le rejoindrait, même s'il courait. Le seul relief en vue était un léger plissement de terrain entre le groupe de guerriers shoshones et lui, et Hoka Ushte s'avança dans cette direction avec la résignation d'un condamné à mort.

Il ne faisait pas partie des trois Brûlés qui avaient tué le Shoshone et sa femme, mais il savait qu'ils s'en moqueraient ; tout scalp de Lakota servirait à étancher la colère des guerriers. Hoka Ushte toucha distraitement son nez et ses cheveux emmêlés.

Les cavaliers devenaient tout juste visibles à l'est lorsque Hoka Ushte atteignit le lit à sec. La ravine n'était pas profonde et faisait moins de douze pas de large ; il n'y avait dedans ni eau ni végétation. Elle ne serpentait pas assez pour lui offrir une cachette, mais Hoka Ushte sauta dedans tout de même. Cela les empêcherait de le voir pendant encore une minute ou deux. Il sentait dans le sol le martèlement des sabots.

Hoka Ushte parcourut vingt pas vers le nord, puis vingt pas vers le sud ; il entendait déjà le souffle des chevaux et les cris des Shoshones lorsqu'il remarqua le trou dans la berge de la rivière. Il était petit. C'était probablement le terrier d'un blaireau. Cela lui donna une idée.

Hoka Ushte était maigre. Les chevaux n'étaient qu'à une minute de là lorsqu'il se mit à agrandir le trou avec ses ongles, juste assez pour y introduire ses pieds et ses jambes. Puis se hissant grâce à une racine, il pénétra de force dans l'ouverture. C'est parce qu'il était nu, trempé de sueur, et ne portait pas d'armes qu'il put s'y glisser.

Ses hanches s'éraflèrent aux pierres, mais il finit par s'introduire plus profondément dans le trou qui allait en se rétrécissant. Son torse était toujours dehors. Les Shoshones ne manqueraient pas de le voir. La terre tremblait du bruit des sabots des poneys. Blaireau Boiteux ramena ses bras le long de ses flancs et arracha les racines et les petites pierres en essayant désespérément de se faire de la place. Son corps se glissa un peu plus à l'intérieur jusqu'à ce que seules ses épaules et sa tête dépassent du sol sablonneux.

Il entendait à présent les cris des guerriers shoshones, les grognements des poneys.

Hoka Ushte se concentra pour se faire plus petit, plus mince et plus glissant. Avec un grand grognement et en s'arrachant pas mal de peau, il s'enfonça encore, et seul le sommet de sa tête resta visible de l'extérieur, se détachant comme le dos de quelque immense araignée noire. Impossible de pénétrer plus profondément. Il avait beau se tortiller, il n'y arriva pas.

Le premier des chevaux shoshones était maintenant presque arrivé au-dessus de sa tête.

Hoka Ushte heurta de la tête le bord du trou pour essayer de couvrir de sable et de poussière grise ses cheveux d'un noir brillant.

Le premier poney atteignit le lit de la rivière et s'arrêta juste au-dessus de lui. Hoka Ushte sentait son poids et le martèlement de ses sabots sur son dos. D'autres arrivèrent, s'arrêtèrent sur la berge et de chaque côté, le long de la rive est. Les coups de sabots de la monture du chef firent tomber du sable meuble dans ses cheveux. Hoka Ushte grinça des dents et ferma les yeux ; il sentait les Shoshones le regarder, pointer leurs lances et se préparer à mettre pied à terre.

Alors éclatèrent des cris gutturaux.

Hoka Ushte aurait dû entonner son chant de mort, mais il n'en avait jamais composé. Sur le moment, il regretta toutes ces heures d'attente perdues au bord du ruisseau à seule fin d'apercevoir Génisse Agile. Un brave Lakota se serait occupé de choses plus importantes.

Comme de se préparer à mourir.

Le chef des Shoshones cria de nouveau, poussant un hurlement à vous glacer le sang dans les veines, et fit franchir l'étroit lit de la rivière à son cheval, d'un seul bond, par-dessus la tête de Hoka Ushte, exposée à sa vue. Des torrents de terre tombèrent sur le garçon, l'étouffèrent, remplirent sa bouche de sable.

Hoka Ushte résista à l'envie de se débattre, défia l'impulsion de tousser et de crier. Il retint sa respiration tandis que d'autres chevaux sautaient au-dessus de lui et que plus de terre encore s'effondrait sur sa tête, l'enterrant. Tout le corps de Blaireau Boiteux était tendu et son scalp le picotait tandis qu'il attendait qu'une flèche ou une lance ou une hache enterre sa pointe de pierre dans son crâne bien visible. Il avait l'impression que le martèlement des chevaux ne cesserait jamais.

Puis, plus rien. Hoka Ushte cracha du sable, tortilla sa tête jusqu'à ce qu'il trouve de l'air à respirer, puis essaya de se libérer. Ce ne fut pas facile, et la crise de claustrophobie, de pure panique, qui s'empara de lui n'arrangea pas les choses. À ce moment, seule la peur de mourir sous les lames des Shoshones l'empêcha de crier au secours.

Le soleil jetait de longues ombres sur le lit de la rivière lorsqu'il se retrouva enfin libre. Il était si épuisé par cette rude épreuve qu'il ne put d'abord que rester couché, haletant, sur le sable blanc. Il était couvert de sang et d'argile. Si les Shoshones étaient revenus, ils auraient peut-être été si alarmés par son apparence qu'ils ne l'auraient pas tué tout de suite. Ils ne revinrent pas.

Il faisait presque nuit quand Hoka Ushte sortit du lit de la rivière, les jambes tremblantes. Il savait qu'il aurait été plus raisonnable de se diriger vers l'est ou vers le nord, dans une autre direction que les Shoshones et leur gibier, mais il était curieux de nature. Il se mit à suivre, au clair de lune, la large piste tracée par les empreintes des sabots, en se racontant qu'il faisait assez noir pour qu'il puisse se cacher dans l'herbe rase si les cavaliers venaient à repasser par là.

Il découvrit les trois Sioux Brûlés peu après que le demi-soleil-nuit se fut levé en projetant sa lueur laiteuse sur la terre. Les étoiles étaient brillantes ; la Voie lactée bien visible en dépit de la lune.

Les Shoshones avaient rattrapé les jeunes gens non loin du lit de la rivière. Le poney sioux était couché là où il s'était effondré, mort. Il n'y avait aucune marque sur lui. Beaucoup de traces partaient vers le nord-ouest. Les trois Lakotas étaient étendus à une longueur de bras l'un de l'autre.

Une flèche shoshone était restée plantée dans la gorge du plus jeune, celui qu'Aigle Tournant avait présenté comme Tenta-de-Voler-des-Chevaux. Sa poitrine et son ventre portaient les marques d'une douzaine d'autres. Ses paumes étaient tournées vers le ciel, comme sous l'effet de la surprise. Ses yeux ouverts reflétaient le clair de lune, et l'os blanc de son crâne nu aussi. On aurait dit que Quelques Queues avait été plongé de la tête aux pieds dans du jus de baies rouges. Les Shoshones n'avaient pas seulement pris son scalp, mais également ses doigts, sa langue et son cœur.

Aigle Tournant reposait un peu plus loin, et sa posture suggérait qu'il avait vraiment combattu ses tueurs. Sa gorge était tranchée d'une oreille à l'autre et la plaie déchiquetée semblait sourire à Hoka Ushte. En plus de son scalp et de sa langue, ils avaient coupé les oreilles, les mains, le faiseur-d'enfant et les bourses d'Aigle Tournant. L'un de ses yeux regardait à quelques pas de là, embroché sur une épine de yucca.

Hoka Ushte se détourna en suffoquant. Quand il put respirer normalement, il les contempla de nouveau ; il aurait voulu chanter pour eux un chant de mort, les aider sur leur chemin vers le sud, mais il ne savait rien de cette cérémonie.

Un jour, quand je serai wicasa wakan, se promit-il, *je serai capable de faire ces choses-là.*

Il reprit sa marche vers l'est, au clair de lune.

Ils le trouvèrent un jour, une nuit et un jour plus tard. Hoka Ushte ne dormit ni ne mangea pendant tout ce temps. Il ne s'improvisa ni arme ni vêtements. Ses coupures s'étaient infectées, sa peau brûlait de soleil et de fièvre et il se concentrait sur les voix qui chuchotaient dans son esprit. Il marcha tant qu'il le put, puis resta debout jusqu'à ce que ses jambes ne puissent plus le porter. Il ne s'aperçut pas qu'il était tombé et eut la vague impression qu'il essayait de gravir l'à-pic de la Terre elle-même. Quand les cavaliers l'entourèrent, il ne vit que de grands objets qui lui barraient le soleil. Il crut que c'étaient des esprits venus l'emmener vers le sud et s'étonna qu'ils parlent lakota avec un accent de Brûlé.

Lorsqu'il se réveilla un peu plus tard, il était couché entre de moelleuses couvertures. La lumière du soir traversait la peau raclée du tipi avec cette onctuosité jaune qu'il adorait quand il était petit, en sécurité dans la tente de ses grands-parents. Il pensa d'abord qu'il avait rêvé tout cela sous l'effet de la fièvre – il sentait sur lui la sueur froide qui accompagne toujours celle-ci –, mais alors une vieille femme sans nez se pencha sur lui, dit quelque chose à une autre vieille femme sans nez sur le ton rude des Brûlés, et Hoka Ushte comprit que rien n'avait été un rêve.

Outre les deux femmes sans nez, il y en avait une troisième plus jeune dont le visage était intact, mais sévère. Elle se pencha sur Hoka Ushte et dit : « Ainsi… tu es vivant. »

Il ne sut quoi répondre à cela.

Les trois femmes quittèrent le tipi ; Hoka Ushte était sur le point de sombrer encore dans le sommeil lorsqu'un homme lourdement charpenté, au visage féroce, entra. « Est-ce les Susuni qui t'ont dévêtu, qui ont volé ton cheval et t'ont laissé tout ensanglanté ? » demanda sèchement le gros homme.

Hoka Ushte se contenta de le regarder fixement pendant un moment. « Non, c'est l'orage qui a fait cela. Les Susuni ne m'ont pas vu. » Il s'arrêta. « Tu es Coupe-Beaucoup-de-Nez. »

Le gros homme lui lança un regard mauvais et mit la main sur son couteau. « Comment le sais-tu ?

— J'ai rencontré ton fils, Aigle Tournant. »

Coupe-Beaucoup-de-Nez sursauta. « Il est vivant ?

— Non. »

Le gros homme frissonna comme si son corps avait reçu un terrible coup. « Les Susuni ?

— Oui.

— Les deux autres… Quelques Queues et Tenta-de-voler-des-Chevaux…

— Morts. »

Coupe-Beaucoup-de-Nez hocha lentement la tête. « Cela explique les sifflements du fantôme… Dis-moi ton nom et ta tribu, explique-moi pourquoi tu étais nu, ensanglanté et seul. »

Hoka Ushte obéit. Il dit seulement qu'il errait après avoir eu une vision. Le gros homme ne lui posa pas de questions sur celle-ci.

« Peux-tu me conduire jusqu'au cadavre de mon fils ? demanda Coupe-Beaucoup-de-Nez.

— Je crois que oui.

— Demain matin ? Dès que le soleil se lève ? »

Hoka Ushte se sentait terriblement faible après ses épreuves et sa fièvre, mais il se remémora le corps mutilé d'Aigle Tournant étendu, sans ornements, pas honoré, et se dit que les animaux pourraient s'en nourrir sans savoir qui avait été cet homme. « Aujourd'hui même. Je vais vous y conduire avant que le soleil-nuit se lève. »

Coupe-Beaucoup-de-Nez parut réfléchir. « Non. Il ne faut pas laisser les femmes seules avec le *wanagi* qui va revenir, ce soir. Tu nous mèneras au corps d'Aigle Tournant lorsque le fantôme sera parti. » Puis il laissa Hoka Ushte seul, songer au sommeil.

Plus tard, juste au moment où la nuit tombait, la femme au visage sévère entra avec un bol de soupe. Elle se présenta laconiquement sous le nom de Grêle Rouge. Tout en lapant l'épais bouillon de viande et de légumes, Hoka Ushte essaya de converser avec elle. « Les deux autres femmes… celles qui n'ont pas de nez… sont-elles sœurs ?

— Non, ce sont les autres épouses de Coupe-Beaucoup-de-Nez. »

Hoka Ushte réfléchit à cela un moment. « Et est-ce qu'elles… avaient… est-ce que… » L'ancien châtiment lakota pour l'adultère consistait à fendre les narines ou à couper le nez. Mais Hoka Ushte ne savait pas comment dire cela avec diplomatie. « Était-ce parce qu'elles… » Blaireau Boiteux laissa, maladroitement, tomber sa question.

« Oui, répondit Grêle Rouge. Coupe-Beaucoup-de-Nez a eu cinq épouses et une seule… moi-même… a su garder son nez. Les autres ont proclamé leur innocence, mais c'est un homme jaloux. »

Hoka Ushte avala un morceau de viande.

« Tu as assez mangé ? demanda Grêle Rouge en reprenant le bol avant que le garçon ait pu répondre. Il faut que je te quitte. Il fait de plus en plus noir. Je ne dois pas être dans le tipi seule avec toi. » Et la femme au visage sévère disparut avant que Hoka Ushte ait pu dire : « *Pilamaye.* »

Un sifflement et de nombreux aboiements réveillèrent Hoka Ushte dans l'obscurité. Il comprit aussitôt qu'il s'agissait du fantôme dont Coupe-Beaucoup-de-Nez lui avait parlé.

Le sifflement était agréable, obsédant et beau. Hoka Ushte se dressa sur son séant, le cœur battant, et il eut envie de le suivre, tout en sachant que le *wanagi* ne venait pas pour lui. Les chiens devenaient enragés. Hoka Ushte tâta autour de lui, à la recherche de son couteau, se souvint qu'il l'avait perdu, s'aperçut que quelqu'un l'avait revêtu d'un pagne neuf, alors il se glissa dehors par le rabat du tipi, pour découvrir la source de cette jolie musique.

Les feux étaient éteints dans le campement des Brûlés. Trente ou quarante tipis brillaient d'une lueur laiteuse à la lumière du soleil-nuit. Les chiens avaient cessé d'aboyer, mais montraient les dents. Le sifflement semblait venir de la lisière du village, non loin de la tente de Coupe-Beaucoup-de-Nez. Hoka Ushte se mettait en marche vers le bruit lorsque, brusquement, des bras forts se saisirent de lui et le forcèrent à se coucher par terre.

Coupe-Beaucoup-de-Nez et une demi-douzaine d'hommes étaient tapis derrière un tronc d'arbre. Le gros homme fit signe à Blaireau Boiteux de se taire tandis que tous regardaient un tipi isolé. Brusquement, une grande ombre glissa sur la prairie, vers la tente, et le sifflement parut s'enfler.

« Le *wanagi* », chuchota Hoka Ushte.

Coupe-Beaucoup-de-Nez hocha la tête. « C'est le fantôme d'Aigle Tournant. Il est venu pour sa *wincincala*.

— Voit-une-Vache-Blanche. Il me l'a dit. »

La grande ombre faisait maintenant le tour du tipi. Ses bras étaient très longs et ses jambes flottaient sous elle car ses pieds ne touchaient pas le sol. On voyait une lueur là où aurait dû se trouver un œil ; l'autre orbite était noire. Hoka Ushte frissonna en se rappelant le globe oculaire embroché sur l'épine de yucca.

« Mon fils avait appris un peu de la médecine-élan de son oncle, chuchota Coupe-Beaucoup-de-Nez, d'un air triste. Sa voix est celle du *siyotanka*. »

Hoka Ushte répondit d'un grognement. Il avait entendu parler de la flûte de la médecine-élan qui émettait un bruit magique. Toute jeune fille qui l'entendait suivait le joueur et tombait amoureuse de lui. Le sifflement du *wanagi* devint plus fort et plus obsédant. Hoka Ushte vit le rabat du tipi se soulever et une jeune femme qui devait être Voit-une-Vache-Blanche apparut au clair de lune.

« Maintenant ! » cria Coupe-Beaucoup-de-Nez, et une douzaine de guerriers jaillirent de leurs cachettes et se mirent à crier et à faire du bruit.

Le fantôme sauta en l'air, s'arrêta comme un daim surpris, puis tournoya dans le vent, telle une fumée. Les braves se précipitèrent vers le tipi de Voit-une-Vache-Blanche et continuèrent à crier. Maintenant, le sifflement ressemblait moins à une flûte et plus au vent. Hoka Ushte se joignit aux autres pour hurler et agiter les bras, et remarqua un saint homme avec une *taha topta sapa*, une raie noire sur la figure, qui agitait le *wagmuha* sacré afin de garder le fantôme à distance.

Brusquement, l'ombre se tordit comme une tornade de poussière puis explosa en un millier de fragments et disparut, telle une poussière noire emportée par le vent, au clair de lune. Le sifflement se réduisit à un écho, puis à rien.

« Il est parti pour ce soir », dit le *wicasa wakan*.

Les braves allèrent rassurer Voit-une-Vache-Blanche et sa mère. Coupe-Beaucoup-de-Nez s'approcha de Hoka Ushte. « Il en a été ainsi la nuit dernière et celle d'avant. C'est comme cela que nous avons su que mon garçon était mort. Maintenant, nous allons l'enterrer. »

Les braves amenèrent les chevaux, vingt hommes se mirent en selle, quelqu'un aida Hoka Ushte, affaibli, à monter sur son poney, et les guerriers partirent sur la prairie éclairée par la lune.

Ils trouvèrent les corps en milieu de matinée. Des prédateurs s'en étaient pris aux garçons, aussi leurs yeux et une grande partie de leurs visages avaient disparu. Coupe-Beaucoup-de-Nez abattit d'une flèche un oiseau charognard, trop gras pour s'envoler, qui s'escrimait sur le foie de son fils.

Les hommes avaient apporté des perches de tipi sur un travois et ils les coupèrent pour en faire trois plates-formes de sépulture. La mère d'Aigle Tournant leur avait donné sa meilleure chemise de guerre et les mocassins réservés aux morts dont les semelles s'ornaient de perles dessinant les motifs du monde des esprits. Ils vêtirent le garçon pendant que les parents de Quelques Queues et de Tenta-de-Voler-des-Chevaux faisaient de même avec les leurs. Pour finir, on hissa les trois corps sur leurs échafaudages funéraires et le saint homme, qui s'appelait Œil de Bison, dit les paroles qui convenaient et offrit la pipe aux esprits. À midi, la cérémonie était terminée et les vingt guerriers, suivis par Hoka Ushte, sautèrent sur leurs poneys et partirent.

« Ce n'est pas le chemin de votre campement », dit Blaireau Boiteux en s'apercevant qu'ils se dirigeaient vers l'ouest, vers les Mako Sicha.

Coupe-Beaucoup-de-Nez grommela et commença, tout en chevauchant, à se parer des peintures de guerre.

Comprenant qu'il était avec une expédition de guerre, Hoka Ushte dit : « Je n'ai pas d'armes.

— Ce n'est pas ton combat, dit le brave aux cheveux blancs qui chevauchait à côté de Coupe-Beaucoup-de-Nez. Mais il faut que tu identifies les Susuni qui ont tué nos garçons. »

Hoka Ushte pensa à la manière dont il s'était caché le visage dans la poussière pendant que les chevaux shoshones passaient au-dessus de lui. Il ne dit rien.

À la tombée de la nuit, ils atteignirent la lisière des badlands. Les Brûlés établirent un campement sans feux pendant que les éclaireurs se déployaient en éventail pour suivre la piste des Shoshones. Ils espéraient découvrir le campement ennemi pendant la nuit, s'en approcher silencieusement et tomber sur eux à la première lueur de l'aube. Les Brûlés, comme les autres Lakotas, n'aimaient pas combattre dans l'obscurité.

Ils ne le trouvèrent pas. Le lendemain, ils essayèrent de suivre leur piste, mais la troupe des guerriers shoshones s'était divisée en quatre ou cinq groupes plus petits et leurs traces se perdaient sur les étendues désertiques rocheuses des Mako Sicha. Après un autre jour de recherche, Hoka Ushte fatigué, affamé – ils ne mangeaient que du wasna et la viande froide de petits animaux qu'ils tuaient –, eut très envie de reprendre sa propre quête. Personne ne lui avait demandé son avis, mais il pensait qu'Aigle Tournant et ses amis n'auraient pas dû commencer par tuer la femme shoshone et son mari. Il préféra ne pas révéler son opinion à Coupe-Beaucoup-de-Nez.

Le quatrième jour, les deux éclaireurs revinrent au campement. Ils étaient très excités. Hoka Ushte écouta le charabia du dialecte brulé et comprit qu'ils avaient trouvé non pas les Shoshones mais des *Wasichu*. Le pouls du garçon s'accéléra à l'idée de voir un vrai Ravisseur Gras, mais il dit à Œil de Bison : « Ne cherchez-vous pas à vous venger des Shoshones ? »

Le saint homme le regarda du coin de l'œil. « Les Shoshones sont probablement de l'autre côté des montagnes, maintenant. Nous tirons vengeance de ceux que nous trouvons. »

L'expédition guerrière s'était engagée loin à l'ouest, et la tribu de Hoka Ushte n'aurait pas aimé pousser jusque-là, à cause de l'endroit *wasicun* que les Lakotas appelaient Piney Creek Fort et les Ravisseurs Gras, le fort Philip Kearny, mais c'est aux environs de ce dernier que Coupe-Beaucoup-de-Nez et ses guerriers dressèrent leur embuscade.

Le véritable chef de la bande s'appelait Charge-de-la-Main-Gauche, mais Coupe-Beaucoup-de-Nez était le chef de guerre et c'est lui qui traça le plan de bataille. Il demanda à son ami aux cheveux blancs, Aigle-Qui-Déploie-Ses-Ailes, et à six autres guerriers d'attirer les *Wasicun* vers le ruisseau. C'était du travail de braves et les guerriers vociféraient pour être choisis. Hoka Ushte ne se porta pas volontaire parce qu'il n'était pas certain que cette bataille eût quelque chose à voir avec sa propre quête et se demandait en quoi liquider des soldats *wasicun* pouvait tirer vengeance de la mort d'Aigle Tournant. Il ne dit rien.

Pendant qu'Aigle-Qui-Déploie-Ses-Ailes et ses hommes détournaient des *wasicun* de leur chemin par leurs sarcasmes et leurs tentatives de compter des coups, Coupe-Beaucoup-de-Nez disposa ses guerriers en embuscade sur la rive nord du Piney Creek. Hoka Ushte fut assigné à la garde des chevaux qui devaient rester silencieux, dans un bosquet de peupliers, au pied du versant nord d'une colline, jusqu'à ce que les *Wasicun* soient massacrés. De là, sous les arbres, il entendrait les cris et les coups de feu, mais ne pourrait rien voir.

Le plan réussit. Les vingt-neuf soldats *wasicun* et un chariot qu'ils escortaient depuis le fort donnèrent la chasse à Aigle-Qui-Déploie-Ses-Ailes et à ses compagnons, tuant seulement l'un d'eux – un homme appelé Grand Tueur de Corbeaux. Les dix survivants attirèrent les soldats dans la vallée de la rivière. À la fin, le brave aux cheveux blancs fit mettre pied à terre à ses guerriers qui conduisirent leurs chevaux par la longe comme s'ils étaient épuisés.

Une fois les *Wasichu* arrivés à l'endroit où la rivière était trop profonde pour qu'on la passe à gué et trop rapide pour y nager facilement, Coupe-Beaucoup-de-Nez et ses hommes les abattirent avec leurs carabines, leurs pistolets et leurs arcs. Deux autres Brûlés furent tués – Un Côté, qui reçut une balle dans l'œil et mourut immédiatement, et Cœur Courageux qui fut blessé au ventre et mit deux jours à mourir – mais les vingt-neuf *Wasicun* furent liquidés sous leur feu croisé.

Comme je l'ai dit, Hoka Ushte était resté à l'écart de tout cela, mais lorsque les coups de feu eurent cessé, il descendit jusqu'à la rivière et vit des Ravisseurs pour la première fois de sa vie. La plupart avaient déjà été déshabillés, mais certains portaient encore leurs chemises et leurs pantalons bleus. Le premier *Wasicun* sur lequel il tomba était un garçon pas plus vieux que Quelques Queues. Des flèches lui avaient transpercé la cuisse, le ventre et la gorge, mais c'était le coup de fusil en pleine poitrine qui l'avait tué. Hoka Ushte s'agenouilla, émerveillé à la vue du *Wasicun* : les cheveux du garçon étaient d'un rouge éclatant et sa peau si pâle qu'elle rappela à Blaireau Boiteux la chair blanche d'une grenouille. Les yeux du Ravisseur était grands, fixes et très bleus. Hoka Ushte aurait continué à regarder plus longtemps cette étrange vision, mais un Brûlé appelé Ours en Colère survint et dit : « Son scalp est à moi. Je l'ai tué. » C'était un défi, mais Hoka Ushte se contenta de reculer et de laisser le brave revendiquer sa prise.

Un chien jaune tournait en rond autour de deux cadavres. « C'est un chien *wasichu*, cria Ours en Colère en train de s'affairer sur le garçon roux, mais nous ne l'avons pas tué. Il est trop gentil. On va le ramener chez nous et le dresser pour en faire un chien d'êtres humains. »

Les *Wasichu* près du chariot étaient nus, leurs membres repliés dans les postures gauches qu'inflige la mort. Les hommes de Coupe-Beaucoup-de-Nez, désireux de capturer les chevaux, n'avaient pas pratiqué de mutilations et s'étaient contentés de compter les coups, de récupérer leurs flèches et de prendre les scalps. Hoka Ushte trouva les Ravisseurs fort laids avec leurs visages et leurs corps poilus, leur peau couleur de ventre de poisson, mais ce n'étaient que des hommes – des hommes avec des ventres, des fesses et des faiseurs-d'enfant comme ceux des vrais êtres humains.

C'est le chariot qui intéressait Hoka Ushte. Il avait entendu parler de ces travois à roues, mais n'en avait jamais vu. Celui-là était fermé par une toile blanche à l'arrière et quand il se pencha pour regarder à l'intérieur, la figure d'un jeune soldat *wasicun* surgit brusquement comme si le Ravisseur voulait le mordre.

Hoka Ushte poussa un cri et recula, mais le *Wasicun* tenait à la main quelque chose de métallique qu'il laissa tomber en mourant. Blaireau Boiteux ramassa l'objet sans réfléchir. Il était plus lourd qu'un couteau, mais inefficace en tant qu'arme. Au lieu de manche, il comportait deux minces poignées de métal et n'avait pas de bord tranchant. Hoka Ushte découvrit qu'en manipulant les poignées, il faisait s'ouvrir et se fermer les petites mâchoires de métal. C'était visiblement un outil *wasichu* pour presser ou extraire des choses.

Le don te sera donné par un Ravisseur dont l'esprit s'est enfui. Les paroles de sa vision. Hoka Ushte glissa l'étrange outil dans son pagne et enfourcha le cheval que Coupe-Beaucoup-de-Nez lui avait prêté.

« Nous retournons chez nous, dit le chef de guerre brulé. Nous sommes riches de chevaux et de vengeance. Les *Wasicun* rejetteront le blâme sur les Susuni et leur vengeance sera la nôtre. »

Hoka Ushte tourna la tête et dit : « Je suis content qu'Aigle Tournant et ses amis soient vengés. Mais je dois partir maintenant. »

Coupe-Beaucoup-de-Nez se renfrogna. « Blaireau Boiteux, mes épouses et moi avions espéré que tu viendrais vivre avec nous et que tu épouserais Voit-une-Vache-Blanche. »

Hoka Ushte cligna des yeux. Il avait à peine entrevu la jeune fille quand le fantôme lui donnait la sérénade. Pourquoi est-ce que tout le monde voulait le marier ? « Cela me ferait grand plaisir, mais la vision de mon *hanbleceya* exige que je continue ma route », dit-il. Il descendit du cheval blanc qu'on lui avait prêté.

« Garde le poney, c'est un présent, dit Coupe-Beaucoup-de-Nez d'un ton magnanime. Il s'appelle Can Hanpi – Jus blanc du bois –, celui que les *Wasichu* appellent sucre, et il a été volé par Aigle Tournant lui-même.

— *Pilamaye, Ate* », répondit Hoka Ushte en s'inclinant.

Coupe-Beaucoup-de-Nez fit un geste et le guerrier Aigle-Qui-Déploie-Ses-Ailes s'avança avec un couteau, un arc, des flèches et une couverture pour Hoka Ushte. Le chef Charge-de-la-Main-Gauche lui tendit un récipient étrange : plus grand qu'une gourde, scellé, plein d'un liquide clapotant, et doux au toucher. C'était une chose *wasichu*.

« C'est un pichet d'eau sainte », dit Coupe-Beaucoup-de-Nez en se servant du nom *mni waken* que les Lakotas donnent à l'alcool.

Hoka Ushte tint la chose avec précaution, car il connaissait son pouvoir et son danger.

Charge-de-la-Main-Gauche découvrit ses dents. « Il y en avait une douzaine d'autres dans le chariot *wasichu*. Bois-le avec précaution. Il laisse les esprits pénétrer en toi, que tu les invites ou non. »

Hoka Ushte hocha de nouveau la tête pour le remercier, les guerriers s'écrièrent : « Hoka hey ! » et retournèrent au galop vers le nord-est. Le jeune homme fit pivoter son poney blanc vers le sud-ouest, loin de cet endroit de mort.

Les monts Bighorn étaient hantés par les Corbeaux, par les Shoshones, par les Cheyennes du Nord et les Arapahoes du Nord, et même par les bandes d'Ikce Wicasa de Hoka Ushte, les Sioux Oglalas, mais les collines menaçantes n'étaient contrôlées par aucun de ces groupes et peu de braves y pénétraient seuls. Hoka

Ushte le fit, en évitant les rivières que les forts des *Wasichu* bordaient comme des perles enfilées sur une corde en boyau de bison. Son poney, Can Hanpi, traversa la Powder River à la nage malgré ses eaux glacées et gravit d'un pas régulier les collines au-dessus de l'Otter Creek, du Forest Creek et du Willow Creek jusqu'à ce qu'il n'y ait plus de ruisseaux, seulement quelques restes de neige hivernale. Les nuits étaient froides en ces lieux élevées et Hoka Ushte se pelotonna dans l'unique couverture que les Brûlés lui avaient donnée. Les étoiles étaient si claires qu'on avait l'impression qu'elles ne scintillaient plus. Le jeune homme ne vit personne.

Puis pendant trois jours, il ne se donna pas la peine de chasser ou de manger, mais but seulement quelques gorgées aux petits ruisseaux qui couraient sous la glace. On aurait dit qu'il jeûnait et se purifiait pour une cérémonie de la loge à sudation ou une vision *yuwipi*, mais il ne pensait pas à cela. Simplement, il n'avait pas faim.

Le quatrième jour, il aperçut le tipi dressé sur un long rocher escarpé dont le vent, qui cessait rarement de souffler sur ces hauteurs, avait balayé la neige. Les montagnes et les vallées ondulaient à ses pieds ; les plaines n'étaient qu'une ligne sombre, visible à l'est. Le poney de Hoka Ushte ne s'était jamais plaint, même quand son cavalier l'avait fait descendre dans la rivière glacée ou cheminer dans les congères où il s'enfonçait jusqu'au ventre ; mais là, Can Hanpi refusa de s'approcher à plus d'une centaine de pas de la tente rudimentaire.

Hoka Ushte laissa sa monture, prit son arc et ses flèches et traversa le surplomb. Trois femmes le regardaient arriver.

Les deux qui l'épiaient derrière le rabat du tipi en loques étaient les jeunes femmes de sa vision : peut-être des jumelles, certainement des sœurs. Elles portaient des robes en peau de daim blanche, leurs cheveux noirs brillaient, leurs visages étaient sévères et aussi lisses que la surface d'un rêve. La troisième, leur mère sans doute, semblait sortie d'un cauchemar.

La vieille avait des traits durs, de vieilles verrues et des furoncles enflammés. Une taie recouvrait l'un de ses yeux, aveugle ; l'autre lorgnait Hoka Ushte d'un air menaçant. Ses cheveux malpropres étaient d'un blanc jaunâtre et son cuir chevelu squameux brillait par endroits. Sa robe, faite de la peau indéfinie de quelque animal aux poils orangés, sentait mauvais. Son dos était bossu comme l'un des arbres noueux qui poussaient le long de cette crête maltraitée par les intempéries.

« Bienvenue », dit l'une des jeunes femmes qui sortit du tipi sans tenir compte du regard dur de sa mère. Elle prit Hoka Ushte par la main et le conduisit vers son logis. « Tu es loin de chez toi, jeune Wicasa. Viens manger avec nous et passer la nuit dans notre tipi. »

Hoka Ushte hocha la tête mais ne sourit pas. Il connaissait cette partie de sa vision et savait que s'il se trompait en choisissant l'une de ces femmes, il mourrait. Et avec sa mort disparaîtrait la dernière chance qu'avait son peuple de triompher de la peste des *Wasicun* qui balaierait bientôt le monde comme l'ancien déluge, aux jours de *Wakinyan* et d'*Unktẹhi*.

Les deux femmes s'assirent à ses côtés tandis que la vieille préparait une soupe de viande fétide. Le soleil se coucha pendant qu'ils mangeaient et le vent tira des braises des gerbes d'étincelles qui retombaient sur les sombres collines et montaient vers le ciel de plus en plus sombre, si bien que le feu de camp semblait ensemencer les cieux d'étoiles.

Il faisait nuit noire lorsque Hoka Ushte eut terminé sa soupe. Il avait remarqué qu'aucune des femmes ne mangeait, aussi il laissa la viande et but seulement quelques gorgées de bouillon. Qui avait mauvais goût. Quand les dernières étincelles eurent disparu dans le ciel et que seule la lumière des étoiles se refléta dans les yeux des jolies sœurs, Hoka Ushte se leva et fit mine de partir.

Les deux femmes le prirent par le bras tandis que leur mère-harpie lui lançait de son bon œil un regard de colère. Leur poigne était très forte.

« Je vais seulement entraver mon cheval pour la nuit et chercher ma couverture, dit-il. Je serai bientôt de retour. Je laisse ici mon arc et mes flèches pour vous prouver que je reviendrai. »

Les sœurs lui firent un sourire, mais l'une dit : « Permets-moi de t'accompagner. »

Elle ne franchit pas le large cercle de roche dépourvu de neige, mais Can Hanpi roula des yeux blancs et recula lorsque la femme se trouva à proximité. Hoka Ushte calma le poney du mieux qu'il put, l'entrava soigneusement, et ramena au tipi délabré sa couverture et quelques autres objets.

Pendant qu'ils traversaient l'étendue désolée, la jeune femme le prit de nouveau par le bras et murmura : « Fais attention, brave jeune homme. Ma sœur et ma mère ne sont pas de cette terre. Elles mangent les hommes. »

Hoka Ushte joua la surprise. « Comment font-elles ? » répondit-il en chuchotant, très conscient de la force de cette main sur son bras.

Les dents de la belle femme brillèrent à la lumière des étoiles. « Si tu fais l'amour à ma sœur, elle a des dents dans un endroit secret. Elles te saisiront jusqu'à ce que ma mère te tue, boive ton sang et tes fluides jusqu'à la dernière goutte, et te suspende dans un sac au-dessus de l'escarpement, derrière le tipi. »

Hoka Ushte s'arrêta. « Comment est-ce possible ? »

La jeune fille fit un geste gracieux et Blaireau Boiteux remarqua la longueur de ses ongles. « Ma mère et ma sœur sont des cousines d'Iktomé, l'homme-araignée. Elles n'aiment pas les êtres humains… sauf sous forme de dîner. »

Hoka Ushte jeta un coup d'œil vers le tipi. La jolie sœur et la terrible mère n'étaient que des ombres près des braises refroidies du feu. « Et toi… », chuchota-t-il.

La jeune fille baissa la tête. « Je suis aussi une cousine d'Iktomé, et j'ai… beaucoup trop de dents… mais je ne suis pas mauvaise. » Elle lui caressa le bras. « Fais-moi confiance. »

Hoka Ushte hocha la tête. « *Pilamaye* », dit-il.

Le soleil-nuit semblait se lever en dessous d'eux, si haut était le bord de l'escarpement où se dressait le tipi. Le vent se transforma en hululement. La vieille s'était déshabillée, mais les sœurs l'attendaient tout près du rabat. L'une d'elles lui fit signe.

« Une minute, dit-il. Il faut que j'urine. » Il remarqua que son arc et ses flèches avaient disparu quelque part, à l'intérieur de la tente. Il tâta son dos, sous la chemise, pour vérifier la présence du couteau que Coupe-Beaucoup-de-Nez lui avait donné.

Les jolies sœurs se regardèrent et attendirent.

Hoka Ushte contourna le tipi, se rendit au bord de l'escarpement et urina dans la nuit. Le vent parut froid à son *che*. On aurait dit des dents.

Hoka Ushte frissonna, jeta un coup d'œil derrière lui, puis s'agenouilla pour regarder sous le surplomb. Des rangées et des rangées de sacs soyeux étaient suspendus là, attachés au rocher par une substance collante. À la faible lumière des étoiles, Hoka Ushte put juste distinguer quelques objets qui brillaient au travers de la toile d'araignée : là un doigt, ici des dents dénudées, là une orbite vide, plus loin, un lambeau de chair blanche.

Blaireau Boiteux se redressa, rajusta son pagne, et se tourna vers le tipi. L'une des sœurs était arrivée derrière lui, dans l'obscurité. Il pensa, mais sans en être certain, que ce n'était pas celle qui lui avait parlé tout à l'heure.

« Ma sœur t'a dit quelque chose, chuchota-t-elle instamment.

— Oui. »

Elle toucha son bras nu. « Ce n'est pas moi qui saisis mon amant et le retiens avec des dents cachées jusqu'à ce que notre mère le massacre. Je veux partir d'ici. Ma sœur est la seule qui partage le goût de notre mère pour la chair et le sang des humains. Fais-moi confiance, et ensemble nous nous montrerons plus malins qu'elles et partirons tant que nous sommes encore vivants. »

Hoka Ushte hocha la tête. « Comment ta mère commet-elle ces meurtres ? »

La jeune fille sourit un instant. « Tu vois son dos ? En réalité, c'est une longue queue pourvue de nombreuses barbelures. Pendant que tu es pris dans le *winyan shan* de ma sœur, et que tu cries de douleur, la vieille déroule sa queue et déchire ta chair. »

Hoka Ushte tenta de sourire, mais sans succès. La jeune fille vit ce qu'il regardait. « Ton poney est déjà étripé, chuchota-t-elle. La vieille l'a fait pendant que tu urinais ici. Tu ne pourras pas les distancer. » Elle lui toucha le dos, ses doigts tapotèrent la petite lame. « Notre seul espoir, c'est que tu les tues quand elles s'y attendront le moins. Choisis-moi pour première amante et je m'arrangerai pour que mes petites dents ne te fassent pas de mal. »

Hoka Ushte libéra son bras de sa puissante prise. « Comment saurai-je que c'est toi, dans le noir ?

— Je te caresserai la joue, comme ça, murmura-t-elle en portant les doigts à son visage. Alors, lorsque nous commencerons à faire la bête à deux dos, hurle comme si j'avais saisi ton faiseur-d'enfant entre mes dents. Quand elles s'approcheront, tue-les.

— Bon, chuchota Blaireau Boiteux, bien que cette syllabe fût peut-être emportée par une bourrasque. Va devant. »

Les yeux de la jeune fille luisaient. Le soleil-nuit se levait toujours, froid et blanc dans le sombre abîme, en dessous d'eux. « Tu ne peux pas t'enfuir.

— Je sais. Va. Je reviens. »

Quand la jeune fille ne fut plus qu'une ombre près du tipi, Hoka Ushte serra les poings, les leva vers la nuit et murmura au ciel : « *Wakan Tanka, onshima-laye*... Oh, Grand Esprit, aie pitié de moi. »

Le vent siffla autour de lui, avec la même douceur que la flûte d'élan du *wanagi*, au campement des Brûlés, et une voix chuchota dans l'esprit de Hoka Ushte : *Fais confiance à ta vision*.

Le garçon hocha la tête, baissa les poings et pénétra dans le tipi.

Il faisait très sombre dans la loge – il n'y avait même pas de trou d'aération, le cuir épais empêchait le clair de lune de passer – et l'air était nauséabond. Il attendit que ses yeux se soient adaptés le mieux possible, mais il ne voyait que l'horrible mère blottie tout au fond et les deux sœurs comme des formes sombres, plus près du rabat du tipi. Elles avaient étendu sa couverture entre les leurs.

« Qu'est-ce que c'est, cette bosse ? chuchota l'une des filles en caressant la couverture.

— Un cadeau », répondit Hoka Ushte, et il sortit le pichet d'eau sainte des *Wasichu*. Il le déboucha et l'offrit à l'ombre la plus proche, mais la jeune fille recula, comme si elle craignait que ce soit du poison.

« Tiens », dit Hoka Ushte, et il prit une gorgée de *mni waken*. La boisson le brûla terriblement. Elle avait le goût de la plus mauvaise des médecines que sa grand-mère lui ait jamais fait avaler, mais il réussit à ne pas suffoquer et refoula ses haut-le-cœur. « Tiens, répéta-t-il en offrant le pichet des *Wasichu*.

— Non, chuchota l'une des sœurs en le prenant et en le rangeant. Nous n'avons pas soif. Viens te coucher. »

Hoka Ushte se frotta la joue. Son seul plan s'évanouissait : endormir les sœurs en les enivrant d'eau sainte des *Wasichu*, puis s'occuper de la vieille.

Des mains fortes l'attirèrent sur la couverture. Le doux parfum de la chair des jeunes filles l'enveloppa. L'une des ombres se souleva et lui ôta sa chemise. D'autres mains lui enlevèrent ses mocassins et remontèrent le long de sa cuisse. Hoka Ushte passa la main derrière lui et cacha le petit couteau au creux de sa main un instant avant que les doigts invisibles ne détachent son pagne. Les sœurs ressemblaient maintenant à l'ombre cendreuse du *wanagi* d'Aigle Tournant, leurs deux formes flottaient et dansaient, tantôt au-dessus de lui, tantôt à ses côtés. Hoka Ushte jeta un coup d'œil sur la vieille qui, à l'autre extrémité du tipi, enveloppée dans des couvertures en peau de bison, n'était plus qu'un œil brillant.

Regarde avec le cante ista, lui avait dit son rêve. *Avec l'œil du cœur.*

Quatre mains caressèrent sa poitrine et ses côtes. Des ongles pointus glissèrent le long de sa joue, sur sa gorge, jusqu'à sa clavicule. Un souffle chaud, doux, siffla dans son oreille.

L'une d'elles ment, forcément. Et à moins que mon hanbleceya *ait été elle aussi un mensonge, l'une d'elles doit être la bonne... la mère de notre race. Une descendante de la Femme Bison Blanc. Elles ne peuvent pas me mentir toutes les deux.*

Il entendit les sœurs se déshabiller près de lui. Leur peau sentait le *wahpewastemna*, le doux parfum dont on se frictionne avant les cérémonies. Cela et autre chose d'infiniment plus musqué et plus excitant.

Hoka Ushte sentit qu'il réagissait sexuellement en dépit de sa peur. Les seins nus des jeunes filles caressaient maintenant ses bras et ses flancs. L'une d'elles se glissa plus bas et son souffle lui chauffa la cuisse.

La vision.

La sueur huilait leurs reptations sur lui. Il faisait très sombre dans le tipi, mais il pouvait distinguer leurs cheveux noirs et leurs poils pubiens, la lumière des étoiles se réfléchissait sur leurs yeux, leurs lèvres et leurs dents. Un crissement se fit entendre, comme de petites dents qui grinçaient, mais Hoka Ushte n'arriva pas à localiser la source de ce bruit.

L'une des sœurs frotta son *che* pour qu'il se dresse encore plus pendant que l'autre faisait glisser ses seins du haut en bas de sa poitrine nue. Elles se roulaient sur lui comme des loutres joueuses.

« Je suis prête », chuchota l'une d'elles en attirant la main de Hoka Ushte vers son propre sexe. Avant de la retirer, il sentit qu'il était mouillé. N'y avait-il pas quelque chose de tranchant parmi toute cette moiteur ?

« Maintenant, je t'en prie, maintenant », murmura la même sœur, ou peut-être l'autre. Une main ferme se referma sur ses bourses, puis remonta le long de son faiseur-d'enfant jusqu'à son extrémité gonflée. « Maintenant », répéta la même voix. Ou peut-être une autre.

Des doigts touchèrent sa joue. L'une des jeunes filles roula sur le dos, rien que peau odorante et sueur, et ouvrit les jambes pendant que l'autre se glissait sous lui et l'aidait à se soulever en appuyant une main ferme au creux de ses reins. Hoka Ushte sentit des seins comprimés sous lui, d'autres seins contre son bras. Il s'aperçut que le couteau n'était plus dans sa main. Son *che* dérapa contre le ventre glissant de la jeune fille, contre la douceur drue de sa toison pelvienne. Des mains l'empoignèrent pour l'introduire dans la place.

La vision. Il y avait trois sœurs. Celle qui n'a pas parlé, c'était celle dont j'ai entendu la voix.

Hoka Ushte tenta de s'écarter en roulant sur lui-même. Des mains le maintinrent en place tandis que d'autres mains s'emparaient brutalement de son *che* pour l'introduire dans la fille qui était sous lui. Il entendit les dents cliqueter de désir.

Blaireau Boiteux se cabra, se dégagea à grands coups de pied, entendit le sifflement et le claquement de frustration, puis les deux sœurs s'agglutinèrent sur lui en l'enlaçant de leurs fortes jambes. Tous trois roulèrent à l'extérieur en franchissant le rabat de la tente et se retrouvèrent à la lumière des étoiles. Alors il put *voir* les dents du bas, scintillant et claquant vers son membre encore dressé. Les visages des sœurs n'étaient plus beaux car elles étaient en train de se changer en quelque chose de noir qui ressemblait à une araignée. Beaucoup trop d'yeux brillants le regardaient.

L'une des sœurs le chevaucha avec un sifflement de triomphe. L'autre griffa ses endroits sensibles pour le contraindre. Hoka Ushte vit l'épine dorsale de la seconde sœur se détacher de son dos, ses barbelures s'ériger tout autour comme une queue de scorpion.

Il tendit la main, trouva un morceau de bûche qui n'avait pas brûlé, le ramena sous sa propre cuisse et le redressa.

La sœur qui le chevauchait gronda lorsque son *winyan shan* saisit le rondin et commença à le mordre comme un chien le fait avec un bâton. Des éclats de bois volaient entre ses cuisses moites. Les sœurs crièrent de joie triomphante, et ce hurlement n'avait rien d'humain.

Hoka Ushte se libéra d'une roulade en donnant un coup de pied à la sœur ainsi occupée. La seconde sauta sur lui, la force de ce bond les rejeta tous deux dans le tipi obscur. Les dents de la bouche de cette chose femelle claquèrent près de son cou tandis que les autres dents lui raclaient la cuisse. La main du jeune homme, en battant l'air, tomba sur le manche de son couteau dissimulé sous une couverture, il le brandit et sentit la lame s'enfoncer profondément entre les seins squameux. Le monstre se débattit et siffla, cria une fois et mourut en roulant hors de sa portée, le couteau encore enfoncé dans la poitrine.

Sa sœur bloquait l'entrée du tipi. La queue barbelée de l'entité femelle claquait d'avant en arrière, déchiquetant le cuir et laissant la lumière des étoiles entrer. Hoka Ushte comprit que le tipi était recouvert de couches de peau humaine. Il s'éloigna en roulant sur lui-même, entre les perches et la peau qui claquait au vent, et se heurta à un tas de couvertures faites de cheveux humains. Le monstre s'accroupit, semblable à une araignée pourvue d'un aiguillon de scorpion.

Hoka Ushte s'assit sur quelque chose de pointu, sentit ses flèches volées sous la couverture et en tira une poignée, sachant qu'il n'avait pas le temps de retrouver l'arc. La bête femelle, tortillant des mains, des jambes et de la queue, était presque sur lui.

Au lieu d'essayer de fuir, Hoka Ushte se jeta audevant d'elle et plongea le faisceau de flèches dans les yeux brillants du monstre. Puis il exécuta une roulade pour échapper à la queue agitée de spasmes.

Le scorpion-araignée cria si fort que les montagnes en renvoyèrent l'écho pendant plusieurs minutes. Puis, les pointes de pierre toujours enfoncées dans ses yeux, le monstre courut aveuglément, trébucha sur les peaux du tipi renversé, se remit sur ses pieds et passa par-dessus le bord de la falaise, là où les sacs des morts étaient suspendus.

Hoka Ushte se précipita, pour s'assurer que la créature ne s'y était pas accrochée, et la vit tomber sous le radieux clair de lune, jusqu'aux rochers, trois cents mètres plus bas. Son cri et les échos de son cri produisaient une terrible harmonie. Lorsqu'elle eut heurté les rochers, le silence parut très profond.

Le garçon revint en titubant au tipi effondré, fouilla à coups de poing les couvertures jusqu'à ce qu'il ait récupéré son arc et une dernière flèche, puis recula lorsque la mère-harpie, enveloppée d'épaisses couvertures, sortit lentement de sous les perches abattues.

« Arrête, dit-il d'une voix grinçante en levant son arc prêt à tirer.

— Je n'ai pas l'intention de te faire du mal, dit une voix pâteuse sortie des couvertures.

— Je te crois. Mais ne viens pas plus près. »

La vieille s'arrêta. Hoka Ushte s'assit jambes croisées et tira moins fort sur la corde de son arc, mais regarda attentivement pour s'assurer que la forme sombre ne se rapprochait pas. « Qui es-tu ? chuchota-t-il après que la lune, en route vers le matin, ait traversé la moitié du ciel.

— Je suis *winyan sni*, dit l'être borgne, la femme-qui-n'est-pas-une-femme. Je suis à la fois la sœur et la cousine de la Femme Bison Blanc qui rendit visite à ton peuple, il y a bien longtemps. Regarde… » Elle toucha les braises éteintes de sa main noueuse et un feu en jaillit.

« Cela ne prouve rien. Les Iktomé que j'ai tuées auraient sûrement pu faire des tours wapiya de ce genre.

— Oui, soupira la harpie. Il n'y a pas moyen de te prouver que cette flamme est l'étincelle même que ma sœur-cousine donna à ton peuple, le *peta-owihankeshni*. Le feu sans fin. »

Hoka Ushte regarda la flamme et ne dit rien pendant un long moment. Pour finir, il reprit la parole : « Si tu vivais avec la Femme Bison Blanc, comment se fait-il que tu sois ici... » D'un signe de tête, il désigna le tipi effondré.

« Au pays des esprits, j'étais très belle, mais très dévergondée, dit-elle d'une voix grinçante de vieillesse. *Lila hinknatunpi s'a*... J'ai eu beaucoup trop de maris. Les hommes qui m'approchaient devenaient obsédés à cause de moi... *wicayuknaxkin*. Tourmentés par le désir qu'ils avaient de moi. L'un de ces hommes fut l'homme-araignée, Iktomé. Quand je me suis lassée de lui et que je l'ai rejeté, il m'a donné à ses sœurs araignées. Ce n'était pas leur séduction qui attirait les hommes, mais la mienne. *Iyuhawica yuknaxkinyanpi*... ceux qui se trouvent à proximité de moi deviennent obsédés.

— Je ne suis pas obsédé », grommela Hoka Ushte.

La harpie montra son unique dent en souriant. « Tu l'es depuis ta vision. Ce n'est pas la possession magique qui t'a attiré ici, mais le *teriyaku*... le fait que tu m'aimes. »

Hoka Ushte essaya de rire – la harpie n'était qu'un paquet de rides, de verrues, de furoncles, et de chair de vieille –, mais il n'y arriva pas. C'était l'amour qui était derrière sa vision et qui l'avait amené ici, il en prit conscience. Il posa son arc et s'approcha.

« Si tu me touches, dit la sorcière, je ne serai pas responsable de ce qui se passera.

— Moi non plus », répliqua Hoka Ushte et il toucha gentiment la vieille créature.

Et en une seconde, il la vit par l'œil de son cœur. Et la vieille n'était plus une harpie ; c'était la plus belle jeune fille qu'il ait jamais vue. Au lieu de haillons en décomposition, elle portait une robe éblouissante en peau de daim blanche. Ses lèvres étaient charnues et douces, sa peau un millier de fois plus belle que celle des créatures trompeuses qui avaient essayé de le séduire, ses yeux ravissants bordés de cils épais, et ses cheveux magnifiés par la lumière des étoiles. Leur baiser se prolongea doucement jusqu'à ce que Hoka Ushte prenne la jeune fille dans ses bras et la porte jusqu'à sa couverture. Là, il défit les nœuds de la robe, dénudant sa peau brûlante. Ses seins étaient parfaits, son ventre un tendre tertre sur lequel il posa la joue.

Elle attira son visage vers le sien. « Non, Hoka Ushte, chuchota-t-elle. J'ai un point commun avec les cousines de l'homme-araignée… » Elle prit la main du jeune homme et la posa sur son *winyan shan*. Il mouillait de désir, mais ce n'était pas cela qu'elle voulait lui montrer. Le jeune homme sépara doucement les tendres lèvres et sentit les petites dents. « J'ai épousé beaucoup d'hommes parce que aucun ne pouvait m'avoir quand ils découvraient…

— Chut, murmura Hoka Ushte dont les doigts l'exploraient. Je peux arranger cela. »

La jeune fille soupira de désir. Elle replia les doigts du jeune homme sur sa main. « Oui, si tu les casses à coups de poing…

— Quoi ? chuchota Hoka Ushte en lui caressant les cheveux de sa main libre. Et te faire mal ? Jamais. »

La cousine de la Femme Bison Blanc tourna le visage vers la couverture. « Alors, nous ne pourrons pas... »

Hoka Ushte se pencha pour tirer la gourde d'eau sainte des *Wasichu* de l'endroit où la fille-araignée l'avait cachée. « Bois ça, dit-il. Quand les esprits seront entrés en toi et que tu ne pourras presque plus sentir la douleur, alors je me servirai du cadeau des *Wasichu*.

— Un cadeau ? » demanda la jeune fille.

Ses yeux s'agrandirent lorsqu'il déroula la couverture et sortit la paire de pinces du Ravisseur.

Et c'est ainsi que la cousine-sœur de la Femme Bison Blanc, une jeune fille que notre peuple appela plus tard Celle-Qui-Sourit, devint la première amante et l'unique épouse de Blaireau Boiteux. Et quand elle arriva à notre campement, on convoqua une grande réunion des saints hommes et ils confirmèrent qu'elle serait la mère d'enfants dont les enfants des enfants feraient sortir un jour les Ikce Wicasa de leur caverne de ténèbres pour les amener dans le monde réel.

Et plus tard, quand l'histoire fut contée, mon arrière-grand-père avoua qu'en arrachant les dents qui étaient au mauvais endroit, il en laissa une seule petite à cause de la merveilleuse sensation qu'elle lui procurait. Mon grand-père, dont j'ai parlé dans cette histoire, fut le premier enfant mâle né de Hoka Ushte et de Celle-Qui-Sourit et la cicatrice sur son scalp et son front – la cicatrice de naissance causée par cette unique petite dent – constitua la source *wakan* d'une grande partie de son pouvoir quand il devint un saint homme, un homme de vision et un conjureur.

Je n'ai jamais rencontré mon arrière-grand-père, mais j'ai entendu raconter que lui et mon arrière-grand-mère ont vécu très vieux, qu'ils furent honorés par tous les hommes naturels libres et connurent le bonheur, surtout celui de mourir avant que l'ombre des *Wasicun* ne tombe sur leur monde. Et ils sont morts en croyant qu'un jour la vision de Hoka Ushte s'accomplirait et que l'ombre se lèverait.

Je vois votre expression. Je connais vos doutes. Mais je tiens cette histoire pour vraie, cela il ne faut pas en douter. Et sachez qu'il y a une chose dont je suis sûr : c'est que la vision *hanbleceya* de mon arrière-grand-père se réalisera un jour. Maintenant, vous pouvez prendre votre appareil et partir. L'histoire est finie. La chose qui devait être dite l'a été.

Il paraît que les dernières paroles de mon arrière-grand-père âgé à sa femme mourante furent : « *Toksha ake cante ista wacinyanktin ktelo*. Je te verrai de nouveau avec les yeux de mon cœur. »

Et de cela aussi, je ne doute pas.

Alors, au revoir. *Mitakuye oyasin*. À tous mes parents. C'est fait.

Flash-back

Carol s'éveilla, vit la lumière matinale – d'un vrai matin, d'un matin en temps réel – et dut résister à la furieuse envie de déboucher son dernier tube de vingt-minutes de flash-back. Elle se tourna vers le mur, enfouit la tête sous l'oreiller, et tenta de ressaisir ses rêves pour échapper aux tremblements que lui infligeait le temps réel. Hier au soir, en se couchant, elle avait revécu trois heures de son second voyage aux Bermudes en compagnie de Danny, mais ensuite ses rêves avaient été décousus, sans rapport les uns avec les autres. Comme la vie.

Carol sentit l'appréhension du temps réel la frapper comme une vague glacée : elle n'avait pas la moindre idée de ce que cette journée lui apporterait – la mort ou le danger pour sa famille, la honte, la douleur – *l'imprévisible.* Elle croisa les bras et referma les mains sur ses épaules, se replia en position fœtale. Cela ne servit pas à grand-chose. Les tremblements continuaient. Elle avait inconsciemment ouvert le tiroir de la table de nuit et tenait le dernier tube à la main lorsqu'elle remarqua les trois flacons vides tombés par terre, à côté du lit. Carol reposa celui de vingt-minutes sur la table et décida de chasser les frissons glacés par une douche chaude ; en ouvrant les robinets, elle cria à Val qu'il était l'heure de se lever. Elle vit la porte de la chambre de son père ouverte et comprit qu'il était réveillé depuis des heures, comme toujours, qu'il avait pris ses céréales et son café avant que le soleil se lève, puis qu'il était allé bricoler dans le garage en attendant de préparer du café pour elle et du pain grillé pour Val.

Son père ne s'adonnait jamais au flash-back quand les autres étaient à la maison. Mais Carol trouvait toujours des tubes dans le garage. Le vieil homme en consommait trois à six heures par jour. Toujours trois à six heures des mêmes quinze minutes, Carol le savait. Il tentait toujours de changer l'inchangeable.

Il essayait toujours de mourir.

Val avait quinze ans et il était malheureux. Ce matin, lorsqu'il se laissa tomber sur sa chaise, dans la cuisine, il portait un T-shirt Yamato interactif, un jean noir et des lunettes à réalité virtuelle réglées sur « aléatoire ». Il ne dit mot pendant qu'il versait du lait sur ses céréales et avalait son jus d'orange.

Son grand-père, sortant du garage, s'arrêta sur le seuil. Son prénom était Robert. Bobby pour son épouse et ses amis. Personne ne l'appelait plus ainsi. Le vieil homme avait cette expression un peu perdue, un peu bougonne, qui vient de l'âge ou du flask-back, ou des deux. Il concentra son attention sur son petit-fils et s'éclaircit la voix, mais Val ne leva pas les yeux. Robert était incapable de dire si, derrière ses lunettes, le garçon était branché sur ici et maintenant ou sur les oscillations de la réalité virtuelle.

« Fait chaud aujourd'hui », dit le père de Carol. Il n'était pas encore sorti, mais dans le bassin de L.A., il faisait chaud, la plupart du temps.

Val grogna et continua à regarder fixement la boîte de céréales.

Le vieil homme se versa du café et s'approcha de la table. « Le programme du conseiller pédagogique a appelé hier. Pour me dire que tu as séché trois jours la semaine dernière. »

Ce qui lui valut l'attention du garçon. Celui-ci leva brusquement la tête, baissa ses lunettes sur son nez et dit : « Tu en as parlé à m'man ?

— Enlève tes lunettes », répliqua le vieil homme.

Ce n'était pas une demande.

Val les ôta, coupa la liaison télem, les fourra dans la poche de son T-shirt et attendit.

« Non, je ne lui en ai pas parlé, finit par dire son grand-père. J'aurais dû, mais je ne l'ai pas fait. Pas encore. »

Val comprit la menace, mais ne répondit rien.

« Il n'y a pas de raison pour qu'un jeune de ton âge glandouille en flash-back. »

La voix de Robert était grasse de mucosités et vibrante de colère.

Val grogna et détourna les yeux.

« Merde, je le pense vraiment, lança le grand-père.

— Ça te va de me dire de pas flasher », répliqua Val d'une voix lourde de sarcasme.

Robert fit un pas vers lui, le visage marbré et les poings serrés, comme s'il allait le frapper. Val le regardait fixement d'un air méprisant ; le vieil homme se figea et essaya de se calmer. Quand il reprit la parole, sa voix était empreinte d'une douceur qui n'avait rien de spontané : « Je le pense vraiment, Val. Tu es trop jeune pour perdre ton temps à revivre des... »

Val se leva, empoigna son sac de gym et ouvrit brutalement la porte. « T'y connais quelque chose à la jeunesse, toi ? » dit-il.

Son grand-père cligna des yeux comme si on venait de le gifler. Il ouvrit la bouche pour répliquer, mais le temps qu'il trouve quelque chose à dire, le garçon avait disparu.

Carol entra et se versa du café. « Val est déjà parti pour le collège ? »

Son père se contenta de regarder fixement la porte et de hocher la tête.

Robert baisse les yeux, voit ses mains agrippées au flanc de la limousine noire, et il sait aussitôt où et quand il se trouve. La chaleur est forte pour un jour de novembre. Son regard balaie les fenêtres au-dessus de lui, puis la foule – sur deux rangées seulement le long de cette rue-là –, puis retourne aux fenêtres. Parfois, il jette un coup d'œil sur la tête qu'il aperçoit de dos, dans la Lincoln découverte. *Lancer a l'air détendu, aujourd'hui*, pense-t-il.

Il entend ses propres pensées comme une radio réglée sur une station lointaine et dont le volume n'est pas plus fort qu'un murmure. Il pense aux fenêtres ouvertes et à la lenteur du cortège d'automobiles.

Robert saute du marchepied et rattrape facilement, au trot, le pare-chocs arrière gauche de la Lincoln bleue de Lancer, sans quitter des yeux la foule et les fenêtres.

Détendu, il court avec aisance ; son corps de trente-deux ans est en excellente forme. Deux pâtés de maisons plus loin, le quartier change – davantage de grands immeubles mais aussi de nombreux terrains vagues et des petites boutiques ; la foule est plus dense le long des trottoirs – Robert recule et remonte sur le marchepied gauche de la voiture du Service Secret.

« Tu vas t'épuiser », dit Bill McIntyre qui est resté perché sur le sien.

Robert sourit à l'autre agent et voit son reflet dans les lunettes de soleil de Bill. *Qu'est-ce que je suis jeune*, pense Robert pour la millième fois pendant que ses autres pensées restent fixées sur les fenêtres d'un très grand immeuble, devant eux. Il s'entend penser à l'itinéraire lorsque défilent des plaques : Main Street et Market Street.

Saute, maintenant ! se crie-t-il silencieusement. *Vas-y, maintenant ! Remonte le cortège en courant, là, maintenant.*

La frustration l'envahit tandis qu'il ignore ses cris intérieurs. Ses autres pensées envisagent la possibilité de remonter en courant jusqu'à l'arrière de la Lincoln, mais les bâtiments bas et la maigre foule sont là pour le convaincre de rester sur le marchepied.

Non ! Vas-y ! Au moins, rapproche-toi.

La tête de Robert se tourne vers la Lincoln bleue. Il s'arc-boute pour apercevoir la crinière de cheveux châtains. Elle est là. Puis il perd Lancer de vue car son regard continue plus loin vers la gauche. Il y a une zone dégagée : un monticule herbu planté d'arbres.

Robert sait à la seconde près à quel moment il va descendre du marchepied, mais il essaie de tendre son corps pour l'obliger à sauter plus tôt. Il le fait au même instant, comme à chaque fois.

Il ne lui faut que quelques secondes pour remonter au trot jusqu'à la Lincoln. L'attention de Robert est distraite, à droite, par un petit groupe de femmes qui crient quelque chose qu'il n'a jamais pu comprendre. Dans la voiture, Glen et les autres tournent aussi la tête vers la droite. Les quatre femmes tiennent de petits appareils photo Brownie et apostrophent les passagers de la Lincoln. Son regard les évalue et les rejette en trois secondes – elles ne constituent pas une menace – mais Robert connaît le visage de chacune d'elles plus intimement qu'il ne se souvient de celui de sa femme morte. Un jour, au milieu des années quatre-vingt-dix, il a vu une vieille femme traverser, le dos voûté, une rue du centre de Los Angeles et il l'a aussitôt reconnue ; c'était la troisième à droite sur ce trottoir, trente-deux ans plus tôt.

Maintenant... monte sur le marchepied de la Lincoln ! s'ordonne-t-il.

Au lieu de cela, il tend la main, tapote le pneu de secours de la décapotable bleue comme pour un adieu, et attend le passage de la voiture suivante. Les motos et la voiture de tête tournent à droite, quittant Main Street pour s'engager dans Houston Street. La Lincoln décapotable bleue fait la même chose quelques secondes après, ralentissant encore plus que la voiture de tête pour négocier un tournant à angle droit sans secouer les quatre passagers, à l'arrière. Robert remonte sur le marchepied de la voiture du Service Secret.

Lève les yeux !

En regardant à gauche, Robert voit des travailleurs du chemin de fer agglutinés sur un pont autoroutier ; les automobiles vont passer en dessous dans un moment. Il se maudit et pense *foutu, foutu*. Les trois voitures tournent lentement à gauche pour enfiler Elm Street. Robert se penche et dit à ses collègues : « Le pont autoroutier… un rassemblement. » Leur commandant, Emory Roberts, assis sur le siège à côté du chauffeur, l'a déjà vu et parle dans sa radio. Robert fait de grands signes à un policier en ciré jaune posté sur le pont pour lui signifier de l'évacuer. L'homme lui répond d'un geste affirmatif.

« Merde », dit Robert. *Vas-y maintenant !* s'ordonne-t-il.

La Lincoln bleue passe directement sous un panneau d'affichage de Hertz portant une immense horloge. Il est exactement 12 : 30.

« Pas mal, est en train de dire Bill McIntyre. Deux minutes de retard, pas plus. On le débarque là-bas dans cinq minutes. »

Robert regarde le pont du chemin de fer. Les travailleurs ont reculé. Le flic en ciré jaune se tient entre eux et la rambarde. Robert se détend un peu et jette un coup d'œil à droite, sur le grand immeuble en brique devant lequel ils sont en train de défiler. Des ouvriers qui font la pause du déjeuner, sur les marches et sur le trottoir, les saluent de la main.

Je t'en prie… bon Dieu, je t'en prie… vas-y, maintenant.

Robert regarde de nouveau le pont. Le policier en ciré les salue, comme les ouvriers. Deux hommes en longs imperméables s'approchent ; eux ne saluent pas. *Des policiers en civil ou des hommes de Goldwater*, pense Robert. Derrière cette pensée, son esprit crie : *Maintenant ! Cours maintenant !*

« Demi à la Base. Nous arrivons dans cinq minutes. »

Emory Roberts est en contact radio avec le Trade Mart.

Robert est fatigué. La nuit d'avant, à Fort Worth, il est resté éveillé jusqu'à minuit passé, à jouer au poker avec Glen, Bill et plusieurs autres. La chaleur d'aujourd'hui est accablante. Il secoue le bras droit pour libérer la chemise trempée qui colle à son bras et à son dos. Robert entend Jack Ready dire quelque chose, de l'autre côté de la voiture, et il se tourne vers lui. Des gens saluent de la main et crient joyeusement, sur le trottoir. L'herbe est bien plus verte ici qu'à Washington.

Une explosion.

Cours ! Il est encore temps !

Merde, s'entend-il penser, *l'un de ces putains d'ouvriers a tiré un pétard de signalisation.*

Robert regarde devant lui, voit le rose d'une robe de femme, Lancer qui lève les bras et porte les mains à sa gorge.

Lorsque les pieds de Robert heurtent le sol, l'écho du premier coup de feu rebondit encore d'immeuble en immeuble. Il traverse la chaussée brûlante comme un bolide, le cœur battant. Derrière lui, la voiture du Service Secret accélère, puis doit freiner sec. Car, chose étonnante, incroyable, par rapport à la procédure normale et à l'entraînement qu'il a subi, le conducteur de la Lincoln ralentit. Un autre coup de feu. L'un des motards regarde sa moto comme si elle avait pétaradé sous lui.

Quand Robert plonge pour s'accrocher au coffre de la Lincoln, moins de trois secondes se sont écoulées depuis qu'il a sauté du marchepied.

Le troisième coup de feu éclate.

Robert voit et entend l'impact. La chevelure châtain luxuriante de Lancer semble se dissoudre en un nuage de sang rose et de matière cérébrale blanche. Un morceau du crâne du Président, curieusement aussi rose que l'intérieur d'une pastèque, s'envole, atterrit sur le coffre de la Lincoln et reste coincé là, contre le pneu de rechange décoratif.

La main gauche de Robert a saisi la poignée métallique et son pied gauche se pose sur le marchepied lorsque enfin la Lincoln accélère. Son soulier dérape et il est traîné derrière la voiture. Maintenant, il n'est plus rattaché au véhicule en train de prendre de la vitesse que par les doigts engourdis de sa main gauche. Il s'entend penser qu'il se laissera traîner jusqu'à la mort plutôt que de lâcher prise.

Cela n'a plus d'importance, maintenant, se dit-il. *Plus d'importance.*

Chose incroyable, la femme en rose s'est mise à ramper sur le coffre. Robert pense qu'elle essaie de le rejoindre, de l'aider à se hisser dans la voiture, mais il se rend compte, avec un sentiment d'horreur, qu'elle tend la main vers le fragment de crâne toujours coincé là. Avec un effort surhumain, il lance son bras droit en avant et la saisit par le bras. Les yeux de la femme sont vitreux, elle se fige… et l'aide à se hisser sur le coffre de la voiture en pleine accélération.

Trop tard. Bien trop tard.

Robert la fait retomber sur le cuir éclaboussé et la pousse pour qu'elle se couche sur le plancher de la voiture découverte. Il s'étend, bras et jambes déployés, pour les protéger, elle et l'autre silhouette affaissée sur la banquette arrière. Son premier coup d'œil confirme ce qu'il sait depuis l'impact de la troisième balle.

La voiture roule à toute allure, maintenant qu'il est trop tard. Les motos se rabattent devant elle, leurs sirènes hurlent.

Trop tard.

Robert sanglote. Le vent emporte ses larmes. Jusqu'au Parkland Hospital, il ne cesse de sangloter.

Ce matin-là, Carol découvrit que les accumulateurs de sa Honda n'étaient qu'à moitié chargés ; ou il y avait eu une panne partielle de secteur durant la nuit, ou c'était un problème de batterie. Elle espéra qu'il s'agissait du secteur. Elle ne pouvait pas s'offrir d'autres réparations.

Il lui restait juste assez de jus pour aller à son travail et en revenir.

La voie de guidage de l'I-5 était particulièrement encombrée. Comme toujours, Carol fut prise de l'envie irraisonnée d'emprunter la voie des VIP, presque déserte, et de passer comme l'éclair devant les bouchons. Seules quelques Lexus ou Acura Omega y défilaient, les visages des chauffeurs affichaient une expression stoïque, ceux des Japonais, à l'arrière, étaient penchés sur des paperasses ou des livres qui parlaient du pouvoir. *Ça vaudrait le coup*, pensa-t-elle, *rien que trois ou quatre kilomètres à fond la caisse avant que les flics de l'autoroute me coupent le courant et m'obligent à me ranger sur le côté.*

Elle avançait au pas avec le flot des véhicules, mètre après mètre, en regardant l'indicateur de charge baisser régulièrement. Elle avait cru que le bouchon était dû aux habituels travaux sur le pont et sur la voie, mais quand elle atteignit la sortie pour Santa Monica, elle aperçut le camion de Nissan Voltaire entouré de voitures de police. On était en train de dégager le conducteur. Il avait les yeux ouverts et semblait respirer, mais resta inerte et ne réagit pas lorsqu'on le transporta à l'arrière de l'ambulance.

Le flash-back, pensa Carol. De plus en plus de gens le pratiquaient quand ils étaient coincés dans la circulation. Comme si cela lui en rappelait la possibilité, elle ouvrit son sac à main et en sortit le flacon de vingt-minutes. Si les accus de sa Honda avaient été chargés, elle aurait pu s'arrêter chez son fournisseur, sur Whittier Boulevard, avant de se rendre au travail. Mais étant donné la situation, elle allait être obligée de recourir à sa réserve, au bureau.

Carol avait presque une demi-heure de retard lorsqu'elle pénétra dans le parking du Centre administratif, mais elle était la première des quatre sténographes du tribunal. Elle arrêta le moteur, envisagea de se raccorder à la borne en dépit des tarifs très élevés pratiqués ici, décida d'essayer de rentrer chez elle avec ce qui lui restait, ouvrit la portière, puis la referma.

Ses chefs avaient l'habitude que les sténographes arrivent en retard. Et ils n'étaient probablement pas encore là. N'importe comment, personne n'arrivait jamais à l'heure. Elle disposait sûrement d'une demi-heure ou de quarante-cinq minutes avant que l'équipe entame un véritable travail.

Carol leva le flacon de vingt-minutes, se concentra pour évoquer un souvenir spécifique, comme Danny le lui avait enseigné la première fois qu'elle avait pratiqué le flash-back, et ôta le bouchon. L'odeur habituelle, la senteur piquante et âcre, s'en échappa, puis elle partit pour ailleurs.

Danny arrive de la terrasse et l'étreint par-derrière pendant qu'elle se sert un jus de fruits, au bar. Ses mains se glissent sous sa robe en tissu-éponge. La somptueuse lumière des Caraïbes coule à flots par les fenêtres et la porte ouvertes de leur bungalow.

« Hé, tu vas me faire verser à côté, dit Carol en levant le verre.

— Je veux que tu verses à côté », murmure Danny.

Il lui fourre le nez dans le cou.

Carol se cambre dans ses bras. « J'ai lu quelque part que si les hommes pelotent les femmes dans la cuisine, c'est simplement une autre manière d'exprimer la domination du mâle, dit-elle en chuchotant. Une sorte de manœuvre pavlovienne pour nous garder dans la cuisine…

— Tais-toi », dit-il.

Il dénude ses épaules tout en continuant à lui bécoter le cou.

Carol ferme les yeux. Son corps se souvient encore de leur étreinte d'hier soir. Les mains de Danny font maintenant le tour de sa taille, détachent la ceinture, ouvrent la robe.

« Tu as rendez-vous avec les acquéreurs dans une demi-heure », dit Carol d'une voix douce, les yeux toujours fermés. Elle caresse la joue de Danny.

Il lui baise la gorge, juste à l'endroit où bat son pouls. « Cela nous laisse quinze bonnes minutes », chuchote-t-il ; son souffle est doux contre sa chair.

Emportée dans un tourbillon de sensations, Carol cède à sa propre reddition.

Sous le pont du chemin de fer, juste à l'endroit où les armatures en béton se rejoignaient comme les arcs-boutants d'une cathédrale gothique, Coyne tendit à Val le pistolet semi-automatique calibre 32. Gene D. et Sully sifflèrent et émirent d'autres bruits approbateurs.

« C'est l'instrument. Le reste dépend de toi.

— Dépend de toi, répéta Gen D.

— C'est juste l'instrument, imbécile, dit Sully.

— Vas-y. Vérifie. »

Les yeux noirs de Coyne brillaient. Tous trois, des Blancs, portaient les T-shirts déchirés et les jeans en loques de la classe moyenne. Leurs baskets à logique-floue n'étaient pas assez neuves, ou assez coûteuses, ou assez élégantes, pour révéler que ces garçons appartenaient à un gang du ghetto.

Les mains de Val ne tremblaient qu'un peu lorsqu'il tira sur la culasse. Une balle était tapie dans la chambre. Val referma le pistolet armé et le brandit, le doigt sur la détente.

« Oui, on s'en fout, chuchota Coyne.

— On s'en fout complètement, gloussa Sully.

— Vaut mieux pas savoir, acquiesça Gene D.

— Mais faut faire le crash pour jouir du flash, dit Coyne. Faut payer ta cotisation, bébéchou.

— Paie ta cotisation et t'iras au baston », ajouta Sully en riant.

Val regarda ses amis, puis passa le pistolet à sa ceinture et tira son T-shirt par-dessus.

Gene D. qui le dépassait d'une douzaine de centimètres lui tapa sur la tête avec une énergie de casseur. « Vaudrait mieux vérifier le cran de sécurité, bébé. T'as pas envie de faire sauter tes bijoux de famille avant de t'en être servi. »

Le visage rouge, Val sortit le pistolet, fit claquer le cran de sûreté et remit l'arme à sa ceinture.

« Le jour J, c'est *aujourd'hui* ! » hurla Sully vers le ciel et il descendit le remblai en béton en se laissant glisser sur le dos.

L'écho de son cri rebondit sur les murs et les poutrelles.

Avant de le rejoindre, Gene D. et Coyne donnèrent à Val de grandes claques dans le dos. « La prochaine fois que tu flasheras, mec, tu seras Flash*man.* »

Criant jusqu'à ce que leurs échos s'imbriquent dans leurs cris en temps réel, les trois garçons s'abandonnèrent à la pente glissante.

Robert vivait avec sa fille, mais il avait aussi une adresse secrète. À six pâtés de maisons de leur modeste pavillon de banlieue, le long d'une ancienne rue en surface rarement empruntée depuis le krach de l'Infrastructure, un motel à RV bon marché accueillait les immigrants en situation irrégulière et les Nouveaux Travailleurs agricoles nomades. Robert y louait une chambre. Son fournisseur était à proximité et, pour une raison inconnue de lui, Robert se sentait moins coupable lorsqu'il s'adonnait au flash-back en ce lieu.

En outre, le motel avait, pour ses clients ringards, intégré à son télem les options « nostalgie », et quand Robert se servait de son mateur à RV – ce qu'il faisait rarement maintenant –, il programmait un décor du début des années soixante. D'une certaine manière, cela facilitait la transition.

Robert liquida le solde de sa carte d'aide sociale pour acheter une douzaine de flacons de quinze-minutes au cours habituel d'un dollar la minute. Il y avait des trafiquants à tous les coins de rue entre sa maison et sa taule à RV. Robert fourra dans sa poche les deux packs de six sous emballage pelliculé, et continua sa route vers le motel de son pas traînant de vieil homme.

Aujourd'hui, il cliqua son mateur. La chambre offrait l'image d'une élégante auberge de vacances conçue par un décorateur des années soixante. Une table basse en forme de haricot trônait en face d'un canapé scandinave surbaissé ; des lampadaires et des appliques chromés en étoile débordaient de lumière ; des peintures d'enfants aux yeux de gazelle sur fond de velours noir et des photos d'Elvis ornaient les murs. Des exemplaires de *Life* et du *Saturday Evening Post* se déployaient en éventail sur la table basse. La fenêtre donnait sur un parc où des gratte-ciel d'acier et de verre s'élevaient au-dessus des arbres. D'immenses voitures fabriquées à Detroit défilaient sur une autoroute, le rugissement de leurs moteurs à explosion dispensant un arrière-plan sonore empreint de nostalgie. Tout était neuf, propre, en plastique. Seule la puissante odeur d'ordures en train de pourrir semblait incongrue.

Robert grogna et ôta le vidéo-mateur. La chambre en parpaing était nue, sauf le lit de camp sur lequel il était couché et les sculptures rudimentaires en fils métalliques qui occupaient l'espace où auraient dû se trouver la table et le divan. Il n'y avait pas de fenêtre. La puanteur des ordures s'infiltrait par le ventilateur et sous la porte balafrée.

Il remit le casque et déchira l'emballage pelliculé. En regardant passer les Dodge, les Ford et les Chevrolet de la fin des années cinquante, il se remémora le jour brûlant de Dallas et le métal chaud de la voiture sous ses mains jusqu'à ce qu'il soit certain d'avoir excité les bons synapses mémoriels.

Robert mit le flacon de quinze minutes sous son nez et le décapsula.

Carol devait enregistrer une déposition dans le bureau du procureur à dix heures du matin, mais le procureur adjoint chargé de celle-ci revécut une de ses parties de pêche préférées, dans son box, jusqu'à dix heures vingt ; le témoin, une dame âgée, arriva avec une demi-heure de retard, l'associé du bureau du procureur ne se montra pas du tout, le technicien vidéo avait un autre rendez-vous à onze heures, et le paramédical qui, comme la loi l'exigeait, devait administrer le flash-back, téléphona pour dire qu'il était coincé dans un embouteillage. On finit par renvoyer le témoin et Carol rangea son clavier de saisie.

« Ils nous font chier, dit Dale Fritch, le jeune procureur adjoint, mais n'importe comment la vieille dame n'aurait pas voulu se soumettre au flash-back. Toute cette histoire, c'est de la merde. »

Carol hocha la tête. Un témoin qui ne voulait pas être questionné immédiatement après un flash-back était soit un menteur, soit une espèce de fanatique religieux. La vieille femme noire dont ils avaient essayé de tirer une déposition n'était pas une bigote. Même si la déposition sous flash-back n'avait pas de valeur légale, aucun jury ne croirait une déposition où le témoin refusait de rejouer l'événement avant de faire une déclaration sous serment. Dans les procès criminels, les dépositions de flash-back enregistrés en vidéo avaient quasiment remplacé les dépositions en direct.

« Si je la fais déposer en temps réel, ils sauront qu'elle ment, dit Dale Fritch lorsqu'ils s'arrêtèrent près de la machine à café. Le flash crée peut-être une accoutumance et nuit à notre productivité, mais nous sommes sûrs qu'il ne ment pas. »

Carol prit la tasse de café qu'il lui offrait, versa le sucre en poudre dedans et dit : « Parfois, si. »

Fritch leva un sourcil.

Carol lui parla des flash-back de son père.

« Putain, votre père était un type du Service Secret de JFK ? Il avait un beau boulot. »

Carol sirota son café et fit non de la tête.

« Non, pas du tout. C'est ça qui est bizarre. L'agent qui sauta sur le coffre de la voiture de Kennedy, il y a cinquante ans, s'appelait Clint Hill. Il avait une trentaine d'années quand le Président a été assassiné. Mon père a travaillé dans les assurances jusqu'à ce qu'il prenne sa retraite. Il était encore au lycée quand on a tiré sur Kennedy. »

Dale Fritch fronça les sourcils.

« Mais le flash-back ne nous fait revivre que nos propres souvenirs. »

Carol empoigna sa tasse à café.

« Oui. À moins d'être fou ou d'avoir la maladie d'Alzheimer. Ou les deux. »

Le procureur adjoint hocha la tête et lécha sa cuillère.

« J'ai entendu parler de schizos qui avaient de faux flash-back, mais… » Il leva brusquement les yeux. « Hé, euh… Carol… je suis désolé… »

Carol essaya de sourire.

« Ne vous inquiétez pas. Les spécialistes de l'assistance médicale ne pensent pas que papa soit schizophrène, mais il n'a pas réagi au traitement de l'Alzheimer…

— Quel âge a-t-il ? demanda Fritch, en jetant un coup d'œil à sa montre.

— Il vient d'avoir soixante-dix. En tout cas, ils ne savent pas pourquoi il a ces faux flash-back. Tout ce qu'ils peuvent faire, c'est lui conseiller de ne pas utiliser la drogue. »

Fritch sourit.

« Et il suit leur conseil ? »

Carol jeta sa tasse vide.

« Papa est convaincu que si le pays est dans la merde aujourd'hui, c'est parce que *lui* ne s'est pas interposé assez vite entre John Kennedy et les balles. Il s'imagine que s'il réagissait un peu plus tôt, Kennedy survivrait au 22 novembre et l'histoire se rétro-adapterait d'elle-même. »

Le procureur adjoint se leva et lissa sa cravate.

« Eh bien, il a raison sur un point, dit-il en jetant sa tasse dans la poubelle de recyclage. Le pays est dans une foutue merde. »

Val s'arrêta en face de son lycée et réfléchit. Il aurait bien flingué son professeur d'histoire, Mr. Loehr, mais les raisons de ne pas le faire étaient claires : 1) l'établissement avait des détecteurs de métal à toutes les portes et des vigiles armés circulaient dans les couloirs, et 2) même s'il réussissait, on l'attraperait. Quel plaisir éprouverait-il à revivre son coup d'éclat s'il se retrouvait dans un goulag russe ? Depuis sa petite enfance, les prisonniers américains en excédent étaient envoyés en République russe, aussi Val n'envisageait-il pas d'autre possibilité de purger sa peine. Un jour où son grand-père avait fait remarquer que cela ne s'était pas toujours passé ainsi, Val avait ricané d'un air sarcastique et répliqué : « Merde alors, qu'est-ce que les Russes auraient d'autre à vendre que des places dans leurs prisons ! » Son grand-père n'avait rien répondu.

Val rajusta le 32 passé dans sa ceinture et s'éloigna lentement du lycée en direction du centre commercial à ciel ouvert, au-dessus de l'*Inierstate*. Le truc, c'était de choisir quelqu'un au hasard, de le descendre, de jeter l'arme dans un endroit où l'on ne risquait pas de la retrouver, et de foutre le camp en vitesse. Puis, il regarderait la télé quand les informations du soir parleraient d'un crime absurde, un de plus, qui, aux dires de la police, serait lié au flash-back.

Tout en se hâtant vers le centre commercial à ciel ouvert, Val programma ses lunettes pour les munir d'un transparent en temps réel qui lui permettait de voir nues les femmes qu'il croisait.

Carol attend que son petit ami du lycée passe la prendre. Elle tâte son corsage à fanfreluches style

Madonna pour s'assurer que son déodorant est efficace puis reste là, au coin de la rue, à danser d'un pied sur l'autre et à regarder la circulation. Elle voit la Camaro 93 presque neuve de Ned couper les autres files avant de s'arrêter avec un crissement de pneus ; elle se glisse sur la banquette arrière, à côté de Kathi.

Comme toujours dans ce flash-back, Carol s'émerveille quand elle se regarde dans le rétroviseur pour vérifier son maquillage. Sa tête est rasée, les mèches qui restent sont teintes et dressées en crête, elle a trois faux diamants à l'oreille gauche ; ses faux cils et son eye-liner font d'elle un personnage de dessin animé. Outre le choc de se voir jeune et effrontée, Carol se *sent* pleine de la vigueur d'une adolescente. Elle *sent* la légèreté de son pas, la fermeté de ses seins et de ses muscles, et l'enthousiasme de son esprit. Plus que cela, elle goûte la course et les glissades de ses pensées, aussi différentes dans leur optimisme énergique de la lente et lourde marche quotidienne de sa pensée du futur-présent que son apparence l'est dans l'alors-maintenant.

Kathi jacasse mais Carol ferme ses oreilles à ce brouhaha et se perd dans la contemplation de son amie. Celle-ci quitta le lycée en terminale, disparut de la circulation peu après et Carol cessa de penser à elle jusqu'à l'automne 1998 où elle apprit d'une amie commune qu'elle était morte dans un accident d'automobile, quelque part au Canada. Comme toujours, un flot d'affection envahit Carol qui doit lutter contre le désir ardent mais vain d'avertir la jeune fille de ne pas suivre son petit ami à Vancouver. Au lieu de cela, elle s'entend bavarder sur l'identité de l'expéditeur et du destinataire du petit mot que l'on a fait passer en classe, aujourd'hui.

Elle entend les battements de son cœur accélérer et la rougeur lui monter au visage tandis qu'elle s'efforce de ne pas s'adresser au garçon inconnu assis à côté de Ned.

Pendant ce temps-là, celui-ci a replongé dans la circulation en faisant rugir son moteur, coupé la route d'une camionnette communale et changé de file presque à l'aveuglette. Il se retourne pour dire : « Hé, Carol, tu vas ignorer mon ami toute la journée ou quoi ? »

Carol lève le menton : « Tu vas me le présenter ou quoi ? »

Ned émet un bruit grossier. À le voir si furibard, elle pense qu'il a bu. « Carol, ce minet à la noix, c'est Danny Rogallo. Il vient de West High. Danny, je te présente Carol Hearns. C'est l'amie de Kathy et elle connaît notre équipe de football, euh, comment dire ça ? *Intimement*. Oh, merde. » Ned doit freiner sec et changer de file pour éviter un camion qui ralentit brusquement.

Carol est projetée en avant ; elle se retient des deux mains au dos du siège du nouveau garçon et le regarde. Danny s'est retourné pour lui sourire, soit à cause de la présentation, soit parce qu'il est gêné de la conduite de Ned. Carol s'entend penser que ce garçon est beau avec un sourire à la Tom Cruise, sa sévère coupe de cheveux d'athlète et son diamant à l'oreille. « Salut, minet », s'entend dire Carol.

Le sourire de Danny s'élargit.

« Salut, toi », réplique le nouveau garçon, qui reste tête retournée pour la regarder.

Carol sait que le flash-back est à moitié écoulé et que le prochain grand moment, c'est quand leurs mains se toucheront involontairement, sur l'escalator du centre commercial.

« Demi à la Base. Nous arrivons dans cinq minutes. »

Robert jette un coup d'œil au siège avant pour voir Emory Roberts reposer la radio et ajouter quelques mots à son rapport écrit. Robert secoue le bras pour décoller sa chemise trempée de sueur, puis il regarde à droite au moment où Jack Ready, sur l'autre marchepied de la voiture du Service Secret, dit quelque chose.

On entend une explosion.

Vas-y, nom de Dieu ! Vas-y ! Tu as presque deux secondes. Sers-t'en !

Son regard revient vers le pont du chemin de fer et il s'entend penser : *Merde, l'un de ces putains d'ouvriers a tiré un pétard de signalisation.*

Les bras de Lancer se lèvent d'une manière comique. Ses mains se portent à sa gorge si bien que, vus de derrière, ses bras semblent s'étendre en ligne droite depuis ses épaules et se terminer aux coudes.

Robert sent qu'il saute du marchepied. Enfin.

Il court de toutes ses forces vers la Lincoln bleue. Des voix retentissent derrière lui, dans la voiture qu'il vient d'abandonner. Robert a dû se concentrer pendant une douzaine de flash-back pour distinguer celle d'Emory Roberts ordonnant à Jack Ready de retourner sur le marchepied et celle de Dave Powers, l'ami de Lancer qui se trouve, sans raison particulière, dans la voiture du Service Secret, et s'écrie : « Je crois qu'on a tiré sur le Président ! »

Tout cela constitue maintenant un bruit de fond non perçu en temps réel – indiscernable des échos du coup de feu ou du battement des ailes d'un pigeon –, tandis qu'il s'efforce désespérément de rejoindre l'arrière de la Lincoln découverte, les yeux fixés sur la toison châtain de Lancer.

Le Président commence à s'affaisser.

La Lincoln ralentit inexplicablement.

Un autre coup de feu retentit.

La tête de Lancer explose en un jet de brume rose.

« Putain de merde », dit Robert. Il était en pleurs. Pendant une seconde, il ne sut plus où il était – le décor années soixante, la circulation sous la fenêtre du motel – mais en levant la main pour essuyer ses larmes, il heurta le casque de la RV et se souvint.

« Putain de merde », chuchota-t-il de nouveau, en l'ôtant. La chambre presque nue puait les ordures et le salpêtre. Robert bourra de coups de poing le lit de camp et pleura.

Val est passé devant les anciens supermarchés, tous condamnés par des planches clouées en travers de leurs portes ou transformés en espace carcéral, puis il a escaladé l'échafaudage en bois jusqu'au centre commercial à ciel ouvert, sur l'autoroute.

On appelait ça « centre commercial » et Val n'en avait jamais connu d'autres pendant sa courte vie, mais même lui savait qu'en réalité, ce n'était guère qu'un marché aux puces magnifié sur l'*Interstate* abandonnée après la Grande Crise de 2008. Quatre cents mètres de toiles de tente aux vives couleurs qui ondulaient et flottaient dans la brise ; les marchands clandestins étaient là en grand nombre. Val se joignit à la foule des clients de la mi-journée et comprit pourquoi Coyne et Gene D. lui conseillaient vivement d'accomplir son meurtre de flash-back ici : il pourrait se fondre dans la cohue en une seconde, il y avait une douzaine d'escaliers par lesquels il pourrait s'échapper et le dédale des barres de soutènement et des blocs de béton fracassés sur la section effondrée de l'autoroute était l'endroit idéal où se débarrasser de l'arme.

Val suivit la bande blanche entre les baraques en toile, recensa les nouvelles marchandises japonaises et allemandes, fit semblant de s'intéresser aux vieilles cochonneries russes et américaines recyclées. Les RV interactives japonaises étaient super, mais il savait qu'elles étaient loin derrière les jouets tech que les gamins japonais et allemands pouvaient s'acheter. L'ennui avec la télé, surtout la télé interactive, c'est qu'elle vous donnait envie de vivre comme l'autre moitié du monde sans vous montrer comment faire pour y arriver. La mère de Val disait qu'il en avait toujours été ainsi avec la télé – que quand elle était gamine, pendant les années sombres, les programmes qui montraient la richesse des Américains blancs de la classe moyenne avaient éveillé les mêmes sentiments chez les Africains et les Espagnols des ghettos. Val s'en foutait de ce qui s'était passé du temps de sa mère ; il voulait juste avoir les nouveaux trucs tech japonais.

Mais pas aujourd'hui. Aujourd'hui, Val voulait seulement se servir du 32, s'en débarrasser et se barrer.

Coyne et Gene D. juraient qu'il y avait rien de mieux que de flasher le zigouillage de quelqu'un. Sully aussi, mais Val ne se fiait jamais à ce que disait le garçon plus âgé. Il marchait tout autant au crack, à la poussière d'ange et au turbometh, et Val, comme la plupart des adeptes du flash-back, n'avait que mépris pour ceux qui se défonçaient aux anciennes drogues. Pourtant, Val devait se contenter de regarder les autres quand ils se servaient d'un flacon de trente-minutes pour repasser leurs meurtres. Leurs visages, relâchés, adoptaient cette expression de rêveur idiot typique du flash-back ; puis ils s'affaissaient, des mouvements convulsifs agitaient leurs membres, leurs yeux roulaient dans tous les sens sous leurs paupières. Val avait vu Coyne bander en arrivant au moment du meurtre revécu. Gene D. disait que zigouiller quelqu'un, c'était meilleur en flash-back qu'en temps réel parce qu'on profitait de la poussée d'adrénaline et de l'excitation tout en sachant – le « moi » qui regardait derrière le savait – qu'on n'allait pas être pris.

Val tâta le pistolet sous son T-shirt distendu et se posa des questions. Il n'avait pas joui comme Coyne le lui avait promis pendant le flash-back du viol de la petite Espagnole : les cris et l'odeur de peur de la fille que Sully clouait au sol lui donnaient chaque fois mal au cœur, et il sentait la nausée passer *sous* la nausée revécue. Si bien qu'après deux ou trois flash-back collectifs de ce haut fait, lorsque les autres repassaient le viol, Val se mettait à flasher quelque chose d'autre – par exemple, la fois où Coyne et lui, alors âgés de sept ans, avaient volé les économies du vieux Weimart.

Mais Coyne disait qu'il n'y avait rien de mieux que de flasher un zigouillage. Rien de mieux.

Les clients de la pause du déjeuner et les marginaux accros du flash-back grouillaient dans les allées. Val avait remarqué que de plus en plus de gens ne travaillaient pas ; le temps réel interférait avec leurs retours dans le passé. Il se demanda si c'était à cause de cela que les ordures s'entassaient le long des trottoirs, que le courrier n'était plus distribué et que tout allait à vau-l'eau, sauf quand les Japonais étaient là pour superviser les choses.

Val haussa les épaules. Il s'en fichait. Ce qu'il voulait, c'était trouver quelqu'un à effacer, puis se débarrasser de l'arme et filer d'ici. S'éloignant des baraques qui vendaient des produits japonais ou allemands, où la clientèle affluait, il se dirigea sans se presser vers les étals russes ; les battements de son cœur s'accélérèrent à la seule pensée de ce qui était sur le point d'arriver.

Il réfléchit à la manière dont il allait s'y prendre. Il y avait moins de monde près de la partie effondrée de l'autoroute, mais le coin semblait suffisamment animé pour que Val puisse exécuter son coup et se tirer sans trop se faire remarquer. Il étudia les étroites allées entre les baraques, constituées par des parois de toile. En suivant l'une d'elles, il pouvait voir les clients sans être aperçu par eux ou par les vendeurs à l'intérieur des tentes. Val sortit le petit automatique de sa ceinture et le garda à la main. Maintenant, la question, c'était : qui ?

Une sexagénaire allait d'un éventaire à l'autre, étudiant au travers de ses doubles foyers les icônes et autres objets russes. Val s'humecta les lèvres et baissa le canon de son arme. Elle ressemblait trop aux photos de sa grand-mère.

Deux homos, coiffés de gros mateurs à RV, flânaient bras dessus, bras dessous, se moquaient de la grossière marchandise russe, et prenaient prétexte de chaque éclat de rire pour s'étreindre. L'un avait la main dans la poche revolver du jean de l'autre.

C'était, semblait-il, l'occasion rêvée. Val releva le canon de son pistolet. Puis, il aperçut les caniches. Chacun des homos tenait en laisse un petit chien qui jappait. L'idée de ces animaux aboyant et sautant comme des fous après qu'il aurait effacé le type n'était pas *sympa*. Val dissimula l'arme derrière son dos et continua à observer la foule.

Un homme plus âgé passa devant la rangée d'étals en accordant une attention particulière à la camelote russe. Ce type, chauve, à la peau constellée de taches de vieillesse, ne portait ni lunettes ni mateurs à RV, mais quelque chose dans ses vêtements trop amples et ses yeux larmoyants rappela à Val son grand-père.

Le garçon leva le canon du pistolet, libéra le cran de sûreté et s'avança d'un demi-pas sous la bâche flottante. *Tire, éloigne-toi lentement, jette l'arme dans les décombres en béton, rentre chez toi par le bas, le J...* il se répéta les instructions de Coyne. Les battements de son cœur étaient presque douloureux lorsqu'il leva le petit 32 et régla le viseur du canon court.

Un coup de feu éclata et le vieux releva brusquement la tête. Tous ceux qui étaient dans l'allée regardèrent dans la direction où avaient disparu les homos et leurs caniches. Le vieil homme s'écarta du comptoir et fit comme les autres lorsque les cris et les bruits de pas devinrent plus forts.

Val, les mains tremblantes, baissa le pistolet et s'avança pour regarder.

La femme aux cheveux gris et aux doubles foyers était couchée par terre, les vêtements en désordre, au centre rayé de blanc de l'allée. Un gamin qui n'avait guère plus de douze ou treize ans courait vers le bord de la partie surélevée de l'ex-autoroute, sa veste de cuir flottant au vent. L'un des homos brandit un badge en direction de la foule et leur cria de reculer tandis que l'autre, genou en terre, serrait à deux mains un tube en plastique contondant. Val qui avait regardé une centaine de films interactifs reconnut un fusil à aiguille Uzi-940. Les casques grotesques leur apportaient sûrement des informations sur la cible et la tactique à adopter. Le flic cria une dernière fois au gamin de s'arrêter. Ce dernier n'avait encore jeté aucun coup d'œil en arrière lorsqu'il arriva en haut de l'escalier. Les deux caniches tiraient sur leurs laisses et aboyaient comme des fous.

Le gamin finit par regarder par-dessus son épaule juste au moment où le flic tirait. L'Uzi fit un bruit d'air comprimé qui ressemblait à celui d'un manomètre de gonflage que l'on détache de la valve, et la veste du garçon explosa en un nuage noir de fragments de cuir quand plusieurs centaines de microfléchettes de verre et d'acier atteignirent leur cible. Puis, lorsque sa propre inertie et l'impact de la nuée d'aiguilles projetèrent son corps sous le garde-fou en cordes, il tomba en tournoyant, les membres aussi mous que ceux d'une poupée en chiffon. Des morceaux de sa veste de cuir pleuvaient encore comme des confettis quand la foule se précipita en dépassant les flics homos et les caniches hystériques pour regarder le corps qui s'était écrasé, dix mètres plus bas.

Val reprit sa respiration, glissa le 32 dans sa ceinture, tira son T-shirt par-dessus et s'éloigna lentement vers l'autre escalier. Ses jambes tremblaient à peine.

Carol émergea du flash-back de sa première rencontre avec Danny et s'aperçut que Dale Fritch attendait à la porte de son box. Elle se demanda s'il y avait longtemps qu'il était là. Depuis quelques années, la discrétion était devenue un impératif social, et tous ceux qui pratiquaient le flash-back respectaient le besoin de temps et d'espace des autres utilisateurs, après l'interruption. Carol sortit un petit miroir du tiroir de son bureau pour vérifier son maquillage et se brosser rapidement les cheveux avant d'ouvrir la porte.

Le procureur adjoint semblait gêné. « Carol… euh… j'étais en train de me demander si vous… euh… si vous étiez libre, demain, pour un projet spécial. »

Elle leva un sourcil. Ils avaient travaillé ensemble sur pas mal de dépositions et elle avait fait le compte rendu d'une douzaine de procès auxquels il avait participé, mais jusqu'à leur conversation sur son père, ce matin même, Carol n'avait jamais pensé que leur relation prendrait un tour personnel. « Un projet spécial ? » répéta-t-elle en se demandant s'il ne s'agissait pas d'une espèce d'avance. Elle savait que le procureur adjoint était marié et père de deux enfants en bas âge, et croyait que sa seule passion était la pêche à la truite, dont il parlait parfois.

Dale jeta un coup d'œil par-dessus son épaule, entra dans la salle de conférences vide et lui fit signe de le suivre. Carol attendit en silence pendant qu'il fermait la porte.

« Vous savez que je suis en train d'enquêter sur le meurtre de Hayakawa ? » dit-il à voix basse.

Carol acquiesça d'un signe de tête. Mr. Hayakawa était un important conseiller en entreprise de la région de Los Angeles et tout le personnel du tribunal savait que l'enquête serait… pour se servir d'un mot dont le procureur adjoint abusait un peu trop… épineuse.

« Eh bien, poursuivit Dale en passant la main dans ses cheveux blonds, j'ai un témoin qui jure qu'il ne s'agissait pas d'un vol à main armée, comme le prétend la police. Il jure que le meurtre est lié à la drogue.

— Lié à la drogue ? répéta Carol. Vous voulez dire, la coco ? »

Dale mâchonna sa lèvre inférieure.

« Le flash-back. »

Carol faillit rire tout haut.

« Le flash-back ? Hayakawa pouvait en acheter à tous les coins de rue. Comme n'importe qui.

— Non, on l'a tué parce qu'il en fournissait et que l'un de ses acheteurs n'était pas d'accord sur le prix. C'est du moins ce qu'affirme mon informateur. »

Carol ne put cacher son scepticisme. « Dale, fit-elle en l'appelant pour la première fois par son prénom, l'usage du flash-back est interdite au Japon. Là-bas, on encourt la peine de mort. »

Le procureur adjoint acquiesça d'un hochement de tête. « Mon informateur dit que Hayakawa faisait partie d'un réseau de distribution. Il prétend que ce sont les Japonais qui ont élaboré la drogue et… »

Carol émit un bruit grossier.

« Le flash-back a été synthétisé pour la première fois dans un labo de Chicago. Je me souviens l'avoir lu avant qu'on le trouve dans les rues.

— Il dit que ce sont les Japonais qui l'ont élaboré et qui nous l'ont refilé il y a plus de dix ans, poursuivit Fritch. Écoutez, Carol, je sais que cela a l'air dingue, mais j'ai besoin d'une bonne sténo qui saura tenir sa langue jusqu'à ce que je prouve que cet informateur est fou ou… En tout cas, vous pouvez, demain ? »

Carol n'hésita qu'une seconde.

« Bien sûr.

— Pendant votre pause de midi ? J'ai rendez-vous avec ce type dans un café à l'autre bout de la ville. Il est complètement parano. »

Carol eut un petit sourire. « S'il pense qu'il va révéler une gigantesque conspiration internationale, je comprends pourquoi. Bien sûr, d'habitude, je me contente d'un truc sur le pouce. Je vous rejoindrai dans votre bureau à midi. »

Dale Fritch hésita. « Pourrions-nous nous rencontrer à l'extérieur… disons dans le parking ? Je ne veux pas que quelqu'un du bureau l'apprenne. »

Carol leva un sourcil. « Pas même Mr. Torrazio ? » Bert Torrazio, le procureur, était à la solde du maire et de ses conseillers japonais. Personne ne croyait à la compétence de Torrazio, même les sténographes.

« *Surtout pas* Torrazio, répliqua Fritch d'une voix tendue. Rien de toute cette enquête n'a encore été enregistré, Carol. Si Bert subodore quelque chose, Hizzonner et tous les financiers japonais de la ville me tomberont dessus comme des mouches sur une merde… pardonnez-moi ce langage. »

Carol sourit. « J'y serai à midi. »

Le soulagement et la gratitude se peignirent sur le visage de gamin du procureur adjoint. « Merci, Carol, je vous en suis reconnaissant. »

Carol s'estima idiote d'avoir imaginé qu'il pouvait tenter de lui faire du plat. Néanmoins, elle ne pensa pas à Danny pendant tout son retour à la maison. Lorsqu'elle entra dans son garage, l'aiguille de l'indicateur de charge était sur le zéro.

Dès que le gamin rentra à la maison, Robert lut sur son visage qu'il avait un problème. L'adolescent était souvent cyclothymique, encore plus fréquemment déprimé, et généralement déphasé à cause de la désorientation inhérente au flash-back, mais Robert n'avait jamais vu Val aussi chaviré que ce soir-là. Quand il était entré en claquant la porte, Carol et lui faisaient chauffer le repas au four à micro-ondes et il était monté droit dans sa chambre. Au dîner, personne n'échangea un mot – ce qui n'avait rien d'extraordinaire –, mais le visage de Val resta totalement inexpressif pendant tout le repas ; ses yeux ne cessaient de voltiger à droite et à gauche comme s'il s'attendait à ce que le téléphone sonne. La télé était allumée, selon leur habitude, afin de couvrir l'absence de paroles, et Robert remarqua que le garçon regardait attentivement les informations régionales, ce qui était plus qu'inhabituel, sans précédent.

Robert le vit sursauter et redresser brusquement la tête lorsque le présentateur régional se mit à décrire le meurtre qui avait eu lieu sur le marché en plein air de l'I-5.

« … la victime a été identifiée ; il s'agit de Mrs. Jennifer Lopato, soixante-quatre ans, de Glendale.

Le porte-parole de la police de Los Angeles, Heather Gonzales, déclare qu'aucun motif n'a pu être établi et les autorités supposent qu'il s'agit encore d'un meurtre lié au flash-back. Cependant, dans cette histoire, le tireur présumé a été pris sur le fait par deux policiers qui n'étaient pas de service et qui ont réagi avec une efficacité mortelle. CNN/LA a obtenu de la police une séquence vidéo du meurtre prise en photo-mitrailleuse. Nous vous avertissons que les images que vous allez voir ne sont pas virtuelles… »

Robert observa Val en train de regarder la bande. Autant qu'il put en juger en jetant de temps à autre un coup d'œil sur l'écran, la séquence n'était en rien différente du carnage qu'on voyait tous les soirs aux informations. Mais Val semblait hypnotisé par les images. Bouche ouverte, il fixait l'enfant qui courut dans la foule, refusa de réagir aux cris des policiers invisibles lui ordonnant de s'arrêter, puis fut mis en pièces par le nuage de fléchettes. Son petit-fils ferma la bouche, déglutit et reporta son attention sur la table après un flash d'informations sur les prises de position des personnalités de L.A. en regard des mauvaises nouvelles de la guerre en Chine.

Carol n'eut pas l'air de remarquer la réaction de son fils. Elle semblait, comme c'était le cas depuis quelque temps, perdue dans ses pensées.

Nous sommes tous en flash-back même quand nous ne le pratiquons pas, pensa Robert. Il fut pris de vertige, comme cela lui arrivait souvent lorsqu'il pensait à ses propres expériences du flash-back, puis eut un frisson de dégoût. Dégoût de lui-même. Dégoût de sa famille. Et de l'Amérique.

« Ça ne va pas, papa ? » demanda Carol en buvant son café. Elle avait encore un regard myope et distrait, mais elle fronçait aussi les sourcils, inquiète.

« Si, si, répondit le vieil homme qui leva la main en direction de Val en poursuivant, mais je… » Il se tut. Pendant qu'il réfléchissait, son petit-fils avait quitté la table. Robert ne savait même pas s'il était monté dans sa chambre ou sorti de la maison. « Rien, dit-il à sa fille en lui tapotant la main gauchement. Tout va bien. »

Des années auparavant, on avait encagé le pont autoroutier pour piétons afin d'empêcher les gens de lancer des objets lourds, ou de se jeter eux-mêmes, sur les douze voies de circulation, puis – quand au milieu des années quatre-vingt-dix tirer sur les autoroutes devint une sorte d'épidémie – on le recouvrit d'un épais Plexiglas censé arrêter les balles. Il ne le fit pas – comme le prouvaient les douzaines de trous qui perforaient le dôme et dont les projectiles provenaient parfois aussi de l'extérieur – mais le plastique déviait suffisamment la visée des tireurs isolés pour qu'ils préfèrent d'autres perchoirs surplombant l'*Interstate*. À cette époque, une bonne partie des gens pensait que toute personne se déplaçant dans une voiture non blindée méritait une balle dans l'oreille.

Depuis, des vétérans détraqués des guerres de mercenaires d'Asie et d'Amérique du Sud se mirent à lancer des grenades en tout genre du haut des ponts autoroutiers et ceux accessibles aux piétons furent fermés, à chaque extrémité, par des portes en acier soudées. Des gangs les firent sauter avec des explosifs et prirent l'habitude de s'y retrouver pour s'adonner au flash-back. La pénombre y régnait et Val dut se servir de ses mateurs à RV en guise de lunettes infrarouges pour distinguer Coyne, Gene D. et Sully parmi les formes sombres qui s'étreignaient, somnolaient, vendaient et achetaient de la drogue.

Val tira le 32 de sa ceinture et le tint dans la paume de sa main.

« T'as pas pu le faire, hein ? » dit doucement Coyne en prenant l'arme. Dans la vision nocturne amplifiée de Val, c'était une silhouette d'un vert éclatant tenant un tube blanc qui palpitait.

Val ouvrit la bouche pour parler du gamin et des flics pédés, mais ne répondit rien.

Sully ricana, mais Coyne lui donna une bourrade pour le faire taire.

« Garde-le, mec. Comme dit cette putain de sudiste dans *Les Amants du crime*[1] : “Ça ira peut-être mieux demain.” »

Val cligna des yeux. Quelqu'un alluma une cigarette, au bout du tunnel, et l'extrémité du pont s'embrasa de blanc. Une douzaine de voix lui crièrent d'éteindre cette putain de lumière.

« En attendant, dit Gene D. en prenant Val par les épaules, on a acheté un flash super… »

Val cligna de nouveau des yeux. « Le flash, c'est rien que le flash, espèce de con. »

Sully ronchonna de nouveau, et Coyne mit sa main sur le dos de Val. Celui-ci ressentit le contact de Coyne

1. *Tomorrow is Another Day*, film américain de 1951 (Felix Feist). *(N.d.T.)*

et de Gene D. comme un lasso passé autour de sa poitrine, qui le gênait pour respirer.

« Le flash c'est rien que le flash, chuchota Coyne, mais celui-là, il a, je sais pas moi, une espèce de putain d'excitant des phéromones, et si tu flashes que tu baises une fille, comme la fois qu'on s'est fait cette pute d'Espagnole, eh bien, tu bandes encore plus que la première fois. »

Val hocha la tête, et pourtant il n'avait pas compris. Le flash, c'était rien que le flash. Comment pourrait-on vivre quelque chose de plus que la première fois ? Et puis, il n'avait jamais eu d'orgasme que lorsqu'il se touchait, et il n'aimait pas flasher ça. Mais il hocha la tête et laissa Gene D. et Coyne l'entraîner vers un endroit où un peu de lumière, passant par l'une des fissures du Plexiglas qui plongeait le tunnel dans une obscurité totale, se répandait sur le béton crasseux comme une coulée de métal.

Gene D. sortit quatre flacons d'une heure. Val essaya de penser à ce qu'il pourrait bien flasher. La plupart de ses souvenirs étaient lamentables. Il ne le dirait jamais aux autres, mais souvent – quand il faisait semblant de revivre la fois où ils s'étaient fait la petite Espagnole –, en réalité, il se repassait son premier match de base-ball, à l'âge de huit ans. Ce fut la première et la dernière année où il y joua, car aucun de ses camarades ne trouvait que le base-ball, c'était le pied. Personne ne jouait plus au base-ball… manque d'argent. Cette foutue dette nationale. Ils avaient beau envoyer des putains de soldats se battre dans ces putains de guerres des Japonais, ils n'arrivaient pas à payer les intérêts de ce putain de prêt japonais.

Val n'y comprenait rien. Il savait seulement qu'ils étaient dans la merde. Il tendit la main vers le flacon de soixante minutes que tenait Coyne ; le garçon plus grand et plus fort l'attira à lui et lui chuchota à l'oreille : « Demain, mec, on ira avec toi et on t'aidera à zigouiller quelqu'un pour que tu puisses le flasher… »

Val hocha la tête, s'écarta, porta le tube à ses narines. Le match de base-ball ne vint pas quand il essaya de le visualiser. Au lieu de cela, il se rappela le temps où il était une petite merde de rien du tout – trois ans, peut-être deux – que sa mère prenait sur ses genoux pour lui lire une histoire. C'était sans doute avant qu'elle commence à flasher. Ce soir-là, il s'était endormi sur ses genoux, mais pas au point de ne plus entendre les mots qu'elle lisait, lentement, avec application.

Val avait l'impression d'être le chiard le plus con du monde, mais il retint ce souvenir et décapsula le flacon.

Robert n'aimait pas la télé interactive, mais quand Carol monta se coucher et qu'il fut certain que Val était bien sorti, il passa sur CNN/LA et accéda à la morphoprésentatrice. Un charmant visage d'Eurasienne lui sourit. « Oui, Mr. Hearns ?

— Le crime des informations de ce soir », demanda-t-il brusquement. Il n'aimait pas parler aux personnages synthétiques.

La présentatrice sourit plus largement. « Quelle plage, Mr. Hearns ? Les informations sont diffusées toutes les heures et…

— Dix-neuf heures, répondit Robert en s'obligeant à se détendre un peu. S'il vous plaît », ajouta-t-il. Il avait l'impression d'être idiot en ajoutant cela.

La présentatrice lui adressa un sourire rayonnant. « Est-ce le meurtre de Mr. Colfax, de Mr. Mendez, de Mr. Roosevelt, de Mr. Ketterint, des enfants Richardson, de Mrs. Dozois, du Haïtien non identifié, de Mr. Ing, de Mrs. Lopato…

— Lopato, dit Robert. Le meurtre Lopato.

— Bien, dit la présentatrice qui disparut comme dans une boîte pendant que l'entrée du film vidéo remplissait l'écran. Voulez-vous la narration originale ?

— Non.

— La narration augmentée ?

— Non. Pas de son du tout.

— En temps réel ou en ralenti ? »

Robert hésita.

« En ralenti, s'il vous plaît. »

La vidéo de la photo-mitrailleuse se mit en route. Le logo de CNN/LA se surimpressionna à l'angle inférieur droit de l'image. Robert regarda le montage en continu : d'abord la victime, une femme un peu plus jeune que lui étendue dans une mare de sang, ses lunettes à côté d'elle, puis une remontée de la caméra, la bousculade au ralenti de gens qui montraient du doigt le corps, puis une silhouette qui s'enfuyait. La caméra fit un zoom sur celle-ci et sur les données de visée qui remplissaient la colonne de droite de l'image. Robert comprit qu'il avait là ce que les flics avaient vu dans leurs casques télem. Visiblement, le gamin qui courait n'avait pas plus de douze ou treize ans.

Puis une lumière confirmant le tir clignota dans la colonne de droite et le nuage de fléchettes, bien visible en mouvement extrêmement lent, s'étendit comme un halo de cristaux de glace jusqu'à ce qu'il vienne masquer l'enfant en fuite.

La veste du gamin explosa en une auréole de lambeaux de cuir.

L'occiput de l'enfant se dilata dans un déploiement au ralenti de cheveux, de cuir chevelu, de crâne et de cervelle.

Le morceau de crâne sur le couvercle du coffre, pensa Robert qui se sentit glisser hors du temps réel. Il se força à revenir.

Le gamin culbuta – plus d'occiput, des fléchettes bien visibles dans ses yeux exorbités, son visage comme projeté en avant –, il culbuta, glissa sous le garde-fou en cordes et disparut. L'image s'arrêta et s'évanouit. Le logo de CNN/LA remplit l'écran et un avertissement contre toute violation du copyright passa comme l'éclair. Une seconde après, la morphoprésentatrice revint et attendit patiemment.

« Faites-le repasser », dit Robert. Sa voix était voilée.

Cette fois, il commanda un arrêt sur image pendant cinq secondes, après que l'objectif de la caméra eut abandonné la victime et avant qu'elle ne capte le gamin en train de courir. « Repartez… stop. »

L'image montrait deux ou trois adultes, le doigt pointé. Une femme, la bouche ouverte, qui criait. C'était une ombre, dans l'ombre d'une allée, entre deux tentes, qui intéressait Robert.

« Un zoom, là… non, en haut… oui, là. Levez encore un peu. Stop. C'est bon. Maintenant, vous pouvez agrandir ça ?

— Bien sûr, Mr. Hearns », répondit la voix artificielle de la présentatrice.

Pendant que les pixels se réorganisaient pour former un être humain, transformant un flou blanc en un visage reconnaissable, Robert pensa, *Bon Dieu, si seulement on avait eu ça en 1963 au lieu du film de Zapruder...*

Puis toutes ces pensées-là s'enfuirent lorsque la définition de l'image fut accomplie.

« Souhaitez-vous un agrandissement supérieur ? demanda la voix doucereuse. Il y aurait un supplément à payer.

— Non. Maintenez simplement l'arrêt sur image pendant une minute. »

Il regardait le visage de son petit-fils. Val braquait un pistolet, à quelques centimètres seulement de sa propre figure. L'expression d'horreur et de fascination du gamin ressemblait un peu à celle peinte, maintenant, sur le visage de son grand-père.

Robert entendit cliqueter la serrure à combinaison de la porte de derrière, et le système de sécurité bon marché carillonner son approbation. Val entra et traversa la cuisine.

« Terminé », dit Robert, et l'écran redevint noir.

À deux heures du matin, Val était de retour dans son lit, mais la tension nerveuse l'empêcha de dormir. Il trouva deux flacons de vingt minutes et ouvrit le premier.

Il a quatre ans et c'est son anniversaire. Son papa vit encore avec eux. Ils sont dans l'appartement avoisinant le lotissement en reconstruction de Lankershim, et l'ami de Val qui habite au même étage, Samuel, cinq ans, est resté dîner avec eux parce que c'est un jour pas comme les autres.

Val est assis dans la chaise haute que sa maman a achetée dans un magasin de meubles en bois blanc et décorée d'animaux rien que pour lui, lorsqu'il est devenu trop grand pour son siège de bébé. Bien qu'il ait quatre ans, il continue à l'aimer car elle lui permet d'être au même niveau que son père, qui siège toujours à l'autre bout de la table. La nappe est jonchée des restes de son dîner d'anniversaire… des miettes de pâtés en croûte, des bribes de gâteau, des chips éparpillées… mais l'assiette de son papa est propre, sa chaise vide.

La porte s'ouvre et entrent Papy et Mamie. Val est frappé, comme chaque fois qu'il revit cet épisode, de voir sa grand-mère encore en vie et pas du tout ravagée par le cancer, et aussi parce que son grand-père a l'air si jeune, si vivant, bien que ce flash-back ne se situe qu'à une dizaine d'années dans le passé. *Le temps fout vraiment les gens en l'air*, pense-t-il – et pas pour la première fois.

« Joyeux anniversaire, mon biquet », dit son grand-père, si subitement rajeuni, en lui ébouriffant les cheveux. Sa grand-mère se penche pour l'embrasser et une odeur de violette l'enveloppe brusquement. Sentant le bonheur de son moi plus jeune, et son impatience de recevoir les cadeaux, le Val qui regarde sait que le fond de la penderie de son grand-père, où le vieil homme garde quelques-unes des robes de sa femme, retient encore un peu de ce parfum. Il se demande si son grand-père plonge parfois le visage dans ces vêtements pour en retrouver l'odeur. Parfois, quand le vieux est sorti pour passer quelques heures à son motel, Val le fait.

Il écoute les gloussements de Samuel tout en regardant ses propres doigts boudinés jouer avec les faveurs de la fête. À peine remarquée à l'époque, mais bien trop claire pour Val maintenant, lui parvient de la cuisine une brève conversation dont il ne saisit que des bribes…

« Il m'a promis de rentrer à l'heure ce soir, dit sa maman. Il m'a *promis*.

— Pourquoi ne pas servir le gâteau tout de même, dit sa grand-mère, d'une voix aussi apaisante que le souvenir revécu d'un contact ou d'une contexture.

— Pour l'anniversaire de son petit garçon… »

La voix de Robert est pleine de colère.

« Servons le gâteau ! » dit joyeusement sa grand-mère.

Val et Samuel s'arrêtent de jouer lorsque les lumières s'éteignent. Brusquement, le monde s'illumine d'une clarté plus chaude, plus vive, lorsque sa mère apporte le gâteau avec ses quatre bougies. Tout le monde chante « Joyeux anniversaire ».

Val est assez grand pour savoir que s'il fait un souhait et réussit à bien souffler les bougies, celui-ci se réalisera. Sa mère ne l'a pas dit, mais il suppose que s'il ne les éteint pas toutes du premier coup, le souhait ne sera pas exaucé.

Tout se passe bien. Samuel, Papy, Mamie et maman applaudissent. Ils sont en train de lui couper une part de gâteau lorsque la porte s'ouvre. Papa entre en coup de vent dans la pièce, les joues rouges. Il tient un grand ours en peluche avec un ruban rouge autour du cou.

Le petit Val ne regarde pas le cadeau. Il jette un coup d'œil sur le visage de maman, et même le Val de quinze ans, qui observe, partage la peur de ce que l'enfant pourrait y lire.

Tout va bien. La réaction de maman, ce n'est pas de la colère, mais du soulagement. Ses yeux étincellent comme si on avait rallumé les bougies.

Papa l'embrasse, le soulève et passe son autre bras autour de la taille de maman et tous trois s'étreignent au-dessus de la table jonchée de débris pendant que Papy et Mamie entonnent de nouveau « Joyeux anniversaire » comme si cette fois, c'était pour de vrai, Samuel, impatient de jouer avec lui, se tortille pour attraper les jouets, le bras fort de papa le serre, les larmes sur les joues de maman ne l'inquiètent pas parce qu'elle est heureuse, ils sont tous heureux, le petit Val sait que son souhait s'est réalisé, il pose la joue contre le cou de papa, il hume la douce odeur de la lotion après-rasage et de l'air du dehors, et Papy dit…

Val replongea dans l'odeur des ordures en putréfaction et le hurlement des sirènes. Des coups de feu crépitaient dans le voisinage. Les hélicos de la police grondaient au-dessus de sa tête, leurs projecteurs transperçaient l'obscurité et coulaient par la fenêtre comme une peinture blanche.

Val roula sur le ventre et fourra la tête sous l'oreiller en essayant de penser à quelque chose, de retrouver le flash-back et de l'incorporer à ses rêves.

Son visage heurta quelque chose de dur et de froid. Le pistolet.

Val se redressa sur son séant, pris de nausée ; il garda un moment le semi-automatique, puis le glissa sous son matelas, avec les numéros de *Penthouse*. Son cœur battait à grands coups. Il tira le second flacon de vingt-minutes de la poche de son jean tombé par terre, l'ouvrit – presque trop rapidement – et dut se dépêcher de se concentrer sur l'image mémorielle afin que le *temprolin* puisse accéder aux bons neurones, stimuler les synapses appropriées.

Il a quatre ans et c'est son anniversaire. Samuel beugle, sa mère prépare le gâteau dans la cuisine et la table est couverte de petits pâtés à moitié mangés, de gelée rouge et de chips.

On carillonne à la porte, Papy et Mamie entrent d'un pas majestueux…

Carol regarde Danny sortir de l'eau bleue et remonter la plage en courant pour la rejoindre. Beau, mince et hâlé par les cinq jours passés au soleil, il lui sourit. Il se laisse tomber à côté d'elle sur la couverture et Carol sent son cœur se gonfler d'amour et de bonheur. Elle s'empare de ses doigts mouillés. « Danny, dis-moi que nous nous aimerons toujours.

— Nous nous aimerons toujours », répète-t-il, seulement cette fois, la Carol plus observatrice enfermée en elle voit le rapide coup d'œil qu'il lui lance sous ses longs cils, le coup d'œil qui est soit appréciateur soit légèrement moqueur.

À l'époque, Carol n'éprouve que du bonheur. Elle se tourne sur le dos, laissant l'impitoyable soleil des Bermudes la peindre de sa chaleur. Danny a dit que pendant ces vacances, ils ne s'inquiéteraient ni de la couche d'ozone ni des cancers de la peau, et Carol a joyeusement acquiescé. Elle pose le bout de ses doigts au creux des reins de Danny, sent les gouttelettes d'eau de mer en train de sécher. En badinant, d'une manière qui n'est qu'un peu possessive, elle glisse la main sous l'élastique de son slip de bain. La base de son épine dorsale et le haut de ses fesses sont très froids.

Elle le sent s'agiter et remuer un peu sur la couverture. « Tu veux qu'on monte dans la chambre ? » chuchote-t-il. La plage est presque déserte et Carol imagine combien ce serait bon de faire l'amour ici, au soleil.

« Dans une minute », répond-elle.

La Carol en temps réel, qui se laisse porter par la marée de ses propres sensations, comprend un simple fait : les hommes ont tendance à revivre leurs expériences sexuelles favorites – Carol l'a appris en les écoutant parler – alors que la plupart des femmes voyagent dans le passé pour revivre les moments où le bonheur et l'intimité ont atteint leur apogée. Cela ne veut pas dire qu'elle évite leurs jeux sexuels – dans un moment, Danny et elle remonteront dans leur chambre et la prochaine demi-heure sera assez passionnée pour qu'on choisisse de la revivre –, mais ce qui l'attire, par-delà le temps, ce sont des instants comme celui-ci, où le sentiment d'être aimé est sans faille, où l'impression de profonde intimité est presque aussi palpable que la chaleur du soleil tropical sur elle.

Carol tourne la tête et lève une main au-dessus de ses yeux, ostensiblement, pour se protéger du soleil impitoyable, mais en réalité pour apercevoir le visage de Danny, si proche du sien. Il a fermé les yeux. Des perles d'eau brillent sur ses cils. Il sourit un peu.

Le petit salaud a apporté un flacon de flash-back. Il va me le montrer le dernier soir, m'expliquer comment ça fonctionne, proposer que nous revivions ensemble la première fois où nous avons fait l'amour – avec quelqu'un d'autre ! Il a transformé notre dernière nuit en une espèce de double ménage à trois[1].

Carol essaie de chasser ces pensées et sa colère en temps réel, tandis que la Carol d'alors se frotte les yeux, apparemment pour en ôter le sable, mais en réalité pour essuyer ses larmes de bonheur.

Le policier en ciré jaune salue le cortège de la main et Robert a envie de le faire virer. Heureusement, le flic se tient entre les ouvriers et le garde-fou, si bien que personne ne pourra rien jeter. Robert regarde les gens qui déjeunent sur les marches d'un immeuble en brique, là où la route tourne autour de la grand-place herbue pour prendre la direction du pont. Ils font de grands signes. Robert n'y voit rien de mal et reporte son attention sur le pont du chemin de fer plus proche.

Vas-y ! Maintenant ! Descends et cours !

Il reste sur le marchepied gauche de la voiture de police. Il fait très chaud.

« Demi à la Base, transmet leur commandant, Emory Roberts, sur le siège avant. Nous arrivons dans cinq minutes. »

Robert imagine leur destination, l'immense centre commercial où Lancer va parler à des centaines d'hommes d'affaires texans. Le Robert en temps réel sent sa propre fatigue due à la chaleur.

---

1. En français dans le texte. *(N.d.T.)*

N'en tiens pas compte. Vas-y, maintenant !

Un bruit sec envoie les pigeons tournoyer au-dessus de l'aire de service.

Merde, l'un de ces putains d'ouvriers a tiré un pétard de signalisation. Il crie plus fort que cette pensée, dans l'espoir de s'obliger à reconnaître le danger. Toutes ces années d'entraînement et d'expérience foutues en l'air par ces deux secondes d'incompréhension. Mais ce n'est que lorsqu'il regarde de nouveau devant eux, voit les bras de Lancer se lever en un geste qui ne peut être que celui de la victime d'un coup de fusil, que le jeune policier réagit.

Il n'aurait pas pu couvrir en moins de temps l'intervalle entre les deux véhicules. Robert tend la main pour s'accrocher à l'arrière de la voiture juste au moment où la troisième balle frappe le Président.

Merde. L'impact a lieu une fraction de seconde avant que j'entende le bruit. Je n'avais jamais remarqué cela.

La tête de Kennedy se dissout en un brouillard de sang rose et de matière cérébrale blanche.

Robert saute sur le marchepied arrière juste au moment où la grosse Lincoln accélère en rugissant. Son pied glisse et il est à moitié traîné derrière la voiture qui prend de la vitesse.

Trop tard. Il faudrait deux secondes de plus. Une seconde et demie. Mais je n'ai jamais été aussi près de réussir.

La femme en rose rampe sur le coffre dans un effort hystérique pour récupérer le morceau du crâne de Lancer afin que personne ne puisse voir ce dont elle vient d'être témoin.

À l'intérieur de lui-même, Robert essaie en vain de fermer les yeux pour ne pas participer aux deux prochaines minutes d'horreur.

Val était sorti avant le petit déjeuner. En buvant son café, Carol se surprit en train de parler à son père, pour changer un peu :

« Aujourd'hui, c'est ta séance d'assistance socio-psychologique, n'est-ce pas, papa ? »

Robert grommela.

« Tu vas y aller, hein ? » Carol s'entendit parler avec une autorité toute parentale, mais il était trop tard pour y remédier. *Quand devenons-nous les parents de nos parents ?* se demanda-t-elle.

Quand ils deviennent assez séniles, névrosés ou incapables de s'en sortir pour qu'on y soit obligé, se répondit-elle.

« En ai-je jamais raté une seule ? répliqua son père d'un ton un peu bougon.

— Je ne sais pas, dit Carol en jetant un coup d'œil à sa montre.

— Si, tu le sais. Ce putain de programme de thérapie t'aurait appelée, aurait laissé des messages et n'aurait pas cessé de le faire jusqu'à ce que tu entres en contact personnellement avec lui. Tout comme le programme d'absentéisme scolaire… »

Le vieil homme s'interrompit.

Carol leva les yeux.

« Val a encore séché des cours ? »

Son père hésita une seconde puis haussa les épaules.

« Qu'est-ce que ça peut faire ? Depuis mon enfance, les écoles ne sont plus que des garderies…

— Merde », souffla Carol. Elle rinça sa tasse et la flanqua dans l'eau de vaisselle. « Ce soir, je vais lui parler.

— Beaucoup de travail, aujourd'hui ? demanda son père, comme s'il avait hâte de changer de sujet.

— Mmmmm », répondit Carol en mettant sa pèlerine.

La déposition de Dale Fritch à l'heure du déjeuner, pensa-t-elle avec un soubresaut. Les flash-back de cette nuit le lui avaient fait oublier. Peut-être qu'après l'avoir rencontré, lui et son informateur dingue, elle pourrait acheter quelques flacons de plus dans le quartier africain de la ville, avant de retourner au travail. Elle n'en avait plus qu'un seul de trente minutes.

La Honda ne s'était qu'en partie rechargée. Assez pour se rendre au travail, mais Carol serait obligée de payer le tarif onéreux de l'électricité du Centre administratif sinon elle ne pourrait pas rentrer chez elle. Ce qui voulait dire plus d'heures supplémentaires à faire.

« Y en a marre », dit-elle en donnant un coup de pied dans le flanc bosselé de ce tas de ferraille vieux de neuf ans. *La journée commence bien.*

Elle était en train de se mettre sur la voie de guidage lorsqu'elle s'aperçut qu'elle n'avait pas dit au revoir à son père.

« Ces tunnels sont super, dit Coyne. Il faut un long trajet en bus pour y arriver, mais ils sont vraiment super. Comment t'as dit que t'avais trouvé l'entrée ?

— Ma mère me l'a montrée il y a quelques années, quand elle a commencé à travailler au Centre administratif, répondit Val. Y avait beaucoup de supermarchés et de merdes dans ce genre-là, dans le coin. On faisait passer les prisonniers par ici avant de le fermer, après la Grande Crise. »

Sully et Gene D. avaient l'air impressionnés et un peu inquiets. Le bruit de leurs pas résonnait dans les couloirs ruisselants. Il n'y avait pas de lumière, mais leurs lunettes à RV amplifiaient l'infime lueur qui se déversait par les grilles d'aération.

« Tu dis que ça va du Centre administratif où ta vieille travaille jusqu'à Pueblo Park, de l'autre côté de la Un-Zéro-Un ? demanda Coyne.

— Ouais. »

Ils s'arrêtèrent devant une boutique fermée par des planches pour allumer des cigarettes et faire passer la bouteille de vin. Les allumettes brûlèrent comme des explosions incendiaires à cause de l'amplification de la RV.

« Je pense que tu devrais te faire un Japonais », dit Coyne.

Val releva brusquement la tête. « Un Japonais ? »

Coyne, Sully et Gene D. souriaient d'une oreille à l'autre. « Trucider un Jap », chantonna Sully.

Val ne regardait que Coyne. « Pourquoi un Japonais ? »

Le garçon plus grand haussa les épaules. « Ce serait super.

— Les Japonais sont dingues de sécurité. Ils ont des gardes du corps qui leur sortent du cul.

— Ce sera encore plus super, répliqua Coyne en souriant. On te regardera faire, Val. On pourra tous le flasher. »

Val sent son cœur s'emballer. « Non, je rigole pas, dit-il, en espérant que sa voix n'était pas aussi tremblante et aussi suppliante qu'il en avait l'impression. M'man dit que les conseillers japonais qui se pointent avec le maire ou le procureur sont toqués de sécurité. Ils se promènent partout avec des gardes du corps. Elle dit qu'ils détournent la circulation aux environs du Centre administratif quand Kasai, Morozumi ou Harada viennent pour… » Val se tut, mais pas avant de comprendre qu'il en avait trop dit. Beaucoup trop.

Coyne se pencha vers lui. L'amplification faisait de son visage maigre une splendeur de lumières et d'ombres. « Pour que personne puisse approcher, c'est bien ça, mec ? » Il fit un geste englobant le tunnel. « Mais nous, on peut s'approcher, pas vrai ?

— Personne sait à l'avance quand le maire et ses Japonais de service vont se pointer », dit Val en réalisant combien sa voix était geignarde ; il la détestait. « C'est vrai, je te le jure.

— Même ta vieille le sait pas ? » demanda Gene D. Sa voix résonna dans les ténèbres. « Elle y bosse, oui ou merde ? »

Val serra les poings, mais Coyne le retint. « Elle le sait pas. Jamais. Je le jure.

— Hé, calmos, mec, dit Coyne en lui tapotant le bras. On te croit. Tout baigne. On a tout notre temps, bébé. Pas besoin de foncer. » Le visage de Coyne semblait démoniaque à la lumière amplifiée. « On est tous amis, ici, ouais ? Et c'est un endroit super. Notre club à nous, où qu'on est débarrassés des aut'es nazes, tu piges ? » Il tapota le bras de Val une dernière fois et sourit aux autres. « Un Japonais, ce serait super, mais le cadavre, on s'en fout, du moment qu'on a quelqu'un à trucider pour pouvoir flasher le truc. J'ai raison ou pas ? »

Ils s'assirent pour fumer dans l'obscurité.

Pour se dépanner, Carol acheta trois flacons de flashback à l'une des secrétaires du procureur et passa la matinée à taper des dépositions de procès en correctionnelle pour plusieurs avocats qui avaient leur bureau ici. Elle était toujours contente de travailler pour des cabinets privés parce que ces transcriptions-là lui rapportaient plus d'argent. Plusieurs sténographes étaient absentes – ce qui était généralement le cas –, mais elle apprit que l'une d'elles, une certaine Sally Carter que Carol ne connaissait pas bien, était restée chez elle parce qu'elle venait d'apprendre que son mari avait été tué dans une bataille, près de Hong Kong. Comme d'habitude, on murmura que ce n'était pas juste que l'Amérique soit obligée de se battre pour les Japonais ou les Chinois, mais à la fin, tout le monde reconnut que le pays avait besoin d'argent, et pas grand-chose d'autre à vendre au Japon où à la Communauté européenne que sa technologie militaire ou ses hommes.

L'absence de Sally Carter vaudrait à Carol un supplément de travail et la possibilité de vendre d'autres dépositions.

À onze heures, elle regarda dans le tiroir de son bureau, dans l'idée de soustraire quelque chose à son déjeuner, puis se souvint qu'elle n'avait rien préparé aujourd'hui, et pour quelle raison. Elle sourit à la pensée de son rendez-vous clandestin avec le procureur adjoint.

À onze heures et quart, Danny téléphona.

Il l'appelait sûrement de la cabine publique mal éclairée d'un bar quelconque, et la qualité de la vidéo était médiocre. Danny n'était qu'une tache pâle et floue se détachant sur des ombres. Mais cette forme indistincte avait quelque chose de familier. Et sa voix n'avait pas changé.

« Carol, tu as l'air en pleine forme, ma chérie. T'es splendide, vraiment. »

Carol ne répondit pas. Elle ne pouvait plus parler. Cela faisait huit ans et demi qu'elle n'avait pas vu Danny.

« En tout cas, se hâta-t-il de dire pour combler son silence, me voilà à Los Angeles pour deux ou trois jours… J'habite Chicago, maintenant, tu sais… et je me suis dit… c'est-à-dire, j'ai pensé que… merde, Carol, s'il te plaît, voudrais-tu déjeuner avec moi aujourd'hui ? Je t'en prie ? C'est très important pour moi. »

Non, pensa Carol. *Pas question. Tu nous a laissés, Val et moi, sans une lettre, sans une explication, sans verser de pension alimentaire, et puis tu m'appelles huit ans après en disant que tu veux déjeuner avec moi. Il n'en est pas question. Non.*

« Oui », dit-elle. Elle avait l'impression d'être dans l'un de ses flash-back et se demanda si elle était *en train* de revivre un épisode tiré de son triste avenir. « Où ? À quelle heure ? »

Danny lui décrivit l'endroit. C'était un bar du centre-ville où ils avaient mangé lors de leur emménagement à Los Angeles, quinze ans auparavant, et où ils avaient pris l'habitude de passer ensemble un peu de temps pris sur leur pause de midi. « Disons… dans dix minutes ? »

Carol savait que si elle prenait la Honda, elle serait obligée de la laisser en rade dans un quartier dégueulasse. Elle irait en bus. « Vingt minutes », répondit-elle.

La tache pâle qui était Danny hocha la tête. Elle crut distinguer un sourire.

Carol raccrocha, mais garda le doigt sur le bouton pendant une minute, comme pour le caresser. Puis elle se hâta de refaire son maquillage et descendit prendre le bus.

« Demi à la Base. Nous arrivons dans cinq minutes. »

Oh, merde. Y en a marre. Robert est dégoûté. Après avoir revécu cela pendant des années, il sait ce qui n'arrivera pas. C'est comme une masturbation sans orgasme.

Il garde les yeux fermés… ou du moins essaie. On ne peut pas exclure les images visuelles du flash-back sans un immense effort de volonté. Les gens crient et agitent les bras sur la zone herbue, à sa gauche.

Robert essaie de fuir, de revenir à un autre temps, à un autre souvenir… mais une fois commencé, il n'y a aucun moyen d'échapper à un épisode en flash-back. Ils avancent lentement vers le pont autoroutier, au-dessus de la ligne de chemin de fer.

Il n'y a pas un bruit. Des pigeons tournoient dans le cañon, au-dessus de la grand-place.

Incapable. Vide. Incompétent.

Trois secondes plus tard, il saute de la voiture de police et court vers la Lincoln bleue.

Incompétent. Aucun effort de volonté ne peut le faire agir plus vite. Le temps et la mémoire sont immuables.

Pas même ma putain de mémoire. Je suis *fou. Kay, tu me manques.*

Le second coup de feu. Il fonce vers le marchepied et s'accroche à la poignée en métal. Le troisième coup de feu.

Robert essaie de ne pas voir, mais l'image de la tête du Président en train d'exploser ne peut être déniée.

Vingt ans plus tard, lors d'un sondage, cinquante pour cent des Américains ont dit qu'ils se souvenaient d'avoir vu l'attentat en direct à la télévision. Il n'est jamais passé à la télévision. Il a fallu presque douze ans pour que soient publiées les parties censurées du film de Zapruder... et seulement dans Life. *Avant le flash-back, la mémoire mentait... nous coupions et recollions les souvenirs à volonté. Merde, Kennedy a été élu avec seulement quarante pour cent des voix, mais dix ans après sa mort, lors d'un sondage, soixante-douze pour cent des gens ont dit qu'ils avaient voté pour lui.*

La mémoire ment.

Il repousse la femme du Président dans le véhicule en remarquant la folie qui remplit ses grands yeux, mais il comprend pourquoi elle s'obstine à récupérer le morceau de crâne. Pour que tout redevienne comme avant.

Je vais chercher Val. M'assurer qu'il ne va rien faire de stupide.

Il repousse la femme sur la banquette et la protège, ainsi que le corps de Lancer, jusqu'au Parkland Hospital. Le désespoir l'engloutit comme une marée montante.

Val et ses amis observaient la voie de guidage de l'I-5 du haut de leur perchoir, le toit d'un immeuble abandonné après la Grande Crise. Val tenait le 32 à deux mains. Les véhicules roulaient en silence, on n'entendait que le frottement des pneus sur la chaussée mouillée. Une heure avant, il avait plu.

« Je pourrais attendre qu'une Lexus passe et lui tirer dedans », dit Val.

Coyne lui jeta un regard écœuré. « Avec ce pistolet à bouchon ? On est à trente mètres de la voie des VIP. Tu pourrais même pas atteindre c'te putain de voiture, encore moins le Jap assis sur la banquette arrière. S'il y a un Jap dedans.

— En plus, intervint Gene D., leurs voitures sont vachement blindées. Un putain de cent cinquante traverserait pas un de leurs putains de pare-brise.

— Ouais, dit Sully.

— D'ici, un putain de fusil à aiguille arriverait pas à toucher une Lexus japonaise », confirma Gene D.

Val baissa le pistolet. « J'ai pensé que ce serait mieux si le… si on faisait ça au hasard. »

Coyne frotta du poing les cheveux courts de Val. « Ça, c'était *avant*, mec. Maintenant, le truc, c'est un Jap. »

Val s'assit sur ses talons en laissant le 32 sur le rebord. L'eau formait des flaques sur le toit affaissé. « Mais ça va prendre des jours… des semaines… »

Coyne sourit, s'empara vivement du pistolet et le présenta à Val. « Hé, on a le temps, hein, les mecs ? »

Sully et Gene D. émirent des bruits approbateurs.

Val hésita une seconde, puis reprit le pistolet. Il recommença à pleuvoir et les garçons s'enfuirent pour se mettre à l'abri. Val ne vit pas son grand-père qui les regardait, de l'autre côté de la rue. Quand ils quittèrent le bâtiment, quelques minutes plus tard, pour se diriger vers la rivière, aucun d'eux ne remarqua le vieil homme qui les suivait.

Il pleuvait lorsque Carol arriva au bar de San Julian. Elle entra en courant, un journal sur la tête, et resta une minute à cligner des yeux, dans la pénombre. Quand l'homme corpulent s'approcha d'elle, elle fit un pas en arrière avant de le reconnaître.

« Danny. »

Il lui prit les mains et posa le journal mouillé sur la table. « Carol, bon Dieu, tu es en beauté. » Il la serra maladroitement dans ses bras.

Elle n'aurait pas pu dire la même chose à propos de son ex-époux. Danny avait pris du poids – au moins cinquante kilos de plus – et ses traits, son corps, familiers, semblaient perdus dans cet excès de graisse. Presque tous ses cheveux blonds avaient disparu et son cuir chevelu était constellé de taches brunes, comme celui de son père. Sa peau était jaunâtre, il y avait des poches sous ses yeux creux et tristes, sa respiration sifflait un peu. Ce qu'elle avait attribué au mauvais éclairage et à la médiocre qualité de la vidéo du téléphone, c'étaient les ombres et les altérations de Danny lui-même.

« Allons nous asseoir dans notre ancien box », dit-il.

Sans lui lâcher les mains, il l'emmena dans un coin, tout au fond. Elle ne se souvenait pas d'avoir eu un endroit privilégié, dans ce bar, et n'avait jamais repassé ce souvenir-là.

Il y avait un verre de scotch à moitié vide sur la table. À ce qu'elle avait senti, lorsqu'il l'avait embrassée, ce n'était pas le premier.

Ils restèrent à se regarder, l'un en face de l'autre. Pendant une minute, aucun d'eux ne parla. La salle était presque déserte à cette heure du jour, mais le barman et un homme en imperméable tout déchiré discutaient avec le morphoreporter sportif d'une vieille télé à haute définition, au-dessus d'une rangée de bouteilles. Carol baissa les yeux et s'aperçut que Danny lui tenait toujours les mains. Elle se sentait bizarre, anesthésiée, comme si les nerfs de ses doigts ne transmettaient plus d'informations tactiles.

« Eh bien, Carol, dit enfin Danny, tu es vraiment superbe. Vraiment. »

Carol hocha la tête et attendit.

Danny vida son verre, fit signe au barman de le resservir, interrogea Carol des yeux et prit son léger mouvement de tête pour un non. Il attendit qu'on lui ait apporté un verre plein de whisky pour reprendre son monologue. Le flot précipité de ses paroles se déversa sur Carol, la déchargeant de la nécessité de parler.

« Eh bien, Carol, voilà, j'étais en... en espèce de voyage d'affaires... et je me suis dit, euh, je me suis demandé... Est-ce qu'elle travaille toujours au palais de justice ?... et voilà que tu étais un des numéros présélectionnés. En tout cas, j'ai pensé... tu comprends, pourquoi pas ? Alors... bon Dieu, t'ai-je dit que tu avais vraiment une mine superbe ? T'es belle, il n'y a pas à dire. Mais tu as toujours été sensass. J'ai toujours pensé que tu étais sensationnelle. Tu le *sais* bien.

» En tout cas, tu veux probablement savoir où j'en suis, hein ? Ce qui m'est arrivé ? Ça fait quatre ou cinq ans depuis le temps... en tout cas, je suis à Chicago maintenant. Plus à la Caldwell Banker. Un moment, j'ai vendu des installations électriques de luxe, mais… tu sais… le marché est devenu vraiment merdique. Je m'en suis tiré juste à temps. Aussi… où en étais-je ? J'habite Chicago… j'ai commencé à suivre une sorte d'assistance psychosociologique des structures profondes… j'ai pensé que ça t'intéresserait de savoir que je bénéficie d'une assistance psychosociologique. »

Danny rit. C'était un bruit singulièrement rocailleux et les deux hommes, au bar, jetèrent un coup d'œil derrière eux puis revinrent à leur discussion avec le morphoprésentateur sportif. Danny lui tripota les doigts, prit ses mains dans l'une des siennes comme si c'était une paire de gants qu'il avait oubliée, puis il les reposa sur la table éraflée. Il but une gorgée.

« En tout cas, cette assistance psychosociologique des structures profondes… tu en as entendu parler ? Non ? Bon Dieu, je croyais que tout le monde en Californie serait… en tout cas, il y a ce type brillant à Chicago, il est docteur en philosophie, spécialisé dans l'utilisation thérapeutique du flash-back… et il a une sorte de, eh bien, d'ashram, c'est le mot. Des gens qui ont de gros problèmes vivent là et lui paient une dîme… euh, en réalité, c'est plus qu'une dîme puisqu'il est leur mandataire… mais c'est pas du genre un-truc-par-semaine. On vit là et l'assistance psychosociologique… l'assistance psychosociologique des structures profondes, c'est comme cela que ça s'appelle… c'est comme le boulot. C'est un truc qui vous occupe toute la journée…

— Et on se sert du flash-back », dit Carol.

Danny sourit comme s'il était incroyablement soulagé et impressionné par la profondeur de son intelligence. « T'as compris. Tout à fait ça. Parfait. Tu es sûrement au courant… il y a un million de centres d'assistance psychosociologique des structures profondes ici, au soleil de la Californie. Mais, ouais, on y passe huit à dix heures par jour… sous la stricte surveillance du Dr. Singh, bien sûr. Et de ses conseillers-thérapeutes appointés. Ce n'est pas du tout comme, tu sais, comme la façon dont je me servais du truc quand on était ensemble… » Il se frotta la joue et Carol entendit le crissement de sa barbe de plusieurs jours sous sa paume. « Je sais, Carol, que j'ai fait le con avec, à l'époque. Je veux dire que maintenant, je flashe pour ainsi dire plus ces petits jeux sexuels d'adolescents. C'est pas… tu comprends… c'est pas important par rapport à la totalité de l'expérience thérapeutique, tu vois ? »

Carol repoussa de son front une mèche de cheveux mouillés.

« Qu'est-ce qui est important ? demanda-t-elle.

— Quoi ? » Danny avait terminé son scotch et essayait d'attirer l'attention du barman. « Excuse-moi, ma jolie. Qu'est-ce que tu disais ?

— Qu'est-ce qui est important, Danny ? »

Il attendit qu'on l'ait resservi, puis il sourit d'un air presque béat. « J'ai une chance de faire une découverte capitale, ma jolie. Le Dr. Singh lui-même dit que j'ai atteint un point où je peux renverser la situation. Mais… »

Carol connaissait bien ce ton. Elle ne dit rien.

Danny reprit ses mains dans les siennes et les frotta comme si elles étaient froides. C'étaient ses mains à lui qui étaient froides.

« Mais j'ai besoin qu'on m'aide…, commença-t-il.

— Besoin d'argent », dit Carol.

Danny lui lâcha les mains et serra les poings. Carol remarqua comme sa main était pâle, grassouillette et faible, comme si les muscles avaient été remplacés par de la graisse. *Ou fourrés de crème*, pensa-t-elle. *Comme ces gâteaux bavarois à la crème fraîche qu'il mangeait.*

« Pas seulement de l'argent, lui dit-il d'une voix âpre. *D'aide.* Je suis prêt à m'engager dans la réintégration totale, et le Dr. Singh dit que…

— La réintégration totale ? »

Cela lui fit penser à cette nouvelle carte télem et son programme que Val voulait acheter pour ses lunettes à RV.

Le sourire de Danny était condescendant. « Ouais. Le rappel total. La réintégration complète de ma vie passée avec la connaissance spirituelle que j'ai acquise durant mon séjour à l'ashram. C'est comme… tu sais… réadapter une vieille voiture qui marchait à l'essence pour qu'elle fonctionne à l'électricité ou au méthane. Il y a des gens à l'ashram qui en sont au stade où ils peuvent réintégrer leur vie *passée*, mais… merde, tu comprends… j'ai l'impression que je me contenterais bien de celle-ci. » Il émit de nouveau un rire rauque.

Carol hocha la tête. « Tu as besoin d'argent pour le flash-back que tu utilises dans cette… thérapie, dit-elle. Combien ? Pour revivre combien de temps ? » Sa voix aurait trahi son manque presque total de curiosité si Danny y avait prêté vraiment attention.

« Eh bien, dit-il, excité, pensant visiblement qu'il avait une chance, la réintégration totale, c'est… tu comprends… *total*. J'ai déjà liquidé ce que j'avais… l'appartement de Lakeshore, la Chrysler électrique, les quelques actions que Wally m'a laissées… mais j'ai besoin de plus que ça pour… » Il s'arrêta en voyant son expression. « Hé, Carol, il ne s'agit pas de, d'une grosse somme. C'est comme… tu vois… une hypothèque, ou les versements pour l'achat d'une voiture. C'est vraiment pas beaucoup quand tu penses que c'est réparti sur la période dont je suis en train de parler, et…

— Tu parles de revivre toute ton existence en flash-back.

— Eh bien… tu comprends… ce que je veux dire, c'est que… oui.

— La réintégration totale, dit Carol. Tu as quarante-quatre ans, Danny, et tu vas revivre toute ton existence en flash-back. »

Il se redressa et tendit le menton. Carol reconnut sa posture belliciste. Gros, pâle et mou comme il l'était maintenant, il paraissait un peu pathétique.

« C'est facile de se moquer de quelqu'un qui est prêt à devenir vulnérable, dit-il. J'essaie de remettre ma vie d'aplomb, Carol. »

Elle rit doucement : « Danny, tu auras *quatre-vingt-huit ans* quand tu sortiras de ton flash-back. »

Il se pencha en avant comme s'il allait partager un secret avec elle. Sa voix était empreinte d'ébriété et d'intimité partagée. « Carol, c'est juste une vie sur la grande roue. Le plus important, c'est où on en est quand on la *termine*. »

Carol se leva. « Comment tu seras, Danny, j'en suis sûre. Tu seras brisé. » Elle s'éloigna.

« Hé… cria Danny sans se lever. J'ai oublié de te demander… et Val, comment va-t-il ? »

Carol sortit sous la pluie. Elle ne se rappelait plus où était l'arrêt de bus et se mit à marcher, à l'aveuglette, vers le Centre administratif.

Val et ses amis se prélassaient entre les arcs-boutants métalliques du viaduc, à quinze mètres au-dessus du lit bétonné de la rivière, lorsque Coyne se redressa brusquement et prit Val par l'épaule. « Bingo ! Tes lunettes sont pas reliées aux infos ? » dit-il en hochant la tête et en souriant à quelque chose qu'il voyait en RV.

« Les infos ? répliqua Val. Tu me prends pour un con ? »

Coyne ôta ses lunettes.

« Non, je te prends pas pour un con, mec. On vient juste de nous livrer un Japonais. »

Val sentit son cœur se serrer.

« De nous livrer un Japonais, de nous livrer un Japonais, chantonna Sully.

— Qu'est-ce qui se passe ? » demanda Gene D. en sortant d'un flash de dix minutes.

En voyant la bosse sur le jean de Gene D., Val devina que son ami venait encore de flasher le viol de l'Espagnole.

« Un flash d'information, répondit Coyne en souriant. Ça s'agite drôlement au Centre administratif. Le maire va arriver avec son copain le conseiller japonais, Morozumi.

— Au Centre administratif, dit Val. C'est l'endroit où ma mère travaille. »

Coyne hocha la tête.

« On va passer par ce système de tunnels que tu nous as montré, depuis la Première Rue. On va faire ça là-bas, sur Temple Street. Magnons-nous le cul jusqu'à Pueblo Park, et puis après on filera en prenant le bus.

En laissant ce putain de revolver dans ce putain de tunnel.

— Ça marchera pas », dit Val en cherchant désespérément de bonnes raisons.

Coyne haussa les épaules.

« Peut-être pas. Mais ce sera le super-pied à flasher.

— Ça marchera pas. »

Val suivit les autres en répétant la phrase comme un mantra.

Robert ne s'était pas senti aussi vivant depuis des années. Il suivit les garçons dans un bus articulé et se glissa derrière eux. Son pas était plus léger, sa vision plus claire et il avait l'impression d'avoir nettoyé sa tête des toiles d'araignées qui l'encombraient. Il resta à l'avant de la seconde voiture, en surveillant l'autre section par le soufflet pour s'assurer qu'il ne les manquerait pas quand les garçons descendraient.

Robert se demanda si son morphothérapeute était vraiment capable, si son obsession du flash-back ne venait pas de ce qu'il se croyait coupable du cancer mortel de sa femme. « Vous n'êtes pas sans savoir, lui avait dit le programme, que, plus de cinquante ans après la mort du président Kennedy, des milliers de personnes parlent encore d'une conspiration dont l'existence n'a jamais été prouvée.

— Je ne crois pas à une conspiration », avait murmuré Robert.

Le synthé barbu avait souri, sur la télé intégrale murale. « Non, mais vous persévérez dans ce fantasme de protection. »

Robert avait fait un très gros effort pour ne pas se mettre en colère. Il n'avait rien répondu.

« Votre femme est morte… il y a combien d'années ? » demanda le conseiller.

Robert n'ignorait pas que le programme le savait. « Six ans, répondit-il.

— Et il y a combien de temps que le pays s'est passionné pour le cinquantième anniversaire de cet assassinat ? »

Robert éprouva de la colère devant l'évidente naïveté de cette série de questions. Mais il avait promis à Carol et à l'assistante sociale qu'il poursuivrait sa thérapie. « Il y a cinq ans.

— Et l'obsession du flash-back ?

— Environ cinq ans », soupira Robert. Il jeta un coup d'œil à sa montre. « Mon heure est écoulée. »

Les dents blanches du morpho barbu… (Robert pensait que c'était un personnage synthétique, mais n'en était pas sûr…) brillèrent dans sa barbe. « Bobby, c'est à moi de dire ça. »

Les garçons descendirent du bus devant les ruines de l'ancien bâtiment fédéral et Robert les suivit.

En rentrant sous la pluie au Centre administratif, Carol regarda autour d'elle avec des yeux neufs. Elle vit les empilements de sacs pleins d'ordures, hauts de trois mètres, les boutiques abandonnées, les dégâts non réparés de la Grande Crise, qui avait eu lieu plusieurs années auparavant, les slogans en pseudo-japonais vantant leurs jeux électroniques de pacotille, les caméras des systèmes de sécurité, les installations électriques bon marché alignant au bord du trottoir leurs holos de sécurité qui clignotaient, les gens aux visages gris et aux yeux fuyants qui pressaient le pas et ressemblaient à ceux qu'elle avait vus, étant enfant, dans des vidéos sur l'Europe de l'Est et la Russie… tout cela allait très bien avec le visage gras et fade de Danny, son discours geignard et égocentrique.

Je vais partir m'installer au Canada avec Val et papa, pensa-t-elle. Ce n'était pas une lubie. C'était la plus forte résolution qu'elle ait jamais prise depuis des années. *Ou le Mexique. Un endroit où la moitié de la population n'est pas, à tout moment, défoncée au flash-back.*

Carol leva son visage vers la pluie. *Je vais cesser de renifler cette merde. Et forcer Val et papa à faire pareil.*

Elle essaya de se souvenir quel aspect avait son pays quand elle était une minuscule petit fille regardant à la télévision un gentil visage de grand-père, celui de Reagan. *Tu nous as ruinés à jamais, sale con, avec ta gueule de grand-père plein de bonté. Les enfants de mes enfants n'auront encore pas fini de payer ta dette. Pour quoi… gagner la Guerre froide et instaurer la République russe pour qu'elle rivalise avec nous dans l'achat des produits japonais et de la Communauté européenne ? Nous ne pouvons pas nous les offrir. Et nous sommes devenus trop stupides et trop paresseux pour les fabriquer nous-mêmes.*

Pour la première fois, Carol comprit pourquoi la pratique du flash-back était punie de mort au Japon… un pays où la peine capitale avait été supprimée pendant soixante ans. Pour la première fois, elle comprit qu'une culture ou une nation devait décider, une fois pour toutes, si elle regarderait vers l'avenir ou bien se coucherait pour rêver jusqu'à en mourir.

La réintégration totale. Mon Dieu.

Carol marchait depuis plus d'une heure lorsqu'elle s'aperçut que la pluie s'était arrêtée, même si ses joues étaient toujours mouillées. Ce fut un choc lorsqu'en arrivant à proximité du Centre administratif des agents de la sécurité l'arrêtèrent. Elle montra son badge deux fois, fut balayée par un détecteur, puis arriva à l'entrée nord où la limousine du maire et plusieurs Lexus blindées stationnaient, protégées par un cordon de motos de la police.

Elle avait déjà rejoint son étage, après avoir montré patte blanche à deux autres gardes, lorsqu'une des femmes du secrétariat se précipita vers elle, des larmes ruisselant sur ses grosses joues. « Carol, tu es au courant ? C'est terrible. Pauvre Dale. »

Carol la repoussa, entra dans son box et pianota le code des informations sur son téléphone. Le bulletin fut répété un moment après. Le procureur adjoint de Los Angeles, Dale Fritch, un ressortissant japonais du nom de Hiroshi Nakamura et cinq autres personnes avaient été tués dans un café du centre-ville. Ils passaient l'habituel montage vidéo de la scène du crime. Carol se laissa tomber sur son siège.

La lumière des messages téléphoniques urgents clignotait. Comme engourdie, elle annula l'alimentation des informations et demanda le message.

« Carol, dit Dale Fritch dont le visage de petit garçon était un peu déformé par la médiocre vidéo d'une cabine téléphonique publique, je suis désolé que nous nous soyons manqués, mais ce n'est pas grave. Comme j'étais seul avec lui, Hiroshi m'a parlé plus librement. Carol… *il m'a convaincu*. Je crois que les Japonais nous ont fourni ce truc depuis la fin des années quatre-vingt-dix. Je pense qu'il y a là quelque chose de plus grave que le Scandale du Remboursement à la CE, plus gros que Watergate… merde, plus gros que la Grande Crise. Hiroshi a des disquettes, des documents officiels, des mémos, des listes de dessous-de-table… » Fritch jeta un coup d'œil par-dessus son épaule. « Écoutez, Carol, il faut que je le rejoigne. Je ne reviendrai pas cet après-midi. Pouvez-vous apporter votre machine à écrire électronique et me rejoindre à… euh… disons à l'Holiday Inn… à dix-sept heures trente ? Cela en vaudra la peine, je vous le promets. Bon. Surtout… ne parlez de cela à personne, d'accord ? On se retrouve à dix-sept heures trente. *Ciao*. »

Carol resta à regarder le téléphone pendant une minute, puis elle enregistra le message sur une disquette vierge, la glissa dans sa poche et redemanda les informations. Un journaliste parlait en direct devant un restaurant d'où l'on sortait des corps sur des brancards. « … la police sait seulement que le procureur adjoint Fritch n'était pas ici dans l'exercice de ses fonctions lorsque trois hommes en passe-montagnes noirs entrèrent et ouvrirent le feu avec, comme le déclare un témoin, citation, “des fusils à aiguilles de type militaire, comme ceux que l'on voit dans les films”. L'ambassade du Japon n'a rien à dire sur l'identité de l'homme qui accompagnait Fritch, mais un informateur du bulletin d'information de CNN/LA, proche de l'ambassade, nous informe que le ressortissant japonais, Hiroshi Nakamura, était un criminel recherché par la préfecture de police de Tokyo.

La police de Los Angeles se demande si ce Nakamura n'avait pas pris rendez-vous avec le procureur adjoint Fritch pour sonder les autorités de la justice de Los Angeles sur les possibilités de certaines négociations en échange d'une promesse de non-extradition. Ils informent aussi CNN/LA que cet attentat porte la marque de la Yakuza. Comme vous vous en souvenez peut-être, la Yakuza est l'organisation criminelle la plus meurtrière du Japon et pose un problème de plus en plus grave à… »

« Carol ? dit une voix derrière elle. Pouvez-vous venir un moment dans mon bureau ? »

Bert Torrazio était là avec plusieurs gardes en civil chargés de la sécurité.

Le maire et son conseiller, Mr. Morozumi, occupaient les deux fauteuils de cuir de son bureau. Carol les salua d'un signe de tête bien que personne n'ait fait les présentations.

« Bert, dit le maire, conduisez-moi au bureau de Dale, je vous prie. J'aimerais offrir mes condoléances à son personnel. »

Tout le monde sortit, sauf Carol, les deux gardes japonais et Morozumi. Le conseiller aux cheveux gris impeccablement coiffés portait un élégant costume noir de chez Sartori et une cravate grise. Une modeste montre-bracelet de l'Agence spatiale nippone, qui avait dû coûter au moins trente mille dollars, constituait sa seule concession à la fantaisie. Mr. Morozumi fit un signe de tête et les gardes disparurent.

« Vous êtes revenue de votre déjeuner trois minutes trop tôt, Mrs. Rogallo, dit le conseiller. La disquette, je vous prie. »

Carol n'eut qu'une seconde d'hésitation avant de la lui tendre.

Morozumi sourit un peu avant de la glisser dans la poche de sa veste. « Nous savions, bien entendu, que Mr. Fritch avait appelé quelqu'un, mais l'équipement téléphonique antique de cette ville n'a réussi à localiser l'appel que depuis quelques secondes. » Morozumi se leva et traversa la pièce jusqu'à un hévéa, près de la fenêtre. « Mr. Torrazio devrait prendre plus grand soin de ses plantes, murmura le conseiller, presque pour lui-même.

— Pourquoi ? » demanda Carol. *Pourquoi tuer Dale ? Pourquoi fournir une drogue à un pays pendant vingt ans ?*

Mr. Morozumi leva la tête. La lumière du soleil brilla sur ses lunettes rondes. Il toucha une feuille de l'hévéa. « C'est de l'incurie, de ne pas soigner ces êtres vivants qui nous sont confiés.

— Qu'est-ce qui va se passer ? » dit Carol. Comme Morozumi ne répondit pas, elle ajouta : « Que va-t-il m'arriver ? »

Le petit homme ôta la poussière d'une autre feuille puis frotta ses doigts l'un contre l'autre. « Vous vivez avec votre enfant, Valentine, et un père qui suit une thérapie. Votre ex-époux, Daniel, est encore vivant et… je crois… séjourne dans notre belle cité en ce moment même. »

Carol sentit des doigts glacés se refermer sur sa gorge et son cœur.

« Pour répondre à votre question, poursuivit Mr. Morozumi, je suppose que vous allez continuer d'accomplir votre belle tâche ici, au palais de justice, et que Mr. Torrazio sera satisfait de vos services. De temps à autre, j'aurai peut-être l'occasion de bavarder avec vous et d'apprendre que votre famille est toujours en bonne santé. »

Carol ne dit rien. Elle faisait tous ses efforts pour rester debout et ne pas vaciller.

Mr. Morozumi sortit un mouchoir en papier d'un distributeur posé sur le bureau de Bert Torrazio, s'essuya les doigts et jeta le Kleenex sur le buvard du procureur. Comme sur un signal, ce dernier, le maire et les gardes du corps rentrèrent dans la pièce. Torrazio regarda Carol et leva les sourcils d'un air interrogateur.

Mr. Morozumi détourna les yeux comme si Torrazio avait des restes de nourriture sur les lèvres. « Nous avons eu une charmante conversation ; il est temps de retourner à nos affaires », dit-il. Il sortit avec ses gardes du corps. Le maire serra la main de Torrazio, salua Carol d'un signe de tête et se précipita pour rattraper la procession.

Carol et le procureur se regardèrent pendant une minute, puis elle pivota sur ses talons et rentra dans son box. Le classeur était vide et l'on avait changé son téléphone et son ordinateur. Carol s'assit et regarda fixement un dessin humoristique qu'elle avait scotché sur la vitre dépolie de sa cloison, quatre ans auparavant. Il représentait une greffière prenant des notes à toute vitesse tandis qu'un témoin et un avocat vociféraient entre eux, qu'une femme juge donnait de grands coups avec son marteau, que le prévenu debout apostrophait le témoin, que son défenseur lui criait quelque chose et que deux jurés semblaient prêts à en découdre. Une femme derrière la greffière disait à une amie : « C'est un bon écrivain, mais ses intrigues ne sont pas très crédibles. »

L'ex-centre commercial aboutissait à une grille de ventilation, située entre les aménagements paysagers et le Centre administratif. Coyne avait apporté une pince-monseigneur. Les garçons se retrouvèrent mêlés à un petit contingent de la presse armé de caméscopes et de micros paraboliques. Des journalistes du coin bombardaient de questions le maire et son conseiller japonais qui descendaient les marches pour rejoindre la limousine dont le moteur tournait au ralenti. Val était à cinq mètres des VIP, et à la même distance de la grille d'aération ouverte. Les gardes du corps ne prêtaient pas attention au groupe de journalistes, qu'ils avaient déjà fouillés, et surveillaient les bâtiments et la foule contenue de l'autre côté de la petite place.

« Vas-y, dit Coyne. Maintenant. »

Val sortit le pistolet et l'arma.

Le maire s'arrêta juste assez longtemps pour répondre aux questions, puis salua de la main quelqu'un qui se tenait sur le seuil du Centre administratif. Obéissant au protocole, Mr. Morozumi attendait près de la portière ouverte que le maire ait fini.

Val leva son pistolet. Quatre mètres à peine le séparaient de la tête du Japonais. Le canon de l'arme ressemblait à l'un des objectifs braqués sur le petit groupe des VIP. Val ne s'aperçut pas que Coyne, Sully et Gene D. s'éloignaient et disparaissaient par la grille ouverte.

Robert avait eu beaucoup de mal à franchir l'ouverture. Il se crut à bout de forces lorsqu'il se redressa et brossa son pantalon souillé de rouille et de feuilles mortes, mais quand il aperçut Val, vit l'arme et comprit qu'il était plus près de la cible que de son petit-fils, il réagit immédiatement, sans réfléchir, sans hésiter un instant.

Val appuya sur la gâchette. Il ne se passa rien. Il cligna des yeux, puis relâcha la sûreté. Il levait de nouveau le pistolet lorsqu'un des cameramen qui était près de lui cria : « Hé ! »

Robert courait comme un fou vers la limousine noire. Pour se mettre entre Val et le maire, il devrait sauter par-dessus le coffre arrière. Il le fit, oubliant son âge, oubliant son arthrite, oubliant tout sauf qu'il devait se trouver là avant que le garçon appuie de nouveau sur la gâchette.

Val aperçut son grand-père à la dernière seconde et n'en crut pas ses yeux lorsque le vieil homme sauta sur le coffre de la limousine, glissa dessus et atterrit sur ses pieds entre le maire et Mr. Morozumi. Les gardes bondirent sur ce dernier et le couchèrent sur le sol. Le maire resta seul debout, la bouche ouverte pour répondre à une question.

J'ai réussi ! pensa Robert, certain qu'il était entre Val et le maire, certain que la balle devrait le traverser avant d'atteindre sa cible. *Cette fois, je l'ai fait !...*

Deux gardes du corps japonais s'accroupirent, prirent leurs armes à deux mains et tirèrent sur Robert à cinq mètres de distance. Presque au même moment, un troisième balaya de sa mitraillette la tribune de la presse. Val et trois cameramen tombèrent.

On fourra le maire et Mr. Morozumi dans la limousine et on les emmena en hâte avant que la foule des curieux ait pu commencer à crier. Tous deux étaient indemnes.

Le corps de Val fut transporté à la morgue par la police, mais on accorda à Carol le droit de voir son père.

« Il ne sait pas que vous êtes là, dit le médecin d'une voix indifférente. Les dégâts neurologiques sont trop graves. Il y a encore une activité cérébrale, mais très limitée. J'ai bien peur qu'il dépende entièrement des équipements de survie. Je ne sais pas combien de temps ils le garderont en vie. Plusieurs heures, peut-être. Quelques jours au mieux. »

Carol hocha la tête et s'assit dans le fauteuil, au chevet du lit. Elle ne lui toucha pas la main.

La chambre n'est éclairée que par la lumière des moniteurs médicaux. Les visiteurs ne pensent pas que Robert puisse entendre ce qu'ils disent, mais c'est pourtant le cas.

« Il est comme cela depuis quelque temps, dit l'infirmière au fils et à la fille du Président qui viennent lui rendre visite.

— Mon père veut qu'on fasse le maximum pour lui », dit la fille de Lancer.

Elle est devenue une belle jeune femme. Son fils de trois ou quatre ans a hérité de la superbe crinière châtain de son grand-père. Le petit garçon prend les doigts de Robert dans ses petites mains. Il n'a peur ni de la chambre d'hôpital ni de la perfusion ni des moniteurs médicaux. Il est déjà venu ici.

La fille de Lancer s'assoit à son chevet comme elle l'a déjà fait tant de fois auparavant. *Ne me pleurez pas*, pense Robert. *Je ne suis pas malheureux.*

Carol reste assise près du lit de son père jusqu'à trois heures du matin ; les techniciens entrent alors pour débrancher les machines et emporter le corps.

Après leur départ, elle reste dans la chambre obscure. Ses yeux sont ouverts, mais elle ne voit rien. Au bout d'un moment, elle sourit, sort un tube de trente minutes, le lève presque avec respect jusqu'à son nez et brise la capsule.

Le Grand Amant

Prologue de l'éditeur,
par Richard Edward Harrison III :

Ce journal de guerre secret du poète James Edwin Rooke fut « découvert » à l'Imperial War Museum de Londres en septembre 1988. Il avait été correctement enregistré au catalogue de la bibliothèque, comme les milliers de journaux intimes de la Première Guerre mondiale trouvés ou donnés au musée presque soixante-dix ans plus tôt, mais, par erreur, on avait rangé le petit calepin avec des documents bureaucratiques qui présentaient peu d'intérêt pour les chercheurs et c'est là qu'il demeura pendant les décennies suivantes. Sa « découverte » récente fit sensation dans le monde de l'érudition.

Après maintes vérifications, il ne fait plus de doute qu'il a été rédigé par James Edwin Rooke. On a identifié l'écriture. Les poèmes, la plupart à l'état d'ébauche, sont des versions holistiques de plusieurs vers célèbres des Poèmes de tranchées *de James Edwin Rooke publiés en 1921 par Faber and Faber Ltd, Londres. Bien que le journal ne porte aucune signature et ressemble aux centaines de textes presque identiques récupérés dans les postes de secours, sur les lieux de sépulture ou les champs de bataille, beaucoup de passages sont « signés » de ce symbole hâtivement tracé* *, qui orna la couverture de la réédition, par Faber, des* Poèmes de tranchées*, en 1936.*

Cependant, même lorsqu'il ne subsista plus le moindre doute quant à l'authenticité de ce journal, les chercheurs restèrent en proie à une incrédulité scandalisée. Les raisons en sont profondes et variées.

*Tout d'abord, on avait déjà trouvé et publié un journal de la Première Guerre mondiale de James Edwin Rooke (*Mémoires d'un officier d'infanterie : Journal de la Somme*, de James Edwin Rooke, George Falkner & Fils, 1924) et, bien qu'il contînt une image troublante de la guerre de tranchées, le ton en était plus modéré et souvent empreint de cet humour plein d'ironie désabusée, typique des journaux d'officiers de cette époque. En vérité, la plus grande partie des commentaires de ce* Journal de la Somme *consistait en notes laconiques sur les opérations, accompagnées de quelques plaisanteries personnelles de peu d'intérêt, sauf pour les plus pointilleux des érudits ou des spécialistes de l'histoire militaire.*

Il n'y avait rien là qui ressemblât aux données choquantes contenues dans ce texte plus récemment découvert.

Deuxièmement, il fallait tenir compte des droits juridiques des héritiers de Rooke et consulter les membres survivants de la famille. L'éditeur remercie Mrs. Eleanor Marsh de Tunbridge Wells de lui avoir si aimablement permis d'éditer les pages suivantes.

Pour finir, il y avait le contenu lui-même. La réputation de James Edwin Rooke, à la fois en tant que poète et en tant qu'homme, n'avait jamais été menacée. Bien qu'une érudition consciencieuse demande que le texte soit divulgué dans son intégralité, ce n'est pas une chose à prendre à la légère que d'altérer radicalement la réputation d'une figure historique aussi essentielle à la fierté et à la tradition littéraire britanniques. C'est pourquoi la première publication du journal secret de James Edwin Rooke a été différée pendant plusieurs années, tant parce que l'éditeur s'inquiétait des effets qu'il pourrait avoir sur l'image et le testament littéraire du célèbre « poète des tranchées » qu'en raison des efforts sérieux et prolongés exigés par la vérification de l'authenticité de ce texte dans ses moindres détails.

Mais ayant satisfait à cette exigence et soigneusement pesé l'effet que de telles révélations auraient sur la mémoire de l'un des plus grands poètes de ce siècle, l'éditeur s'est trouvé contraint, pour répondre aux critères d'une érudition objective, de publier le journal sans modification ni suppression d'aucune sorte.

Le calepin lui-même est abîmé par des taches d'humidité et a subi les dommages du terrible environnement qui y est décrit, auxquels vient s'ajouter l'inévitable altération due aux soixante-dix années qu'il passa à l'Imperial War Museum dans des conditions plus que médiocres. Pis encore, plusieurs pages manquent, peut-être déchirées par l'auteur. Beaucoup de passages ont été regriffonnés ou corrigés. On a pu récupérer le texte de certains d'entre eux grâce à différentes techniques, dont les rayons X ; d'autres semblent perdus à jamais.

Étant donné les années et les différences culturelles qui nous séparent maintenant de ces terribles mois passés dans la Somme en 1916, j'ai cru bon d'insérer quelques commentaires éditoriaux pour rendre le texte plus clair. Là où il est illisible ou ambigu, j'ai inscrit en note mes propres reconstructions hypothétiques d'un mot ou d'une phrase. J'ai signalé en bas de page les vers qui sont présents dans les deux journaux.

Sauf ces quelques intrusions de l'éditeur, le vocabulaire et les impressions sont ceux du lieutenant James Edwin Rooke, âgé de vingt-huit ans, Compagnie C, n° matricule 4237, 13e (S) bataillon, Rifle Brigade.

R.E.H.
Cambridge
décembre, 1992

Samedi, 8 juillet, 8 h 15

Comme je suis déjà venu ici la semaine dernière pendant la Grande Offensive, en tant qu'observateur, et que je « sais » me diriger dans le dédale interminable des tranchées, on m'a désigné hier soir pour mener la Rifle Brigade des tranchées de réserve jusqu'à la crête de Tara-Usna[1], dans notre secteur du front situé à La Boisselle. J'ai accepté d'assez bonne grâce, bien qu'en sept jours les lignes aient spectaculairement changé sur cette partie du front. Depuis que La Boisselle est tombée, il a reculé,

1. Du nom d'un coin retiré de l'Avoca Valley, l'un des paysages irlandais chantés par Yeats et les poètes nationalistes irlandais. *(N.d.T.)*

et les tranchées ennemies que nous avons minées et pilonnées si sauvagement le matin du 1er juillet ne forment plus qu'un gigantesque entonnoir à droite de notre nouvelle première ligne. (Pendant que j'écris ceci, ce trou est en train de devenir le tombeau collectif de nos camarades de la 34e division que j'ai vus monter à l'assaut si bravement et si inutilement, il y a seulement une semaine. Leurs cadavres sont restés dans le no man's land depuis le matin de l'attaque et seule l'avance réussie de ce matin, au cours de laquelle La Boisselle est finalement tombée, a permis à nos troupes d'atteindre les barbelés où la plupart d'entre eux reposaient depuis samedi dernier.)

Nous sommes arrivés hier au soir, à dix heures passées, sous une pluie battante et, sans avoir pris ni repos ni repas convenable, nous nous sommes mis à enterrer les morts afin d'avoir fini avant que le soleil se lève. Le colonel a expliqué aux officiers qu'en plein jour l'ennemi tirait sur les équipes d'inhumation, si bien que nous devions effectuer notre travail de nuit. Les autres officiers et moi, nous avons convoqué les sous-offs de nos compagnies respectives et leur avons transmis cet éclaircissement. Les sous-offs n'ont rien expliqué à leurs hommes mais les ont sortis de leurs coins et recoins boueux, tirés de sous leurs caoutchoucs dégoulinants, et arrachés à leur casse-croûte de minuit pour les mettre à cette macabre besogne.

Ici, même de jour, c'est un cauchemar de naviguer dans les tranchées ; déjà avant notre avance précipitée – il s'y ajoute celles que nous avons creusées depuis deux jours –, c'était un dédale déroutant ; hier soir, sous la pluie, ce labyrinthe dépassait les capacités d'un esprit humain. Néanmoins, je menai les escouades d'inhumation le long d'une rangée d'anciennes tranchées allemandes, obsédé par la crainte de sortir de notre secteur et de me retrouver dans les lignes boches. Je n'avais pas grand-chose à faire, sauf ordonner aux hommes de retirer les cadavres habillés en kaki des rouleaux de fils de fer encore debout. Bien sûr, il y avait aussi beaucoup de corps dans les innombrables trous d'obus, mais je décidai de les laisser en paix dans le noir et la pluie. Les vivants pouvaient s'y noyer. Les morts n'étaient pas particulièrement pressés de les quitter.

Tout le front pue la mort et la pourriture ; cette odeur a déjà imprégné mon nouvel uniforme. Elle ne nous quitte jamais et si j'en crois mes copains de la 34e qui sont ici depuis que nous avons remplacé les Français, il paraît qu'il est impossible de s'y habituer. C'était encore pis dans les cratères pleins de cadavres et les barbelés jonchés de corps d'un secteur qui hier encore appartenait au no man's land.

Nos hommes avançaient prudemment sous la lumière crépitante des fusées éclairantes et les incessants éclairs de chaleur de l'artillerie. Ni les canons allemands ni les nôtres n'avaient réduit leur tir de la journée (nous perdîmes treize hommes rien que pour parcourir les deux kilomètres qui séparent la crête de Tara-Usna des boyaux de communication, situés derrière le front) et quel que fût notre avantage dans le noir sur les tireurs isolés, il semblait annulé par l'effet du pilonnage nocturne encore plus intense.

Dans notre partie de la ligne, il y avait des centaines de corps sur les fils de fer et je fis dire aux hommes, par mes sous-offs, de s'occuper d'eux en laissant tranquilles ceux qui étaient dans les trous d'obus et les ex-tranchées allemandes. Cadavres allemands et britanniques s'y mêlaient, naturellement, aussi les deux autres lieutenants et moi-même avions décidé qu'il serait plus facile de les trier à la lumière du jour.

La procédure à suivre était plutôt simple. Chaque détachement était divisé ainsi : certains hommes arrachaient nos camarades aux barbelés, où des morceaux de cadavres restaient souvent accrochés, d'autres rassemblaient les plaques d'identité, des brancardiers transportaient les corps jusqu'au trou d'obus et, pour finir, un dernier groupe ramassait les fusils et les autres pièces d'équipement récupérables. On jetait les cadavres dans l'entonnoir sans service religieux, sans un adieu. À la lumière rouge des fusées éclairantes, je regardai plusieurs de ces morts – dont j'avais croisé certains pendant ma semaine de liaison avec la 34e division – rouler doucement, d'une façon presque comique, sur la pente boueuse, sous la pluie, dans le noir. Aucun effort n'était fait pour identifier les individus. Plus tard, on déchiffrerait leur plaque d'identité et on écrirait une lettre à la famille.

Les corps tombaient très lentement ; ils s'enfonçaient souvent dans la craie et la boue des parois avant d'atteindre le lac vert des gaz délétères, au fond de l'entonnoir. Un obus vint frapper le rebord, là où six hommes étaient en train de verser les cadavres des brancards ; des morceaux de vivants et de morts s'élevèrent en spirale au-dessus de la gueule affamée du trou. Deux blessés furent conduits au poste de secours – je ne sais pas si les auxiliaires l'ont jamais *trouvé* – pendant que le reste du détachement d'inhumation décimé (ou du moins ce qu'on put en retrouver) fut simplement jeté dans l'entonnoir avec les cadavres qu'ils manipulaient quelques instants auparavant.

On nous a donné l'ordre d'occuper les tranchées de première ligne, mais ce sont également des tombeaux collectifs.

... Et le cliquetis des pelles affouillant la tranchée
[peu profonde.
Tout l'endroit pourrissait de cadavres ; des
[jambes verdâtres
Haut bottées se vautraient gauchement
[le long des sapes,
Des troncs, visage tourné vers la boue aspirante,
Sombraient comme des sacs piétinés, mal remplis ;
Des fesses nues et trempées, des cheveux emmêlés,
Saillaient, des têtes dormaient, coiffées de
[caillots et de glaise[1].

Mais il faut que je couche sur le papier ce qui m'a poussé à commencer ce nouveau journal intime.

Je sais que je vais mourir ici, dans la Somme. J'en suis certain.

Et je sais maintenant que je suis un lâche.

Pendant les derniers mois d'instruction à Auxi-le-Château, ou durant mon cantonnement précédent, à Hannescamps, j'ai eu le sentiment que ma tendance à la nervosité et mon penchant pour la poésie révélaient un certain manque de courage. Mais je me disais que

1. Les appels de notes en chiffres renvoient aux notes de l'auteur situées en fin de volume.

je n'étais qu'un bleu, qu'il s'agissait seulement d'une sorte de trac, qu'il était normal qu'un jeune officier subalterne ait la frousse en découvrant le front pour la première fois.

Mais maintenant, je sais.

Je suis un lâche. Je ne veux pas mourir et j'ai l'impression que rien ne mérite qu'on lui sacrifie sa vie – ni le roi, ni ma patrie, ni même le fait de sauver ma famille et la civilisation occidentale des Huns esclavagistes.

L'aube approchait, j'avais renvoyé le dernier détachement d'inhumation – le sergent Jowett, le caporal Newey, Bobby Wood, Frank Bell et plusieurs autres hommes qui travaillaient chez W.H. Smith, à Nottingham, et s'étaient engagés ensemble –, et je tentai de rejoindre le QG du bataillon par une série de profonds boyaux de communication. Parcourir cet entrelacement de blessures taillées en zigzag dans la terre humide peut prendre un temps totalement absurde – la semaine dernière, je me suis perdu en essayant de retrouver le quartier général divisionnaire de la 34e et il m'a fallu presque une heure pour franchir quelques centaines de mètres –, mais ce matin, j'étais complètement, totalement, irrémédiablement égaré. Et seul. Lorsque je m'aperçus enfin que le système de tranchées que je traversais était plus profond qu'aucun boyau britannique, que les panneaux des embranchements – trop pâles pour être déchiffrés à la lumière des fusées éclairantes sans que j'allume mon briquet, ce que je n'étais pas prêt à faire – étaient néanmoins visiblement écrits en *Fraktur**, et que les cadavres que je frôlais portaient des bottes

* En caractères gothiques. *(N.d.T.)*

plus hautes et des casques plus pointus que ceux des honnêtes morts anglais, je compris que j'avais pénétré à l'aveuglette dans une tranchée allemande récemment prise – du moins, je l'espérais sincèrement – et pas encore occupée.

Je m'assis pour attendre la lumière du jour.

Il me fallut plusieurs minutes avant de m'apercevoir que quelqu'un était assis en face de moi, sous la pluie ; son visage pâle semblait m'étudier avec un profond intérêt.

Je sursautai plutôt violemment, je le reconnais, et portai la main à mon pistolet avant de comprendre que c'était seulement un cadavre. Il n'avait plus de casque et je n'arrivais pas à distinguer la couleur de son uniforme – n'importe comment, tous étaient couverts de boue – mais le cuir des bottes dont il était chaussé semblait plus boche qu'anglais.

En attendant que l'aube déploie ses doigts de rose, ou du moins que la pluie noire se transforme en crachin gris, j'étudiai cet homme – ce qui avait été un homme quelques jours ou quelques heures auparavant – à la lumière rouge des fusées éclairantes et aux éclairs orange et blanc des explosions d'obus. Je crois que la pluie avait un peu diminué, ou bien je m'y étais habitué. J'avais laissé ma valise *(Note de l'éd. : quelques officiers transportaient leur couchage dans une espèce de grosse valise)* et mon caoutchouc à l'endroit où la Rifle Brigade s'était postée, si bien que je me blottis pitoyablement contre l'avant de la tranchée puisque mon compagnon semblait satisfait de s'appuyer au parados *(Note de l'éd. : l'arrière de la tranchée, le devant étant le parapet)* et laissai la pluie dégoutter de mon casque sur mes genoux trempés.

Les rats s'étaient occupés de mon ami. Ce n'était pas une surprise, puisque la plupart des cadavres que nous avions aperçus pendant cette longue journée, et cette nuit encore plus longue, avaient pour compagnons un ou deux rats morts. Le sergent Jowett, qui avait passé plus de temps dans les tranchées de première ligne qu'aucun d'entre nous, nous avait expliqué que cette vermine géante se gorgeait jusqu'à en mourir de la chair de nos camarades. Lors des premiers jours passés au front, les hommes, se sentant personnellement visés, embrochent avec leur baïonnette les animaux alourdis par leurs panses trop pleines et les lancent dans le no man's land. Mais on apprend vite à ignorer les rats vivants, et encore plus les morts, avait conclu le sergent.

Il n'y avait pas de rats morts ici, ce soir. Du moins, je n'en aperçus pas sous la pluie et dans la boue. Je me mis à faire des déductions sur le destin de mon ami. Il semblait ne plus faire qu'un avec la paroi de la tranchée, comme si l'explosion d'un obus ou la chute d'une bombe l'y avait enfoncé. Mais ses vêtements et ses membres étaient visiblement intacts, aussi cette hypothèse n'était-elle guère probable. Il était plus vraisemblable que, tué net par une balle, il s'était effondré contre la paroi et qu'un jour ou deux de pluie avaient fait couler la boue autour de lui en une sorte d'enterrement vertical. Ses mains étaient très blanches. Ses vêtements semblaient lui aller merveilleusement bien – d'ailleurs, aucun intendant n'avait jamais su vêtir ainsi un fantassin allemand, ou britannique – mais cette précision de tailleur était due aux gaz qui gonflaient tellement le corps que la laine mouillée et le cuir se tendaient sur lui, presque au point de craquer.

J'avais déjà vu cela, cette trompeuse corpulence des morts.

La blessure mortelle de mon ami était tout à fait visible et – pour moi – bien terrible.

Les rats et les oiseaux de proie s'étaient attaqués à ses yeux, mais les paupières restaient intactes, y compris les cils, et ses orbites noires semblaient me regarder. Il y avait un troisième œil au centre de son front pâle. Parfois, quand les fusées éclairantes crépitaient en fin de course, l'un de ces trois yeux semblait cligner et me faire de l'œil, dans une sorte de conspiration nécromantique, comme pour dire : *Toi aussi, tu vas bientôt connaître cette tranquillité.*

La balle d'un Lee Enfield, fusil semblable à ceux que portent les hommes de ma brigade d'infanterie et qui avait sans doute infligé cette blessure à mon ami, ne provoque pas, en entrant, de trou spectaculaire. Les victimes allemandes que nous avions croisées en venant ne présentaient généralement qu'un très petit orifice, pas plus gros qu'un œil, propre, bleuâtre, et sans effusion de sang. Bien sûr, la balle avait en sortant – comme c'était sûrement le cas pour mon ami, là – creusé un trou assez large pour qu'on y passe le poing, pour que tout le contenu du crâne jaillisse en une gerbe de cervelle et de sang, mais ces détails m'étaient miséricordieusement dissimulés par la paroi de la tranchée à laquelle cet homme semblait vouloir s'intégrer.

Je confesse ici que cette unique et simple blessure me terrorisait parce que j'avais toujours eu une peur anormale d'être touché au visage. À l'école, quand les autres garçons me menaçaient de leurs poings, j'évitais la confrontation. Non, me disais-je, parce que j'avais peur de la douleur – je crois que je la supporte aussi bien qu'un autre – mais précisément parce que l'idée d'un poing *fermé menaçant mes yeux et mon visage* me rendait malade de dégoût et de terreur.

Et maintenant ceci. Une balle tirée par l'un de nos fusils – ou par un Mauser allemand – voyage à près de huit cents mètres seconde, deux fois plus vite que le bruit du coup lui-même.

En plein visage. Dans les yeux. Un morceau de métal acéré volant droit dans les yeux – « le plus cher de nos sens ». Cette pensée est insupportable.

Je contemplai mon ami et, avec un terrible effort, finis par m'arracher à son triple regard qui ne cillait jamais.

Je crois qu'il était jeune. Certainement plus jeune que moi, avec mes vingt-huit ans. Malgré la boue, je devinais des cheveux blonds coupés court. Curieusement, les rats avaient en partie épargné la chair du visage, se contentant d'arracher quelques longues bandelettes sur les pommettes et la mâchoire. À la lumière des fusées éclairantes, cela ressemblait à des coups d'ongles. L'eau dégouttait de son nez, de son front et de son menton volontaire.

Ce qui me fascinait, c'étaient ses dents. Il avait eu des lèvres pleines, sensuelles même, mais en un jour ou deux le soleil de juillet les avait flétries et retroussées si bien que, même dans cette pénombre, je voyais briller le rose et le blanc des gencives et des dents. Ces dernières étaient trop parfaites et ressortaient comme si mon ami essayait de cracher quelque décharge finale, ne serait-ce qu'une épithète contre l'injustice d'une mort aussi banale.

Tandis que je le contemplais, m'accoutumant à sa présence et à la mienne *là* – dans ce théâtre d'une mort presque certaine où des morceaux de métal acérés vous arrivaient dans les yeux trop vite pour qu'on puisse les apercevoir ou les esquiver –, je me rendis compte que ces dents, cette mâchoire, bougeaient.

Tout d'abord, je crus que c'était un tour que me jouait la lumière dansante, car bien que le bombardement se soit un peu calmé, des fusées éclairantes continuaient à dériver dans le ciel, les lignes boches et anglaises s'attendant à ce que des patrouilles se risquent avant l'aube dans le no man's land.

Ce n'était pas la lumière. Je me penchai en avant, approchant mon visage à moins d'un mètre de celui de mon ami.

La mâchoire bougeait. J'entendis claquer les tendons séchés et ratatinés qui se tendaient et sautaient.

Les grandes dents blanches – c'était un râtelier, car bien que le visage fût jeune, les dents étaient fausses, comme je m'en apercevais maintenant – commencèrent à s'écarter. Tout le visage se mit à se tordre, comme si mon ami essayait de s'arracher à la paroi boueuse et se penchait en avant afin de me rejoindre pour un baiser bouche ouverte, au centre de la fosse.

J'étais incapable de bouger. Je ne pouvais plus respirer, même lorsque les dents blanches s'ouvrirent plus largement et qu'un grand sifflement de gaz en sortit et tourbillonna autour de moi, porteur d'une puanteur de corruption interne pire que l'ypérite ou le phosgène. Les mâchoires se contractèrent. La gorge se gonfla comme si mon ami mort luttait contre les liens de l'Hadès pour émettre une dernière déclaration, pour me transmettre peut-être un ultime avertissement.

Puis le râtelier jaillit, dégringola en claquant sur la poitrine cave et boueuse, la gorge et les mâchoires se tordirent une dernière fois, la bouche s'ouvrit largement en un ovale ténébreux et sifflant, puis s'élargit encore plus en un obscène simulacre de naissance… et un gros rat noir – énorme, au corps brillant aussi long que celui d'une belette, aux yeux noirs arrogants – se fraya un passage entre les lèvres flétries et les gencives pourrissantes.

Je ne bougeai pas lorsque la bête, dans sa fuite lente, me passa sur le corps. Elle était bien nourrie et pas pressée.

Je restai encore immobile un certain temps après que l'animal eut disparu, mais continuai à regarder fixement la poitrine et le ventre de mon ami en me demandant si je ne percevais pas là d'autres mouvements.

Moi… les miens, mes camarades et moi… avions provoqué la terrible gestation de ce jeune homme.

Qui va m'offrir ce cadeau ? pensai-je.

Je ne bougeai pas jusqu'à ce que le soleil soit franchement levé et que trois hommes de la compagnie B, 13e section, me découvrent, en train de fouiller dans mes souvenirs. Cette tranchée n'était pas du tout un boyau de communication, seulement l'extension fortifiée d'une route en contrebas que les Allemands avaient défendue. Elle était au-delà de nos lignes, mais bien en arrière de la nouvelle position allemande et protégée par une crête basse. Les garçons de la compagnie B m'ont ramené.

De retour au QG du bataillon, je m'assurai que les hommes de ma compagnie étaient cantonnés dans leurs grossiers abris, puis me joignis, l'esprit ailleurs, à deux hommes de ma brigade, un fusilier appelé Monckton et le caporal Hoyles, qui préparaient le petit déjeuner.

Il y a quelques minutes, juste au moment où je finissais d'écrire cela, le colonel est arrivé avec un officier d'état-major. Le capitaine, montant sur la banquette de tir, regarda par-dessus le parapet, avec d'infinies précautions, l'ancien no man's land où mes hommes avaient pendant la nuit récupéré les cadavres pris dans les barbelés, découvrit les centaines de cadavres de Britanniques noircis par le soleil encore étendus là, et dit au colonel Pretor-Pinney : « Bon Dieu, je ne savais pas qu'on avait utilisé des troupes coloniales ! »

Le colonel ne répondit rien. Pour finir, ils s'en allèrent. « Doux Jésus, murmura Monckton au caporal, ce salaud n'avait donc pas encore vu de morts ? »

Je m'éloignai des simples soldats avant que le devoir m'oblige à les réprimander. Alors, le fou rire m'a pris. Il y a seulement quelques secondes que je me suis enfin arrêté. Mes larmes de rire ont maculé quelques lignes de cette page.

Il est neuf heures du matin. Ainsi commence notre premier jour sur le front.

Dimanche, 9 juillet

Pas dormi depuis jeudi. Le capitaine dit que la Rifle Brigade passera la première lorsque nous monterons à l'assaut – probablement demain.

Le colonel est venu me questionner sur la Grande Offensive de juillet. Il m'avait envoyé rendre visite à mon ami Siegfried *(Note de l'éd. : Siegfried Sassoon)*, dans la compagnie A, avec ordre d'observer l'attaque afin de pouvoir ensuite la lui décrire, mais je fus incapable de le trouver, non plus que Robert *(Note de l'éd. : Graves, peut-être ? James Edwin Rooke avait fait la connaissance de ces deux poètes avant la guerre).* Je tombai par hasard sur un autre ami, Edmund Dadd, qui me conduisit auprès des autres officiers. Dadd et ses camarades de la Royal Welsh Fusiliers jouissaient d'une vue splendide sur l'avance de la 21e division et l'attaque des Pals* de Manchester.

Le colonel Pretor-Pinney est passé aujourd'hui en début d'après-midi ; il a regardé dans le miroir qui dépassait de notre parapet et vibrait sous le bombardement des obus ennemis tombant à proximité – puis il m'a dit : « Alors, Jimmy. Qu'avez-vous vu la semaine dernière ? »

Je m'étais peu à peu persuadé que le Vieux ne me questionnerait jamais. Mais comme notre Grande Offensive aurait lieu dans moins de vingt heures, je compris qu'il avait besoin de savoir. « Par où voulez-vous que je commence, mon colonel ? » demandai-je.

Il sortit un porte-cigarettes en or, m'offrit une cigarette, tassa la sienne contre le couvercle, alluma les deux avec son briquet de tranchée et répliqua : « Le tir

---

* « Copains » liés par une communauté de fait – lieu de travail, syndicat, église, club, équipe sportive, etc. – qui s'étaient engagés en même temps sur la promesse faite par les recruteurs qu'ils resteraient ensemble. *(N.d.T.)*

de barrage. Commencez par là. Bien sûr, nous l'entendions d'Albert… » Il ne termina pas sa phrase. Notre bombardement des lignes allemandes s'était poursuivi pendant sept jours. On disait dans les tranchées qu'on avait sûrement perçu les canons jusqu'en Angleterre. Tout le monde, depuis sir Douglas *(Note de l'éd. : sir Douglas Haig, commandant en chef des forces britanniques)* jusqu'au dernier homme de troupe, avait prétendu qu'après un tel pilonnage la Grande Offensive serait un jeu d'enfant. La plupart des gars que j'avais rencontrés dans la 34e s'inquiétaient à l'idée de ne pas arriver à temps dans les tranchées allemandes pour y trouver les meilleurs souvenirs.

« C'était un fameux spectacle, mon colonel.

— Oui, oui, mais *l'effet* », répliqua-t-il. Il parlait doucement – j'avais rarement entendu le colonel élever la voix – mais avec une intensité qui ne lui était pas habituelle. Je le regardai ôter de sa langue un brin de tabac pendant qu'il se calmait. « Quel effet a-t-il eu sur les barbelés, Jimmy ?

— Négligeable, mon colonel. Ils sont restés intacts en beaucoup d'endroits. Les Manchester ont été obligés de s'entasser dans les rares interstices des barbelés allemands. La plupart y sont tombés. »

Le colonel hocha la tête. Durant la semaine dernière, il avait entendu les rapports des pertes. Ce jour-là, quarante mille de nos meilleurs hommes étaient tombés avant le petit déjeuner. « Alors le bombardement a eu peu d'effet sur leurs barbelés ?

— Pour ainsi dire aucun, mon colonel.

— À quel moment les tireurs allemands et les mitrailleuses ont-ils ouvert le feu ?

— Immédiatement, mon colonel. Nos hommes ont été abattus dès qu'ils ont passé la tête au-dessus du parapet de la nouvelle tranchée. »

Le colonel continuait à hocher la sienne, mais je vis que ce mouvement était machinal. Il pensait à autre chose. « Et les hommes, Jimmy ? Comment se sont comportés les Manchester ?

— Brillamment. »

C'était à la fois la pure vérité et le plus gros mensonge que je lui aie jamais fait. Les Manchester avaient montré un grand courage – marchant droit sous le feu des mitrailleuses comme s'ils étaient à la parade. Comme s'ils allaient au théâtre. Mais est-ce si brillant de marcher à l'attaque comme un agneau à l'abattoir ? Notre bataillon avait enterré des milliers de ces gars brillants depuis vingt-quatre heures.

« Bon, conclut le colonel Pretor-Pinney en me tapant distraitement sur l'épaule. Bon. Je sais que nos hommes seront tout aussi merveilleux demain matin. »

C'était la première fois que l'on me confirmait que l'Offensive était bien pour demain. J'avais toujours détesté le lundi.

Lorsque le colonel, pataugeant dans la boue, m'eut quitté pour suivre la ligne de tranchées en bavardant avec les gars postés sur la banquette de tir, je regardai ma main qui tenait la cigarette allumée. Elle tremblait comme si j'avais souffert de paralysie agitante.

Lundi, 10 juillet, 4 h 45 du matin

Je ne me rendormirai plus cette nuit. On m'a confié la direction d'une patrouille de nuit. Une perte totale de temps, trois heures à ramper dans le no man's land avec dix de mes hommes. J'étais terrifié, mais eux seuls avaient le droit de le montrer. Aucun espion surpris. Aucun prisonnier ramené. Mais pas de perte non plus. Nous avons eu la chance de retrouver notre chemin dans cette désolation.

Patrouille de nuit

(Note de l'éd. – Plusieurs vers biffés à cet endroit.)

... et partout, des morts.
Seuls les morts étaient toujours présents – par
Une infecte odeur, écœurante, de pourriture ;
Sur le chaume bruissant et sur l'herbe précoce,
Et les mares boueuses – la puanteur des morts
Flottait, âcre et piquante ; quand nous passions,
Ces formes indistinctes empestaient pour
[n'exhaler,
Plus loin, que ce relent fétide, enveloppant tout,
Infectant la terre et l'air[1] [2].

(Note de l'éd. : Une page a été déchirée ici dont il ne reste que deux mots sur le fragment en dents de scie : « pure terreur... ». Les vers de la page suivante semblent constituer un poème séparé.)

Pas de lumière, sauf celle des fusées éclairantes,
Sur cette piste, trop éclairée, pendant cent mètres
Nous rampons sur le ventre et les coudes pour voir
Au lieu des morts informes, se dresser devant
[nous,
Les piquets, les chevaux de frise des lignes
[allemandes.

Couchés dans la cagna du dernier soldat mort,
Tels des morts, nous entendons résonner leurs
[pioches
Bêchant la terre, puis parfois une parole,
[une toux.
Une sentinelle tire, une mitrailleuse crépite ;
On lance une fusée au-dessus de nos têtes
Qui meurt en grésillant dans l'eau du
[no man's land.
Nous revenons sur le ventre, passons devant
[les morts
Pas encore oubliés, celui-ci, celui-là...
Vers nos barbelés, nos tranchées, notre rhume[3].

Lundi, 10 juillet, 8 h 05 du matin

Une belle matinée. Je sais que je vais mourir et trouve cruellement ironique de disparaître par un jour aussi parfait.

Cette nuit, pendant la patrouille, tout n'était que boue et glaise glissantes. Puis se lève une aube d'été. Une vapeur monte des tranchées et des trous d'obus lorsque le brûlant soleil estival vient frapper les mares d'eau fétide. La tranchée de première ligne est encore pleine de cadavres d'Allemands et je vois la buée des uniformes de laine trempés s'élever de plusieurs corps. Comme des âmes s'envolant aux cieux, de…

… de l'Enfer ? C'est banal d'écrire cela. Cela ne ressemble pas à l'Enfer. J'entends le chant d'une alouette, du côté de La Boisselle.

Le colonel Pretor-Pinney et le capitaine Smith de la compagnie D sont passés il y a quelques secondes et le premier a dit, sans élever la voix : « Nous monterons à l'assaut à 8 h 45. Réglez vos montres. »

J'ai obéi, sortant la montre en argent de mon père et la réglant soigneusement sur celles du colonel et du capitaine. Il est 8 h 22. La montre de mon père indiquait 8 h 18 quand je l'ai remise à l'heure : 8 h 21. J'ai perdu trois minutes de ma vie à régler une montre.

Un calme étrange m'a envahi.

Bizarrement, le bombardement a pris fin il y a environ une heure. Le silence est assourdissant. J'ai entendu le colonel Pretor-Pinney dire au chef de bataillon sir Foster Cunliffe qu'il avait cessé dix minutes plus tôt le 1er juillet, à cause d'une information erronée transmise aux batteries d'artillerie. Je me demande si le même genre d'erreur n'a pas été commise ce matin.

De ma position, près du périscope – en réalité, juste un miroir en haut d'une perche, au-dessus du parapet – je peux voir un petit bois à quelques centaines de mètres des tranchées. À la droite de ce bois – surtout des troncs fendus, déchiquetés, mais quelques arbres encore entiers – il y a un autre bosquet de fûts fracassés et les ruines du village de Contalmaison. Nos camarades de la 23e division ont chassé les Fridolins de cet endroit hier soir et maintenant notre bataillon est prêt à les bouter hors de leurs tranchées. Je regrette que notre patrouille d'hier soir ne nous ait pas fourni plus de renseignements.

Les Allemands les plus proches ne sont qu'à cent cinquante mètres. On pourrait leur envoyer un ballon de football. (Mon ami du 2e Welsh Fusiliers, Eddie Dadd, m'a dit que certains des gars ont vraiment « botté » un ballon devant eux le matin de la Grande Offensive.

C'était un bataillon de footballeurs britanniques et de rugbymen sud-africains qui s'étaient engagés ensemble. Eddie dit que sur les quarante hommes de cette section, un seul est rentré…)

8 h 30. Les sergents Laney et Cross, l'un à ma gauche, l'autre à ma droite, parcourent la ligne en recommandant aux hommes de s'écarter les uns des autres, une fois sortis. « Si vous restez groupés, ils vont vous abattre comme des lapins », dit le sergent Laney. Curieusement, ces paroles ont un effet calmant.

Bien sûr qu'ils vont se faire abattre comme des lapins. Je me souviens, j'avais alors six ans, de mon père en train de dépouiller un lapin. Il fit une incision, tira, et la fourrure se détacha comme un invité enlève un manteau, car seules les fibres d'un mince tissu gluant la reliait à la chair pâle et bleuâtre.

8 h 32. Qu'est-ce qu'un poète vient faire ici ? Qu'est-ce que n'importe lequel d'entre nous vient faire ici ? Je devrais prodiguer à mes hommes quelques mots d'encouragement, mais ma bouche est tellement sèche que je me demande si je pourrai parler.

8 h 38. Des centaines de baïonnettes. Elles brillent à l'éclatante lumière du soleil. Le sergent Cross ordonne sèchement aux hommes de veiller à ce qu'elles ne dépassent pas du parapet. Comme si les Allemands ne savaient pas que nous allons passer à l'attaque. Bon Dieu de merde, où est le bombardement que le colonel nous a promis ?

8 h 40. Je sais ce qui pourrait me sauver. Une litanie de vie. Les choses que j'aime comme seul un être vivant peut aimer d'un amour que seul un poète peut exprimer :

— les porcelaines blanches qui rayonnent

— les toits mouillés sous les réverbères

— la croûte dure du pain ami et les mets aux saveurs multiples

— l'odeur réconfortante des doigts amis

— les cheveux flottant, épars et clairs

— la beauté aiguë, indifférente, d'une machine.

8 h 42. Jésus-Christ, Ô Jésus. Je n'aime pas Dieu mais j'aime la vie. La fraîcheur tendre des draps. La pluie brillante en gouttes dans la tiédeur des fleurs. Le baiser rude et mâle des couvertures[4]. Bon Dieu, perdre tout cela ?

8 h 43. Les femmes. J'aime les femmes. L'odeur propre de poudre et de talc des femmes. Leur peau pâle et les bouts roses de leurs seins à la lumière des bougies. Leur chair douce et ferme, et la terrible moiteur musquée de…

8 h 44. Je penserai aux femmes. Je fermerai les yeux et penserai à la litanie de la féminité, à l'odeur vivante et au contact de la femme. Toutes les choses vivantes et vitales de *(Note de l'éd. : Cette ligne est inachevée)*.

8 h 45. Des coups de sifflet retentissent sur toute la ligne du front. Je vais essayer de souffler dans le mien. Les sergents forcent les hommes à grimper, à sortir. D'autres sous-offs prennent la tête. Vais suivre et plonger… *(Note de l'éd. : illisible)*… pas juste.

Une litanie de force de vie féminine. La muse protège.

Adieu.

(Note de l'éd. : Tout le monde sait que l'autre journal des tranchées de J.E.R. prend fin ici. Ou, plutôt, sur la note laconique suivante.)

10-07-16, 8 h 15 du matin – Le colonel passe parmi nous une dernière fois et je prépare mes hommes à l'attaque. Nos gros canons restent silencieux. Peut-être que l'état-major ne veut pas gâcher la surprise que nous réservons aux Allemands. J'ai plaisanté avec le sergent Cross en disant que j'espérais que les Fridolins préparaient le petit déjeuner car je mourais de faim. Donné aux gars l'occasion de rire.

(Note de l'éd. : On a peut-être remarqué que les poèmes donnés ici à l'état d'ébauche ont souvent été mal datés. On nous dit que Patrouille de nuit *a été inspiré par une patrouille de nuit que J.E.R. a vue revenir le 30 juin pendant qu'il exerçait les fonctions d'observateur dans la 2e Welsh Fusiliers. Le fragment commençant par « Et le cliquetis des pelles... » est généralement daté du Noël précédent, quand la 13e Rifle Brigade était confortablement cantonnée à Hannescamps et le lieutenant Rooke assigné à son détachement d'inhumation. Ce qui a été décrit quelque part comme... « l'imagination active d'un jeune et brillant poète tournée vers les horreurs perçues au front... » s'avère n'être qu'un simple reportage et non le fruit d'une imagination poétique.*

Pour finir, le fragment qui parle de l'expérience réelle d'une patrouille de nuit – « Pas de lumière, sauf des fusées éclairantes » – n'est dans aucune édition des Poèmes de tranchées. *Il est évident, du moins pour son bibliographe, que J.E.R. travaillait sur une version plus longue et plus définitive de* Patrouille de nuit *et l'aurait terminée si les circonstances l'avaient permis.)*

Vendredi, 14 juillet

La Dame n'est pas avec moi ce soir. Elle était là, plus tôt, mais les médecins ont fait du bruit et elle n'est pas revenue. Je sens son parfum.

Brickers, mon voisin, celui qui n'avait plus que la moitié du visage et n'a cessé de gémir depuis que j'ai repris conscience, vient de mourir il y a quelques minutes. Impossible de ne pas comprendre la signification de ces gargouillis et de ce râle.

La Dame était présente à ce moment-là. Elle n'est plus ici. Je prie pour qu'elle revienne.

Samedi, 15 juillet, 9 h 30 du matin

Aujourd'hui, j'ai une meilleure connaissance de l'endroit où je suis. Je reconnais le martèlement des canons. Sœur Paul-Marie, la plus gentille des deux religieuses qui nous soignent, me dit qu'une autre Grande Offensive se prépare. Cette idée me donne la chair de poule.

Je crois que ma Dame était ici cette nuit – je me souviens qu'elle m'a touché –, mais de ces jours derniers, il ne me reste qu'un souvenir flou, étrange, criblé de douleur. Hier, quand j'ai repris conscience de moi-même et de mon environnement, il y avait sur ma table de chevet deux choses rapportées du no man's land ; la montre de mon père arrêtée à 10 h 08 et le journal secret dans lequel j'étais en train de gribouiller juste avant que nous montions à l'assaut. Il semble que je les avais à la main durant l'attaque. Quand j'ai fini par atteindre le poste de secours, deux jours plus tard, je tenais toujours la montre serrée dans ma main gauche et le journal était dans la poche de ma vareuse – la seule pièce de mon uniforme qui n'avait pas été réduite en lambeaux.

Permettez que je décrive mon environnement. Je suis à l'hôpital de première ligne du RAMC *(Note de l'éd. : le Royal Army Medical Corps)* juste à la sortie d'Albert. La petite ville n'étant qu'à trois kilomètres du front, cet endroit constitue une halte entre les postes de secours rudimentaires et les antennes chirurgicales plus proches du front, et les hôpitaux de l'arrière. (Dont beaucoup sont en Angleterre.) Cet « hôpital » occupe trois salles d'un couvent aux murs blanchis à la chaux. De ma fenêtre, j'aperçois la Vierge dorée. *(Note de l'éd. : Au centre d'Albert, il y avait une grande église dont le clocher était surmonté par une statue dorée de la Vierge Marie élevant l'Enfant Jésus au-dessus de sa tête. Elle avait été frappée par un obus allemand en 1915 et, depuis, penchait à angle droit par rapport au bâtiment. Dans leurs journaux, Sassoon, Graves, Masefield et une centaine d'auteurs moins célèbres mentionnent qu'en partant pour le front ils ont défilé sous ce bizarre point de repère. Une légende était née, tant dans nos lignes que dans celles de l'ennemi, disant que si la Vierge tombait, la guerre prendrait fin. Les troupes allemandes ajoutaient que dans ce cas, leur pays serait vainqueur. Les ingénieurs français avaient alors rapidement consolidé la Madone et l'Enfant avec des haussières en acier. Elle est restée dans cette position jusqu'à ce que les Allemands réoccupent Albert en 1918 et établissent leur poste d'observation dans le clocher ; c'est alors que l'artillerie britannique a abattu à la fois la tour et la Vierge.)*

Albert est pratiquement abandonné des civils mais continue à vivre malgré la proximité du champ de bataille. Une partie de notre artillerie est *derrière* la ville. Des troupes la traversent dans les deux sens, de nuit comme de jour, et il est presque impossible de dormir à cause du bruit des pas, des sabots des chevaux et des jurons des hommes tirant de lourds canons dans la boue. Mes camarades d'hôpital sont tous des officiers et, si j'en crois sœur Paul-Marie, cet endroit est réservé à ceux qui sont trop grièvement blessés pour être transportés à Amiens ou en Angleterre, et à ceux qui le sont si légèrement qu'ils retourneront bientôt au front. Je m'estime malheureux d'appartenir à cette dernière catégorie.

Il y a environ une douzaine d'hommes dans ma salle, dont plusieurs officiers de la Rifle Brigade. La plupart sont mourants. Un capitaine a eu les deux jambes emportées et la puanteur de la gangrène emplit constamment la pièce. Un autre camarade, un lieutenant comme moi, a reçu une balle dans la tête et parle sans cesse, courtisant la pauvre religieuse comme s'il était son amant. Un homme plus âgé, un chef de bataillon, retourne tous les jours à la tente d'opération pour qu'on lui scie la jambe un peu plus haut. De lui aussi émane l'odeur de la gangrène et de la mort, mais il ne se plaint jamais et reste couché sur son lit à regarder fixement le plafond.

Sœur Paul-Marie me dit que le colonel Pretor-Pinney, qui reçoit des soins particuliers à l'antenne chirurgicale voisine, est encore trop vilainement blessé pour être emmené par chemin de fer à un hôpital d'évacuation.

Elle mentionne que son bras gauche a été déchiqueté par des balles de mitrailleuse. Cela, je le savais. C'est arrivé sous mes yeux.

Presque tous les officiers de notre bataillon ont été tués, y compris les commandants des quatre compagnies. Je les ai vus mourir. La plupart des adjudants, eux aussi, ont été abattus. On m'a dit que le lieutenant Fitzgibbon avait survécu, mais il est si grièvement atteint qu'on l'a immédiatement envoyé chez lui, en Angleterre. La plupart de nos sergents ont disparu – y compris Cross et Monckton – mais on espère que certains sont encore vivants. Il y a beaucoup de confusion après une bataille.

Je semble être le seul « légèrement blessé » de la salle ; je souffre de ce qu'on appelle une « paralysie due à une commotion cérébrale », et d'une pneumonie consécutive aux deux nuits passées dans le trou d'obus. Cette maladie est fort gênante, surtout lorsqu'on vient chaque jour drainer mes poumons avec une aiguille qui a littéralement les dimensions d'une pompe à bicyclette – on me tient pendant qu'on m'enfonce l'aiguille dans le dos – mais le pire, c'est la terrible douleur que provoque le retour des sensations dans mes jambes engourdies. C'est comme si elles avaient été endormies pendant quatre ou cinq jours, et les picotements qui accompagnent leur réveil pourraient bien me rendre fou.

Le jeune officier qui n'avait plus de jambes vient de mourir. On a d'abord dressé un paravent autour de son lit, et puis des hommes sont venus avec un brancard pour enlever le corps. La forme, sous la couverture, semble beaucoup trop petite pour être celle d'un homme.

Le lieutenant qui a reçu une balle dans la tête continue à appeler son infirmière-religieuse-amante d'une manière qui devient de plus en plus insensée. Je doute qu'il passe la nuit.

Je pense que cet endroit est le vestibule de l'Enfer. De toute évidence, une autre âme lettrée a eu des pensées similaires, car on peut lire, écrit au charbon de bois sur le mur, près de la fenêtre par laquelle j'aperçois la Vierge dorée : « PER ME SI VA NE LA CITTÀ DOLENTE, PER ME SI VA NE L'ETTERNO DOLORE, PER ME SI VA TRA LA PERDUTA GENTE. » Sœur Paul-Marie me dit que les religieuses n'ont pas effacé l'inscription parce que l'officier qui l'a écrite leur a dit que c'était un poème attestant la gentillesse des soins qu'il avait reçus ici. Aucune des religieuses ne sait l'italien ni ne connaît Dante.

La citation est tirée de *L'Enfer*, bien sûr, et elle signifie : « Par moi on va dans la cité dolente, par moi on va dans l'éternelle douleur, par moi on va parmi la gent perdue*. »

Les médecins arrivent avec leur maudite aiguille. Je reprendrai ce journal plus tard.

Samedi, 15 juillet, bientôt minuit

La canonnade est très forte. Je vois la Vierge et l'Enfant éclairés à contre-jour par le feu des canons lorsque la lumière de l'incessant bombardement danse sur les lattes du plancher blanchi à la chaux, comme le reflet d'une cheminée invisible.

---

* *L'Enfer*, chant III, vers 1-3, Flammarion, 1985, trad. par Jacqueline Risset. *(N.d.T.)*

La seule autre personne éveillée dans la salle, c'est la victime du phosgène couchée en face de moi, de l'autre côté de l'allée. Le bruit qu'il fait est horrible. J'essaie de ne pas le regarder, mais toutes les trois ou quatre secondes, je jette furtivement un coup d'œil sur lui.

... les yeux blancs tournoyant dans son visage
[renversé,
Semblable à celui d'un damné dans les affres de
[l'enfer ;
Si vous entendiez, à chaque aspiration, le sang
[sortir
En gargouillant des poumons corrompus par
[l'écume,
Obscène comme un cancer, amère comme la
[suppuration
De viles plaies incurables sur d'innocentes
[langues[5]...

Chaque respiration vaut au pauvre diable de terribles efforts et beaucoup de souffrance. Je ne peux pas croire qu'il vivra jusqu'au matin, ou même qu'il pourra supporter dix autres de ces terribles respirations... mais j'en ai compté dix pendant que j'écrivais ces mots. Peut-être est-il condamné à vivre jusqu'au matin et même au-delà, mais je ne comprends pas qu'on puisse infliger une telle souffrance à un être vivant. Cela fait de la prétendue agonie du Christ sur la croix une chose bien insignifiante.

Je n'ai pas pu m'endormir parce que j'attends la visite de la Dame. Des traces de son parfum à la violette imprègnent encore mon poignet et la manche de mon pyjama, et je les hume lorsque la puanteur de la gangrène devient trop insupportable.

J'étais certain qu'elle reviendrait cette nuit.

Je pense qu'en attendant je vais faire le récit de l'offensive. Peut-être que si je la décris, je n'en rêverai plus.

Nous sommes montés à l'assaut à 8 h 45. Je savais qu'en certains endroits la ligne des Fridolins se trouvait à environ cinq cents mètres, mais notre objectif était un secteur de la tranchée ennemie situé à seulement deux cents mètres de la nôtre. Je me persuadai que cela constituait un avantage manifeste pour nos gars, puis je gravis avec difficulté la paroi de la tranchée et me retrouvai dehors.

J'éprouvai d'abord une espèce de griserie à marcher ainsi à l'air libre. Puis je pensai, étourdiment : *Il y a des abeilles ici*. L'air résonnait d'une multitude de *zzzip-zzzip*, et cela me rappelait le jour où, petit garçon, j'avais bousculé une ruche dans le jardin de Mr. Alknut. Quand je vis les mottes de terre sauter en l'air devant moi, je compris que ce bruit était celui des balles. Je faillis m'arrêter, si terrible était ma peur qu'un projectile enrobé d'acier vienne me frapper en plein visage, mais je fermai les yeux à demi, je me penchai en avant et m'obligeai à avancer avec les gars.

D'un bout à l'autre de la ligne, nos hommes marchaient à l'attaque sous ce feu meurtrier – d'abord les officiers et les sous-offs, puis les fusiliers, baïonnette au canon, ensuite les artilleurs avec leur Lewis et les porteurs de munitions ployant sous le fardeau. Je remarquai alors que tous ceux qui étaient là – y compris moi-même – progressaient ployés sous le feu ennemi, comme si nous luttions contre un vent violent. Les sergents continuaient à crier aux membres de leur section de rester séparés, de ne pas se grouper. Tandis que je les regardais entre mes cils, les hommes commencèrent à tomber.

C'était étrange, en fait. Leur chute n'avait rien de dramatique ; on aurait dit des enfants qui jouaient à la guerre. Je pensai d'abord qu'ils se dégonflaient… mais là où ils tombaient, il n'y avait plus d'abri, et je vis d'autres balles les frapper, qui faisaient un peu tressauter leurs corps. Le bruit des projectiles heurtant la chair était presque semblable à celui que nous entendions dans les tranchées lorsqu'elles s'enfonçaient dans les « sacs à terre ». Et partout, l'air continuait à retentir de ce *zzzip-zzzip*.

Ma peur était si grande que tout en avançant avec précaution pour ne pas mettre le pied dans un trou d'obus ou sur un cadavre pourrissant, je devais concentrer tous mes efforts pour rester debout, pour ne pas m'effondrer. La terre sautait devant moi et derrière moi. Je ne sais pourquoi, mon esprit restait totalement détaché.

J'étais parti avec une douzaine au moins de garçons de ma section, mais ils se faisaient descendre un par un. Je m'arrêtai près d'un homme couché face contre terre et lui demandai : « Vous êtes blessé ?

— Merde, qu'est-ce que tu crois que je fous là, pauvre couillon de rupin ? me répondit l'impoli personnage. Je cueille des pâquerettes ? » Une balle de mitrailleuse le frappa alors au centre exact de son casque, il vomit sa cervelle, et je poursuivis mon chemin.

Pour finir, il ne resta plus qu'un homme, qui devait être le caporal Woodlock de la section n° 11, et moi. Nous étions à moins de cinquante mètres des barbelés ennemis lorsqu'il se mit à rire. « Bon Dieu, mon lieutenant ! s'écria-t-il, aussi écervelé qu'un écolier. Bon Dieu, mon lieutenant, je crois qu'y a plus que nous pour traverser ce putain de terrain ! » Il gloussa. « Bon Dieu, mon lieutenant… », répéta-t-il juste au moment où plusieurs balles, le frappant en pleine poitrine, mirent en lambeaux sa veste kaki. Il tomba sur le côté dans un cratère peu profond ; je rangeai mon carnet dans la poche de ma vareuse, regardai l'heure à ma montre et continuai à avancer d'un pas tranquille.

Il n'y avait qu'une seule brèche dans les barbelés, et la section n° 8 qui nous précédait se dirigeait vers elle. Je pensai alors qu'ils ressemblaient un peu à des agneaux se piétinant pour entrer à l'abattoir. Les mitrailleuses allemandes ouvrirent le feu à quinze mètres de là et tous s'effondrèrent en un monceau ensanglanté.

Les yeux mi-clos, je pensais aux femmes que j'avais connues et séduites. Je me représentais leur peau, leurs lèvres, la couleur de leurs yeux et leur douce odeur. J'imaginais leur contact.

Des obus se mirent à pleuvoir. Des morceaux du caporal Woodlock jaillirent de son trou de mine, mêlés aux fragments des cadavres demeurés là depuis la Grande Offensive du 1er juillet. La tête du caporal, avec son casque bien ajusté et sa mentonnière serrée, atterrit à mes pieds et roula sur elle-même.

La brèche dans les barbelés, en face de moi, était obstruée par les corps des hommes de la section n° 8, aussi je me dirigeai, à gauche, vers une partie du no man's land où j'apercevais des hommes de la Rifle Brigade encore debout qui avançaient toujours. Je savais, par les cartes, que quelque part devant moi se trouvait le

« trou de craie », une petite carrière que l'ennemi avait fortifiée.

Je jetai un coup d'œil sur notre flanc droit que la 25e division était censée soutenir. Il n'y avait personne. Je regardai plus loin, de l'autre côté, espérant apercevoir la 23e division qui aurait dû attaquer sur notre gauche. Le terrain était vide. Je me retournai, les *zzzip-zzzip* sifflant à mes oreilles, pour voir si le 13e fusiliers était sorti des tranchées pour former la seconde vague d'assaut, comme prévu. Il n'y avait pas de seconde vague.

« Couchez-vous, mon vieux ! » C'était le colonel Pretor-Pinney accroupi dans un trou d'obus. Je descendis le rejoindre.

« Jimmy, souffla-t-il. Je crois que nous n'arriverons pas à… » Un agent de liaison dégringola dans l'entonnoir et fourra un message dans la main du colonel.

« Attaque annulée, mon colonel », dit le garçon pantelant.

Le colonel regarda le texte d'un air incrédule. « Cela explique l'absence de bombardement. C'est pour cela que la 23e et la 25e ne sont pas sorties. » Il froissa la feuille de papier. « Elle a été annulée avant que nous partions, Jimmy. Cet ordre ne nous est pas arrivé à temps. » Il se hissa pour regarder par-dessus le bord du trou. D'autres obus pleuvaient, plus près de nous.

« Jimmy, dit-il, les gars de la 13e section sont déjà arrivés aux tranchées boches. Il faut que quelqu'un aille leur dire…

— J'y vais, mon colonel ! » s'écria l'agent de liaison.

Le colonel Pretor-Pinney acquiesça d'un signe de tête et le garçon sauta hors du trou d'obus avec la hâte et le courage des très jeunes gens qui se croient immortels.

Les mitrailleuses le fauchèrent à moins de dix mètres, le coupant presque en deux.

Le colonel me regarda. « Eh bien, on ne peut plus rien y faire, Jimmy. » Nous nous hissâmes hors du trou et avançâmes côte à côte, penchés dans le bruit comme si nous luttions contre un vent fort.

Quelques hommes encore vivants s'étaient réfugiés dans des trous d'obus. La plupart, recroquevillés en petites boules de peur, s'étaient débarrassés de leur paquetage et de leurs fusils. Je vis le colonel se tourner vers la gauche et là, dans un trou, il y avait quatre des commandants de notre compagnie et plusieurs de leurs aides de camp, accroupis, fusils braqués dans différentes directions.

« Dispersez-vous, espèces d'imbéciles ! » cria le colonel Pretor-Pinney et, au même moment, une explosion remplit totalement le cratère de poussière et de shrapnels. Quand la fumée se dissipa, il ne restait que des morceaux d'hommes.

Nous avions presque atteint la route fortifiée près du trou de craie lorsque le colonel tourna sur lui-même et s'effondra lourdement. Je m'accroupis à côté de lui. Les deux os de son avant-bras étaient bien visibles au travers de la chair déchiquetée. Ses lèvres formèrent des mots mais je ne les entendis pas. Je savais que se présentait là ma seule chance de survivre ; relever le colonel et le ramener dans nos lignes. Je recevrais peut-être même une médaille.

Les yeux mi-clos, je me détournai et marchai vers les tranchées ennemies.

Je n'ai aucun souvenir d'avoir atteint les lignes allemandes ni sauté dans leurs boyaux, mais je me rappelle clairement qu'un sergent allemand, surgissant d'un tournant, me cria quelque chose. Je ne sais pas lequel de nous deux fut le plus surpris. Je me souviens avoir pensé : *Il a mis sa capote... en juillet ! Il est fou.* Et puis le sous-off corpulent cessa de crier et essaya maladroitement de prendre son fusil qu'il portait à l'épaule, chose inexplicable dans notre situation.

L'un de nos gars était tombé là-bas, le visage dans la boue, son Lee Enfield juste hors de portée de sa main tendue. Sans réfléchir, j'avais ramassé le lourd fusil et j'étais reparti au petit trot, laissant la montre de mon père pendiller au bout de la chaîne que j'avais enroulée deux fois autour de mon poignet, quelque part, entre le cratère où le colonel était tombé et ici.

L'Allemand venait de braquer son arme sur moi lorsque j'enfonçai ma baïonnette dans sa poitrine, juste en dessous du sternum. Elle faisait cinquante centimètres de long. Elle pénétra dans l'épais lainage de la capote et disparut si aisément que j'eus l'impression que cet homme et moi nous nous étions mis de mèche pour exécuter un tour de magie. Je sentis l'extrémité pointue frapper la boue de la tranchée, derrière le sergent.

L'homme me jeta un coup d'œil perplexe, écarta son propre fusil afin de voir le point d'entrée de ma baïonnette qui disparaissait dans le lainage humide, au-dessus de son ventre, puis il soupira doucement et s'adossa à la paroi. Je sentis une vibration remonter du point où l'acier avait tranché son épine dorsale. Le sergent ouvrit la bouche et je crus qu'il allait dire quelque chose, mais il se contenta de sourire. Quand il tomba plus lourdement contre le talus, je lâchai mon fusil comme s'il était devenu brûlant. La crosse s'enfonça dans la boue et retint le cadavre debout, le fusil et ses deux jambes écartées formant une espèce de tripode ; ses deux mains mortes empoignaient toujours son arme. La capote pendante formait des plis, comme un linceul.

Je me détournai et m'enfonçai dans la tranchée pour retrouver la 13e section et leur dire que l'attaque avait été annulée.

C'est au retour que les choses tournèrent mal.

J'avais retrouvé les restes de la Rifle Brigade combattant dans les tranchées prises à l'ennemi ; ils ne savaient pas que l'attaque avait été annulée, ni qu'en premier lieu cette offensive avait été une erreur. Les Allemands avaient renforcé la route en contrebas et leurs lignes près du trou de craie ; c'était un nid de vipères fait d'emplacements bétonnés pour l'artillerie, de tranchées-abris profondes de dix mètres, d'épaulements où se cachaient les mitrailleuses, et de tout un dédale de caillebotis et de tunnels. Nos gars avaient nettoyé un large secteur de cette ligne et résistaient courageusement aux contre-attaques désorganisées.

Même dans le meilleur des cas, la guerre de tranchées est effroyable, et dans ce labyrinthe où notre bataillon décimé manquait de munitions, c'était pis encore. En début d'après-midi, la Rifle Brigade avait épuisé ses grenades offensives et il ne lui restait plus guère de cartouches pour les fusils et les deux Lewis restantes. Toutes les lignes de téléphone installées dans le no man's land au prix de tant de vies avaient été presque immédiatement coupées par le pilonnage, et les tentatives pour communiquer avec nos tranchées par signaux à bras ou drapeaux avaient, sans coup férir, attiré le feu de l'ennemi sur celui qui les exécutait.

Je m'entretins avec le seul officier que je pus trouver, le capitaine Revere, et nous décidâmes qu'il faudrait tenter de rejoindre nos lignes dès que la nuit serait tombée.

Le vrai crépuscule ne s'annonça pas avant dix heures du soir ; dès que nous estimâmes qu'il faisait assez noir pour entamer notre retraite sans attirer l'attention des Boches, le capitaine Revere ordonna aux hommes d'abandonner les tranchées qu'ils avaient prises et défendues pendant une longue et chaude journée au prix de tant de sang. Ils partirent par petits groupes de trois ou quatre qui s'évanouirent dans les ténèbres du no man's land. Les servants des mitrailleuses allemandes nous prirent en pitié, semblait-il. Ou peut-être étaient-ils aussi épuisés que nous.

J'avais serré la main du capitaine Revere et cherchai le chemin du retour lorsque le tir de barrage reprit. Je compris aussitôt, au bruit, que c'était nos propres canons qui tiraient sur nous.

Le terrible bombardement que l'on nous avait promis pour l'attaque de ce matin survenait… maintenant. Toute l'étendue du no man's land qui nous séparait de nos tranchées de première ligne – environ un kilomètre à cet endroit – se transforma brusquement en un mur de flammes et de shrapnels. Une fois de plus, je fermai les yeux à demi et me penchai en avant tandis que l'atmosphère se remplissait de métal. Cette fois les fragments sifflaient avec un bruit qui faisait *ouhhhiiit*…, la consonne finale ne s'ajoutant que lorsque le shrapnel s'enfonçait quelque part. Beaucoup d'obus explosaient en l'air, ce que nous craignions le plus car la tête était généralement frappée la première et rien ne pouvait nous en protéger, sauf une tranchée recouverte d'un toit solide.

Derrière nous, les mitrailleuses allemandes se mirent de la partie. Les Boches avaient déjà contre-attaqué et repris les tranchées que nous venions d'abandonner. Pas moyen d'avancer. Pas moyen de reculer. J'eus envie de glousser, comme le caporal Woodlock avant de mourir.

D'après ce que j'ai entendu hier et aujourd'hui, je pense que la 13e de la Rifle Brigade cessa, à ce moment, d'exister en tant qu'unité de combat. Croyant à une contre-attaque allemande venue de Contalmaison, notre propre artillerie nous mettait en pièces.

Je me retrouvai en train de courir de trou d'obus en trou d'obus, baissant la tête quand les très grosses explosions se rapprochaient, fonçant dans la boue et la fumée lorsqu'elles semblaient s'éloigner. Je m'aperçus que je serrais la montre de mon père dans ma main gauche, la chaîne toujours enroulée autour de mon poignet.

Cette folie ne pouvait durer éternellement. Je courais vers ce que je croyais être des lignes amies, encore à quelques centaines de mètres, lorsqu'une forte explosion se produisant derrière moi, je m'envolai, littéralement ; j'eus l'impression de voir le champ de bataille de très haut. Sur le moment, je pensai que j'avais été tué et que mon âme s'était envolée de mon corps.

Puis j'atterris et dégringolai dans un large entonnoir ; mes jambes en plongeant dans la mare qui était au fond soulevèrent une grande gerbe d'eau verte et fétide. Je restai inconscient un instant et quand je me réveillai, il faisait nuit noire ; le bombardement continuait. J'étais certain qu'un autre obus allait m'atteindre d'un moment à l'autre, mais je ne m'en souciais même plus.

L'explosion avait déchiqueté mon pantalon si bien que j'étais pratiquement nu jusqu'à la taille ; je ne sentais plus mes jambes qui avaient disparu dans l'eau saumâtre. Ma tunique aussi était en loques, mais le devant de ma vareuse avait survécu. Mon casque, lui, avait disparu. Je ne souffrais guère car mon corps était totalement engourdi depuis les reins jusqu'aux pieds, mais j'étais certain d'avoir été frappé par un morceau de métal mortel profondément enfoui dans ma chair insensible. Mes mains, maculées de noir comme toute ma personne, semblaient indemnes et – après avoir perdu et repris connaissance plusieurs fois – j'essayai de m'en servir pour me hisser hors de l'eau.

Ce n'était pas une bonne idée. Le sommet de ma tête n'était qu'à quelques centimètres du bord du cratère et dès que je m'élevai au-dessus de ce parapet improvisé, les balles et les shrapnels arrivèrent en sifflant. Je cessai de lutter contre la boue et retombai doucement jusqu'à ce que mes jambes disparaissent de nouveau jusqu'aux cuisses dans l'eau sombre.

Un ou deux autres soldats partageaient mon trou. Je dis cela parce que, même maintenant, je ne sais toujours pas s'il y avait un corps ou deux de l'autre côté de la mare qui faisait bien deux mètres de large. La moitié inférieure d'un cadavre reposait dans la boue, les orteils touchant presque le rebord du trou. L'extrémité visible de la colonne vertébrale brillait d'un éclat blanc chaque fois qu'une fusée éclairante redescendait lentement ou qu'une explosion illuminait la scène. Les bottes et les bandes molletières étaient incontestablement britanniques et j'aurais pu croire qu'il s'agissait de mon propre corps, si je n'avais pas déjà aperçu mes jambes nues.

La partie supérieure de la tête d'un gars dépassait de l'eau, le visage tourné vers moi. Il avait réussi à garder son casque dont la mentonnière semblait solidement attachée. Ses yeux ouverts me regardaient fixement. J'aurais volontiers pensé que c'était un malin qui se terrait là en attendant que le bombardement cesse afin de ressortir en titubant, si la bouche et les narines de cet homme n'avaient pas été sous l'eau. Je ne voyais pas de bulles. Il ne cligna pas des yeux lorsque les minutes devinrent des heures.

Je restai couché dans la boue à attendre la mort, avec des jambes inutilisables, des blessures impossibles à évaluer tant que persisterait cet engourdissement général, et un bombardement qui ne voulait pas finir. Quand le tir de barrage cesserait, si j'y survivais, les Allemands enverraient des patrouilles pour nous achever à la baïonnette.

J'essayai d'évoquer quelques pensées philosophiques, mais j'avoue que je ne pus que me remémorer les visages et les noms de toutes les filles avec lesquelles j'avais couché. Ce n'était pas une manière désagréable de passer le temps.

Puis la douleur commença pour de bon dans mon dos et ma poitrine. Je m'étais préparé à cette éventualité en emportant les quatre comprimés de morphine réglementaires accordés à chaque officier. J'esquissai le geste de fouiller dans la poche de mon pantalon.

Je n'avais plus de pantalon. Rien que des loques.

Je tapotai la poche de ma tunique, espérant contre toute raison que j'y avais rangé la morphine dans un moment de distraction, mais je n'y trouvai que ce journal, un bout de crayon et mon sifflet d'argent.

La douleur déferlait sur moi comme des gaz toxiques. À ce moment, j'aurais fait *bon accueil* à des gaz asphyxiants, ne serait-ce que pour mettre fin à la douleur. Je ne suis pas brave, comme je l'ai déjà avoué dans ces pages.

Je ne sais pas exactement quand, passé minuit et avant l'aube, tandis que je me tordais dans la boue sous le regard fixe de mon camarade mort, *elle* arriva.

La Dame. Celle que j'attends cette nuit.

Mais peut-être que le grattement de ma plume et ma posture assise l'empêchent de me rendre visite. Je vais ranger mon journal et attendre dans l'obscurité entre les éclairs des grosses pièces.

Post-scriptum : le gazé, de l'autre côté de l'allée, ne respire plus.

Dimanche, 15 juillet, 9 heures du matin

La Dame n'est pas venue. Ou du moins, je ne m'en souviens pas. Ma déception est si grande que je suis incapable de l'exprimer.

La religieuse – la bourrue, pas sœur Paul-Marie – explique le bruit forcené de nos gros canons par la terrible bataille qui s'est engagée pour la prise du Grand Bois. La plupart des blessés qui arrivent à flots appartiendraient à la 33e division, surtout à la Church Lads Brigade. Elle dit que leurs blessures sont les plus terribles qu'elle ait jamais vues.

J'ai fini par comprendre que ce recrutement de bataillons de copains, s'il permet plus facilement d'atteindre le quota demandé par Kitchener, va provoquer un terrible raz de marée de douleur ; cette magnifique idée est en train de vider des villages, des églises, des équipes de sapeurs-pompiers, des professions entières où la crème de notre génération a peut-être été anéantie en un seul après-midi. *(Note de l'éd. : Même maintenant, peu d'entre nous ont oublié l'affiche où lord Kitchener, le doigt tendu, déclare sans équivoque : « La patrie a besoin de toi. » Ce que les lecteurs d'aujourd'hui ont peut-être oublié, cependant, c'est que Kitchener n'a pas imposé la conscription avant janvier 1916. James Edwin Rooke et près de deux millions et demi d'hommes en kaki étaient des volontaires. L'opinion de Rooke sur les « bataillons de Pals » où des amis et des relations pouvaient s'engager en masse s'avéra tout à fait exacte. L'impact du carnage de la Première Guerre mondiale sur la Grande-Bretagne ne tient pas seulement au nombre de morts, mais à la terrible concentration de cette perte sur des lieux spécifiques, due à la destruction des « Pals ». Dans la Somme, les bataillons de copains, Accrington Pals, Leeds Pals, The Cambridge Battalion, Public Schools Battalion, First Bradford Pals, Glasgow Boy's Brigade Battalion et le Co. Down Volunteers, comptèrent chacun plus de cinq cents morts et blessés (un bataillon comprenait mille hommes). Et cela pendant l'unique journée du 1er juillet.)*

Les médecins et les infirmières sont venus tout à l'heure pour enfoncer leur aiguille dans mon dos et dans mes poumons. Le bruit que fait l'extraction du liquide est impossible à décrire, mais me rappelle le jour où j'ai regardé un éléphant aspirer le fond d'un seau d'eau. Le cirque devait être en train de traverser le Weald of Kent, en cet été verdoyant, et j'aurais bien voulu y être.

Le médecin oublia quelques papiers qu'il avait posés d'un air las et je chapardai l'un des formulaires pour le lire. C'est un rapport d'autopsie. Je suis réveillé depuis sept heures – sous la Vierge dorée qui penche, les cloches de l'église endommagée sonnent parfaitement bien et me gênent encore plus que le constant grondement des canons – et je me suis battu avec le poème commencé hier soir sur le gazé, dont j'entends toujours la respiration en dépit de son absence plus que définitive.

Le rapport d'autopsie me semble empreint d'une poésie plus efficace que mes pauvres gribouillis. Je vais le reproduire mot pour mot :

Cas quatre : âge 39 ans.
Gazé le 4 juillet 1916.
Admis au poste de secours des blessés
Ce même jour.
Mort dix jours plus tard.
Pigmentation brunâtre sur de larges surfaces
De tout le corps. Un anneau
De peau blanche
À l'endroit de la montre-bracelet.
Brûlure superficielle bien visible sur le visage et
Au scrotum.
Le larynx très congestionné. Toute la trachée
Était couverte d'une membrane jaune.
Les bronches

Contenaient beaucoup de gaz. Les poumons
[relativement
Volumineux.
Le poumon droit présentait un large collapsus
[à la base.
Le foie congestionné
Et adipeux.
L'estomac révélait de nombreuses
Hémorragies sous-muqueuses. La substance
[cérébrale était
Mouillée outre mesure
Et très congestionnée[6].

*Merde**. La poésie ne fait plus son office dans ce nouvel âge. Et la non-poésie ne peut plus se faire passer pour des vers. Peut-être que la poésie est morte. Peut-être qu'elle mérite de mourir. Et les poètes aussi, peut-être.

Les cloches se sont tues. Peut-être que la demi-douzaine de fidèles vivant encore à Albert ont été sommés de se rendre à la messe. Les canons n'hésitent pas une seconde. Je plains la Church Lads Brigade. Quand je pense à ce qu'ils vont recevoir, nous qui n'y sommes pas pouvons remercier le Ciel.

Il est presque temps de parler de la Dame. J'ai hésité à le faire parce que, si quelqu'un trouvait mon journal et le lisait, il penserait que je suis fou.

Je ne suis pas fou.

Et ce journal sera détruit… il *doit* l'être. Un poète peut y coucher les pensées nues que d'autres dénieront,

---

* En français dans le texte. *(N.d.T.)*

mais la poésie est morte et je le serai bientôt, alors je refuse de laisser ces pensées en un lieu où des yeux indiscrets les trouveront.

Pourtant, il faut que je parle de tout cela ou je deviendrai fou.

Nous avons attaqué le 10, vu notre Rifle Brigade anéantie vers dix heures du soir, et toute la nuit suivante, je suis resté couché dans le trou d'obus, délirant à moitié tant je souffrais de sentir mes jambes incapables de remplir leur office, à demi fou de soif et de peur. J'avoue que j'ai bu la vase verte de ce cratère jonché de cadavres. J'aurais bu mon urine pendant cette seconde nuit. Je l'ai presque certainement fait.

Je ne peux pas oublier le bruit. Il commença cette première nuit et n'avait pas complètement cessé lorsque je sortis, en rampant, de cet enfer, le matin du 12.

C'était un bruit constant, mais il s'élevait et retombait comme les caprices, composés avec précision, d'un ressac lancé par le vent, ou le bruissement d'un million de feuilles un soir d'automne, dans le Kent. Seulement, il n'y avait rien d'apaisant ou de méditatif dans ce bruit : c'était celui d'un millier de dents grinçant sur une centaine d'ardoises ; celui d'ongles cassés grattant la terre ; c'étaient le sifflement et le gargouillis et les halètements grinçants des gazés luttant en vain pour respirer avec des poumons encombrés de mucosités.

C'était le bruit que faisaient nos centaines de gars blessés dans le no man's land.

J'avoue que je me joignis à ce chœur. Mes gémissements et mes cris inarticulés semblaient venir d'un point situé hors de moi et, parfois, je les écoutais se joindre à l'appel collectif de la douleur avec plus de gêne que d'horreur.

De temps à autre, par-dessus les explosions sourdes, le grondement des canons, le martèlement des mitrailleuses, on entendait la netteté impitoyable d'un unique coup de fusil. Et alors, dans le chœur, une voix se taisait. Mais tous les autres continuaient à chanter.

Pendant cette seconde journée – le mardi 11 – je restai couché entre les fragments d'os et les barbelés. À un moment, je réussis à me traîner un peu plus haut, sur le côté, afin de tirer mes jambes sans nerfs hors de l'eau ; je me dis que c'était par crainte qu'elles ne pourrissent, mais ma vraie peur était que quelque chose, sous cette écume verte, essaie de m'agripper. Le soldat mort continuait à me regarder fixement, et seuls les sombres puits et le blanc de ses yeux étaient visibles au-dessus de l'eau, sous l'ombre du casque. Et je les ai vus disparaître comme s'ils se retiraient dans le crâne pour échapper à ma vue. La nuit d'avant, même à la lumière vacillante des fusées éclairantes et des explosions, on voyait clairement le noir de ses pupilles et de ses iris, mais le second jour, ce n'était plus qu'une masse blanche, grouillante d'œufs de mouches.

Les mouches bleues étaient si nombreuses que, parfois, je les prenais pour un nuage de Valkyries qui descendaient vers nous. Mais ce n'étaient que des mouches. Leur bourdonnement me rappelait les balles ; le bourdonnement des balles au-dessus de ma tête me rappelait les mouches. Je renonçais à les chasser de mon visage et ne remuais que lorsqu'elles rampaient sur mes lèvres pour pénétrer dans ma bouche ouverte.

Au crépuscule du second soir, le bruit de fond régulier des gémissements avait diminué, mais lorsque la nuit tomba, le chant s'éleva de nouveau, comme si les morts s'étaient joints aux mourants. Quand il fit vraiment noir, j'essayai de me hisser en m'agrippant à des pierres, en enfonçant mes coudes dans la boue, mais dès que ma tête dépassa du trou d'obus, les mitrailleuses ouvrirent le feu. Il venait autant de balles traçantes des lignes britanniques que des allemandes. Nos gars étaient nettement inquiets et craignaient une contre-attaque.

L'une de ces balles m'arracha un petit bout de l'oreille gauche. Une autre traversa le tissu déchiré de ma tunique, entre mon bras et mes côtes, du même côté. Je renonçai à l'idée de traverser ces deux cents mètres en rampant et me laissai retomber dans mon tombeau saumâtre. Le soldat parut m'accueillir avec un clignement blanc. Des rats s'acharnaient sur la moitié supérieure du torse, dans l'obscurité, si bien que les jambes semblaient esquisser une faible danse.

Mes mains avaient retrouvé assez de sensibilité pour que je puisse lancer des pierres à cette vermine. Ils m'ignorèrent. Je préférais cela car ils auraient pu reporter leur attention sur moi.

Je sommeillai dans un état de semi-conscience où le grondement des gros canons tissait la texture de mes rêves. Brusquement, avant l'aube, je m'éveillai. La Dame était arrivée.

Cela semble fou, maintenant, d'admettre que j'ai éprouvé peu de surprise. Il y avait eu des voix d'infirmières venant de très loin, des lignes du front, mais c'était seulement un rêve de chambrée. N'importe comment, je savais que la Dame n'était pas une infirmière.

Elle n'avait pas descendu le talus escarpé en trébuchant et en glissant ; elle était simplement là. Sa main sur ma joue me réveilla.

La décrire, même aujourd'hui, après plusieurs de ses visites, semble un peu sacrilège. Mais peut-être que si je le fais simplement avec une petite fraction du respect que j'éprouve pour elle, cela ne gâchera pas les chances de son retour éventuel.

Elle a un teint de blonde. Pas seulement une pâleur anglaise due à l'absence de soleil, mais l'éclat d'une belle pièce de marbre blanc de Carrare. Ses traits sont lumineux, classiques mais pas assez fins pour correspondre à nos critères de la beauté féminine idéale. Son nez est long et droit, son menton fort, ses yeux très écartés et noirs. Elle n'est pas coiffée à la mode ; la dernière fois que j'étais à Paris et à Londres, les dames portaient leurs cheveux plus court, avec une frange qui descendait bas sur le front, le reste de la chevelure relevé, couvrant seulement une partie des oreilles et se terminant souvent, sur la nuque, par un chignon ou une grosse boucle. Les cheveux de la Dame sont retenus par des peignes sur les côtés, et retombent librement, un peu comme ceux d'une dame de la génération de ma mère qui va se mettre au lit.

Quand la Dame toucha ma joue, je tentai de parler, de l'avertir du terrible danger qu'elle courait dans le no man's land, mais elle posa seulement un doigt sur mes lèvres crevassées et fit non de la tête, comme pour me faire taire.

Je remarquai vaguement qu'elle portait une robe qui ne convenait ni à une infirmière ni à notre environnement ; c'était un tissu soyeux et doux, peut-être du crêpe de Chine, coupé comme une chemise de nuit ou de jour. Mais ce n'était ni une pièce de lingerie, ni un vêtement de nuit. L'habillement de la Dame allait parfaitement avec son visage énergique et sa silhouette pleine. J'avais l'impression que Pénélope venait me chercher pour interrompre mon errance et me ramener à la maison.

Je fermai les yeux et, bien que rêvant à demi, j'étais encore avec elle. Nous n'étions plus sur le champ de bataille, mais sur la terrasse d'une belle maison, au clair de lune. Les arbres et les parfums de cette nuit d'été m'étaient familiers ; je pensais que c'était peut-être le Kent. La Dame m'attendait à une table de fer forgé, sous une charmille. Je m'approchai et m'assis en face d'elle, remarquant qu'elle ne portait plus la robe soyeuse mais un vêtement plus normal, un tailleur en coton couleur pêche à la veste froncée à la taille, aux larges manches bordées de volants, et dont la jupe descendait jusqu'aux chevilles. Ses cheveux auburn – je voyais nettement leur couleur, maintenant, au clair de lune – étaient relevés d'une façon plus conventionnelle et partiellement dissimulés par un chapeau de paille au bord doucement arrondi, orné d'une plume.

Entre nous, il y avait un service à thé sur un plateau d'argent. Quand elle fit mine de servir, je tendis la main pour la toucher. Elle recula, mais sans cesser de sourire.

« C'est une hallucination, dis-je.

— Vous croyez ? » répliqua-t-elle d'une voix douce.

Celle-ci m'excita autant que ses yeux.

« Oui. Je suis en train de mourir dans un… » Je m'arrêtai avant de dire « foutu trou d'obus ». Sur le point de mourir, j'avais peut-être des hallucinations, mais ce n'était pas une raison pour me montrer impoli devant une dame. « … dans un banal trou d'obus, en France, poursuivis-je. Et tout ceci… » Je montrai d'un geste la charmille, les jardins où flottait un parfum estival d'hibiscus, et la propriété à peine visible au clair de lune. « Tout ceci n'est qu'une illusion de mon cerveau mourant.

— Vous croyez ? » répéta-t-elle. Et elle prit ma main dans les siennes. Ses doigts n'étaient pas gantés.

Le mot « galvanisé » est trop faible pour expliquer ma réaction à son contact. C'est comme si je n'avais jamais touché la peau d'une femme jusqu'à cet instant. J'étais de nouveau un jeune homme bégayant et non l'homme à femmes que j'étais devenu depuis mes études au Clare College de Cambridge.

J'essayai de parler, de dire que j'étais certain que rien de tout cela n'était réel, mais des nuages dévoilèrent la lune dont la lumière effleura les douces courbes de son décolleté, et les mots restèrent coincés dans ma gorge.

« Je crois que tout cela est réel », chuchota-t-elle. Le bout de ses doigts traça un ovale sur ma paume renversée. « Mais il faut que vous retourniez auprès de vos amis avant que nous puissions nous revoir.

— Mes amis ? » chuchotai-je, embarrassé que mes lèvres soient si sèches et si crevassées.

Je ne pouvais me rappeler ni le nom ni le visage d'aucun ami. Tous mes camarades de guerre n'étaient plus que poussière. Moins que poussière. Seule la Dame pouvait fixer mon attention.

Elle me sourit. Ce n'était pas le sourire minaudier de tant de dames londoniennes que j'avais connues, ni le sourire aguichant de beaucoup de jeunes Françaises, et certainement pas le sourire cruel de certaines veuves bien nanties que j'avais incluses dans mes relations. C'était un sourire assez agréable, mais lourd d'ironie et d'une sorte de défi.

« Vous souhaitez me revoir ? » demanda-t-elle. Le clair de lune faisait briller ses cils.

« Oh, oui ! » répondis-je sans penser combien je paraissais naïf. Et insouciant.

Elle me tapota la main une dernière fois. « Nous reparlerons quand vous serez retourné à l'endroit où vous devez aller.

— Où dois-je aller ? » demandai-je.

Mes jambes étaient de nouveau dans la vase saumâtre. Mes mains agitées de spasmes nerveux. La montre de mon père, dont la chaîne s'enroulait autour de mon poignet noirci, luisait au clair de lune.

« Là-bas », chuchota-t-elle.

Elle portait de nouveau cette espèce de chemise. Cela m'inquiéta. Le vêtement comportait trop de plis. Les poux pondaient sur nous, ici, au front, surtout le long des coutures de nos uniformes et dans les plis des kilts des Écossais. Mon uniforme était neuf – l'avait été –, je l'avais acheté au magasin des officiers, à Amiens, quelques semaines auparavant, mais il était déjà plein de poux.

Non, l'idée que la Dame puisse être pouilleuse était absurde. Je m'aperçus qu'elle me touchait. Ses doigts, posés sur ma jambe nue, remontèrent jusqu'à ma cuisse. Le soldat, dans l'eau, nous regardait de ses yeux blancs qui bougeaient au clair de lune.

« Retournez-y », chuchota-t-elle en se penchant vers moi. Elle embaumait la violette et un peu le jasmin. Ses ongles raclèrent doucement la face interne de ma cuisse, plus pour m'éprouver, semblait-il, que pour me taquiner. « Alors, nous nous rencontrerons de nouveau. »

J'allais répondre, mais la Dame jeta un coup d'œil sur sa gauche, comme si on venait de l'appeler, puis s'éleva vers le bord du cratère, plus doucement que si elle se contentait de marcher. Je me retrouvai seul avec le visage qui me regardait, la partie inférieure du torse, les rats qui le tiraillaient et le nuage de mouches.

Je sortis à quatre pattes du trou d'obus juste avant l'aube ; on tira sur moi dès le lever du soleil et je restai terré encore pendant un long jour de juillet. Je recommençai à me traîner vers les lignes britanniques lorsqu'il fit de nouveau nuit, le mercredi 12. L'aube était presque levée lorsque quelqu'un me lança une sommation. J'entendis claquer la culasse d'un fusil.

On me somma de sortir de l'ombre, d'avancer et de me faire reconnaître, ou de donner le mot de passe. Je ne pouvais faire aucune de ces choses, couché, épuisé et saignant que j'étais, pris dans le réseau de nos propres barbelés. Je *sentis* la bouche du fusil se braquer sur moi dans l'obscurité, la sentinelle invisible se concentrer en se préparant à faire feu lorsque résonnerait ma voix rauque.

En rassemblant mes dernières forces, j'aurais pu crier mon nom et mon unité, peut-être entamer *God Save the King*, mais rien de tout cela, je pense, n'aurait pu être intelligible à cause de mes lèvres crevassées et de ma gorge desséchée. Aussi, inexplicablement, absurdement, je me mis à chanter. L'air ressemblait vaguement à *Here We Go Round the Mulberry Bush* :

Je ne veux pas d'une fille de Givenchy-le-Noble,
De Givenchy-le-Noble,
De Givenchy-le-Noble,
Si on part se promener, elle se fourre dans le
[pétrin,
Je ne veux pas d'une fille de Givenchy-le-Noble.

Je ne veux pas d'une fille qui vienne de
[Comptes,
Qui vienne de Comptes,
Qui vienne de Comptes,
Car elles mangent des oignons, et leur haleine
[empeste,
Je ne veux pas d'une fille qui vienne de
[Comptes[7].

Je reposai mon visage dans la boue et attendis.

« Bon Dieu ! dit la voix de la sentinelle. C'est quelqu'un de la Rifle Brigade. Sortez-le de là, les gars. »

Ils couvrirent ma semi-nudité d'une couverture, me transportèrent par les boyaux de communication, et me déposèrent devant une tente qu'ils croyaient être un poste de secours, derrière les lignes.

Les cloches se sont remises à sonner, soit pour célébrer la fin de la dernière messe, soit pour appeler les gens à celle d'après. N'importe comment, je n'arrive plus à me concentrer. Un conducteur de mules injurie son équipage, sous ma fenêtre ; les bêtes essaient d'arracher la charrette à la boue pendant que toute une brigade attend.

Je ne peux pas me concentrer. J'ai mal. J'écrirai le reste plus tard.

Lundi, 17 juillet, 2 heures de l'après-midi

Le parfum de la Dame m'a réveillé la nuit dernière, mais il n'y avait dans la salle que le mourant, celui qui est condamné, et moi. Je suis certain qu'elle était ici, il y a quelques secondes.

La longue aiguille n'a extrait ce matin qu'une timbale de liquide. J'ai pu me rendre en chancelant jusqu'aux latrines, à l'aide de deux cannes, et sœur Paul-Marie me dit que dans un jour ou deux on va me déclarer guéri afin de libérer un lit pour un gars plus grièvement blessé. Plusieurs de mes compagnons de chambre sont morts – ce matin, on a trouvé le chef de bataillon fixant le plafond comme il l'avait fait durant les derniers jours de sa vie – et les nouveaux semblent venir de la 33e division. Comme je l'avais supposé en écoutant les bruits de la bataille pendant le week-end, la Church Lads Brigade a rencontré le même destin que le nôtre.

La sœur me dit que le colonel Pretor-Pinney a été transporté à l'ambulance de corps d'armée. On espère qu'il survivra. Le sergent Rowlands est passé me voir hier après-midi. Il s'était bien conduit, mais il a été rappelé à Albert juste avant notre offensive du 10 juillet, pour servir d'ordonnance à l'état-major. Avoir manqué le spectacle, cela l'a rendu amer, mais cette nouvelle affectation lui a certainement sauvé la vie.

Rowlands m'a dit que, le 12, lorsqu'ils ont reçu la feuille d'appel de la Brigade, plus de trois cents noms portaient un « D » *(Note de l'éd. : « D » pour « disparu »)*. Bien sûr, personne ne savait au QG si ces hommes étaient morts, morts et enterrés, morts et pas encore enterrés, morts et réduits en poussière, faits prisonniers, blessés, blessés et évacués, blessés et dans le no man's land, dans un poste de secours, ou déjà envoyés à l'hôpital d'évacuation. D'après Rowlands, personne n'a très envie de l'apprendre. Aussi il a passé presque toute la semaine dernière à faire le tour, à bicyclette, des ambulances et des hôpitaux d'évacuation en demandant s'il y avait des gars de notre Rifle Brigade. Jeudi, il a rapporté sa propre liste au colonel, ici, à l'ambulance du corps d'armée, et Pretor-Pinney a pleuré devant tout le monde, ce qui est presque inimaginable. Selon Rowlands, tout ce que le colonel a réussi à dire, à répéter plusieurs fois, c'était : « Quel gâchis on a fait de mon bataillon. Quel *gâchis* on a fait de mon bataillon. »

S'il était venu mercredi dernier, Rowlands ne m'aurait pas trouvé ici. Les gars qui m'ont recueilli au front ont réquisitionné une moto avec un side-car et m'ont amené presque jusqu'à Albert ; ils m'ont déposé dans ce qu'ils croyaient être un poste de secours. Il y avait une immense tente remplie de blessés sur des brancards, des silhouettes qui s'affairaient sous les lumières, à l'autre extrémité, des brancards vides et des blessés sous leurs couvertures, dans la cour, devant l'ambulance. C'était une chaude nuit d'été ; les étoiles brillaient dans le ciel clair. La sentinelle et son copain m'ont sorti du side-car, m'ont déposé sur un brancard libre, ont remonté la couverture jusqu'à mon menton, m'ont souhaité bonne chance et sont retournés au front.

Je n'étais qu'à demi conscient, la tête me tournait à l'idée d'être vivant et sorti du no man's land, aussi me fallut-il une heure ou deux pour remarquer que personne ne venait me voir. Pas de médecin. Pas d'infirmière. Pas même une simple soldat pour prendre ma température et effectuer le *tri*.

Je remarquai aussi le silence. Pour la première fois depuis trois jours, le chœur des blessés ne me tapait pas sur les nerfs, ne me rendait pas fou. Ceux-là ne faisaient aucun bruit.

C'était, bien sûr, un poste d'inhumation et non une antenne de soins, et la section avait terminé sa corvée juste au moment où mes amis du front m'avaient laissé à leurs bons soins. J'étais couché là, tout seul, avec les nobles morts. Mes jambes ne me portaient toujours pas, mais je pus me redresser et regarder alentour. Beaucoup de cadavres n'étaient pas recouverts. La lumière des étoiles brillait sur les os mis à nu et les yeux encore ouverts. Je reconnus alors quelques gars de la 13e section.

Crier ne servirait à rien car mes poumons étaient déjà si congestionnés que je pouvais seulement tousser faiblement. Je me rallongeai, certain que quelqu'un finirait par venir. De temps à autre, des chevaux ou des automobiles passaient sur la route, à dix mètres de là, mais une petite éminence séparait les rangées de morts de la voie publique, et n'importe comment on n'aurait pas pu, là-bas, entendre ma toux haletante.

J'envisageai de ramper pour chercher du secours, mais trois jours et demi s'étaient écoulés depuis mon dernier repas – encore n'avais-je pris qu'un petit déjeuner léger le matin de l'offensive, non seulement à cause de mon appréhension, mais sous l'effet de cette peur qu'a le soldat d'être blessé à l'estomac ou à l'intestin après avoir mangé –, et je n'avais plus de forces. J'étais certain de mourir de soif ou de mes blessures avant que le jour se lève.

Il plut un peu avant l'aube. La douce bruine me réveilla et j'ouvris la bouche. Ce n'était pas suffisant. J'essayai de joindre mes paumes pour recueillir l'humidité bénie, mais mes mains tremblaient trop. Sachant que la petite pluie cesserait bientôt, je regardai éperdument autour de moi, dans l'espoir de découvrir un récipient et de sauver ainsi ma vie – une gamelle oubliée, un jerricane, un casque, n'importe quoi. Il n'y avait rien. Puis je remarquai que l'eau stagnait dans les plis des uniformes, sur les cadavres. J'avoue que j'ai rampé comme je l'ai pu, et lapé ces minuscules mares avant qu'elles ne pénètrent dans le tissu ou ne s'évaporent. Je me souviens de m'être servi de ma langue comme un chat devant une soucoupe de crème lorsque je bus l'eau accumulée dans le creux froid de la gorge d'un jeune homme. Je n'avais pas honte, pas plus qu'aujourd'hui. Les dieux m'avaient abandonné et je les défiai de me faire mourir. Je décidai de survivre en dépit des Parques.

C'est alors qu'*elle* est arrivée.

Elle marchait entre les rangées de formes silencieuses, à pas légers. Je ne sais si elle était pieds nus ou portait des pantoufles. Sa robe, légère, mais pas diaphane, drapée en plis préraphaélites qui dansaient à la lumière des étoiles, était celle de la nuit précédente. Oubliant ma soif, je me recouchai sur mon brancard et m'enroulai soigneusement dans la couverture grossière. J'avais peur qu'elle me cherche dans l'obscurité, et plus peur encore qu'elle ne le fasse pas.

Je ne prétends pas que j'ignorais alors qui elle pouvait être, qui elle devait être. Cela m'était égal. Ses cheveux, lorsqu'elle se pencha sur moi, se déployèrent autour de nous comme un rideau. Son cou sentait la violette, un peu le jasmin, et dégageait toute la chaleur de la femme.

Je voulus dire non, que mes lèvres étaient crevassées et pleines de croûtes, que mon haleine devait être fétide, mais elle posa son doigt froid sur ma bouche pour me faire taire. Une seconde après, elle mit ses lèvres à la place de son doigt. Son baiser fut à la fois ferme et doux, sans fin et trop bref. Pris de vertige, je crus voir les étoiles tournoyer. Quand elle recula, je sentis la douceur de son sein gauche au travers de l'étoffe.

« Attendez », croassai-je, mais elle s'éloignait déjà, en soulevant l'ourlet de sa robe pour ne pas frôler les doigts recroquevillés ou les visages levés des autres hommes, couchés dans la bruine.

« Attendez », chuchotai-je de nouveau, mais déjà le sommeil m'engloutissait. Frissonnant, sachant que je l'aurais suivie si j'en avais eu la force, et si le temps en était venu, je réussis à remonter plus haut la couverture trempée et m'enfonçai dans un sommeil aussi dépourvu de rêves que celui des morts qui m'entouraient.

Mardi, 18 juillet, 3 h 30 de l'après-midi

Journée effroyable. Ils étaient prêts à me renvoyer mais une mauvaise nuit de fièvre et de toux m'a gardé, hier, au lit. J'ai l'impression que seules des sutures relient mes jambes à mon tronc et je les contrôle mal, mais maintenant je peux me tenir debout avec une seule canne.

Me voilà de nouveau bon pour servir dans l'armée de Kitchener.

Les nouvelles sont si mauvaises aujourd'hui que je ne peux que me moquer du dieu, quel qu'il soit, qui gouverne l'univers avec tant d'ironie. La Rifle Brigade ramenée à la moitié de son effectif, et moins encore, ne valait plus rien en tant qu'unité de combat, je le savais. Du moins pour le moment. Ce qui voulait dire que lorsque je reviendrais au bataillon, ce serait pour accomplir un service « peinard » dans un secteur tranquille du front… ou presque certainement à l'arrière. Le sergent Rowlands m'a dit hier qu'il avait vu l'ordre d'envoyer aujourd'hui le bataillon à Bresle, et qu'il serait ensuite assigné à un service relativement confortable, près de Calonne. Il dit que là-bas, on est cantonné dans des maisons, loin du combat et de la Somme.

Je commençais à penser que je verrais peut-être Noël. Mais les papiers de mon transfert sont arrivés aujourd'hui.

Je l'avais demandé au Noël *dernier*, quand la Brigade était à Hannescamps, où je me sentais très seul et plutôt cafardeux. Je ne me suis jamais bien entendu avec les gens du peuple et les autres officiers de la Brigade n'étaient pas des gentlemen. Dans l'espoir de me retrouver avec Dickie, John, Siegfried *(Note de l'éd. : Siegfried Sassoon)* et d'autres garçons que j'avais connus à Cambridge, je suis allé voir le colonel pour demander mon transfert à la 34e division. Il m'a dit qu'il y avait peu de chances que ma demande soit approuvée, mais j'ai rempli les formulaires, je les ai envoyés et n'en ai plus entendu parler. J'avais oublié tout cela. Aujourd'hui, je découvre que l'on m'a transféré – au 1er bataillon de la 1re Rifle Brigade de la 14e division.

C'est merveilleux. Foutrement merveilleux. J'ai été dans trois divisions durant mon bref séjour dans cette putain d'armée : pendant l'entraînement, la Rifle Brigade faisait partie de la 37e ; quand nous sommes montés en première ligne, il y a moins de deux semaines (moins de deux semaines ?), on nous a dit que, dorénavant, nous faisions partie de la 34e ; et maintenant il faut que je plie bagage pour rejoindre cette putain de 14e. Je n'y connais personne. Pis que cela, le sergent Rowlands me dit que cette division va monter au front pour y remplacer mon ancienne brigade.

Si je n'avais pas perdu mon pistolet dans le no man's land, je mettrais le canon dans ma bouche et j'appuierais sur cette putain de détente.

Mercredi, 19 juillet, 7 heures du soir

Tout à l'heure, je suis sorti pour voir la Rifle Brigade quitter Albert. Une belle matinée. L'air était froid et piquant, comme si l'automne arrivait bien que nous soyons en plein été. Dans cet air, il n'y avait pas le moindre soupçon de poussière, de cordite ou d'odeur de corps en décomposition. La Vierge dorée et son enfant réfléchissaient la lumière tandis que le bataillon défilait à leurs pieds.

Je ne reconnus pas beaucoup de visages. Des centaines de bleus avaient été incorporés ici, à Albert, afin que la Rifle Brigade *ressemble* un peu à un bataillon. Ceux que je reconnus avaient l'air plus âgés que la dernière fois que je les avais vus, neuf jours auparavant. Une éternité. J'étais sur la colline, devant le vieux couvent, et je les saluai, mais la plupart des gars de l'ancienne brigade que je connaissais regardaient fixement devant eux, sans rien voir. Beaucoup pleuraient. Après qu'ils eurent disparu, je rentrai, escomptant dormir ou peut-être écrire une lettre à ma sœur, mais il y avait une délégation de dames de la haute société venues d'Angleterre, et nous devions nous montrer sous notre meilleur jour. Les sœurs avaient installé des paravents autour de ceux qui allaient le plus mal – un nouveau gazé, le garçon qui avait perdu les deux jambes, le bras droit et au moins un œil, et deux ou trois autres – afin que nos visiteuses ne soient pas choquées. Je ne me sentais pas d'humeur à leur parler, aussi feignis-je de dormir. L'une d'elles dit à une autre que j'étais beau garçon. La sœur bourrue fit remarquer que j'allais mieux et que je retournerais bientôt au front. L'Anglaise, une vieille bique avec un chignon à la Gibson Girl* – je la regardai entre mes cils –, dit que ce serait merveilleux pour moi d'être de nouveau dans le coup.

Le coup, je le lui aurais bien donné.

LA GLOIRE DES FEMMES

Vous nous aimez héros, à l'heure du départ,
Ou blessés dans un lieu que l'on pourra citer.
Vous vouez un culte aux décorations ; vous
[croyez
Que la chevalerie rachète ce déshonneur.
Nos obus, vous les faites. Et vous vous enivrez

* La jeune fille américaine idéalisée des années 1890, telle qu'on la voyait dans les illustrations de Charles Dana Gibson. *(N.d.T.)*

D'histoires de danger, d'ordures, de vous
[chéries.
Vous couronnez de loin nos ardeurs guerrières
Et pleurez nos lauriers quand ici nous mourrons.
Vous refusez de croire au recul « stratégique »
Du soldat qui n'en peut plus d'horreur et
[s'enfuit,
Piétinant les cadavres, aveuglé par le sang.
Ô mère germanique rêvant auprès du feu,
Pendant que tu tricotes des chaussettes pour ton
[fils
On marche sur son crâne, enfoncé dans la
[boue[8]*.*

Je ne pense pas qu'*elle* viendra cette nuit. J'aimerais tellement qu'elle le fasse.

Pourtant, je ne crois pas qu'elle m'ait abandonné. Nous nous rencontrerons de nouveau, bien assez tôt.

Il faut dormir maintenant. Ma dernière nuit à l'hôpital. Peut-être ma dernière nuit entre des draps propres.

Samedi, 22 juillet

J'avais tort, au sujet des draps propres. Depuis que je suis arrivé à Amiens où j'ai rejoint ma nouvelle Rifle Brigade, dans la 14e division, je dors toutes les nuits dans des draps, même s'ils ne sont pas aussi propres qu'à l'hôpital.

Les obus allemands pleuvaient sur Albert lorsque je suis parti, jeudi. Ils prêtaient aux décombres du centre-ville d'autres configurations et tombaient dangereusement près du grand hôpital de campagne et du couvent où je m'étais rétabli. Je suppose qu'avec ma claudication, ma canne et cette expression hagarde qui contrastait avec mon uniforme neuf, j'avais l'air plutôt romantique ; en tout cas, les saluts que me prodiguaient les nouvelles troupes qui se dirigeaient vers le front étaient plus prompts et plus respectueux qu'à l'ordinaire. J'ai décidé de porter la moustache. J'ai remarqué quelques cheveux gris qui n'étaient pas là il y a deux semaines.

Amiens est à environ vingt-cinq kilomètres du front, mais pourrait aussi bien se trouver à deux mille kilomètres des combats. J'y ai retrouvé le monde réel : la librairie d'une certaine Madame Carpentier dont la fille se laisse conter fleurette par les officiers, des restaurants aux drôles de noms comme celui de la rue du Corps-Nu-sans-Tête, la Cathédrale, le bar de Joséphine où l'on mange des huîtres, le merveilleux Godebert, et un autre qui s'appelle simplement « Salle à manger des Officiers », fréquenté par une véritable compagnie de lieutenants et de sous-lieutenants, sans parler des autres merveilles de la ville comme le barbier de la rue des Trois-Cailloux où l'on peut, après une coupe de cheveux, la barbe et une séance de serviettes chaudes, recevoir une *friction d'eau de quinine**, après laquelle votre cuir chevelu picote pendant des heures.

C'est un cruel répit. La 14e montera en ligne lundi et ce rappel d'une vie humaine normale rendra le front encore plus insupportable.

J'ai eu un mal de chien à trouver la 14e – Amiens est plein de troupes logées chez l'habitant qui arrivent

* En français dans le texte. *(N.d.T.)*

ou s'en vont, et l'on dirait qu'un millier de cirques ont dressé leurs tentes dans les faubourgs de la ville – mais j'ai fini par me présenter à un colonel arrogant dont je me fiche complètement, puis à un certain capitaine Brown, garçon relativement agréable, me semble-t-il. Il m'a présenté aux sergents de la section et expliqué que la 1re brigade était en cours de renforcement à la suite des « prêts » qu'elle avait dû consentir à des unités plus actives. Je commence à voir cette guerre comme un jeu de chaises musicales géantes où le perdant meurt parce qu'il se trouve au mauvais endroit au mauvais moment quand la musique s'arrête.

Je pense à la Dame toutes les nuits, mais je sais qu'elle ne me rendra pas visite ici. La pensée de la voir une fois de plus est le seul élément attrayant de ma deuxième montée au front.

Dimanche, 23 juillet, midi

Il paraît que les troupes australiennes et néo-zélandaises ont attaqué Pozières peu après minuit. Le capitaine Brown dit qu'en dépit des rapports généralement optimistes du quartier général, et du baratin patriotique des journalistes, le résultat sera sans doute le même que pour la 34e, le 1er juillet, et ma propre Rifle Brigade, le 10 : c'est-à-dire des milliers de morts dans la boue pour rien.

Nous rejoindrons Albert demain, puis nous monterons en première ligne.

L'autre grande nouvelle concerne la mort du général de division Ingouville-Williams, commandant de la 34e. Il semble qu'il ait été tué hier par un obus pendant qu'il cherchait des souvenirs dans le bois de Mametz. Cette perte rend les officiers mornes, mais j'ai entendu le caporal Cooper dire à un autre sous-off : « C'est bien fait pour lui, il n'avait qu'à pas quitter sa bonne planque pour aller fureter dans les bois à la recherche de souvenirs pendant que nous, on doit se taper cette putain de guerre. » En tout cas, quel cirque derrière les lignes pour trouver les quatre chevaux noirs qui vont tirer le caisson ramenant son corps ! Le capitaine Brown dit qu'on a trouvé un attelage adéquat au groupe d'artillerie C de la 152e brigade.

Je suppose que ces choses-là sont importantes.

En avant marche, les gars, gauche, droite,
Jusqu'aux portes de l'enfer, avec une chanson.
Semez votre bonheur pour des moissons
[terrestres,

Bien qu'endormis, soyez dans l'allégresse.
Jonchez de vos joies le lit de la terre,
Réjouissez-vous, car vous êtes morts[9].

Les quatre mille hommes de notre brigade montent au front demain. Je suppose qu'il n'y aura pas de chevaux noirs pour ramener à la maison des milliers d'entre eux qui ne reviendront pas sur leurs pieds.

Mardi, 25 juillet, 10 heures du soir

Hier, la Vierge dorée et son enfant se penchaient sur la route quand nous sommes revenus à Albert, et le nuage de poussière de notre brigade formait autour d'eux une sorte d'auréole orange. Nous n'avons pas pris le même chemin que lorsque je suis allé rendre visite à la 34e pour la Grande Offensive du 1er juillet, ou lorsque la Rifle Brigade est montée en première ligne le 10 pour mourir en tant que brigade. Nous avons traversé Fricourt, mais au lieu de prendre la route en direction de Pozières ou de Contalmaison, nous sommes passés par la vallée de Sausage, à droite de La Boisselle, pour rejoindre la nouvelle ligne en face de Pozières sans trop exposer les hommes au feu de l'ennemi. Les Allemands savent qu'un nombre considérable d'hommes passent par la vallée de Sausage, mais leur tir ne peut pas la prendre en enfilade, aussi espérions-nous ne risquer qu'un obus tombant à l'aveuglette.

Ils utilisèrent les gaz. Je suppose que j'aurais fait pareil, si j'avais été un Fridolin. Cela rendait les choses très difficiles pour nous et n'exigeait d'eux que très peu d'efforts. C'était seulement des gaz lacrymogènes, mais en quantité suffisante pour que nous soyons tous obligés de mettre des lunettes protectrices ou un masque. Nous offrions un spectacle complètement insensé – des milliers de camions et de bus, d'estafettes à bicyclette et à moto, de longues files d'ambulances, de caissons d'artillerie, de chariots tirés par des chevaux, et même un détachement de cavalerie – plus des milliers de fantassins marchant dans un nuage de poussière blanche qui s'élevait à trois cents mètres dans les airs pour se mêler aux gaz lacrymogènes si épais que la vallée en était totalement noyée. Certains conducteurs de camions ou de chariots n'avaient pas de masques – ils n'étaient pas considérés comme des combattants et on ne leur en avait pas distribué – et ces hommes essayant de conduire leur véhicule ou leur attelage malgré les larmes qui ruisselaient sur leur visage et la morve qui coulait sur leur menton constituaient une vision plus qu'absurde.

Le nombre de chevaux morts alignés au bord des routes de la vallée de Sausage est absolument stupéfiant. Comme si quelqu'un avait décidé de paver la chaussée avec de la viande de cheval en putréfaction. Il n'est pas rare de voir les restes de deux ou trois chevaux confondus si bien qu'on ne peut pas dire à quelle carcasse appartiennent ces intestins répandus. Et partout ces yeux effarés, grands ouverts, bien plus lourds de reproche que le regard de nos hommes morts. Les mouches pullulent, bien sûr, aussi présentes que la puanteur. Certains, ayant déjà suivi ce chemin, ont acheté du parfum à Amiens pour lutter contre l'odeur de pourriture qui imprègne notre peau et nos uniformes, mais en pure perte. Il vaut mieux n'en pas tenir compte. Les embouteillages, les cris des conducteurs, les sanglots des hommes et des chevaux surpris sans masques, les jurons étouffés des sergents – tout cela nous le voyons et l'entendons comme de loin, au travers de nos masques informes.

Un vieux conducteur de camion, auquel j'ai parlé pendant l'heure où la brigade attendit que l'embouteillage diminue, m'a dit de ne pas me fier à cette masse mal conçue de toile et de mica, avec son tube nasal peu pratique, que l'armée nous a distribué. Au travers de cette abomination, je lui ai demandé de quoi il se servait. Cela ressemblait à un vieux chiffon, mais paraissait faire son office.

« Je pisse sur une de mes chaussettes », me dit-il. Il me la tendit pour me montrer qu'il ne blaguait pas. « Ça marche mieux que cette saleté de masque français au travers duquel vous me regardez. Vous voulez essayer ? »

Je mis un frein à ma curiosité.

Les Anzacs *(Note de l'éd. : Les troupes australiennes et néozélandaises)* constituaient hier le plus gros de la circulation dans les deux sens. Leur attaque qui commença peu après une heure du matin, dimanche, est encore en pleine action. Du moins, les idiots du quartier général ont appris à ne pas faire sortir les hommes des tranchées en plein jour. Mais l'obscurité semble avoir fort peu aidé les Écossais et les Anzacs qui ont combattu à Pozières et dans les petits bois d'alentour : les ambulances sont pleines, et des douzaines de centres d'inhumation mettent les bouchées doubles, juste derrière les tranchées.

On dirait que mon lot sera toujours de commander des escouades d'inhumation. Comme la 14e doit rester en réserve derrière les Australiens, notre premier ordre de mission est de mettre nos gars au travail pour enterrer ces derniers. C'est un sale boulot, mais au moins, les corps ne sont pas restés dans les barbelés pendant une semaine et plus.

Le pilonnage est très intense. J'ai le plaisir de découvrir qu'il y a seulement quelques jours nos tranchées de soutien étaient en première ligne, si bien que les abris sont profonds et les installations confortables. Je partage une tranchée de six mètres de profondeur avec deux autres lieutenants appelés Malcolm et Sudbridge. Le capitaine Brown n'est pas loin et sa cagna est encore plus enfouie que la nôtre.

Nous avons des couchettes, des étagères, et même une table où l'on peut s'asseoir pour jouer aux cartes.

Un toit improvisé, en toile à sac moisie, empêche la lumière de filtrer et les gaz de pénétrer. La cagna est éclairée par deux lampes tempête et c'est presque confortable. Il y fait beaucoup plus frais qu'au niveau du sol où l'on mijote dans la poussière et la chaleur du plein été.

Il y a une heure ou deux, le lieutenant Malcolm nous a proposé d'égaliser le sol sous la table, ce qui semble une bonne idée car la plate-forme est un peu bancale. Malcolm et Sudbridge s'y sont mis avec ardeur, creusant dans l'argile pour constituer sous chaque pied un beau support plat ; brusquement Malcolm découvre sous sa pelle un morceau de tissu bleu pourri. « On dirait qu'un soldat français a perdu sa tunique », dit-il naïvement en continuant à creuser.

L'odeur remplit la cagna une seconde avant que les restes d'une main et d'un bras n'apparaissent.

Je suis parti fumer une pipe et parler avec le capitaine Brown. Quand je suis revenu, un peu plus tard, les gars avaient comblé les trous et jouaient aux cartes sur la table branlante.

J'ai choisi l'une des couchettes supérieures en supposant, sottement, que les rats auraient plus de mal à m'atteindre – je ne supporte pas l'idée que ces saletés de bestioles énormes au poil luisant vont venir trotter sur ma figure dans le noir – mais il y a quelques minutes, j'ai remarqué que les étais, au-dessus de moi, semblaient miroiter, comme si le bois bougeait. J'ai levé ma lanterne et découvert qu'ils grouillaient de poux. Lorsque nous avons éteint la lumière, la vermine s'est laissée tomber sur ma poitrine et sur mes joues. Au bout d'une demi-heure, incapable de dormir, je suis allé m'installer sur la banquette de tir pour écrire ceci à la lumière du bombardement.

La Dame n'est pas venue. Je dirais bien que cet endroit n'est pas digne d'elle, mais je sais que ce n'est pas pour cela. Je suis sûr que je la reverrai.

Bien que cantonnés dans les tranchées de réserve, nous sommes toujours à portée de vue et de tir des lignes allemandes, installées à la sortie de Pozières. Les balles frappent les sacs à terre avec un bruit familier.

Je sens les poux chercher les coutures et les replis chauds de mon uniforme presque neuf. Je sais, d'expérience, que je vais essayer de les trouver et de les écraser pendant plusieurs jours, puis j'y renoncerai et supporterai ce constant grouillement sur ma chair.

Il est temps maintenant de retourner à ma couchette pour dormir. Dans trois heures, il faudra que je fasse mon premier tour d'inspection du secteur.

Vendredi, 28 juillet, 8 heures du matin

Le colonel m'a reconvoqué hier dans sa cagna raffinée, car il voulait savoir pourquoi j'avais demandé à être transféré dans cette division. J'ai avoué qu'en réalité je voulais rejoindre la 34e pour être avec mes camarades d'études. Ce petit homme pâle et dyspeptique reposa brutalement quelques papiers et murmura un juron. Il semble que le quartier général ait eu vent du fiasco – mes papiers auraient dû spécifier la 34e – et maintenant tout le monde avait les boyaux en effervescence à cause de l'erreur d'un auxiliaire.

« Eh bien, que diantre voulez-vous que nous fassions, O'Rourke ? » gronda le colonel bien que mon nom soit clairement imprimé sur les différents formulaires étalés sous ses yeux.

J'étais embarrassé. Cela semblait inconcevable qu'au sein d'un tel carnage – mes hommes avaient enterré des Australiens, des Écossais et des Néo-Zélandais durant toute la semaine – quelqu'un se soucie le moins du monde d'un jeune lieutenant assigné à la mauvaise division.

« On ne peut pas vous envoyer à la 34e, grommela le colonel. Ils n'ont aucun dossier sur vous et sont bien trop occupés à se reconstituer. Nous ne pouvons pas vous garder ici si le quartier général s'obstine à nous passer des savons. »

Je hochai la tête ; j'aurais bien voulu qu'on laisse tomber toute l'affaire. J'avais fait connaissance avec les sous-officiers – en particulier Malcolm et Sudbridge – et lié amitié avec le capitaine Brown et plusieurs sergents.

« Signez ça », dit le colonel en faisant glisser des papiers vers moi, de l'autre côté de la table éraflée.

Je regardai les formulaires. « La demande d'un retour à la Rifle Brigade, mon colonel ? » dis-je.

Il y avait, semblait-il, une éternité que j'avais vu les quelques survivants de mon ancienne brigade quitter Albert.

Le colonel était retourné à d'autres paperasses plus importantes. « Oui, oui, dit-il en me faisant signe, par-dessus son épaule, de m'exécuter. Vous resterez ici jusqu'à ce quelqu'un vienne vous remplacer, ce qui ne devrait pas prendre plus d'une semaine ou deux. Il n'y a qu'à vous renvoyer d'où vous venez, n'est-ce pas, O'Rourke ?

— Lieutenant *Rooke*, mon colonel », dis-je, mais l'homoncule aux dents noircies ne me prêtait plus aucune attention. Je signai les papiers et partis.

C'est seulement maintenant, des heures plus tard, que je pense à ce que cela va entraîner. Hier, le sergent Rowlands m'a dit, et a mentionné dans son compte rendu, que les tranchées de réserve, près de Calonne, étaient aussi peinardes que les survivants de la Brigade l'avaient espéré. Tout ce qu'ils souhaitaient, c'était passer là le reste de la guerre. Si mon transfert aboutit…

Voilà bien la folie des hommes. J'ai beaucoup trop foi dans le dieu de l'Ironie pour croire que quelque chose d'aussi simple qu'un autre transfert puisse me sauver.

9 heures du soir, le même jour

Une nuit chaude, poisseuse. Sur le no man's land, le ciel a une couleur de citron bouilli. Tout le monde ici, abruti par la chaleur, se déplace lentement, souhaitant presque que reviennent les fortes pluies qui nous avaient rendu la vie impossible tout l'été, dans la Somme. Il fait étouffant, même dans les abris, aussi les hommes dorment-ils couchés sur les caillebotis, tout habillés, un sac à terre pour oreiller. Heureusement pour nous, on dirait que même les tireurs isolés allemands sont trop affaiblis pour exercer leur office avec beaucoup d'enthousiasme.

On dit que les Australiens ont essayé une fois de plus de reprendre le moulin à vent, près de Pozières, cause de tant de combats. Tout ce que nous avons vu, c'est des centaines et des centaines de blessés essayant de rejoindre des postes de secours. Certains sont sur des brancards. D'autres marchent, soutenus par des amis. D'autres encore avancent en titubant jusqu'à ce que quelqu'un leur donne un coup de main ou qu'ils s'effondrent dans l'une des tranchées ou sur les voies d'approvisionnement.

Cet après-midi, je revenais avec le sergent Ackroyd et deux soldats de deuxième classe d'un détachement par la vallée de Sausage lorsque j'aperçus une rangée de cadavres britanniques couchés le long de la route. Ce qui retint mon attention, c'est que tous les sept portaient des kilts. Cela n'avait rien d'étonnant puisque la Royal Scots Brigade de la 51e division subissait de lourdes pertes depuis deux semaines. On avait recouvert les corps avec des bâches et attaché à leurs pieds le carton jaune qui signifie que le détachement d'inhumation reviendrait plus tard, mais je remarquai qu'on avait écarté l'une des toiles. L'homme couché dessous avait les cheveux roux et semblait être un officier. Un gros chat, couché sur sa poitrine, lui mangeait tranquillement la figure.

Je m'arrêtai pour crier. Le chat fit comme s'il ne m'avait pas entendu. L'un des soldats jeta une pierre. Elle frappa le cadavre mais l'animal ne leva même pas les yeux. D'un hochement de tête, je déléguai mon autorité au sergent Ackroyd qui ordonna aux deux hommes de chasser ce chat.

Le résultat fut très surprenant. L'animal ne daigna pas lever la tête de son repas jusqu'à ce que les soldats soient arrivés à proximité. Puis, comme ils criaient et agitaient les bras, la bête suralimentée leur sauta à la figure en crachant, toutes griffes dehors. L'Irlandais

– je crois qu'il s'appelle O'Branagan – qui s'était penché pour le chasser recula en chancelant, le visage balafré et ensanglanté.

Le chat courut se réfugier dans la cave d'une petite maison incendiée par les obus, et le soldat hésita. Il tenait son fusil comme pour se défendre contre une attaque à la baïonnette.

« Oh, putain de merde », murmura le sergent. Nous sommes descendus dans la cave, lui et moi. Il était évident que si nous ne faisions rien, le chat reviendrait terminer son repas dès que nous serions partis.

Le sous-sol n'était plus qu'un entassement de pierres tombées, de poutres calcinées et de recoins sombres. Nous avancions presque accroupis. Le peu de lumière qui passait entre les chevrons, les madriers et les lattes carbonisés était vraiment faible. Le sergent avait emprunté le fusil du soldat effrayé ; j'avais pensé sortir mon pistolet de son étui, mais me contentai de tenir ma canne levée. Cette histoire était devenue ridicule.

Plusieurs pierres branlantes s'effondrèrent dans les parties les plus profondes ; nous nous retournâmes, le sergent et moi. Il y avait une sorte de cave à pommes de terre, en contrebas. J'aurais donné une livre pour avoir une lampe à ma disposition. J'ai bien peur d'avoir hésité une seconde de trop devant l'ouverture sépulcrale menant à ce cercle inférieur d'obscurité, car le sergent dit d'une voix cordiale : « Tenez, mon lieutenant, laissez-moi passer le premier. J'ai toujours eu des yeux de chouette dans le noir. »

Je m'effaçai devant le grand gaillard de sous-off et m'accroupis pour tenter de voir. Je l'imaginai clairement en train de transpercer de sa baïonnette le petit vampire et l'idée de la lame pénétrant dans la douce fourrure me rappela le souvenir d'un certain lainage mouillé et me donna la nausée.

Brusquement, j'entendis le sergent chuchoter : « Nom de Dieu », et il s'arrêta à mi-chemin des six marches de pierre qui menaient à la deuxième cave.

Il s'écoula une minute avant que mes yeux s'adaptent à la très faible lumière. Je vis trois cadavres humains, peut-être quatre. Ils étaient là depuis longtemps, mais il faisait suffisamment froid dans ce sous-sol, et la puanteur n'était pas plus forte que la constante odeur de pourriture qui régnait ici, près du front. Je pouvais voir maintenant des bribes de tissu et les restes d'une chevelure blonde. Apparemment, une mère s'était réfugiée là pour échapper au bombardement avec deux petits enfants et un bébé. Mais les obus les avaient trouvés. Ou les gaz toxiques.

Cependant, ce n'étaient pas les cadavres qui amenèrent le sergent à se figer sur place et qui me poussèrent à empoigner ma canne et mon pistolet avec une force nouvelle. Les cinq chatons – bien qu'ils soient trop grands, trop gras, pour mériter ce nom – cessèrent de mâchouiller et levèrent la tête. Ils étaient *à l'intérieur* de la mère et du plus grand des enfants. Il ne restait plus rien du bébé, sauf quelques os blancs et de la dentelle jaunie.

Le sergent poussa un cri et se précipita, baïonnette au canon. Les chatons s'enfuirent – le dos des cadavres était apparemment aussi troué que leur poitrine et leur ventre – et, avant qu'il ait pu les atteindre, les animaux avaient disparu dans l'amas de poutres noircies où nous ne pouvions pas les suivre.

Je levai les yeux par hasard sur l'enchevêtrement des poutres, au-dessus de nous, et découvrit une paire d'yeux jaunes qui nous regardaient avec ce que je pris pour un intérêt démoniaque. Alors, la chatte et les chatons commencèrent à miauler – c'est du moins ce que je me dis maintenant – et le son devint si fort que le sergent et moi sommes restés immobiles, à tourner la tête de tous côtés, incapables de croire à l'intensité de ce bruit.

J'avais déjà entendu ce chœur-là. Dans le no man's land. Et j'y avais pris part.

« Venez », dis-je au sergent. Nous sommes remontés à la surface et nous avons monté la garde devant les ruines jusqu'à ce que O'Branagan revienne avec deux sacs de toile pleins de grenades, trois bouteilles de vin et le jerricane de pétrole que je lui avais ordonné d'emprunter ou de voler.

Les grenades projetèrent en l'air un énorme drap mortuaire de poussière et de fragments de roche. Le sergent et moi, nous veillâmes à lancer au moins une bombe dans chaque recoin. O'Branagan remplissait les bouteilles ; nous avions improvisé des amorces avec une vieille chemise tirée du sac de l'un des soldats, et j'allumai chaque mèche avec mon briquet de tranchée. Les explosions étaient assez impressionnantes, mais l'incendie le fut plus encore. Je vis que le sergent avait gardé le fusil du simple soldat et guettait attentivement pendant que les ruines brûlaient et que les madriers déjà noircis s'effondraient dans le puits fumant.

Rien n'émergea avant ou après le feu.

Une escouade de la 6e Victoria Brigade défilait à pas lourds en direction du front, et je remarquai les drôles de regards qu'ils jetèrent sur nous en passant.

Il y a quelques minutes à peine, je parcourais de nouveau ce chemin à bicyclette, dans le crépuscule, pour porter un message au quartier général et je levai les yeux pour voir la fumée qui s'élevait encore de la maison. La bâche recouvrait correctement le corps de l'Écossais, juste comme lorsque nous l'avions remise en place. Mais il me sembla que la toile, sur le visage, faisait un pli bien haut et bougeait un peu.

Je me dis que c'était un tour que me jouait la lumière en train de pâlir, et je continuai à pédaler.

Mardi, 1er août, 2 h 30 du matin

J'écris ceci sur la banquette de tir de la cagna du capitaine Brown. Le bombardement est si violent que la page bouge sous mon crayon.

J'en suis venu à comprendre que la Mort est une fiancée jalouse.

Je pense aux femmes qui attendent au pays – les mères, les sœurs, les amantes et les épouses – et à la manière possessive dont elles parlent de nous – des morts et de ceux qui vont mourir. Elles sont bien prétentieuses et bien arrogantes si elles croient pouvoir retenir le souvenir qu'elles ont de nous comme des cendres et des ossements enfermés dans une urne.

Tout disparaît ici, jusqu'à notre souvenir.

Quand des millions de morts réduits au silence
Traversent vos rêves en blêmes bataillons…

Vous croyez, en scrutant la foule pléthorique,
Remarquer un visage aimé jusqu'à ce jour.
C'est un spectre. Nul ne porte ce visage connu.
La Grande Mort les a tous faits siens à jamais[10].

Dieu tout-puissant, j'aime la vie. Même cet endroit abominable, où les arbres ne sont plus que chicots déchiquetés et où rien ne pousse sauf les trous, même les spectacles, les odeurs, les sons et les remous de ces lieux sont préférables au néant immuable de la Grande Obscurité.

Bien que j'aime la nature, la musique, l'exercice, les chevauchées derrière une meute, les matins de printemps, les soirées d'automne… bien que j'aime ces choses et les évoque quand je pense à *la vie*… j'aime encore plus les femmes.

J'avais quinze ans, comme la cousine germaine que j'emmenai un jour en promenade dans le Weald jusqu'à une culture de houblon et sa curieuse rangée de sécheries encapuchonnées de blanc. Vingt grandes hottes s'élevaient au-dessus des granges, telles qu'on s'imagine les Alpes au-dessus de chalets alpins tout aussi imaginaires, des séchoirs aux faîtes laiteux comme la pointe du cornet à glaçage dont Mr. Leeds, le pâtissier, se servait pour décorer les gâteaux de fête.

Elle s'appelait Evelyn, ma petite-cousine, et nous franchîmes tout à fait innocemment la lisière de la forêt, près de la houblonnière. Le sentier, peu emprunté, constituait un raccourci pour rentrer à la maison. Je me souviens de la chaleur de cette journée qui ressemblait beaucoup aux jours chauds que nous venons de subir, ici, dans la Somme, mais n'avait pourtant rien à voir avec eux. L'air était immobile mais tacheté de feuilles, et animé par les sautillements des insectes dans l'herbe haute, les oiseaux voletant au niveau supérieur de la forêt, et les grattements des écureuils et des bêtes invisibles, dans les taillis.

Evelyn avait apporté deux petits gâteaux et pour les manger nous nous sommes assis dans un endroit abrité, près du ruisseau presque invisible sous les broussailles. La dernière fois que j'avais vu ma cousine, elle était vêtue d'une robe kimono brodée à la main, qui faisait alors fureur pour les enfants ; aujourd'hui, elle portait la version pour jeunes filles de la tenue d'une Gibson Girl : jupe longue, corsage à rayures bleu pâle et longues manchettes de même couleur, une cravate citron et un canotier. Ses cheveux étaient attachés sur la nuque, ses cils très longs, ses joues plutôt roses, son corsage froncé à la taille, si mince… dans l'ensemble elle faisait très grande personne.

Comment les choses ont commencé entre nous, je ne m'en souviens pas bien. Tel un jeu, sans doute. Cependant, comment elles se poursuivirent une fois commencées, cela je me le rappelle. Son corsage avait moins de boutons que n'en comportaient généralement ceux des dames, mais encore beaucoup trop pour mon impatience ou mes doigts tâtonnants et maladroits. Et puis, brusquement, il céda en voletant. Elle portait de légers jupons qui ne faisaient pas de bruit quand on les froissait. Sa chemise était ample, sauf à l'endroit où une cordelette la fronçait, sous les douces courbes de ses seins encore en boutons. Le soleil et l'ombre semblaient faire partie de la texture de sa peau.

Je me souviens que nous nous sommes d'abord embrassés doucement, brièvement, puis avec plus d'insistance. Sa culotte lui descendait aux genoux, mais elle était fendue à l'entrejambe et n'offrit pas de résistance à mon exploration. Et inexplicablement, miraculeusement, Evelyn non plus.

Ce mystère – si chaud, un peu mouillé et s'humectant de plus en plus, la choquante qualité humaine des poils duveteux, cette incroyable, stupéfiante, *absence* –, ce mystère, j'y pensais en traversant le no man's land, le mois dernier, les yeux mi-clos contre les balles.

La Dame est venue me voir ce soir, pendant que je dormais. Alors que les ronflements des lieutenants Malcolm et Sudbridge, couchés à un mètre de moi, remplissaient la cagna.

J'ai senti ses seins pressés contre moi avant même d'être pleinement réveillé, et j'avoue que je sursautai plutôt violemment en pensant : *un rat !* Puis je humai son parfum et sa joue, si près de la mienne. J'ouvris les yeux et ne fis pas un bruit.

Elle était debout près de ma couchette, tellement penchée en avant que la partie supérieure de son corps s'appuyait sur mon bras. Son visage était chaud contre mon cou. Dehors, il pleuvait fort, ici il faisait froid, et ses doigts étaient chauds lorsqu'elle me toucha.

Ce n'était pas un fantôme. Je voyais la faible lumière dansante, par la toile à demi ouverte, jouer sur ses cils. Je sentais le poids de son sein droit contre mon bras nu. Sa respiration était suave.

Elle m'embrassa. Sa main gauche s'introduisit entre les boutons ouverts de mon maillot de corps. Je me souvins d'Evelyn et de toutes les autres jeunes filles, depuis. Toujours, sauf les rares fois où il s'était agi de professionnelles, j'avais joué le rôle du séducteur. C'était moi qui, le premier, glissais mes doigts sous le coton, la mousseline ou le lainage.

Pas cette nuit. Je l'ai vue sourire tandis que ses longs doigts minces descendaient sous mon grossier maillot de corps et tâtaient le cordon de mon pantalon de pyjama. Elle a dû sentir combien j'étais excité. Elle parut sourire de nouveau, pencha la tête et baisa la pulsation de mon pouls, sur ma gorge.

Quand elle s'écarta, je la suivis, descendant aussi doucement que possible de ma couchette. Pour une raison que j'ignore, je fourrai la main sous mon matelas, trouvai ce journal à l'endroit où je l'avais caché et l'emportai avec moi. C'était comme si le petit calepin incarnait la preuve de ce lien entre la Dame et moi.

Malcolm ronflait dans le châlit du bas. Son visage n'était qu'à quelques centimètres de la robe translucide de la Dame quand elle m'avait excité. Je fus surpris que son parfum ne l'ait pas réveillé. Sudbridge dormait sur le plus petit lit de camp, de l'autre côté de la cagna, le visage tourné vers la paroi suintante. Il ne bougea pas.

Ma Dame écarta la toile grossière et gravit les marches de bois. Ce n'était pas un fantôme. La toile frémit sous ses doigts, comme avec moi. Les éclairs orange du contre-bombardement projetaient son ombre sur les planches. Je la suivis.

Elle ne fut plus qu'une ombre, puis devint presque invisible. J'étais occupé à enfiler mes bottes et, quand je levai les yeux, elle s'était fondue aux autres ombres, à l'endroit où la tranchée tourne brusquement sur la gauche afin qu'un obus, tombant à cet endroit, n'envoie pas plus loin ses shrapnels.

« *Attendez !* » m'écriai-je. À ce moment, j'entendis le bruit distinct du lancement d'une *grenatenwerfer* et je me jetai à plat ventre tandis que plusieurs grenades à main explosaient, juste au-dessus de nous, envoyant des shrapnels brûlants du haut en bas de la tranchée. Un homme cria quelque part pendant que j'avançais vers les ténèbres où la Dame venait de plonger. Je devais avoir l'air absurde en pantalon de pyjama, maillot de corps et bottes, mon journal serré sur ma poitrine comme un talisman. J'avais oublié ma canne et je boitais un peu.

Alors, j'entendis un bruit un millier de fois plus terrifiant que celui, sourd, d'une *grenatenwerfer* – le bruit d'un de nos canons de trente visant trop court et projetant des obus sur notre ligne avec ce sifflement et ce déplacement d'air qui vous disent que l'énorme morceau de métal et de poudre va tomber *ici même*. Je me jetai de nouveau face dans la boue et, cette fois, pas une seconde trop tôt. Le bruit m'assourdit. Le sol parut se soulever pour me frapper la poitrine si bien que, pendant une seconde, je crus que les Boches avaient creusé un tunnel sous notre ligne et fait exploser une énorme mine. Avec cette étonnante puissance d'évocation visuelle que l'on possède dans ces moments-là, j'imaginai toutes les tranchées de ce secteur du front montant en tourbillonnant à une centaine de mètres dans les airs, comme c'était arrivé en face de nos lignes, le matin du 1er juillet.

De la boue et des madriers retombèrent alentour. Des hommes jurèrent. Je me dégageai et revins sur mes pas.

L'obus du canon de trente avait frappé directement notre cagna. Le sergent Mack et plusieurs autres s'étaient déjà précipités et commençaient à creuser, mais un simple regard à la terrible déclivité de l'entonnoir m'apprit tout ce que j'avais besoin de savoir. Cependant, le sous-off et ses hommes continuèrent à creuser jusqu'à ce qu'ils tombent sur les débris de nos couchettes et de notre table, et sur quelques fragments des cadavres de Malcolm et Sudbridge. Alors, ils se contentèrent de reverser un peu de boue dans le trou. Ce n'était pas un enterrement, mais cela suffirait jusqu'au matin.

Le capitaine Brown fut très chic ; il me donna une gorgée de son whisky, me prêta un barda, une vareuse et un pantalon, jusqu'à ce qu'on ait pu renouveler mon équipement, et insista pour que je partage le lit de son ordonnance, dans sa propre cagna. Je le remerciai chaleureusement, mais je préférerai rester assis dehors, jusqu'à ce que le soleil se lève.

L'air embaume la violette.

Vendredi, 4 août, 11 heures du matin

Le pilonnage est devenu presque intolérable. On se bat continuellement pour les faubourgs de Guillemont, bataille à laquelle on n'a pas encore demandé à notre 14e division de participer, Dieu merci – quel qu'Il soit –, mais le duel d'artillerie nous concerne tous. Cela fait quatre jours et quatre nuits qu'il s'est engagé et les nerfs sont tendus au point de se briser ; quand nous sommes au repos, nous nous blottissons dans nos abris, et lorsque nous montons la garde, nous nous cramponnons au sol crayeux et aux sacs à terre.

C'est curieux, mais l'oreille apprend à reconnaître le bruit exact que fait la mort en survenant. Même dans cette constante cacophonie, on arrive à distinguer le tir individuel des canons allemands. Leurs petites pièces de campagne émettent un claquement qui n'est pas sans ressembler à celui d'une balle de golf frappée correctement. Leurs obus arrivent en hurlant comme des banshees. Le tir de leurs canons de moyen calibre fait un bruit qui évoque celui d'un *Times* que l'on déchirerait dans le sens de la longueur, alors que leurs obus grondent et crissent, telles des charrettes lourdement chargées qui descendent bruyamment une colline en faisant grinçer leurs freins. On sent la mise à feu de leurs grosses pièces dans les sinus et le tympan comme si quelqu'un, arrivant par-derrière, vous giflait, alors que l'obus produit, dans le ciel, un long sifflement un peu semblable à celui d'un train que l'on entend au loin jusqu'à ce que la locomotive, accélérant, surgisse en rugissant dans votre salon.

Le mortier de tranchée est un jeu d'enfant comparé à leurs pièces de gros calibre, mais je crois que nous le craignons plus. Ils sont si nombreux et tirent si vite. Un mortier peut nous envoyer vingt-deux obus à la minute, huit simultanément, n'importe quand, et les explosions – bien que mineures comparées à l'horrible secousse de leurs canons – sont si fréquentes et portent si bien que nous avons l'impression qu'une intelligence malveillante nous traque, totalement différente de la méchanceté indifférente de l'artillerie lourde.

Hier, l'obus d'un mortier allemand est arrivé en sifflant sur nos positions au moment où j'étais au poste d'écoute, en train de bavarder avec trois hommes. Nous nous sommes vite baissés et recroquevillés, sachant au bruit qu'il nous était destiné et qu'il n'y avait pas moyen d'y échapper. Cette saleté fit *ouaf-ouaf* en tombant ; on aurait dit qu'un chien enragé se précipitait sur nous du haut du ciel.

Il *était* bien pour nous. L'obus atterrit à moins de cinq mètres de l'endroit où nous étions tapis, une bonne partie du parados s'effondra et l'instrument de mort vint rouler presque à nos pieds. Il était gros comme un bidon de pétrole de dix litres et dégoulinait d'une pâte jaune qui sentait le massepain. C'était une bombe non éclatée. Si elle n'avait pas fait long feu, la force de l'explosion se serait fait sentir à deux kilomètres à la ronde et l'on n'aurait retrouvé de nous trois que quelques lambeaux de vêtements et le cuir de nos chaussures dans un entonnoir fumant, grand comme le salon de ma mère, dans le Kent.

Depuis quatre jours, nous recevons un obus de mortier tous les trois mètres à dix minutes d'intervalle. Avant chaque coup, nous entendons l'officier de tir siffler. Et cela ne fait que s'ajouter aux obusiers qui, jour et nuit, ont creusé d'immenses cratères du haut en bas de nos lignes. Cela commence à devenir fatigant.

D'une certaine manière, nous nous replions tous sur nous-mêmes. J'ai tendance à rester immobile et à regarder fixement le livre que je tiens dans mes doigts crispés. Aujourd'hui, c'était un nouveau volume de poésie de mon copain Siegfried et j'étais vraiment excité par… Eliot. Je n'ai pas lu un mot, pas tourné une page. Certains des hommes jurent constamment, ajoutant leur litanie effrayée à l'incroyable assaut du bruit. D'autres tremblent, d'une manière à peine perceptible, ou sans pouvoir se contrôler. Personne ne les méprise pour autant.

Pendant un bombardement comme celui-là, la poussière, la craie pulvérisée et la cordite recouvrent tout. On ne voit plus que des yeux blancs dans des visages noirs. Nous, les officiers, nous nous réunissons autour d'une table et frappons de nos doigts sales aux ongles endeuillés des cartes souillées. Je m'étonne que nos poux s'entêtent à nous hanter, tant nous sommes crasseux.

Hier soir, j'ai entendu un Cockney, monté sur la banquette de tir, chanter quelques vers de mirliton pendant un répit d'une minute. C'était plutôt charmant.

Le monde s'est pas fait en un jour,
Ève s'baladait pas en bagnole,
Un sac à terre, v'là tout not' monde,
Et l'reste nous enfarine la gueule[11].

Tous les soirs, j'attends la Dame, mais je ne l'ai pas vue depuis la nuit où Malcolm et Sudbridge ont été réduits en pièces par un obus. Le capitaine Brown s'est montré très chic en partageant sa cagna avec moi, mais demain soir, je vais m'installer dans des quartiers moins raffinés avec deux nouveaux sous-offs qui viennent d'arriver. On dirait des enfants.

Pas un mot sur mon transfert à la 13e section. Je commence à connaître les hommes de cette Rifle Brigade et à penser que mon destin repose ici. Si limités et vulgaires que soient ces types en tant qu'individus, leurs efforts communs et leur bonne nature, dans ces circonstances, font que l'on peut finir par les aimer. Chaque mort est un affront. Je pense qu'ils seront bientôt appelés à monter à l'assaut et ce gâchis m'épouvante d'une façon très personnelle.

Je regarde les gars de ma section manger leur ration de « singe » pendant que le bombardement fait rage et, je ne sais pourquoi, Marvell me vient à l'esprit :

> *Mon amour est d'aussi merveilleuse naissance*
> *Que son objet est haut et extraordinaire :*
> *Le Désespoir l'engendra*
> *De l'impossibilité*[12]*.

Mardi, 8 août, 4 heures de l'après-midi

La 55e division est montée à l'assaut pour tenter, une fois de plus, de prendre Guillemont. Le bruit court que les Français attaquaient en même temps sur leur droite. C'est consolant de savoir qu'ils participent encore à la guerre.

Le capitaine Brown, revenant du quartier général, nous rapporte que les Français avaient été arrêtés net par un tir d'enfilade et que le contre-bombardement allemand avait taillé en pièces nos gars de la 55e. Il dit que quelques-uns ont réussi à atteindre les tranchées ennemies, se sont emparés d'une partie de celles-ci et

---

* Du poème intitulé « *The Definition of Love* », cité et traduit par Robert Ellrodt dans la 1re partie, t. II, de sa thèse : *L'Inspiration personnelle et l'esprit du temps chez les poètes métaphysiques anglais*, José Corti, 1959. *(N.d.T.)*

ont été annihilés par les balles des mitrailleuses tirant de la ferme de Waterlot, de la gare de Guillemont et des tranchées creusées devant le village. Tout l'après-midi, les restes décimés de la 55ᵉ et des troupes de soutien, telle la 5ᵉ King's Liverpool, ont traversé nos tranchées les uns après les autres, à la recherche de leurs officiers ou des postes de premiers secours. Nous avons fait de notre mieux pour les aider.

Nous, ceux de la 1ʳᵉ Rifle Brigade, nous nous attendions à être jetés demain dans ce hachoir à viande, mais le bruit court que des bataillons de réserve ont été choisis pour le sacrifice. C'est terrible de se sentir soulagé parce qu'un autre homme va mourir.

Mercredi 9 août, minuit

Elle est venue cette nuit.

Cet après-midi, j'ai fait une inspection des pieds – notre M-M *(Note de l'éd. : médecin-major)* a été tué hier par un tireur isolé – et le fait de parcourir la ligne en inspectant des douzaines de pieds nus et puants m'a rendu d'humeur compatissante. Le bombardement ayant un peu diminué, je suis resté dans les tranchées avancées après le tour de la section effectué à neuf heures du soir. Pour changer, nous avons une nuit froide et claire avec des étoiles très brillantes. J'ai dû tomber endormi sur le caillebotis où je fumais ma pipe et méditais, dans l'une des niches faites de sacs à terre.

L'odeur des violettes et la caresse d'une main me réveillèrent. Nous étions sur le même patio où elle m'avait déjà emmené prendre le thé. C'était un crépuscule totalement pourpre. Derrière nous, le manoir s'éclairait de la lueur des bougies. Des lampes tempête étaient disposées tout autour de la terrasse dallée et j'entendais les chiens de chasse aboyer doucement dans le chenil, derrière les dépendances. La Dame portait une pâle robe du soir avec une guimpe à fanfreluches couleur chair, dissimulant un profond décolleté, et des manches qui s'arrêtaient au coude. Sa jupe, collante aux hanches, était ceinturée haut par un délicat corselet paré de bijoux. Elle était nu-tête, les cheveux attachés sur la nuque par de petits peignes ornés de pierreries. Son long cou captait la lumière des lampes.

Elle me conduisit à une salle à manger où la table avait été mise pour deux. La porcelaine et l'argenterie me rappelèrent un peu celles de ma tante, mais la nappe était d'un bleu pâle très chic. Deux couverts y étaient mis. On avait déjà apporté le plat principal – une poularde de Cornouailles avec du cresson en salade. Un feu brûlait dans la cheminée en marbre, car l'air sentait l'automne.

Elle me prit par le bras et je l'escortai jusqu'à sa chaise. Sa jupe bruissa doucement lorsque je l'installai. Quand je fus assis, je me pinçai le dos de la main, sous la table. Je sentis la douleur, mais cette apparence de vérité m'arracha un sourire.

« Vous croyez que vous êtes en train de rêver ? » demanda la Dame avec un petit sourire. Sa voix était aussi grave que je l'avais imaginée, mais l'effet qu'elle produisit sur moi, je ne l'avais pas prévu. C'était comme si le bout de ses doigts se promenaient de nouveau sur ma peau.

« J'avais oublié que vous parliez », dis-je stupidement.

Son sourire s'accentua. « Bien sûr que je parle. Vous auriez préféré que je sois muette ?

— Non, pas du tout, bégayai-je. C'est seulement…

— C'est seulement que vous connaissez mal les règles, dit-elle doucement en remplissant nos verres avec une bouteille de vin posée près de sa place.

— Il y a des règles ?

— Non. Seulement des possibilités. » Sa voix était presque un murmure. Le feu pétillait et j'entendais le vent souffler dans les arbres. « Avez-vous faim ? » me demanda-t-elle.

Je regardai la poularde, la lumière des bougies sur la belle argenterie, le vin dans le cristal scintillant et la salade parfaitement fraîche. Je n'avais pas eu de repas comme celui-là depuis des mois. « Non, je n'ai pas faim, répondis-je sincèrement.

— Bien », dit-elle, d'une voix maintenant ouvertement badine.

La Dame se leva, je m'emparai de ses doigts froids et elle me fit sortir de la salle à manger, traverser un salon très orné, monter un large escalier, longer un palier aux murs ornés de sombres portraits et entrer dans une pièce que je reconnus aussitôt pour sa chambre à coucher. Là aussi, un feu avait été allumé et la lumière des flammes dansaient sur les rideaux de dentelle entrouverts d'un lit. Une grande porte-fenêtre donnait sur un balcon. Je vis les étoiles au-dessus des arbres.

Elle se tourna vers moi et leva le visage. « Embrassez-moi, s'il vous plaît. »

Pensant que j'aurais dû disposer d'un texte, qu'il aurait fallu une rampe et non la lumière d'un feu, je m'avançai et l'embrassai. Immédiatement, toute pensée de théâtre s'effaça. Ses lèvres étaient chaudes et humides et quand elles s'entrouvrirent sous la pression des miennes, j'éprouvai un agréable vertige, comme si le plancher n'était plus aussi solide sous mes pieds. Elle leva la main et les bouts parfaits de ses doigts vinrent caresser ma nuque, juste au-dessus de mon col.

Quand le baiser prit fin, je restai immobile, saisi d'un désir passionné comme je n'en avais jamais connu. Pendant notre étreinte, mes bras l'avaient encerclée. J'avais senti la chaleur de son dos nu au travers de la dentelle du corsage. Elle ôta les doigts de mon cou et détacha sa chevelure.

« Venez », chuchota-t-elle en s'avançant vers le lit à baldaquin. Ses deux petites mains entouraient une seule des miennes.

Mon hésitation ne dura qu'une infime fraction de seconde, mais elle se retourna, en me tenant toujours par la main. L'un de ses sourcils se souleva légèrement, interrogateur.

« Même si vous êtes la Mort, dis-je d'une voix rauque, cela en vaut la peine. »

Son sourire était à peine perceptible dans la douce lumière et les ombres. « Vous croyez que je suis la Mort ? Pourquoi pas votre Muse ? Pourquoi pas votre Mnémosyne ?

— Vous pouvez être la Mort en même temps que ma Muse. »

Il y eut un moment de silence rompu seulement par le crépitement des bûches embrasées et le bruissement renouvelé du vent dans les frondaisons. Elle leva le doigt et traça un dessin compliqué sur le large dos de ma main. « Est-ce important ? » dit-elle.

Je ne répondis pas. Quand elle s'avança de nouveau vers le lit, je la suivis. Elle s'arrêta pour lever le visage vers moi quand le vent dans les arbres devint le sifflement d'un train qui se transforma en un rugissement de locomotive, puis je tombai du caillebotis, enfouis mon visage dans mes mains tandis qu'un obus explosait à moins de dix mètres de l'endroit où je m'étais endormi. Il déchiqueta les cinq hommes que j'avais inspectés là, il y avait à peine vingt minutes. Des shrapnels brûlants cliquetèrent sur mon casque et des fragments de viande rouge vinrent décorer les sacs à terre de ma niche, comme des morceaux destinés aux chiens d'un chenil.

Samedi, 12 août, 6 h 30 de l'après-midi

Ce midi, porteur d'un message du colonel au quartier général, je parcourais encore à bicyclette la route en contrebas, entre Pozières et Albert, quand je m'arrêtai pour regarder une scène qui promettait un brin de comédie.

L'un de nos ballons d'observation flottait dans le ciel comme une grosse saucisse et un monoplan ennemi traversait les lignes en bourdonnant. J'envisageai de trouver un trou d'obus commode pour m'y tapir, mais l'appareil vrombissant comme un insecte ne semblait pas chercher une cible à mitrailler ; il se dirigeait droit vers le ballon. Habituellement, c'est amusant de regarder nos gars perchés là-haut lorsqu'un avion ennemi apparaît. Ils n'attendent pas l'attaque mais se jettent aussitôt en parachute. Et je ne les blâme pas – les ballons explosent si violemment que, si j'étais à leur place, je ne traînerais pas pour voir le feu des mitrailleuses ennemies.

Les deux observateurs sautèrent juste au moment où l'avion allemand se tournait vers eux et je hochai la tête de satisfaction en voyant leurs parachutes s'ouvrirent aussitôt. L'appareil effectua un seul passage, sa mitrailleuse cribla pendant moins de trois secondes le ballon qui réagit comme le font toujours ces cibles à hydrogène quand elles sont crevées par du plomb chaud – il explosa en une gigantesque masse de gaz enflammé et de lambeaux caoutchoutés. La nacelle en osier prit feu comme de l'amadou.

Malheureusement, il n'y avait pas de vent, aussi au lieu de dériver vers Albert ou nos lignes de l'arrière, les observateurs descendirent tout droit sous le ballon, leurs parachutes décrivant de lentes spirales, comme des graines de pissenlit. La masse embrasée rattrapa le premier homme à soixante mètres du sol. Je l'entendis hurler lorsque son parachute, puis ses vêtements prirent feu.

Le second tira désespérément sur les cordes qui le reliaient à son ombrelle de soie, et un moment, je crus qu'il pourrait éviter le destin de son camarade. La masse de câbles d'acier, d'osier, de caoutchouc cramant et de gaz brûlant passa à cinq mètres de lui – assez près pour le roussir, mais pas pour enflammer son parachute ou l'entraîner. Puis je vis la masse de cordes traînant derrière la boule centrale comme une chevelure de Méduse. Elle fouettait l'air, telle les flagelles de quelque créature mourante et, par malchance, l'un des câbles en acier s'enroula autour des cordes du parachute, l'attira brusquement à elle, ainsi que l'homme, et les fit tomber.

La voilure ne s'était pas tout à fait repliée et l'observateur aurait pu survivre si le câble ne l'avait pas entraîné dans la masse de débris brûlant sur le sol. Plusieurs autres messagers qui passaient se joignirent à moi, nous courûmes au bord du grand bûcher, mais il était impossible d'y plonger pour sauver le pauvre gars. Les flammes formaient un cercle d'un diamètre d'une trentaine de mètres. L'homme se releva, courut sur quelques mètres, tomba dans les flammes, se releva, courut de nouveau, et retomba. Cela se produisit quatre ou cinq fois avant qu'il ne se relève plus. Je pense que là-bas dans les tranchées, à six kilomètres de là, on entendit ses cris.

Je délivrai mon message au quartier général, tombai par hasard sur un garçon que j'avais connu à l'université et acceptai son offre d'un verre de whisky avant de retourner au front.

Lundi, 14 août, 7 h 45 du soir

Toutes sortes de mauvais présages aujourd'hui.

Après deux semaines d'un temps chaud et ensoleillé, les cieux s'ouvrirent. Il plut à torrent. Comme en réaction au contre-barrage du tonnerre et des éclairs, les gros canons des deux parties se retirèrent dans un silence relatif, entrecoupé de temps à autre d'une salve, pour montrer que nous gardions notre sérieux, tant les Allemands que nous.

Au bout d'une heure, les caillebotis étaient sous l'eau. Au bout de trois heures, les sacs à terre commençaient à glisser par endroits et des parois entières de la tranchée adoptaient la consistance d'un marc de café trop mouillé. Les trous d'obus sont devenus des lacs et la mortelle écume verte des gaz toxiques solidifiés s'écoule en ruisselets puis en torrents et en affluents. Partout les cadavres remontent et dès que l'on s'engage dans une direction quelconque on voit des mains vertes et des touffes de cheveux coiffées de glaise s'élever de la boue comme si les trompettes du jugement dernier s'étaient mises à sonner.

Le capitaine Brown et le sergent Ackroyd me disent que l'Ancre a débordé et remplit la vallée derrière nous. Le village de Thiepval est inondé, ainsi que les tranchées allemandes. On en est certain car l'eau que les Allemands pompent court entre les troncs d'arbres fracassés jusqu'aux positions précaires de nos soldats. On dit que les Australiens se sont emparés du moulin à vent qui leur résistait depuis si longtemps, mais les survivants sont tellement épuisés qu'ils ne peuvent que se coucher dans la boue, avec leurs morts et leurs mourants, et subir le déluge.

Second mauvais présage : tôt ce matin on nous a ordonné d'établir des billets de logement afin que nous puissions nous « reposer et recevoir un nouvel équipement ». À midi, nous avons quitté nos abris qui faisaient eau pour aller nous sécher dans les tentes d'un camp provisoire, entre Pozières et Albert. On pourrait prendre cela pour de bonnes nouvelles, mais comme nous n'avons pas encore participé au combat, le « repos et le rééquipement » sont destinés à nous préparer pour les objectifs qui ont échappé à tant de nos morts et de nos prédécesseurs en décomposition.

Dernier de ces mauvais présages. À quatre heures, nos hommes ont reçu un ragoût chaud, du pain fraîchement cuit, du thé brûlant et non pas tiède, et pour finir, des oranges et des châtaignes – ça, c'est la faveur rose qui orne le cadeau. Quand on nous sert ce genre de friandises, c'est pour nous engraisser en vue de l'abattoir. J'aurais préféré le régime des tranchées, le singe aux haricots, même accompagné de sa nuée habituelle de mouches, à cet ultime repas.

Elle n'est pas revenue depuis la dernière fois que j'ai écrit. Je pense la voir ce soir, bien que je partage cette tente avec deux jeunes lieutenants, Julian, et Raddison que les autres appellent Raddy. La pluie tambourine la toile à coups de poing. L'eau s'infiltre partout. La seule chose à faire, c'est de manger notre bon repas, fumer les cigarettes que nous venons de recevoir et nous glisser sous nos couvertures neuves, dépourvues de poux.

Mardi 15 août, 1 h 20 du matin

Elle ne m'a pas rendu visite hier soir, ni ce matin pendant que j'étais seul. Cela peut sembler insensé de la désirer ainsi, mais c'est le cas. Et je sais pourquoi.

C'est officiel. Le capitaine Brown est revenu du quartier général ce matin le visage défait. Nous montons au feu vendredi.

Brown a essayé de faire bonne figure, expliquant à tous les sous-offs que la 33e division partirait la première pour accomplir la tâche habituelle de la cavalerie – assurer le terrain entre le bois de Delville et le Grand Bois. Notre brigade n'aurait plus qu'à attaquer, sur le flanc droit de la 33e, à gauche du bois de Delville, et à s'emparer d'une partie du front ennemi appelé la tranchée du Verger. Cette action fera partie d'une offensive générale qui se déploiera de Guillemont à la côte de Thiepval, et le capitaine Brown dit que les grosses têtes du quartier général estiment que, cette fois, nous nous emparerons sans coup férir du Grand Bois et du bois de Delville.

Ce vendredi 18 août sera le cinquantième jour de cette bataille.

Tout à l'heure, seul dans ma tente, j'ai sorti mon revolver, vérifié qu'il était chargé, et sérieusement envisagé de me tuer. Il ne faudrait pas que je me rate, car toute tentative pour s'infliger une blessure vous conduit devant le peloton d'exécution.

L'ironie de la chose me fait rire.

Mercredi 16 août, 2 h 30 de l'après-midi

En fin de matinée, le général Shute en personne – le commandant de notre brigade – s'est amené en traînant dans son sillage le colonel qui se donne des grands airs et plusieurs adjudants scribouillards de l'état-major. Les hommes s'étaient rassemblés sous la pluie, les trois compagnies formant un carré ouvert. « Repos », nous cria-t-on et plusieurs milliers d'hommes en caoutchouc dégoulinant et képi kaki trempé (nous ne portons pas nos casques à l'arrière) attachèrent leur regard sur le général Shute chevauchant son grand cheval noir, au centre de notre carré. La bête dansait et il fallait lui serrer la bride, ce que le général faisait apparemment sans y penser.

« Eh bien, je pense que… oui… hum, il m'incombe de vous… c'est-à-dire, il faut que vous sachiez que l'engagement avec l'ennemi est… euh, imminent, dirons-nous. » Le général s'éclaircit la voix, serra la bride au cheval noir nerveux et se redressa. « Je sais que chacun d'entre vous, et tous tant que vous êtes, vous vous comporterez avec courage. Et soutiendrez l'honneur de ce régiment qui s'est couvert de, euh, de gloire depuis la bataille de Mons. »

À ce moment, le cheval pivota sur lui-même comme pour partir et nous crûmes que le discours était terminé, mais le général maîtrisa l'animal récalcitrant, se dressa sur ses étriers et en arriva au cœur de son allocution. « Autre chose encore, les gars, dit-il d'une voix plus forte. J'ai visité vos tranchées de réserve, il y a deux jours et j'ai été, euh, *consterné*. Les conditions sanitaires étaient loin de donner satisfaction. L'hygiène était aussi relâchée que la discipline. J'ai vu des *excréments humains* un peu partout. Vous connaissez tous le règlement qui ordonne d'enterrer ses propres ordures. Je dois vous dire que je ne le supporterai pas – *Je ne le supporterai pas !* Vous m'entendez ? Je sais que vous avez été harcelés par l'artillerie récemment, mais ce n'est pas une raison pour se comporter comme des bêtes. Est-ce que vous m'entendez ? Après cette attaque, si j'en surprends un qui ne garde pas son secteur propre et désinfecté selon des règles précises, cet homme ou ces hommes seront mis *aux arrêts* ! Et aussi bien les officiers que les soldats de deuxième classe. »

Tandis que nous restions stupéfaits sous une pluie de plus en plus violente, le général Shute fit pivoter une dernière fois son cheval noir et partit au galop vers l'arrière, sa compagnie d'adjudants et d'aides de camp se précipitant vers leurs automobiles pour le rattraper.

Nous n'en avions pas terminé pour autant. On nous cria « garde à vous » et on nous fit rester encore quarante minutes sous la pluie tandis que le colonel nous passait un savon avec force postillons, reprenant à son compte les réactions du commandant devant les excréments humains répandus un peu partout, puis – quand il fut parti – le sergent-major nous fit un sermon sur les peines militaires les plus sévères attendant le fainéant qui se planquerait pendant l'attaque. Puis il lut une liste interminable de noms – ceux des hommes exécutés pour des délits de ce genre, avec la date de leur acte de couardise, leur rang et leur unité, et pour finir la date et l'heure de leur exécution. C'était profondément déprimant, et quand nous retournâmes à nos tentes suintantes, nous pensions plutôt aux merdes flottantes et aux pelotons d'exécution qu'à l'envie de nous couvrir de gloire pour l'Angleterre ou pour le roi.

Le même jour, 9 heures du soir

J'ai peut-être trouvé une manière plus intelligente de me tirer de cette guerre, ou du moins plus sûre que de me tuer d'un coup de revolver.

Après avoir écrit cela, je restai dans ma tente à composer des vers. Comme je le fis sur papier tellière et non dans ce journal, le lieutenant Raddison – Raddy – tomba dessus un peu plus tard et le montra à quelques-uns des gars. J'étais furieux, bien sûr, mais il était trop tard. Le poème a fait le tour du camp et j'ai entendu rire dans plus d'une centaine de coins. Même les vieux sous-offs sévères s'en sont, paraît-il, délectés et beaucoup de soldats de deuxième classe l'ont transformé en chanson de marche.

Seuls quelques-uns des officiers savent que je suis l'auteur de cette attaque cinglante, mais si cela venait aux oreilles du colonel ou de n'importe quel haut gradé, je suis certain que mon nom figurerait sur la liste la prochaine fois que les hommes entendraient parler d'exécutions. Le capitaine Brown est au courant, mais il m'a simplement lancé un regard exaspéré et n'a rien dit. Je suppose qu'en secret il a apprécié le poème.

Le voici :

Le Général inspectant les tranchées
S'est écrié d'une voix horrifiée :
« Je refuse de commander une armée
Qui laisse partout ses excréments traîner. »

Personne ne prit au sérieux la critique,
Aucun n'osa dire : « Je la réfute. »
Car une merde, c'était bien sympathique
Comparée à la présence d'un Shute.

Mais certains critiques doués d'esprit fort
Vivement répliquèrent à cette vile note
Que les conseillers de l'état-major
Étaient ni plus ni moins que de la crotte.

On peut lâcher une merde sans siège
Et obtenir du papier de haute lutte,
Mais une merde tomberait sans cortège
Si l'on tirait sur cette merde de Shute[13].

Jeudi 17 août, 4 heures du matin

La brigade est revenue dans les tranchées de réserve à midi, puis est allée occuper les tranchées avancées, tenues jusqu'à ce matin par la 55e décimée. Et pendant cette marche sous la pluie, j'ai encore entendu des fragments du nouveau chant de la brigade. Mais il s'est éteint quand nous avons réoccupé nos vieilles tranchées, lorsque nous nous sommes portés en première ligne, face à la tranchée du Verger.

J'aimerais pouvoir écrire que je me soumets au destin, que j'ai déjà vécu tout cela et que rien ne peut m'effrayer après ce que j'ai vu, mais la vérité, c'est que je suis encore plus terrifié qu'avant. L'idée de mourir est comme un grand vide qui bâille en moi. En venant ici, j'ai vu un mulot s'enfuir de la route et j'ai pensé : *Est-ce que cet animal vivra encore dans quarante-huit heures, quand je serai mort ?* L'idée – non, la probabilité – d'être condamné à une éternité de privation de la vue, de l'ouïe et du toucher pendant que d'autres êtres continueront à vivre et à jouir de l'univers est presque insupportable.

Depuis une heure, j'essaie de lire *Le Retour au pays natal**. Je ne veux pas mourir avant d'avoir fini ce livre.

Les hommes mettent leur argent en commun pour qu'il soit partagé entre les survivants après l'attaque. Leur sentiment est admirable – *Si je meurs, autant que cet argent aille à un copain ou un camarade blessé plutôt que de pourrir dans la boue du no man's land ou d'être ramassé par un Fridolin amateur de souvenirs.*

---

* *Le Retour au pays natal* (*The Return of the Native*) de Thomas Hardy, Oswald, 1980, trad. de M. Canavaggia. *(N.d.T.)*

Si les pertes sont aussi fortes que dans ma 13e section, ou la 34e ou la Church Lads Brigade de la 33e, ou la 51e ou la 55e qui reposent encore dans les champs, derrière nous, en rangées silencieuses, le visage exposé à la pluie… eh bien, il y aura cette fois quelques gars nantis, demain soir.

Ceux qui ont la foi ont communié à la messe, il n'y a pas une heure. L'autel était constitué de deux brancards ; le sang des blessés était encore visible sur la toile de tente tachée, sous le calice contenant le Sang de Notre Sauveur. J'envie les hommes qui y ont trouvé un réconfort.

Cette tranchée de première ligne n'a que deux mètres de profondeur, juste assez pour garder nos casques hors de vue. Il y a une heure, un caporal de la compagnie D a passé la tête par-dessus le talus pendant un dixième de seconde et une balle l'a frappé droit dans l'oreille et lui a emporté la figure. Nous savons que montrer n'importe quelle partie de notre corps, même brièvement, nous vaudra une balle.

Et demain, nous nous hisserons sur ces sacs à terre et nous marcherons vers l'ennemi ? Cela paraît insensé.

Le capitaine Brown parle de feu de barrage et comment nos artilleurs tenteront cette fois une technique nouvelle – faire avancer devant nous, dans le no man's land, un « rideau » de feu. Dieu sait qu'ils ont essayé tout le reste. Pour les Australiens, nos officiers ont ordonné aux canons de dix-sept de suivre la vieille recette de vingt-quatre heures de pilonnage, puis le crescendo… puis attendre pendant dix minutes que les Allemands sortent en foule de leurs abris et de leurs blockhaus renforcés… puis reprendre de nouveau en essayant de les choper en terrain découvert.

Nous ne savons pas si ce plan intelligent a été efficace – les Australiens partis par milliers pour prendre ces tranchées ne sont jamais revenus pour le dire.

Le capitaine Brown est plein d'optimisme et sûr que notre brigade atteindra l'objectif et s'en emparera. Parfois, j'ai envie de lui crier que celui-ci ne vaut pas la merde flottante que le général Shute a trouvée si choquante. À quoi serviront quelques centaines de mètres de tranchées bombardées si cela doit nous coûter cent mille vies… ou trois cent mille… ou un million ? Tout le monde sait que le général sir Douglas Haig qualifie nos milliers de morts de « pertes habituelles » et dit que si cette bataille entraînait cinq cent mille morts et blessés, ce serait une chose « tout à fait acceptable ».

Acceptable pour qui, je me le demande ? Pas pour moi. Ma vie est tout ce que j'ai. J'ai cru qu'à l'âge avancé de vingt-huit ans, je serais moins ennuyé de la perdre. Tout au contraire, je tiens chaque seconde que j'ai vécu jusqu'à ce jour pour sacrée, et déteste ceux qui voudraient m'ôter l'occasion de voir un autre lever de soleil, de manger un autre repas, ou de finir *Le Retour au pays natal*.

Ma main tremble tellement que je peux à peine relire ce que je viens d'écrire. Que penseront les hommes, demain matin, si leur lieutenant flanche au moment de monter à l'assaut ? Et puis, peu importe ce que les hommes pensent, si la trouille me vaut une minute de plus de souffle et de vie.

Non, je ne m'en fiche pas. Pour je ne sais quelle raison bizarre, je ne m'en fiche pas. C'est peut-être uniquement la peur de ce que les camarades vont penser de nous qui nous pousse à monter à l'assaut.

Il est temps de prendre un goûter dînatoire. Du singe et un oignon pour chaque homme, ce soir. Le temps des oranges et des châtaignes est passé. C'est le repas favori des mouches qui nous est destiné ce soir – et demain ? Beaucoup d'entre nous fourniront un repas aux mouches.

Vendredi, 18 août, 3 h 15 du matin

Elle était là cette nuit. J'écris cela à la lumière des fusées éclairantes. La brigade tout entière est entassée dans les tranchées pleines à craquer. Des hommes sommeillent le dos tourné vers les sacs à terre, les pieds sur le caillebotis ou dans vingt centimètres d'eau. D'autres, blottis sur la banquette de tir, essaient de dormir ou font semblant. J'étais l'un de ces derniers jusqu'à ce que la Dame arrive.

Ici, le périscope est un morceau de miroir incliné au bout d'un manche à balai. J'avais levé les yeux vers lui, machinalement – on peut parfois apercevoir l'éclair de leurs grosses pièces avant que le bruit nous atteigne –, quand brusquement sa surface n'a plus reflété que son visage et sa robe flottante. Je me suis levé, mon casque dépassant presque du parapet et j'aurais tendu la main vers la glace – les tireurs, qui avaient déjà ce soir abattu deux curieux de notre section auraient presque certainement tiré sur moi – si elle n'avait pas tendu la sienne vers moi.

Et nous nous sommes retrouvés à l'abri, dans son lit à baldaquin.

Elle portait la même robe, presque translucide, que la première fois où je l'avais vue. Au travers des rideaux, je vis mes vêtements soigneusement pliés sur un fauteuil. Ils n'étaient plus imprégnés de boue, ni pleins de poux. Moi non plus. Mes cheveux étaient mouillés, comme après un bain.

Elle souleva un peu le drap afin que je puisse me glisser dans ce fourreau engageant. L'air automnal s'était rafraîchi et maintenant, il agitait les draperies du lit avec une langueur sensuelle. La lumière du foyer et d'une seule bougie filtrait au travers de la dentelle et tombait sur le damas et la soie pour une caresse onctueuse. Nous étions, elle et moi, abandonnés sur les oreillers et nous nous regardions dans la lumière tamisée.

Quand elle me toucha la joue, je m'emparai de son poignet et le tins fermement.

« Vous avez peur », demanda-t-elle, ou dit-elle, car même si ses yeux sombres étaient interrogateurs, je n'entendis pas sa voix s'élever.

Je ne répondis pas.

Au bout d'un moment, elle reprit : « Pourtant, vous me connaissez. »

Je gardai le silence un moment de plus. « Oui, répliquai-je enfin. Je vous connais. »

Il y avait, dans le salon de ma mère, un miroir dans lequel j'avais contemplé mon visage, en silence, avec une intensité narcissique, un millier de fois au moins. Et je me souviens des autres détails de la pièce : le parquet qui sentait la cire, le bol de lait du chat à moitié vide sous la table, l'urne dont les domestiques changeaient les fleurs chaque jour… ou chaque soir, devrais-je dire, si bien que lorsque j'étais petit, je croyais que leur invisible apparition était magique, comme la venue du Père Noël, quoique plus prompte et plus fiable.

Je me souviens de la photographie, prise par Herndon, du tableau de G.E. Watts – *L'Amour et la Mort* – et du spectre attirant de la Mort, les plis de sa robe élaborés dans toute leur gloire préraphaélite. Elle baissait la tête, le visage détourné, si bien qu'enfant, je pensais qu'elle n'avait pas de traits, ou que les ténèbres lui servaient de crâne… une belle Mort dont le bras droit se levait au-dessus d'un petit garçon angélique qui tendait aussi le sien, partiellement caché, comme pour caresser son visage, ou peut-être tenter, vainement, de la tenir à distance. La photo du tableau était suspendue juste en face du miroir que je trouvais tellement fascinant, si bien que chaque fois que j'étudiais mes traits de jeune poète – car même à sept ou huit ans j'étais sûr d'en être un –, j'y voyais, au-dessus de mon épaule droite, l'image de l'Amour et de la Mort, la posture de cette dernière inversée, se penchant non à droite mais à gauche du jeune Éros, si bien qu'on pouvait croire que la silhouette avait bougé d'elle-même.

« Oui, répétai-je à la belle femme dans le lit de laquelle j'étais couché, je vous connais. »

Elle sourit encore, mais ce sourire comportait, semblait-il, moins de moquerie et plus de satisfaction. Je lui lâchai le poignet, mais au lieu de caresser ma joue, la Dame glissa sa main pâle sous les draps. Je sursautai légèrement lorsque ses doigts se posèrent sur mon flanc, et s'immobilisèrent juste au-dessus de ma hanche, comme on fait pour ne pas épouvanter un animal qui ne se laissera peut-être pas flatter.

Ses yeux, je le remarquai, n'étaient pas noirs mais seulement d'un marron très foncé, l'iris encerclé d'un anneau vert infiniment mince qui semblait les rendre plus brillants.

Sa main parcourut lentement l'os de ma hanche et descendit plus bas, les doigts légèrement recourbés en arrière afin que seuls leurs coussinets et non leurs ongles entrent en contact avec ma peau. J'avoue que la chair sensible de ma cuisse frémit comme le pelage d'un animal de la forêt. Jamais une femme n'avait été aussi hardie ; elle se comportait comme si mon corps était son jouet. Quand sa main se referma sur mon sexe turgescent, je fermai les yeux.

Vendredi, 18 août, 5 h 45 du matin

L'aube vient mettre fin à cette nuit interminable. La routine l'emporte. Avant le petit déjeuner, chaque compagnie dépose ses tentes emballées et ses piles de couvertures en ballots de douze.

Cela procure un certain réconfort. Chaque homme pense qu'il y a de la sécurité dans cette routine, que la Mort doit attendre si nous sommes appelés à exécuter les tâches de l'Armée.

Les cuisiniers ont fait l'effort de préparer du café et du thé bien que l'eau soit souvent mauvaise. Parfois, ils doivent la puiser dans les trous d'obus. On dit que de la faire bouillir tue les microbes engendrés par les cadavres fétides, mais si les cuistos ont mal calculé leur coup et ramassé l'écume verte, résidu des gaz toxiques, faire bouillir l'eau ne peut que relâcher et réactiver leurs bulles. Normalement, on devrait s'en inquiéter dans les tranchées de première ligne, mais sur le point de monter à l'assaut, un mal de ventre serait une bonne excuse pour retourner à l'hôpital.

On a aussi tenté de préparer un bon petit déjeuner anglais – des saucisses, des haricots blancs, et même des œufs à la tomate pour certains officiers – mais peu de nous en profitent. Nous pensons à la possibilité d'une blessure au ventre, à du métal et du tissu sale qui s'enfonceraient dans nos boyaux pleins de nourriture, et cela coupe l'appétit à la plupart d'entre nous. La peur empêche les autres de manger.

Nous savons qu'aujourd'hui l'ordre de monter à l'assaut viendra plus tard que d'habitude – en milieu d'après-midi pense le capitaine Brown – et cela rend l'attente encore plus pénible que la dernière fois. Au moins, ce jour-là, nous étions montés à l'assaut, on nous avait massacrés et nous en avions terminé aux environs de 9 heures du matin.

10 h 10 du matin

Je n'ai pas parlé du tir de barrage de ce matin, mais il est démentiel. Notre position est légèrement plus élevée que celle des Allemands qui ne sont qu'à quelques centaines de mètres de nous, et cette topographie oblige nos canonniers à baisser si sévèrement leur visée que l'air est rempli d'obus volant littéralement à quelques centimètres au-dessus de nos parapets. Il y a une demi-heure, l'inévitable s'est produit et un type de la compagnie C a eu la tête emportée. L'effet sur les soldats entassés dans ce secteur de la tranchée a été plutôt effroyable, car le sang et la cervelle ont éclaboussé des douzaines d'entre eux et deux hommes ont été transportés à l'arrière avec des blessures provoquées par les éclats du crâne qui avait explosé.

Les sergents passent parmi nous, en ce moment, avec une bouteille de rhum, pour distribuer une cuillerée à chaque gars ; ils en prennent eux-mêmes de fréquentes lampées. Je remarque que le visage rubicond du sergent Ackroyd est devenu nettement plus rouge.

12 h 30

Une étrange diversion s'est produite depuis un quart d'heure.

Les canons se sont tus des deux côtés, comme si nos artilleurs et ceux des Allemands étaient tous partis déjeuner. Les hommes sont d'abord devenus encore plus nerveux, croyant que l'accalmie du tir de barrage signifiait que l'assaut était imminent, mais le capitaine Brown a envoyé les sous-offs parcourir la tranchée dans toute sa longueur pour dire aux hommes que l'offensive était pour trois heures de l'après-midi. Nous nous sommes détendus. Certains gars se sont fait du thé pendant que d'autres cédaient à la faim et mangeaient un peu de singe.

Comme pour parfaire cette impression de soulagement, due à la cessation du tir du barrage et au fait que nous savions maintenant à quelle heure nous monterions à l'assaut, la pluie qui nous harcelait depuis quatre jours a fini par cesser. Le soleil n'a pas vraiment émergé, mais le plafond nuageux, jusque-là bas et menaçant, s'est éclairé en remontant à cinq mille mètres au-dessus des tranchées.

C'est alors que les avions apparurent.

On entendit d'abord un simple bourdonnement dans le silence inhabituel, puis deux points minuscules ont surgi des nuages à quelques kilomètres, et bientôt nous avons pu distinguer les appareils, mais à cause de ma myopie, il m'était impossible de dire s'ils étaient amis ou ennemis. Les hommes le pouvaient, eux, et lorsque la plus petite des deux croix bourdonnantes vira rapidement pour se mettre derrière la plus grande, les troupes poussèrent des hourras tout le long de nos tranchées.

Pendant les dix minutes suivantes, nous sommes devenus les spectateurs d'une sorte de guignol aérien : les deux appareils tournoyaient et plongeaient et remontaient, disparaissant dans le plafond nuageux et réapparaissant. Les coups de feu et les rafales de mitrailleuses cessèrent des deux côtés du no man's land, absorbés par le spectacle. Pour la première fois depuis des semaines, le front devint tellement silencieux qu'on entendait un oiseau chanter au bord de la rivière, derrière nous, ou la toux des hommes à plusieurs mètres de là. Puis retentissait le faible crépitement des mitrailleuses des aéroplanes – de temps à autre, lorsque l'un d'eux avait l'avantage sur l'autre – et si bref que nous, sur le sol – *sous* le sol –, nous avions l'impression d'être des gaspilleurs, à cause de notre consommation constante de munitions.

Et puis, juste au moment où le spectacle aérien menaçait de devenir répétitif et ennuyeux, l'un des appareils – le plus grand – s'enflamma et tomba en traçant des cercles de plus en plus étroits jusqu'à ce qu'il disparaisse derrière les tranchées allemandes, dans la direction de Guillemont. Un peu plus tard, une grande colonne de fumée noire s'éleva dans le ciel et nos gars lancèrent un triple hourra suivi de sifflements et de cris, si bien que je me crus à un match de football, sur les gradins des ouvriers.

Cette joie était prématurée. Un moment plus tard, le plus petit appareil – anglais ou français, supposai-je, bien que je fusse incapable de distinguer le marquage – émit soudain un panache de fumée.

« Ça alors, il est en feu. Vous voyez ces putains de flammes ? » me dit un caporal.

Je ne pouvais pas voir les flammes, mais j'entendis le moteur de l'aéroplane tousser, juste au moment où le dernier hourra s'éteignait. L'avion était nettement trop haut pour pouvoir rejoindre le plancher des vaches avant que l'incendie ne consume le pilote – ou peut-être n'y avait-il simplement pas de place où atterrir dans notre front criblé de trous d'obus – car, au lieu de descendre, l'avion prit de l'altitude et tenta plusieurs maladroits dérapages sur l'aile, comme si le pilote pris de frénésie essayait d'empêcher les flammes de l'approcher. Cela n'a pas dû réussir ; un peu plus tard, même moi je pus voir les flammes et le mince panache de fumée traîner derrière l'appareil toussotant.

Tout le long de la tranchée, les hommes crièrent et gémirent pendant plusieurs secondes avant que je comprenne la raison de leurs lamentations. Puis je vis que le pilote avait sauté de l'appareil juste avant qu'il s'enfonce dans le plafond nuageux. Même quelqu'un d'aussi ignorant que moi des détails du matériel et du combat aériens savait qu'à l'inverse de nos observateurs en ballon, les pilotes n'emportaient pas de parachutes ; mais j'ignorais si c'était par manque de place ou pour respecter leur code de chevalerie. En tout cas, même en sachant que la silhouette plongeante était condamnée par manque de quelques mètres de soie, nous espérâmes pendant toute la descente à pic que ce type constituait une exception et que le demi-cercle blanc allait s'épanouir au dernier moment pour porter doucement le soldat jusque dans les bras de ses camarades.

Aucun parachute ne s'ouvrit. Il tomba dans le no man's land à quelques centaines de mètres de notre position, assez près pour que nous puissions voir ses bras et ses jambes battre l'air, comme à la recherche d'un point d'appui ; assez près pour que même moi, je puisse voir une écharpe blanche traîner comme la queue d'un cerf-volant aberrant. Il y eut un long silence dans les tranchées lorsqu'il heurta le sol. Je levai les yeux, m'attendant à voir l'aéroplane en flammes descendre aussi rapidement que son pilote, mais l'appareil – qui brûlait maintenant comme le chariot d'Apollon – continua à voler et s'enfonça dans les nuages ; il ne fut plus qu'une lueur sinistre à travers le plafond blanc, puis s'évanouit complètement, pour ne plus réapparaître.

Quelques secondes plus tard, les mitrailleuses allemandes se remirent à tirer comme si le maître d'école avait sifflé pour mettre fin à notre petite récréation. Peu après, le tir de barrage reprenait également.

Il est plus d'une heure du matin. À trois heures, nous nous lèverons pour monter à l'assaut.

2 h 10 du matin

Je n'ai pas dormi. Je n'ai pas fermé les yeux.

J'étais ici, dans les tranchées boueuses, du métal hurlant remplissait le ciel, et la seconde suivante, je me suis retrouvé *là* – près de ma Dame, entre des draps propres ; une brise fraîche agitait les rideaux du balcon et du lit.

Elle me caressait encore. Et je réagissais.

Brusquement, j'écartai sa main de mon sexe, repoussai les draps et m'assis le dos tourné, dans l'air qui se refroidissait.

Elle se rapprocha ; le matelas de plume s'enfonça lorsqu'elle s'appuya sur un coude, derrière moi. « Vous ne me désirez plus ? » Sa voix était le plus léger des murmures.

Cette remarque m'arracha un sourire ironique. Mon uniforme propre était toujours soigneusement plié sur la chaise Empire, mais je ne vis pas la bosse qu'aurait fait mon étui à cigarettes dans la poche de ma vareuse. Cela m'aurait aidé de fumer une cigarette. « Tous les hommes vous désirent, répliquai-je d'une voix rude, bourrue, qui n'avait rien d'un murmure.

— Je ne m'intéresse pas aux autres hommes », dit-elle. Je sentis son souffle chaud sur mon dos nu. « Je ne m'intéresse qu'à vous. »

Cette déclaration aurait dû me faire frissonner, mais au contraire, elle accrut mon excitation sexuelle. Je la désirais vraiment… plus que je n'avais jamais désiré une chose ou une femme. Je ne répondis rien.

Elle posa la main à plat sur mon dos. Une chaleur émanait des contours de sa paume et de ses doigts minces. Dehors, le vent soufflait comme avant un orage.

« Au moins, recouchez-vous, dit-elle en se soulevant et en approchant ses lèvres de mon cou. Allongez-vous à côté de moi et tenez-moi chaud. »

Je réussis à glousser ironiquement. « Vous tenir chaud afin que je puisse avoir froid pour l'éternité ? Ou vous tenir chaud en nous recouvrant tous deux de terre ? »

Elle recula. « Vous êtes injuste. »

Je me retournai pour la regarder, tout en sachant qu'un seul coup d'œil pouvait sceller mon destin… que je serais l'Eurydice de cet Orphée.

Aucun de nous ne disparut. Elle était belle à la lueur des bougies. Sa chevelure s'était dénouée, sa chemise avait glissé et je pouvais voir la peau laiteuse d'une épaule élégante, la lumière à contre-jour dessinait son sein gauche sous la fine étoffe. Le souffle coupé, je dis tout de même : « Comment pourrait-on être injuste avec une métaphore ? »

Alors, elle sourit. « Vous me prenez pour une métaphore ? » Sa main droite caressa ma joue.

« Je pense que vous êtes une séductrice », dis-je, la gorge serrée.

Son rire doux, plaisant, n'était empreint d'aucun mépris. « Alors, vous vous trompez. Je ne suis pas une séductrice. » Ses doigts glissèrent sur mes lèvres. « C'est vous qui cherchez à me séduire ; c'est vous qui m'avez courtisée depuis votre naissance. Il en est toujours ainsi. » Elle se pencha vers moi et m'embrassa avant que j'aie pu répondre.

Dehors, l'orage survint brusquement avec une rafale d'air froid, qui ouvrit la porte-fenêtre, et un roulement de tonnerre interminable.

« Bon Dieu, souffla le caporal blotti près de moi sur la banquette de tir, ce putain de tir de barrage est sacrément trop près de nous pour ma tranquillité d'esprit. »

2 h 35 du matin

Le sergent et moi avons parcouru une dernière fois les tranchées pour vérifier que l'équipement des hommes était en ordre. Normalement, les gars portent leur havresac en bandoulière, du côté gauche, mais lorsqu'ils se préparent à l'attaque, ils le font passer dans le dos, sous l'omoplate. En dessous, ils emmènent leur tapis de sol enroulé bien serré. S'emparer de la tranchée du Verger et la garder, voilà notre objectif, et nous faisons notre paquetage comme si nous étions convaincus de l'atteindre. Une liste partielle du barda comprend :

Les outils nécessaires au retranchement
Une ramonette
Un fusil baïonnette au canon
Des lacets
Un protège-dos
Un masque à gaz
Une boîte de graisse
Une toile imperméable
Une brosse à laver
Un rasoir dans son étui
Un sac fourre-tout
Une trousse de couture
Une serviette de toilette
Un bidon
Une burette d'huile
150 cartouches
Le livret de solde
Une brosse à dents
Un gilet de laine
Un cache-nez
Un couteau, une fourchette, une cuillère

Un peigne
Un savon
Des chaussettes (trois paires)
Une chemise
Une gamelle

Chaque homme porte 180 cartouches supplémentaires dans une cartouchière de rechange, en bandoulière sur l'épaule droite, et une grenade de cinq livres dans chaque poche de sa tunique. Beaucoup transportent des boîtes à mitraille pour leur Lewis. D'autres paquetages comprennent en plus des fusées éclairantes, des cisailles – un homme sur dix –, des périscopes, des lampes de signalisation, du fil pour le téléphone de campagne et de l'eau en supplément à cause de la chaleur. Le sergent exige toujours que les hommes lui montrent le bidon d'eau rempli qu'ils portent du côté droit et le petit sac en toile blanche contenant des rations de réserve. Ma sinistre tâche consiste à rappeler aux hommes le paquet de pansements cousu dans le rabat droit de leur tunique, et à leur montrer comment verser de l'iode sur la blessure avant de faire le pansement provisoire. Les gars me regardent – voient mon visage las et crayeux, ma canne – et ils m'écoutent, croyant que j'ai plus d'expérience que je n'en possède réellement.

Ce n'est pas étonnant, avec ces tonnes de détritus superflus, qu'après chaque bataille le no man's land ressemble à un gigantesque dépotoir de bandages, de papiers déchirés, de papier hygiénique, d'armes abandonnées, de cartouches utilisées, et de morceaux de ceux qui y ont apporté tout cela.

Dans la matinée, on a distribué aux hommes une cuillerée à soupe de rhum pour leur permettre de supporter la longue attente. Le sergent est parti distribuer la ration d'assaut : 7 centilitres de rhum par homme, soigneusement accordés au compte-gouttes dans une petite timbale. Nous avons plaisanté là-dessus ce matin, mais pas maintenant – les hommes l'acceptent en silence, comme s'ils recevaient la communion.

2 h 48

Le tir de barrage s'intensifie, si tant est qu'une telle chose soit possible. Le capitaine Brown est passé pour nous rappeler que, dans chaque compagnie, les officiers mèneront l'attaque. Auparavant, certains restaient derrière jusqu'à ce que tous les hommes soient sortis des tranchées, mais cette fois, c'est la police militaire qui veillera à ce qu'il n'y ait pas de traînards. Elle nous suivra en utilisant les baïonnettes, si besoin est, contre les tire-au-flanc.

Le capitaine Brown m'a tapoté l'épaule en disant : « Jimmy, on s'enfilera un demi quand l'affaire sera liquidée. À bientôt, dans la tranchée du Verger. » Puis il est parti rassurer les hommes par ses plaisanteries et ses tapes dans le dos.

2 h 56

Torpeur. J'ai si peur que je suis aussi engourdi qu'après ma blessure, lors de la dernière attaque. Je peux seulement souhaiter que mes jambes me fassent franchir le parapet et me portent sur le terrain de la tuerie.

Je vais emporter ma canne.

2 h 58

Les battements de mon cœur m'empêchent d'entendre le tir de barrage. Je vois les bouches des hommes s'ouvrir pour crier, mais je n'entends rien – peut-être suis-je devenu mort *(sic)*.

Pour une raison que j'ignore, je me remémore quelques vers de Byron :

Les vents s'étiolaient dans l'air stagnant,
Les nuées périssaient. La ténèbre n'avait
Que faire d'eux – Elle était l'Univers[14].

La montre de mon père indique qu'il est seulement 2 h 59, mais le tir de barrage s'est déplacé et des coups de sifflet retentissent tout du long de

(Note de l'éd. : Les pages suivantes du journal de James Edwin Rooke manquent, et semblent avoir été arrachées. Sur un fragment de page, les vers suivants ont été gribouillés au crayon :)

Qui sont-ils ? Pourquoi rester ici, au crépuscule ?
À se balancer comme des ombres du purgatoire ?
Tirant la langue hors de mâchoires qui envasent
[*leur goût,*
Grimaçant avec des dents malveillantes de
[*squelette ?*
Coup sur coup de douleur – mais quelle lente
[*panique,*
Gougeant ces abîmes dans leurs orbites
[*chantournées ?*

De leurs cheveux et de leurs paumes, sue la
[misère
À grosses gouttes. Sûrement ils ont péri en
[dormant
Et pénètrent en enfer ; mais qui sont ces
[damnés[15] *?*

(Note de l'éd. : Le journal reprend quelques pages plus loin au milieu d'une phrase sans date ni heure.)

… rien de tout cela n'a de sens, aussi faut-il essayer de nouveau… comme ceci…

Les coups de sifflet retentissent. Je fourre mon journal dans ma poche, empoigne ma canne comme si c'était une épée, et gravis l'échelle. L'échelle. Monter. Depuis des semaines, passer la plus infime partie de sa tête au-dessus du parapet signifie une balle de tireur isolé dans la cervelle. La mort, immédiate, inévitable. Maintenant, on nous ordonne de monter. Là-haut.

Je grimpe. Les hommes se pressent comme un troupeau terrifié qui se bouscule pour entrer à l'abattoir. Une fois que l'ascension a commencé, les baïonnettes de ceux qui nous suivent rendent impossible toute retraite. La boue sur les semelles des bottes de l'homme qui me précède – le capitaine Brown. Il crie. Le tir de barrage ne s'est pas arrêté, mais maintenant il traverse le no man's land comme un rideau de flammes.

Debout sur le bord de notre tranchée, debout dans la lumière du soleil et toujours vivant – c'est un miracle ! L'énergie coule en moi comme un courant électrique. Debout, ici, et vivant ! Je fais signe aux hommes, avec ma canne, de monter, de sortir. Et puis je me retourne pour mener l'attaque…

… me retourne pour mener l'attaque…

et suis frappé en plein entre les deux yeux.

Mes pieds se dérobent sous moi, le sang jaillit de mon front fracassé, un grand poids descendu du ciel m'écrase, je bascule en arrière, par-dessus le parapet, je dégringole, aveuglément, dans mon propre tombeau, je brise la banquette de tir et je fais gicler la boue.

Les ténèbres pendant une minute ou deux. Puis j'ouvre les yeux, m'attendant à voir la Dame, mais perçois seulement des fragments de ciel gris au travers d'un voile rouge. Je m'assois en essuyant le sang qui me coule dans les yeux. Un homme au visage rouge et chevalin – le sergent McKay de la compagnie B – m'aide à me relever en ôtant de ma poitrine un poids mort qui semble s'accrocher à moi. Je vois des mains blanches grandes ouvertes, une veste kaki gorgée de sang, et pendant un instant, je crois que le sergent, telle une sage-femme de Dieu, tire mon âme de mon corps anéanti.

« Il n'a pas eu de chance, dit le sous-off au visage cramoisi. Vous allez bien, mon lieutenant ? Je crois, mon lieutenant, que votre caboche a juste une égratignure. »

Je secoue la tête et tente de me concentrer sur ce que le sergent est en train de me dire. Les hommes nous dépassent en courant pour grimper à l'échelle. J'ai été inconscient quelques secondes, je suppose.

« … on y va, mon lieutenant ? dit McKay en me soutenant tandis que nous avançons lentement vers l'échelle dans la foule des hommes effrayés. Attention, mon lieutenant, dit-il en me poussant sur le côté, vaut mieux ne pas marcher sur la figure du capitaine. »

Je baisse les yeux. Presque sous ma botte, je vois le capitaine Brown. Des balles de mitrailleuse l'ont criblé de l'aine au front, et ont fracassé en route ses dents et sa pomme d'Adam. Je me rends compte que c'est le bord de son casque qui m'a frappé entre les deux yeux, il y a quelques secondes ; le poids de son corps presque éviscéré m'a fait retomber dans la tranchée.

« Allez, ho-hisse, mon lieutenant », dit le sergent qui me parle comme à un enfant en m'aidant à gravir l'échelle.

Je crie dans ma tête : *Non, il y a une erreur. Je suis déjà monté là-haut. Personne ne devrait être obligé de faire cela deux fois*.

« Merci, sergent », dis-je d'une voix tremblante.

J'essuie de nouveau le sang sur mes yeux.

C'est incroyable, mais le sergent récupère ma canne tombée près du barbelé et me la tend. Les balles sifflent à nos oreilles. Le tir de barrage est maintenant à quelques centaines de mètres devant nous, pourtant les obus de l'ennemi continuent à pleuvoir. Je vois ma compagnie – la C – à vingt mètres de là, avançant baïonnette au fusil, tête baissée comme pour affronter une forte pluie. La compagnie B, celle des gars de McKay, sort maintenant des tranchées, deux sections tous les deux cents mètres, un homme tous les deux mètres, à pas mesurés, comme on nous l'apprend dans le *Manuel de l'infanterie*.

Je répète : « Merci, sergent » en m'époussetant, bien que mon uniforme soit plus imprégné de boue et d'eau que de poussière. J'avance d'un pas, je vacille, je retrouve mon équilibre grâce à ma canne, et me mets en route vers les lignes ennemies.

Le no man's land est aussi répugnant que dans mes souvenirs. Certains trous d'obus fument encore et sentent la cordite, alors que d'autres ressemblent à de vieux cratères lunaires avec leurs mares et leur écume de gaz toxique. Des cadavres et des fragments de cadavres reposent partout, ici, entre les barbelés. Il y a d'abominables détritus partout ; je remarque un fusil propre, bien graissé, abandonné, et j'envisage de le ramasser avant de remarquer la main qui le serre et le bras coupé qui y est encore attaché.

Je me retourne pour crier quelque chose au sergent McKay, mais une série d'explosions le dissimule à ma vue avec le reste de sa section. Devant moi, la compagnie C s'est couchée à l'abri d'une légère ondulation, presque parfaitement rangée en bataille. Plus loin, la compagnie D continue d'avancer vers les barbelés ennemis. Je parcours en titubant une trentaine de pas jusqu'à la ravine boueuse et m'effondre à côté du caporal qui reste tête baissée. Une mitrailleuse crible le sol à quelques centimètres de la mienne. Pour la première fois, je remarque que j'ai perdu mon casque en retombant dans la tranchée.

Après m'être livré quelques instants à la pure gratitude de me retrouver vivant, je vois que si notre tir de barrage continue à avancer vers les lignes ennemies, le contre-tir allemand est en train de fouetter les débris entre le pli boueux où nous sommes couchés et nos propres barbelés. Et il se rapproche. Ne voulant pas jouer à l'officier de service insupportable, mais ne souhaitant pas non plus que la compagnie C meure dans son abri improvisé ou ne reste trop loin derrière l'assaut de la compagnie D, je me lève dans le bourdonnement des balles et je parcours de long en large le bord de la dépression, encourageant les gars à se relever en agitant ma canne puisqu'on ne peut pas entendre ma voix.

Aucun de mes hommes ne bouge. J'avoue que j'éprouve un bref accès de colère devant cette trouille collective, mais je prends vite conscience que si je n'avais pas gagné ces galons grâce à mes études et à mon rang social, je serais couché là avec les autres gars, à espérer que ce salaud de lieutenant fermera sa gueule, se recouchera ou se fera descendre.

Je saute dans la petite ravine et commence à tirer le caporal pour le remettre debout, espérant que notre exemple entraînera les autres hommes en leur faisant honte. Le sous-off tombe presque en morceaux entre mes bras.

Il est mort, bien sûr. Ils sont tous morts, couchés bien en rang, le visage appuyé contre la crosse de leur fusil, les bras repliés sur la figure comme s'ils avaient été surpris par la mort. J'examine deux autres hommes – Dunham, un simple soldat, et Bennett, un petit plombier poids plume – et vois d'après leurs blessures que les balles sont tombées sur eux comme les feuilles d'un arbre. C'est peut-être notre propre tir de barrage ou les premiers retours offensifs du contre-feu allemand, mais une grêle de shrapnels a haché mes hommes sur son passage.

Toujours boitant, je m'appuie sur ma canne pour avancer en clopinant vers le tir de barrage ennemi.

Juste avant d'atteindre leurs barbelés, je tombe dans un trou d'obus fumant où le sergent Ackroyd est en train de discuter avec Raddy – mon compagnon de couchette, le jeune lieutenant Raddison. Leurs voix sont inaudibles, mais les postillons s'envolent de leurs bouches grandes ouvertes dans leurs visages blêmes. Il me faut un moment pour comprendre la cause de leur désaccord. Les deux hommes ont le ventre ouvert, comme par un couteau de boucher, et ils sont agenouillés là, dans la boue couleur de bile, leurs intestins répandus forment un unique tas fumant. Chaque homme est en train d'essayer de les remettre en place, comme des écoliers gênés d'être surpris la chemise hors du pantalon, et ils se disputent avec une force qui leur fait de plus en plus défaut pour savoir à qui appartient tel bout de boyau grisâtre.

La discussion prend fin pendant que je les regarde avec de grands yeux ; Raddy cesse le premier de crier, il s'incline lentement sur la gauche, ses yeux se retournent, et il finit par dégringoler dans ses propres viscères ; le sergent Ackroyd se penche en avant avec une grâce presque artistique, le geste de ses bras et de ses mains en train de ramasser les boyaux ralentit, ralentit, jusqu'à ce que tout s'arrête, comme les derniers mouvements fatigués d'une machine usée. Je recule à petits pas, remonte le talus et franchis le bord de l'entonnoir, je retourne dans la propreté du feu des mitrailleuses, mais pas avant de voir le sergent Ackroyd remuer, tourner son visage livide vers moi et ses lèvres décolorées former des mots que Dieu merci je ne peux pas entendre.

Un pitoyable reste de la compagnie D a fait une trouée dans les barbelés ennemis et s'est emparé de cinquante mètres de tranchée de première ligne. Deux fois encore, le pilonnage me précipite à terre, puis il me jette dans les barbelés, ce qui est douloureux, mais je finis par m'en extraire et franchis le parapet boueux, tombant pour la seconde fois de ma vie dans des tranchées allemandes.

Un sergent costaud et un simple soldat mince comme un fil de fer pivotent sur leurs talons et se ramassent, près à me percer de leur baïonnette.

Je réussis à crier : « Repos ! » Je ne reconnais pas ma voix et me dis qu'ils ne peuvent pas m'entendre. Les deux tirs de barrage, ami et ennemi, se sont joints en un maelström de métal et de flammes tombant sur ce kilomètre de tranchées.

Mais le sergent abaisse le Lee Enfield du soldat, détourne sa propre baïonnette et se penche vers moi. « Bon Dieu, mon lieutenant. Vous êtes salement blessé. Étendez-vous, mon lieutenant. »

Durant un instant, je suis certain qu'il a raison et que je suis mourant, peut-être déjà mort, mais quand je jette un coup d'œil sur moi, je frotte les articulations de mes doigts contre ma bouche pour me retenir de rire ou de sangloter. Le devant de ma tunique est trempée du sang du capitaine Brown. Mes épaules sont couvertes de cervelle séchée. Et la profonde entaille que le casque du capitaine m'a faite au front continue à couler. Mon visage est plein de sang. Aux yeux de ces hommes épuisés et choqués par la mitraille, je dois ressembler à un Peau-Rouge ou à un démon de l'enfer. Comprenant que l'heure n'est pas à la plaisanterie, je me penche et dis : « Au rapport, sergent, je vous prie. »

Le vieux sous-off se redresse péniblement au garde-à-vous. Je lis sur les lèvres plus que je n'entends sa voix. Malgré la cordite et la puanteur de la tranchée, je sens l'odeur de rhum dont son haleine est imprégnée. « Nous défendons ce bout de tranchée, mon lieutenant. Moi et environ dix gars de la section du lieutenant Hall. Les Fridolins n'arrêtent pas de contre-attaquer, mon lieutenant, mais tout ce qu'on peut faire, c'est leur jeter des grenades à main qu'ils peuvent facilement nous renvoyer, mon lieutenant. »

Telle une preuve, une grenade allemande arrive en grésillant et rebondit dans la tranchée à moins de trois mètres de nous. Le soldat squelettique pose calmement son fusil, prend la bombe et la renvoie par-dessus les sacs à terre. L'explosion se produit moins d'une seconde après.

« Elles sont réglées pour huit putains de secondes, mon lieutenant, dit le sergent avec dédain. Les Fritz n'aiment pas les tenir pendant plus de deux secondes. On a vachement le temps, mon lieutenant. »

Je hoche la tête et jette un coup d'œil alentour. Ce n'est pas la tranchée du Verger. Nous sommes encore loin de notre objectif, peut-être à une centaine de mètres. D'après l'apparence de cet endroit hâtivement garni de sacs à terre, nous nous sommes emparés d'une sorte de tranchée d'observation de première ligne, mais comme elle est reliée à la ligne principale des Fridolins, ils veulent la récupérer. Il faut croire que mon hypothèse est bonne car des cris retentissent au-delà du tournant et une demi-douzaine de survivants de la compagnie D reculent dans cette petite partie de la tranchée, en tirant et en lançant des grenades. Je m'appuie contre le parados pendant que les petites bombes nous tombent du ciel et que mes soldats les renvoient. Un obus ennemi explose dans le no man's land, à quelques mètres derrière nous ; à une douzaine de mètres de notre front, un autre, un « ami », soulève de la terre et des morceaux de cadavres. Le sergent et moi enterrons nos visages dans les sacs à terre boueux et attendons que cesse l'averse de mottes de terre et de shrapnels.

Quand je lève la tête, c'est pour crier au sergent : « Où est le lieutenant Hall ? »

Des exhalaisons de rhum me balaient. « Il est tombé pas loin d'ici, mon lieutenant. Près de l'endroit où se terre la compagnie C. Merde, pourquoi ne viennent-ils pas nous aider comme on leur a dit de le faire ? Mon lieutenant ? »

J'écarte la question d'un geste. « Nous tiendrons cette tranchée jusqu'à ce qu'on nous relève ou qu'on nous ordonne de reculer. » Les cinq hommes sont maintenant rassemblés autour de moi. Deux autres sont tombés il y a quelques secondes, quand une grenade a explosé plus vite que le soldat et son copain ne le pensaient.

Je regarde leurs visages. Ils comprennent que l'ordre que je leur donne est une sentence de mort. Ils ne montrent aucune colère. Deux vont se poster au tournant, là où la tranchée part en zigzag sur la droite, et se mettent à tirer. Deux autres se portent vers celui de gauche. Le sergent s'empare des cartouchières du deuxième classe mort et de l'autre qui vient de se faire tuer. « Nous allons manquer de munitions avant la tombée de la nuit », fait-il remarquer.

Je voudrais dire quelque chose d'encourageant – peut-être « Nous tiendrons », ou : « Nous en aurons assez jusqu'à ce que la compagnie A arrive » – mais je me contente de hocher la tête et de parcourir la tranchée en balançant ma canne et en relançant de temps à autre une grenade à l'ennemi. Au lieu de diminuer, le tir de barrage augmente des deux côtés de cette tranchée peu profonde. Quand je lève la tête pour regarder derrière nous, l'un des hommes qui gardent notre flanc gauche se tord sur le sol en serrant la masse sanglante de ce qui était, il y a juste quelques secondes, son entrejambe. Son camarade le regarde fixement, horrifié. À droite, j'entends crier en allemand… *en allemand !...* et le caporal tire sept coups de feu de suite. Il a l'air de prier, mais lorsque je m'approche de lui, j'entends la litanie qui sort de ses lèvres desséchées – « Je donnerais ma foutue couille gauche pour un putain de Lewis… je donnerais ma foutue couille gauche pour un putain de Lewis… » Il arrache encore trois coups à son fusil, puis le recharge.

Je lui donne une tape dans le dos et retourne vers notre flanc gauche, m'attendant à demi à voir des hommes en gris sauter par-dessus le parados ou tourner le coin et me transpercer de leur baïonnette avant que je n'atteigne le sergent. Je balance ma canne et sifflote doucement. Je suis très heureux.

Sous sa main, le marbre de la rambarde était froid. Je ne portais qu'une robe de chambre en soie qui bruissait doucement contre ma peau. Le vent continuait à forcir, faisait miroiter les cimes des arbres dans l'obscurité comme un requin fendant l'eau moirée.

« Venez vous recoucher », dit-elle doucement dans la chambre, derrière moi.

Je regardai par-dessus mon épaule les rideaux du lit agités par le vent et la faible lueur du feu. « Dans un instant », répondis-je, pris du désir de fumer.

Elle n'attendit pas. Sa robe longue froufrouta et elle me rejoignit, s'appuyant à côté de moi sur la rambarde. La lumière des étoiles dessinait la courbe de sa joue et jetait de doux reflets sur sa chevelure dénouée. Ses yeux étaient doux et humides. Elle posa sa main sur la mienne et je sentis sa chaleur, soulignée par le froid du marbre sous ma paume.

« Ce n'est pas juste, dis-je.

— Quoi, mon amour ? »

Je ne la regardai pas lorsque je répondis : « Ce n'est pas juste que vous vous serviez de l'acte d'amour pour arracher des hommes à la vie. »

Je crus déceler du persiflage dans son silence, mais lorsque je me tournai enfin vers elle, je ne vis aucune raillerie sur son visage penché. Ses doigts tremblèrent contre le dos de ma main. Elle demanda : « Comment peut-on voler en donnant ? »

Dégageant ma main, je fixai les bois sombres. « Un sophisme, murmurai-je.

— Qu'attendre d'autre d'une… métaphore ? »

Son murmure était à peine audible par-dessus le tonnerre lointain.

Je pivotai sur mes talons et la saisis à la gorge. Son cou était si mince qu'il tenait dans une seule de mes mains. Je serrai et sa respiration s'arrêta brusquement. Des structures fragiles reposaient sous la peau tendue entre mon pouce et mon index. Ses yeux s'élargirent à quelques centimètres des miens.

« Aimeriez-vous goûter à la mort ? » lui chuchotai-je au visage.

La Dame ne se défendit pas, mais je la sentis faiblir car aucun souffle, aucune goutte de sang ne passait plus sous la pression énergique de mes doigts. Elle resta les bras ballants. Je pense que si elle avait levé une de ses mains pour me griffer ou me frapper, je lui aurais brisé le cou, comme une allumette brûlée. Son regard demeurait fixé sur moi.

« La Mort peut-elle mourir ? » chuchotai-je dans sa petite oreille, puis je reculai pour observer son visage. La lumière des étoiles et l'absence de sang le rendaient pâle comme de la porcelaine. Ses yeux noirs semblaient répondre à ma question par une question.

« Merde », m'écriai-je en la lâchant. Elle ne porta pas ses petites mains à sa gorge, mais j'entendis son souffle rauque et je vis les marques rouges que mes doigts avaient laissées. Derrière nous, le vent mourut aussi brusquement qu'il s'était levé.

« Merde », répétai-je, et je l'embrassai.

Ses lèvres humides s'entrouvrirent ; de notre contact, et par lui, afflua une impression de capitulation mutuelle. C'était grisant, comme lorsqu'on se lance dans l'espace avant l'intervention subtile de la gravité. Ses doigts finirent par s'avancer, hésitant et palpitant doucement, vers ma nuque. Son corps se pressa contre le mien, je sentis ses cuisses et le doux renflement de son ventre au travers des fines couches de soie qui nous séparaient.

Notre baiser prit fin juste au moment où un vertige s'emparait de moi. Elle rejeta la tête en arrière, comme pour reprendre son souffle ou l'équilibre. Je ne lui en donnai pas le temps. Je la soulevai dans mes bras pour la transporter du balcon dans la chambre, tirant involontairement sur sa robe qui descendit si bas que j'aperçus le mamelon pâle de son sein gauche au-dessus de la bordure en dentelle.

Les obus asphyxiants font un bruit différent des explosifs à grande puissance, une sorte de toux redoublée, un peu comme un vendeur grossier qui se racle la gorge pour attirer votre attention.

« Les gaz ! » crie le sergent et nous fouillons désespérément dans nos havresacs en toile à la recherche des masques. Je mets le mien avec difficulté car les courroies sont malcommodes. Ce truc imparfait, mal conçu, est un assemblage à la six-quatre-deux de toile d'uniforme, de lunettes en épais mica, et d'un tube nasal contenant de l'hyposulfite de soude. Il ne s'adapte pas hermétiquement et je tire frénétiquement sur les sangles pour éliminer les interstices. Un jour, on inventera un vrai masque à gaz, mais en attendant, ma vie dépend de cette chose absurde.

Le sergent et moi regardons alentour, nous efforçant de voir de quelle sorte de gaz il s'agit. Les Allemands ont récemment utilisé de copieuses quantités de gaz lacrymogène, mais on peut repérer leurs nuages blancs avant qu'ils se dispersent. Depuis un an à peu près, ils se sont surtout servis de gaz mortels au chlore et au phosgène. À l'hôpital, j'ai vu les résultats des expériences que les ennemis ont menées sur le champ de bataille avec un mélange d'éthylène dans une solution de chlorure de sodium – l'ypérite, surnommée gaz moutarde. Dans les dernières semaines, ils ont chargé différents gaz dans des obus et non dans des boîtes à mitraille.

L'effet de cette attaque, au moins sur la demi-douzaine de survivants qu'il y avait encore dans les tranchées de première ligne, peut être qualifié de comique. Le sergent et moi regardons autour de nous comme des grenouilles effrayées. Les quatre autres gars ont posé leurs fusils et fouillent frénétiquement dans leurs sacs pour sortir leurs masques. Si les Allemands veulent la tranchée, tout ce qu'ils ont à faire c'est d'y pénétrer les mains dans les poches et de s'en emparer.

Je ne perçois rien de visible. C'est du phosgène. Sans aucun doute du phosgène.

Le chlore est déjà suffisamment mauvais – dans l'air, un pourcentage de mille pour un million signifie la mort. Ce gaz détruit les bronches et les alvéoles pulmonaires si bien qu'on ne peut plus absorber l'oxygène ; l'eau que sécrètent les poumons vous étouffe. Notre brigade a enterré quelques victimes du chlore et la peau de ces hommes étaient toujours d'un bleu brillant ; leurs bras raidis, écartés de terreur, et leurs yeux fixes nous racontaient tout.

Le phosgène est pire encore. Vingt fois plus toxique que le chlore, invisible et bien plus difficile à détecter. On peut sentir le chlore longtemps avant que la dose soit fatale, mais le phosgène, même en quantité mortelle, n'a qu'une légère odeur de foin moisi. Pourtant, il accomplit son œuvre. Quand j'étais à l'hôpital, un pauvre garçon qui n'avait respiré qu'une bouffée de phosgène a vomi, *environ toutes les heures*, deux litres d'un épais liquide jaune produit par ses poumons, et cela pendant deux jours, jusqu'à ce qu'il périsse enfin étouffé par ses propres sécrétions.

Je ne sais pas grand-chose de ce nouveau gaz moutarde, mais le capitaine Brown disait qu'il aveugle, brûle la peau et les muqueuses, s'attaque aux organes génitaux et se creuse un chemin jusqu'aux os. Il disait que nos savants qui l'on conçu étaient ravis que les symptômes n'apparaissent que plusieurs heures après l'exposition. Les soldats ne savent pas s'ils sont condamnés ou non. Je me souviens du rapport d'autopsie que j'ai essayé de versifier. Évidemment, les Allemands l'ont mis au point avant nous. Les Fridolins ont toujours été forts en chimie.

Le sergent crie quelque chose, mais même en me penchant pour que mon masque touche le sien, je n'arrive pas à le comprendre. Mais je regarde ce qu'il désigne du doigt.

L'un de nos gars n'arrive pas à trouver son masque. Son visage exposé devient lui-même un masque tordu. J'entends clairement ce qu'il hurle.

« Je le sens ! Je reconnais sa putain d'odeur ! » Il jette son paquetage par terre, abandonne son fusil et commence à gravir le parapet pour fuir dans le no man's land.

Je l'exhorte à pisser sur sa chaussette. Le sergent essaie de l'empoigner. Un autre soldat tente de saisir les bandes molletières de son ami tout en resserrant les lanières de son propre masque. D'autres obus toussent autour de nous. On dirait que nous jouons une farce.

Le soldat en fuite ne fait pas plus de dix mètres avant qu'une mitrailleuse allemande l'abatte comme une quille de bowling. Il avait oublié qu'il y a, ici, des manières plus simples de mourir.

Les quatre hommes qui restent dans la tranchée lèvent leurs armes et se préparent à repousser la contre-attaque. Je ramasse le fusil du soldat mort, fais jouer la culasse pour voir s'il y a bien une cartouche dans la chambre et rejoins les autres gars sur la banquette de tir que nous avons érigée à l'arrière de la tranchée, avec des sacs à terre. Je sue tellement sous le grossier tissu du masque que les lunettes d'épais mica, guère utilisables dans le meilleur des cas, sont tout embuées de l'intérieur. Une attache du masque m'empêche de respirer par le nez et c'est seulement en aspirant le peu d'air qui traverse la toile et le filtre que j'obtiens assez d'oxygène pour survivre. Je m'imagine que je sens une odeur de foin moisi. Je suis pratiquement aveugle.

« Ça y est ! crie le sergent d'une voix étouffée. Les voilà ! »

Quelque chose bouge, j'aperçois de vagues silhouettes au travers des lunettes opaques. Des baïonnettes, peut-être. Des baïonnettes allemandes. Des grenades à main tombent en sifflant dans notre tranchée, mais nous sommes trop occupés pour faire quelque chose. Je halète et tire plusieurs coups sur les ombres qui nous attaquent.

La grande séduction de la passion, et son terrible danger, c'est qu'il s'agit d'une chose extérieure à nous, un vent fort venu de nulle part devant lequel la forêt des pensées et du comportement de chaque jour ne peut pas tenir.

Elle était belle, ma Dame. Je la portai dans mes bras du balcon à la chambre au plancher éclairé par le feu, et je sentis plutôt que je ne vis le doux tapis persan sous mes pieds nus juste avant d'écarter les rideaux du lit et de déposer doucement cette femme, qui était *mienne*, sur le haut matelas. Ses cheveux ruisselèrent sur mon avant-bras où ils demeurèrent car je ne relâchai pas mon étreinte. Les cercles rose pâle de ses mamelons se dessinaient sous la fine étoffe.

Le temps de la subtilité était passé. Je me libérai de ma robe de chambre en soie, j'empoignai son fin vêtement par le col orné de dentelles et le déchirai jusqu'en bas. Elle leva les bras sur l'oreiller et les reflets du feu peignirent de tons chauds le dessous de ses seins. Ses jambes étaient longues et lisses, son ventre légèrement renflé, le triangle sombre pointait son apex à la jonction des cuisses ombreuses.

Elle m'ouvrit les bras lorsque je m'étendis contre elle. Elle dut sentir mon sexe érigé contre sa cuisse car un doux frisson la parcourut et elle ferma les yeux. Pour la tranquilliser, je plongeai les doigts dans sa chevelure, baisai ses paupières et me posai sur elle aussi légèrement qu'une couverture. Quand nous nous embrassâmes, elle écarta les jambes et ses ongles descendirent le long de mon dos. Sa chaleur moite céda à la pression de mon gland et je m'arrêtai une seconde pour savourer ce bref instant où nous étions tous deux sur le point de ne plus faire qu'un.

Notre baiser se prolongea presque jusqu'à l'évanouissement, elle m'offrit sa bouche, nos langues s'affrontèrent avec violence, et je pénétrai au tréfonds de ma Dame.

Le sergent meurt juste avant l'arrivée de la nuit.

Nous avons repoussé deux attaques, combattant avec nos masques rudimentaires dans les tourbillons invisibles du phosgène et – avant le second assaut – les nuages vaporeux du gaz lacrymogène. À travers l'épais mica de mes lunettes, les Allemands ne sont que des formes vagues dans le brouillard. Nous tirons sur eux, et certains tombent. Je jette un coup d'œil au cadavre qui se tord au tournant de notre tranchée et m'aperçois que les masques allemands ne sont pas plus raffinés que les nôtres. Cet homme a reçu une balle dans l'œil, le sang coule du groin conique de son masque. C'est comme si j'avais tué un démon.

Nous étions cinq en comptant le soldat blessé, le sergent et moi-même. Mais, après la première attaque et l'explosion de plusieurs grenades à main, il ne reste plus que le sergent et moi-même. Nous recueillons les munitions de nos camarades morts, tapotant leurs poches à la recherche de grenades ou de cartouches. Rapprochant nos masques afin de nous entendre, le sergent et moi décidons que nous ne pourrons pas tenir toute cette partie de la tranchée, n'étant que deux pour en garder les approches. Nous nous retirons à droite, là où elle revient en zigzaguant vers les lignes allemandes. Des corps vêtus de gris s'empilent dans la boue au long de ce nouveau secteur. Les rats sont déjà occupés à se nourrir.

Le sergent pose son fusil sur une niche creusée dans la paroi afin de couvrir cet abord pendant que j'entasse d'autres sacs à terre afin de créer un grossier épaulement. Toute personne tournant le coin devra parcourir la tranchée abandonnée sous nos yeux.

Le gaz lacrymogène et la fumée ondulent autour de nous. Mes yeux ruissellent de larmes, j'ai du mal à respirer, mais c'est comme cela depuis une demi-heure, aussi je ne sais pas s'il y a une fuite dans mon masque. Je regarde dans le viseur de mon Lee Enfield, attendant que le premier ennemi franchisse le tournant. Le dos tourné vers moi, le sergent surveille sa partie de tranchée.

Ils passent à l'assaut, sautant du parados en poussant des cris gutturaux. De l'endroit où je suis, je remarque calmement que leurs bottes montent bien plus haut que celles distribuées à nos gars.

J'en abats deux. Un autre jette une grenade et s'enfuit. Le sergent lui renvoie d'un coup de pied la bombe sifflante et je l'atteins dans le dos. Il continue à s'éloigner en rampant. Je tire de nouveau sur lui et n'éprouve aucun sentiment.

Deux autres hommes sautent dans notre tranchée, presque au-dessus de nous. Je tire sur l'un d'eux, en pleine figure et mon fusil s'enraie ; la culasse n'éjectera pas la cartouche. L'Allemand survivant crie quelque chose dans son masque à gaz et m'attaque à la baïonnette. N'ayant pas le temps de tirer, le sergent met son fusil en biais et s'interpose entre l'ennemi et moi.

L'Allemand se fend, le sergent détourne maladroitement la pointe et recule. Les deux hommes ont fait mouche. La baïonnette de l'ennemi a pénétré dans la gorge du sergent, juste en dessous du masque. Celle de mon sous-off s'est enfoncée de dix centimètres dans l'abdomen de l'Allemand. Les deux hommes tombent à genoux encore attachés l'un à l'autre. Chacun d'eux arrache la baïonnette du corps de l'autre exactement avec le même geste, au même moment, comme en un mouvement de ballet. Tandis que je les regarde, pantelant, sur le point de m'évanouir par manque d'oxygène, les deux silhouettes à genoux tentent de se transpercer encore une fois. Ni l'un ni l'autre n'ont la force d'enfoncer leurs baïonnettes. Ils les lâchent et s'effondrent à la même seconde.

Sans m'occuper des autres Allemands qui continuent à franchir le parapet, je laisse tomber mon fusil et fais rouler le sergent sur le côté pour lui arracher son masque. Sa bouche béante est pleine de sang, aussi ronde qu'un trou d'obus. Ses yeux sont grands ouverts. Je ne sais même pas son nom.

L'Allemand, toujours vivant, se tord de douleur. Je l'appuie contre la paroi de la tranchée, je lui ôte son masque et j'examine son visage.

C'est un homme comme un autre : une barbe noire de plusieurs jours, des yeux marron, des cheveux emmêlés par la sueur, et une coupure de rasoir sur la gorge. Il réclame de l'eau d'une voix entrecoupée – je connais au moins ce mot-là en allemand – et je porte mon bidon à ses lèvres. Il avale, fait mine de parler, se convulse soudain et meurt sans avoir proféré un autre mot.

Laissant mon fusil dans la boue, je prends celui du sergent, j'essuie le mieux possible le sang sur la crosse, vérifie qu'il est bien chargé et me couche contre les sacs à terre renversés. Des coups de sifflet me parviennent des tranchées allemandes et je suppose qu'ils donnent le signal d'une autre attaque.

Les obus commencent à tomber avec une précision mortelle et démolissent les parois de la tranchée, envoyant dans les airs des morceaux de cadavres et remplissant tout mon retranchement de shrapnels hurlant. Je connais le bruit de ces canons. Ce sont des pièces britanniques. Il n'y aura pas de relève. Le quartier général a décidé qu'aucun soldat britannique n'était allé jusque-là. Le tir de barrage a repris.

Notre mouvement est fluide, huilé de passion et de sueur. La chaleur de ma Dame m'environne et me consume.

La mort ne m'a pas revendiqué quand je l'ai touchée pour la première fois. Voilà ce que je suis capable de penser tandis que mes sensations déferlent. *Ni quand je l'ai embrassée. Ni quand je l'ai pénétrée.*

Nous nous retournons sur les draps et les couvertures, veillant à ne pas perdre le contact le plus intime avec l'autre, ses jambes m'enlacent, ses cuisses me retiennent. Quand elle est sur moi, ses seins pendent comme des fruits que je dois cueillir, ses mamelons ressemblent à des graines qui durcissent entre mes doigts. Sa chevelure est un rideau autour de nous.

Cela va se produire quand j'atteindrai l'ultime extase. La « petite mort » ne sera pas si petite, cette fois. Je m'en moque. Je roule avec elle, nous dégringolons du lit, et je la chevauche sur le tapis persan, dans l'enchevêtrement des draps, la lumière du foyer me révèle son visage empreint de la même passion que celle qui me possède.

Maintenant nous bougeons de plus en plus rapidement, je suis vide de pensée, incapable d'arrêter, sans retour possible, seule compte la consommation du désir qui accroît notre rythme jusqu'à ce crescendo glissant.

Mercredi, 23 août, dans le courant de l'après-midi

Il y a dix minutes, ils ont enfoncé l'aiguille dans mon dos et tiré un demi-litre de liquide de mes poumons. C'est peut-être la pneumonie fatale causée par les gaz que j'ai respirés, ou simplement une rechute de celle dont j'ai souffert précédemment ; ils n'en savent rien.

Au moins, le liquide n'augmente pas. Si je m'étouffe, je le fais lentement.

La blessure de ma cuisse droite m'inquiète bien plus. Ils ont taillé dans la chair, tout autour, mais l'odeur de la gangrène remplit la salle et je renifle constamment mes pansements pour voir si je contribue à cette puanteur.

« C'est votre faute, dit le cassant Dr. Babington pendant sa visite, après que l'aiguille eut extrait le liquide, quelle idée d'aller combattre dans des champs aussi fertiles ! »

Je n'ai pas parlé depuis mon arrivée ici, mais le médecin prend mon silence pour un point d'interrogation. « Les champs français, poursuivit-il, sont les mieux fertilisés du monde, vous savez. Oui, des tonnes et des tonnes de fumier. Et de déjections humaines, vous savez. Vos uniformes en sont saturés. Alors un morceau de métal comme celui-là emporte avec lui, en traversant la chair, tout ce tissu imprégné de *merde**. La blessure n'est rien… rien. » Il claque des doigts. « Mais sa septicité… euh, eh bien… on saura ça dans quelques jours. » Et il continue sa tournée dans la salle.

Il n'y a pas de fenêtres dans cet hôpital de campagne sous tente, mais j'ai demandé à l'une des infirmières surmenées et elle a dit, oui, la Madone et l'Enfant se

* En français dans le texte. *(N.d.T.)*

penchent toujours sur les rues d'Albert, dans la vallée, en dessous de nous. Le petit poste de soins où j'étais la dernière fois a disparu, détruit par le bombardement. Je me fais du souci pour la gentille religieuse qui m'avait soigné.

Jeudi, 24 août, 9 heures du matin

Je me suis réveillé tôt ce matin, mais au lieu de nous distribuer la bouillie de gruau qui nous sert de petit déjeuner, on m'a douloureusement installé dans une espèce de charrette à bras et poussé jusque dans la cour, entre les tentes. Il pleut, mais on nous a laissés là – moi et deux autres officiers que je reconnais ; ils appartenaient au 1er bataillon de la Rifle Brigade. Ces deux hommes ont été plus grièvement blessés que moi. L'un avait le visage enveloppé de gaze, mais j'ai vu que la plus grande partie de sa mâchoire inférieure manquait. L'autre ne montrait aucune blessure visible, mais il était incapable de se redresser dans le fauteuil roulant en osier. Sa tête ballottait comme si elle n'était pas rattachée à son cou pâle.

Nous étions seuls sous la pluie depuis dix ou quinze minutes quand un colonel et plusieurs aides de camp sont sortis de la tente qui servait de mess. C'était le colonel qui avait sermonné à la brigade, lors de la visite du général Shute.

Oh non, pensai-je. *Je n'ai pas envie d'une médaille. Je demande seulement qu'on ne me laisse pas comme ça sous la pluie, par pitié.*

Le colonel parla pendant une minute environ. Il ne s'agissait pas de médailles.

« Je suppose que je ne vous apprendrai rien, commença-t-il avec ce débit traînant semblable à celui du général Shute, en vous disant que vous m'avez sacrément déçu. Oui, sacrément déçu. » Il se fouette la cuisse avec sa cravache. « Il est important que vous… euh… compreniez… que vous ne nous avez pas fait honneur. Pas fait honneur du tout. »

Il virevolte comme s'il allait partir, puis se retourne, surprenant ses aides qui nous avaient également tourné le dos, comme écœurés de la vision que nous offrions dans nos charrettes et nos chaises roulantes.

« Autre chose encore, dit le colonel. Il faut que vous sachiez que votre bataillon est le seul de la Brigade qui ait échoué… le seul ! Et je ne veux pas entendre quelqu'un se plaindre que la 33e division ne soit pas intervenue sur votre flanc droit… vous m'entendez ? Je ne veux pas que cette excuse circule dans le coin. L'échec de la 33e est la honte de la 33e. L'échec du 1er bataillon est notre honte. Et c'est vous les responsables. Et je suis… euh… je suis sacrément déçu. »

Lui et le poisson pilote qui frétillait dans son sillage disparurent dans la tente du mess. Je humais une odeur de gâteaux, de pâtisseries, provenant des fours de la boulangerie. Nous restâmes tous trois assis ou couchés sous la pluie encore pendant une dizaine de minutes, sans parler, jusqu'à ce que quelqu'un se souvienne de nous et nous ramène à l'infirmerie.

Après, elle s'allonge dans le havre protecteur de mon bras pendant que nous regardons le feu se transformer en braises.

« Aimerais-tu entendre un passage du journal intime de Sa Plume ? » chuchote-t-elle.

Je m'arrache à mon agréable rêverie. « Quoi ? De qui ?

— Du général sir Douglas Haig, dit-elle en souriant. Tu n'es pas le seul à tenir un journal. »

Je joue avec une mèche de ses cheveux. « Comment sais-tu ce que le général a écrit dans son journal ? »

Elle ignore ma question, ferme les yeux et récite comme une leçon mémorisée : « Samedi, 19 août – L'opération d'hier a en gros réussi. Elle portait sur un front de près de vingt kilomètres. Nous tenons maintenant la crête sud-est qui domine Thiepval. On a fait près de cinq cents prisonniers alors que le bataillon qui est monté à l'assaut n'a perdu que quarante hommes ! Pendant leur avance, nos soldats sont restés au voisinage du tir de barrage de l'artillerie. »

Je la regarde dans la lumière mourante. « Pourquoi me dis-tu cela ? »

Elle bouge un peu, et ses épaules nues deviennent un croissant faiblement éclairé sous son visage plongé dans l'ombre. « J'ai pensé que tu aimerais savoir que tu as participé à une victoire.

— Mon bataillon a été anéanti. » Je chuchote et cela me paraît étrange d'apporter la Guerre dans notre lit. « Plus de quarante hommes sont morts rien qu'à la compagnie C. »

Elle hoche légèrement la tête contre l'oreiller. Je ne peux pas voir ses yeux à cause des ombres. « Mais le bataillon de tête n'en a perdu que quarante. Et gagné plusieurs centaines de mètres de boue. Le général sir Douglas Haig est satisfait.

— Que le général sir Douglas Haig aille se faire foutre », dis-je.

Je m'attends à ce que ma Dame se montre choquée, mais elle pose d'un air taquin la main sur ma poitrine nue et se contente de rire doucement.

Samedi, 26 août, 7 heures du soir

Il commence à faire nuit plus tôt. Il y a exactement une semaine que je me suis réveillé au poste d'évacuation des blessés.

Je ne me souviens pas avoir quitté la tranchée ou retraversé le no man's land. Je ne me souviens pas qu'on m'ait aidé à trouver le poste de secours. Je ne me souviens pas d'avoir ôté mon masque et suffoqué à cause des restes de gaz, ni d'avoir reçu la blessure qui suppure, transformant ma jambe en une masse lancinante de douleur.

Mais je me souviens de m'être réveillé. Après la première offensive, quand j'ai cru me retrouver à l'ambulance de ma division, j'étais parmi les morts. Après cette attaque-ci, alors que j'étais certain de reposer inconscient parmi les morts, je me réveillai à la lueur des torches à acétylène et vis un chirurgien penché sur moi. Si c'est Dieu ou le Diable, pensai-je, alors Dieu ou le Diable s'habille d'une blouse blanche copieusement éclaboussée de sang fournie par l'armée. Ses archanges semblaient être une religieuse en uniforme d'infirmière, un garçon de salle avec un pince-nez, et un anesthésiste fatigué dont la blouse était aussi ensanglantée que celle du chirurgien.

Je me souviens de très peu de choses, sauf d'être arrivé ici le 21, pas même conscient de l'heure lorsque je gribouillais dans mon journal en essayant de trouver un sens à toutes ces images fragmentées.

Que le général sir Douglas Haig, et le colonel, et Shute, et tous ceux qui auraient l'intention de me tuer aillent se faire foutre. Je les mets au défi de le faire. Les dieux aussi. Et Dieu lui-même.

Dimanche, 27 août, 5 heures du matin

À 3 h 22 du matin, me suis réveillé en toussant, ai vomi un liquide jaune et commencé à étouffer. Ai dû crier pour appeler une infirmière qui est arrivée sans se presser, visiblement irritée d'être réveillée.

Ne pouvais plus respirer. Pensais : *Bon, alors... voilà à quoi ça ressemble. Cela valait le coup*. Elle *valait vraiment le coup*. Puis toutes les pensées rationnelles ont fui tandis que je suffoquais et battais l'air des bras comme un homme qui se noie, ce que j'étais. Chaque fois que j'inhalais, je vomissais de la bile jaune. Ma gorge en était pleine, mon nez aussi. Des points noirs dansaient devant mes yeux, mais l'oubli bienheureux ne daignait pas m'engloutir tandis que je me débattais et vomissais et martelais le matelas taché comme si c'était l'océan.

Je me souviens que ma dernière pensée cohérente fut : *Mourir n'est pas aussi facile qu'on le prétend... Tolstoï ; c'est* comme ça *que meurent les paysans !* puis un garçon de salle enquiquiné est entré sans se presser avec une aiguille grande comme une pompe à bicyclette, ils l'ont enfoncée dans mon omoplate jusqu'au poumon droit, et quelques minutes plus tard, ils ont extrait assez de liquide épais pour que je puisse respirer… tant bien que mal. Malgré tout, mon terrible bruit de succion, plein de mucosités, a empêché beaucoup d'autres gars de dormir. Ils n'ont rien dit.

Le même jour, 11 h 15 du matin

Un prêtre est passé donner la communion aux catholiques. J'ai été témoin de sa bonté pendant presque une heure ; l'état critique des blessés les plus grièvement atteints l'a vraiment ému. Quand il est passé devant mon lit, il a jeté un coup d'œil au tableau et vu « AUCUNE » tapé au-dessus de la ligne qui dit « RELIGION », néanmoins, il s'est arrêté et m'a demandé s'il pouvait faire quelque chose pour moi. Encore incapable de parler, je me suis contenté de faire non de la tête en essayant de cacher mes larmes.

Une heure plus tard, le médecin de garde s'est assis d'un air las au bord de mon lit. « Écoutez, mon lieutenant, dit-il d'une voix plus fatiguée que sévère, il semble que la gangrène aille un peu mieux. Et les garçons de salle m'assurent que votre problème pulmonaire est mineur. » Il nettoya ses lunettes puis se pencha vers moi. « Si vous imaginez que ces… petits accidents vont… vous assurer une confortable convalescence en Angleterre, eh bien… la guerre continue, mon lieutenant. Et je m'attends à ce que vous y retourniez dès que nous pourrons vous sortir d'ici afin de libérer ce lit pour un homme vraiment blessé. Vous me comprenez ? »

Je commençai à hocher la tête, puis je parlai pour la première fois depuis une semaine que j'étais ici. « Oui, monsieur, dis-je au travers du mucus et du liquide qui encombraient ma poitrine. J'espère retourner au front. Je *désire* retourner au front. »

Il nettoya ses verres et me regarda d'un air furieux, comme si je me moquais de lui, mais pour finir, il se contenta de secouer la tête et s'en alla.

Je ne me moquais pas de lui. Je disais la vérité. Mais je ne pouvais pas lui répéter ce que la Dame m'avait confié ce matin.

C'est une belle matinée d'automne, et nous prenons un petit déjeuner léger, des croissants et du thé, sur la terrasse. Elle porte une jupe noire et un corsage bleu clair froncé aux poignets et à la taille, fermé au cou par une broche d'émeraude. Sa chevelure brune est relevée en chignon. Ses yeux sourient lorsqu'elle me sert.

« Nous ne nous reverrons pas pendant quelque temps », dit-elle en reposant la théière en argent.

Elle ajoute un seul morceau de sucre, comme j'aime.

Je reste plongé dans un silence abasourdi pendant une minute seulement. « Mais je voulais… je veux dire, il faut que nous… » Je m'interromps, désolé de mon incohérence. Je voudrais lui dire que je suis un poète qui maîtrisait la langue.

Elle pose sa main sur la mienne. « Nous nous reverrons. Ce sera bref pour moi. Un peu plus long pour toi. »

Je fronce les sourcils car je ne comprends pas. « Je n'y comprends rien, dis-je franchement. J'avais cru que notre amour serait… devait… »

Elle sourit. Sa main n'abandonne pas la mienne. « Tu te souviens de la photographie du tableau, dans le salon de ta mère ? »

Je hoche la tête en rougissant. Discuter de cela est plus intime encore que la totale intimité de notre nuit. « De G.E. Watts, dis-je. *L'Amour et la Mort*.

La personnification féminine de la Mort… » Je m'arrête, incapable de dire « vous ». « … la silhouette revêtue d'une robe, penchée sur l'enfant… Éros, je suppose. L'Amour. »

Ses ongles dessinent de petits motifs sur le dos de ma main. « Tu pensais qu'il avait une signification secrète, dit-elle très tranquillement.

— Oui. »

Je ne trouve rien d'intelligent à dire. La signification secrète m'a échappé. Elle m'échappe maintenant.

Elle sourit de nouveau, mais toujours sans raillerie. Je me souviens de son visage éclairé par le feu. « Peut-être qu'au lieu de la Thanatos femelle menaçant Éros, est-ce ta… métaphore féminine de l'Amour… » Elle sourit plus largement maintenant. « … qui empêche le capricieux et farceur jeune Mort de jouer des tours aux hommes. »

Je cligne des yeux, hébété.

Ma Dame rit doucement et se verse du thé, lève la tasse et la soucoupe. L'absence de sa main sur la mienne est comme un présage des hivers à venir.

« Mais l'amour… de qui ? dis-je enfin. De quoi ? Quelle grande passion pourrait accaparer la mort ? » Ses sourcils gracieux se lèvent. « Tu l'ignores ? Toi, un poète ? »

Je l'ignore. Et je l'avoue.

Elle se penche et j'entends le bruissement de son corsage en coton amidonné, et de la soie, en dessous. Nos visages sont si proches que je sens la chaleur qui émane de sa peau. « Alors il te faut encore du temps pour apprendre », chuchote-t-elle, d'une voix aussi lourde d'émotion que lorsqu'elle criait, la nuit dernière.

Je pose ma main qui tremble sur la petite table en fer. « Et de combien de temps disposons-nous... maintenant... tous les deux... avant de nous séparer ? » demandai-je.

Elle ne rit pas de mes redondances. Ses yeux sont chaleureux. « Assez pour boire notre thé », dit-elle en portant la tasse à ses lèvres.

Jeudi, 31 août, 1 heure de l'après-midi

Renvoyé aujourd'hui de l'hôpital de l'arrière, situé aux environs d'Albert. Peux à peine marcher, mais pris en stop par une ambulance vide qui retourne dans la vallée de Carnoy où le général Shute a envoyé la brigade en permission avant une autre offensive.

L'un des chirurgiens, contredisant le rapport laconique du Dr. Babington selon lequel ma blessure et ma pneumonie étaient suffisamment guéries pour que je retourne au front, recommandait vivement mon retour en Angleterre pour au moins un mois de convalescence. Je le remerciai, mais dis que la proposition du Dr. Babington me convenait.

Je ne connais que quelques types ici, au camp de la vallée. Je suis tombé par hasard sur le sergent McKay, celui qui m'avait si gentiment aidé à ressortir de la tranchée où j'étais retombé à cause de ce pauvre capitaine Brown, et nous étions si contents de nous retrouver vivants que nous avons été sur le point de nous embrasser. La plupart des autres visages des compagnies C et D, des nouveaux, me sont étrangers.

Le sergent McKay me demanda si j'avais entendu parler de l'orage de la nuit dernière. J'avouai que j'avais dormi comme une souche.

« C'était quelque chose, mon lieutenant, dit-il, un sourire épanoui sur son visage rubicond. Trempés comme une soupe, qu'on était. Des éclairs pires que le tir de barrage de la veille. Au plus fort de l'orage, ils ont frappé deux de nos ballons d'observation et les ont fait sauter, mon lieutenant. Quel spectacle ! Faites excuse, mon lieutenant, mais je vois pas comment vous avez pu dormir. Avec tout le respect que je vous dois, mon lieutenant. »

Je lui fis un grand sourire. « Je sais, sergent. » J'hésitai une seconde. « C'était sûrement un fameux orage, mais il se trouve que… euh… eh bien, c'était ma dernière nuit à Albert et je… eh bien, je n'étais pas seul, sergent. »

Le sourire du sous-off s'élargit, il me fit un clin d'œil digne d'un cabotin, et salua. « Bon, mon lieutenant. Je suis bien content que vous soyez revenu, mon lieutenant. Et je vous souhaite une bonne santé pendant votre séjour ici, mon lieutenant. »

Maintenant, je suis installé sur ma couchette et j'essaie de me reposer. J'ai mal dans la poitrine, des élancements dans la jambe, mais je fais tout pour ignorer ces douleurs qui pourraient me distraire. Le bruit court que dans quarante-huit heures, on va tous monter à l'assaut pour s'emparer du bois de Delville et que le général Shute veut que ses gars – c'est-à-dire nous – soient en première ligne.

Mais quarante-huit heures, cela me suffit. J'ai des livres – *Le Retour au pays natal* est là, dans mon petit placard, ainsi que le nouvel Eliot que je n'ai pas encore terminé – et après avoir lu un peu, je pourrai faire une petite promenade autour du camp. L'orage semble terminé. L'air est pur. C'est une belle matinée.

Postface de l'éditeur

Ici prend fin le journal de guerre récemment découvert du lieutenant James Edwin Rooke.

On monta à l'assaut, dans le bois de Delville, le 2 septembre 1916, bien que le bataillon de Rooke n'essuyât pas le plus fort de l'attaque. C'est la 5e division du régiment du Gloucestershire – surnommé « Bristol City Battalion *» – qui eut l'honneur de charger la première. Ce bataillon fut pratiquement anéanti en trente heures de lutte acharnée.*

Rooke participa à l'offensive plus large du 15 septembre. C'est au cours de cette bataille que les chars intervinrent pour la première fois, mais ils étaient trop peu nombreux et mal utilisés. Rooke ne fut pas blessé durant cette ultime attaque du bois de Delville, bien que quarante pour cent des hommes de sa section fussent, après l'action, portés manquants, blessés ou tués.

Le poète ne vit pas la capture de Thiepval, le 27 septembre. Son transfert, qu'il avait oublié, lui parvint peu après l'offensive du 15 septembre et Rooke revint à son ancienne unité, la 13e section de la Rifle Brigade. Deux lettres seulement subsistent de cette période tranquille dans des tranchées « peinardes », près de Calonne, mais dans ces deux missives adressées à sa sœur, Rooke semble avoir été à la fois contemplatif et tranquillement joyeux. Il n'écrivait plus de poésie.

La 13e Rifle Brigade revint dans la Somme le 11 novembre 1916 où, avec l'arrivée de l'hiver, les conditions de vie dans les tranchées furent particulièrement atroces. James Edwin Rooke participa à une terrible bataille lors de l'assaut mené contre Serre, du 13 au 15 novembre. L'objectif ne fut pas atteint. Rooke était à l'hôpital de campagne proche de Pozières, avec une troisième et plus sérieuse pneumonie, lorsque la nouvelle courut que la bataille de la Somme avait pris « fin » le 19 novembre 1916.

En réalité, il n'y eut pas de fin officielle de la bataille. Elle s'épuisa simplement dans la boue, la neige et les basses températures de cet hiver particulièrement précoce et rude.

Un million deux cent mille hommes périrent durant les cinq mois de la bataille de la Somme, en 1916. Aucune percée importante ne fut réalisée.

James Edwin Rooke rejoignit son unité et resta sur le front – où les pertes britanniques s'élevaient à trente mille hommes par mois – jusqu'à ce qu'il soit blessé de nouveau à la troisième bataille d'Ypres, ou Passchendaele, en août 1917. Rooke fut atteint par les balles de deux mitrailleuses pendant qu'il menait l'attaque contre une casemate allemande curieusement appelée la ferme de Springfield.

Plus tard, les survivants de Passchendaele parlèrent surtout de la boue. Le général sir Douglas Haig écrivit :

« ... le sol glaiseux de la plaine, déchiré par les obus et trempé par la pluie, se transforma en une succession de vastes mares boueuses, les ruisseaux engorgés débordèrent et leurs vallons devinrent rapidement des

marécages infranchissables sauf par de rares chemins bien tracés qui constituaient des cibles pour l'artillerie ennemie. Quitter ces sentiers, c'était risquer de périr noyé. »

Dans l'une des quelques lettres adressées à sa sœur, où il parlait un peu de la guerre, le lieutenant James Edwin Rooke – alors en convalescence dans le Sussex – raconte comment un ami à lui, un certain sergent McKay, se noya dans la boue d'un trou d'obus alors que lui-même, blessé, ne pouvait rien faire pour le secourir.

On a largement écrit sur la vie de James Edwin Rooke après la guerre. Et beaucoup se sont lamentés de sa décision de ne plus écrire de poésie, ou plutôt de ne plus en publier. Sa famille et ses amis furent très choqués lorsque Rooke décida, en 1919, d'entrer dans l'Église catholique romaine. Quand il accéda à la prêtrise en 1921, ils le renièrent tous. Seule sa jeune sœur, Eleanor, continua à correspondre avec lui pendant l'année qui suivit.

Au moment où les Poèmes de tranchées *accédaient à la célébrité, l'auteur se retira de la scène littéraire. Peu de poètes des années trente et quarante qui prirent ses vers pour modèle surent qu'il vivait toujours, hors du monde, dans différents monastères français. La production littéraire de Rooke pendant ces années-là, même si elle intéressa vivement les érudits, se réduit presque entièrement à une correspondance avec sa sœur et aux lettres intermittentes (mais pleines de vie) qu'il échangea avec son ami Teilhard de Chardin. Le seul livre qu'il publia, à petit tirage, fut* Les Chants du silence *(John Murray éditeur, Ltd, 1938), aujourd'hui légendaires, poèmes en prose décrivant la vie contemplative qu'il mena à l'abbaye bénédictine de Saint-Wandrille et les longs séjours qu'il fit – parfois de plusieurs années – au monastère cistercien de la Grande Trappe, à l'abbaye de Solesmes et aux monastères rupestres de Cappadoce.*

Les érudits ont montré qu'aux yeux de l'Église le père Rooke ne semblait guère mener une vie monastique. Exprimant toujours un amour de l'existence qui frôlait parfois l'apostasie, il devint aussi célèbre, dans les petits cercles théologiques, pour sa théorie du « mouvement ascendant de la vie » que son ami Teilhard pour ses spéculations sur l'évolution morale et spirituelle. Tous deux poursuivirent leur correspondance pétulante et passionnée jusqu'à la mort de Teilhard, en 1955.

Deux ans après, Eleanor, la sœur de Rooke, lui écrivit pour demander au prêtre vieillissant pourquoi il avait renoncé après la guerre aux agréments de la vie conjugale. Le père Rooke répondit dans une lettre devenue célèbre mais qui, jusqu'à maintenant, était restée en partie obscure. Je présente ici ce texte dans son intégralité.

15 septembre 1957
Abbaye de Saint-Wandrille

Chère Eleanor,

J'ai lu ta lettre cet après-midi, en me promenant sur la route d'Yvetot à Rouen, et elle m'a ravi, comme tes lettres le font toujours, imprégnées qu'elles sont de ta vive intelligence et de ton aimable esprit. Mais cela m'a aussi attristé que tu aies pu hésiter autant à me poser une question…

« J'ai attendu quarante ans, écris-tu, et je sais que j'aurais dû attendre quarante de plus. »
Il n'est pas nécessaire d'attendre quarante ans de plus, ma chérie, ni même un jour de plus. La question est posée, et je ne m'en offusque pas. Ce soir, quand l'abbé a tapé un petit coup avec son maillet, que notre frère a cessé sa lecture pour entonner « *Tu austem Domine miserere nobis* », et que nous nous sommes tous levés pour chanter notre action de grâces, j'ai – comme chaque matin, chaque midi et chaque soir pendant près de quarante années – dit merci, non à un Dieu personnel ou impersonnel, mais à la Vie elle-même pour le don qu'elle m'a fait.
Quant à mon célibat – ou comme tu l'as formulé d'une manière si originale – « mon long refus des réalités physiques de l'existence » – allons, Eleanor, as-tu jamais connu quelqu'un de plus « physique » que ton frère ? Même cet après-midi, tandis que je peinais à désherber le petit carré de pois du potager qui s'étend entre l'abbaye et la forêt, ne peux-tu m'imaginer en train de tirer un plaisir purement physique à la sueur qui me coulait dans les yeux et dégoulinait sous mon froc ?
Mais je sais que tu parles du mariage ou, plus précisément, de l'amour physique.
Tu ne te souviens plus que je t'ai écrit, il y a bien longtemps, que j'étais marié ? Non pas que je *me sentais* marié, ou que *j'agissais comme si j'étais marié*, mais que je l'étais. Je devrais porter une alliance, comme les religieuses qui montrent ainsi qu'elles sont les épouses du Christ.

Seulement je ne suis pas marié au Christ. Je le respecte et, plus le temps passe, plus je m'intéresse à son enseignement – surtout à l'idée que Dieu est vraiment, littéralement, Amour – mais je ne suis pas marié au Galiléen.
Oui, ma chérie, je sais que c'est une hérésie, même pour une chrétienne de l'Église d'Angleterre telle que toi dont la foi est intermittente. Si l'abbé ou le cher frère Théophylaktos ou le grave frère Gabriel m'entendait proférer ces paroles ! Béni soit le ciel pour nos vœux de silence.
Je suis marié, non au Christ, non à une image conventionnelle de Dieu, mais à la Vie elle-même. Je La célèbre chaque jour et attends avec impatience de La voir, bien que mon existence semble sur le point de finir. Je La trouve dans les plus petites choses quotidiennes – la lumière du soleil sur le plâtre grossier de ma cellule, le grain d'un bois rugueux, la saveur des haricots frais que j'ai défendus, armé de ma binette, pendant tant de mois chauds.
Eleanor, ne va pas t'imaginer que dans mon amour de la Vie, j'ai abandonné Dieu. C'est simplement que je sais – que l'on m'a fait comprendre – que l'on rencontre Dieu dans *cette* Vie et que c'est folie d'en attendre une autre.
Bien sûr, tu dois te demander comment j'ai pu vivre en reclus si je crois qu'il faut épouser la Vie. La réponse est difficile à comprendre, même pour moi.
D'abord, je ne considère pas que vivre dans ces abbayes, c'est se retirer de la vie. Comme j'espère

l'avoir montré dans le petit livre tout simple que je t'ai envoyé il y a quinze ou seize ans (mon Dieu, comme le temps passe, n'est-ce pas, ma petite sœur ?) – c'est ainsi que je savoure la vie. Aussi imparfaits que soient ces écrits, j'essaie d'y transmettre l'exquise simplicité de cette existence. Imagine que je sois un gourmet et qu'au lieu de rebuter mon appétit en m'adonnant à la gloutonnerie, je le satisfasse en ne consommant que de petites portions de la cuisine la plus raffinée.

J'aime la Vie d'amour, Eleanor. C'est aussi simple que cela. Si j'avais eu le choix, j'aurais vécu éternellement, en acceptant la douleur et le deuil comme un dû et un enseignement – tout au long du temps – simplement pour apprécier l'âpre assaisonnement de cette tristesse. L'autre solution, c'est l'Enfant Qui Dévore.

Je sais que cela ne paraît pas très logique, ma chérie. Peut-être que le poème que je joins à cette lettre, écrit il y a quelque temps, pourra jeter un peu de lumière sur le sombre nuage de verbiage que j'ai soulevé. Les poètes en viennent rarement au fait.

Je t'en prie, réponds-moi vite. Je souhaite avoir des nouvelles de la santé de ton mari (qui s'améliore, j'espère et vais prier) et apprendre que la chance sourit toujours à Charles et Linda dans la grande cité. [Je ne reconnaîtrais pas Londres si par miracle je m'y trouvais transporté. La dernière fois que je l'ai vu, c'était pendant le Blitz, et bien que le moral de la population fût très bon, la ville elle-même avait connu des jours meilleurs. Dis-moi,

est-ce que les ballons du tir de barrage sont encore là ? Je plaisante, bien sûr – le pub (je m'obstine à l'appeler ainsi) près de la gare, dans le village voisin, s'enorgueillit d'une télévision et j'ai vu un passage d'un film tourné à Londres, le mois dernier, quand je suis allé à Rouen pour assister à une conférence. Il n'y avait plus de ballons de tir de barrage.] Écris-moi, Eleanor, et pardonne à ton frère sa stupidité et son obstination. Un jour, je deviendrai adulte.
Je suis toujours

ton frère qui t'aime
James

(Note de l'éd. : Le poème suivant était joint à ce pli.)

LE GRAND AMANT

Quel amant j'ai été ! Passé mes jours
À chanter fièrement la splendeur de l'Amour,
La souffrance, le calme, et l'émerveillement,
Le désir sans limites, et le repos tranquille,
Et tous les doux noms qu'inventa l'homme,
[*trompant le désespoir*
Aux courants aveugles et chaotiques qui
[*entraînent*
Au hasard nos cœurs, le long de la vie obscure.
À présent, avant qu'un vain silence ne tombe
Furtif sur ces querelles, je voudrais tromper
[*la Mort endormeuse*

Et que ma nuit soit connue pour l'étoile
Qui éclipsa tous les soleils de tous les jours
[des hommes.
Je veux, d'un chant immortel, couronner
Les êtres que j'ai aimés, qui m'ont donné,
[les ayant forcés avec moi,
De grands secrets, qui ont vu à genoux dans
[le noir
L'ineffable dieu des plaisirs.
L'Amour est une flamme : – nous avons éclairé
[la nuit du monde.
Une ville : – nous l'avons bâtie, eux et moi.
Un empereur : – nous avons appris au monde
[à mourir.
Aussi, pour leur cher salut, avant d'aller plus
[loin,
Et pour la noble cause de la grandeur
[de l'Amour,
Et pour la jeunesse de cette foi, je veux écrire
[ces noms,
Ces noms d'or immuable, aigles, flammes
[hurlantes,
Et brandir bien haut, pour édifier les hommes,
Une bannière qui brave les générations, brûle
Et se consume sur l'aile du Temps, éparse,
[étincelante.
Ce que j'ai aimé, le voici :
Les porcelaines blanches, qui rayonnent
Cerclées de bleu ; la poussière impalpable
[et féerique ;
Les toits mouillés sous les réverbères ; la croûte
[dure

Du pain ami ; les mets aux saveurs multiples ;
L'arc-en-ciel ; et l'âcre fumée bleue du bois ;
La pluie brillant en gouttes dans la tiédeur des
[fleurs,
Les fleurs aussi, se courbant au soleil,
Et rêvant des phalènes qui les boivent sous la
[lune ;
Et puis la fraîcheur tendre des draps, où bien
[vite
Les soucis s'en vont ; le baiser rude et mâle
Des couvertures ; bois rugueux ; cheveux
[flottants,
Épars et clairs ; amas bleu des nuages ;
[la beauté aiguë,
Indifférente d'une grande machine ;
La bienfaisance de l'eau chaude ; la douceur
[des fourrures ;
La bonne odeur des vêtements anciens ;
[et encore
L'odeur réconfortante des doigts amis,
Le parfum des cheveux, et les senteurs moisies
[traînant
Parmi les feuilles mortes et les vieilles fougères...
Noms aimés,
Et mille autres qui surgissent ! Flammes
[royales ;
Rire à fossettes de l'eau douce, du robinet
[ou de la source ;
Creux dans le sol et voix qui chantent ;
Voix qui rient aussi ; et la souffrance du corps,
Vite apaisée ; et le profond halètement du train ;
Sables fermes ; la mince frange grise de l'écume

Qui brunit et disparaît lorsque la vague se
[retire ;
Les pierres lavées, gaies pour une heure :
[la froide
Gravité du fer ; l'argile terreuse, moite, noire ;
Le sommeil ; les sommets ; les pas perdus dans
[la rosée,
Les chênes ; et les marrons bruns, luisants et
[neufs,
Les bâtons sans écorce ; l'éclat des flaques
[parmi l'herbe ;
Tout cela, je l'ai aimé. Et tout cela s'en ira,
[à l'heure décisive,
Et ma passion ni mes prières ne pourront faire
Qu'avec moi je le garde, franchies les portes
[de la Mort.
Ces choses déserteront, me fuiront avec un
[regard traître,
Brisant le beau lien qui nous unit, livrant
[à la poussière
Ces serments de l'Amour et son pacte sacré.
Oh, je sais bien qu'un jour je m'éveillerai
Pour donner à nouveau ce qui me restera
d'amour, trouver
D'autres amis, aujourd'hui inconnus...
Pourtant, ce qui m'est le plus cher
Reste ici, et change, et se brise, vieillit et
[s'envole
Aux quatre vents, et quitte les cerveaux
Des hommes, et finit par mourir,
Rien ne demeure.

Ô chers amours, ô mes beaux infidèles, voici
[encore
Un don ultime : un jour, dans bien longtemps,
[des hommes
Vous verront, des amoureux vous loueront :
« Que j'aime tout cela ! » – alors vous pourrez
[dire :
*« Lui nous aima »**[16].

(Note de l'éd. : James Edwin Rooke mourut d'un cancer en juillet 1971. Il avait quatre-vingt-trois ans.)

---

* *Dans la poussière des dieux*, de Rupert Chawner Brooke, Ed. La Différence, coll. « Orphée », 1991, trad. de Patrick Hersant. *(N.d.T.)*

NOTES

LES VRAIS POÈTES :

1. Siegfried Sassoon, « Et le cliquetis des pelles… ».

Né en 1886, Sassoon fit ses études au Marlborough and Clare College, à Cambridge, puis servit dans les Fusiliers gallois et le régiment de cavalerie (volontaire) du Sussex. Officier incroyablement brave, il fut grièvement blessé et reçut la médaille militaire avant même de participer à la bataille de la Somme.

Sassoon fut le premier grand versificateur à critiquer l'aspect archaïque des combats, et ses vers réalistes, cruels, devinrent un archétype pour toute une génération de poètes de guerre. On attribua d'abord sa poésie antimilitariste et ses protestations au traumatisme de sa blessure et il fut envoyé dans une maison de convalescence où il rencontra Wilfred Owen, un autre brillant jeune poète hostile à la guerre. Owen écrivit à Sassoon : « Je vous tiens pour Keats + le Christ + Élie + mon colonel + mon confesseur + Aménophis IV de profil. »

À l'encontre de la plupart de ces jeunes poètes, Sassoon survécut à la guerre et devint rédacteur en chef des pages littéraires du *Daily Herald*. Durant toute sa carrière d'écrivain, il demeura obsédé par ce qu'il avait vécu en tant qu'officier, et son autobiographie imaginaire, *Mémoires d'un officier d'infanterie*, constitue peut-être les souvenirs les plus célèbres de la Première Guerre mondiale. Sassoon mourut en 1967.

2. A.G. West, « Patrouille de nuit ».

3. A.G. West, « Pas de lumière… ».

4. Images empruntées au « Grand Amant » de Rupert Brooke.

Rupert Brooke fut la quintessence du poète de guerre romantique. Né en 1887, il fit ses études au Rugby and King's College, à Cambridge, puis reçut de son admirateur, le Premier Lord de l'Amirauté, Winston Churchill, une commission dans la Royal Naval Division, participa à la bataille d'Anvers, en 1914, écrivit des vers patriotiques sur son empressement (presque de l'avidité) à donner sa vie pour son pays, et mourut d'un empoisonnement pendant qu'on le transportait à Gallipoli, en 1915. Il fut enterré dans l'île grecque de Skyros et sa vie, ses vers, sa mort, son enterrement devinrent instantanément matière à légende.

Sa vision intelligente mais romancée de ces terribles événements diffère totalement des vers amers de ses contemporains qui ont survécu pour voir l'horreur des batailles postérieures et l'immense stupidité de cette longue guerre d'usure.

5. Wilfred Owen, « … les yeux blancs tournoyant dans son visage renversé… ».

Né en 1893, Owen fit ses études à l'Institut de Birkenhead et à l'université de Londres, puis s'engagea dans l'Artist's Rifles en 1915 et combattit en France de janvier 1917 à juin de la même année, où il fut réformé pour blessures. Souffrant d'une dépression nerveuse, Owen fut envoyé dans une maison de repos où il rencontra Siegfried Sassoon qui devint bientôt son mentor. Sassoon présenta Owen aux poètes Robert Graves et Robert Nichols, qui avaient tous deux participé à la bataille de la Somme.

Bien que la manière désastreuse dont la guerre était menée l'ait rendu amer et converti au pacifisme, Owen revint au front, commanda une compagnie, et s'efforça de garder ses hommes vivants. « Mes sens sont réduits en cendres, écrit-il peu avant sa mort. Je n'ôte pas la cigarette de ma bouche quand j'écris Décédé sur leurs lettres. »

Wilfred Owen reçut la croix de guerre pour acte exceptionnel de bravoure en octobre 1918 et fut tué par les balles d'une mitrailleuse sur les bords du canal de la Sambre, le 4 novembre 1918. Il est généralement considéré comme le plus grand poète de guerre.

6. Tiré de *l'Official Medical History of the War* (HMSO).

7. Chant de marche de la 13e division de la Rifle Brigade.

8. Siegfried Sassoon, « La Gloire des femmes ».

9. Charles Sorley, « En avant, marche, les gars, gauche, droite… ».

10. Charles Sorley, « Quand des millions de morts réduits au silence… ».

Né en 1895, Sorley fit ses études à Marlborough, obtint une bourse pour l'University College d'Oxford, mais s'engagea en août 1914 dans le régiment du Suffolk. En un an il passa capitaine. Il fut tué à la bataille de Loos, le 13 octobre 1915. Bien que Sorley soit mort à vingt ans, John Masefield et bien d'autres l'ont considéré comme le plus prometteur des poètes de guerre. Son recueil de poésie intitulé *Marlborough et autres poèmes*, publié en 1916, devint extrêmement populaire. Le « Chant des agents de liaison », son poème le plus célèbre, a été récité par des générations d'écoliers.

Dans une lettre à sa famille, à laquelle il avait joint quelques vers, Sorley dit un jour : « Vous remarquerez que la plus grande partie de ce que j'ai écrit est aussi hâtive et saccadée que mon écriture : rédigée à différents moments et sale comme ma poche : mais je n'ai pas eu le temps d'y apporter la touche finale, il semble fort improbable que je le puisse d'ici longtemps. »

11. Vers de mirliton composés par les soldats, « Le monde s'est pas fait en un jour ».

12. Andrew Marvell, « La Définition de l'Amour ».

Ces vers sont cités par Guy Chapman dans *A Passionnate Prodigality* (Une prodigalité véhémente), publié en 1933. Cette étude est une excellente représentation de l'opinion d'un officier sur la guerre et sur la bataille de la Somme. Chapman a dédié le livre « aux soldats qui sont maintenant devenus une infime poignée de poussière chrétienne ». Né en 1889, Guy Patterson Chapman servit dans la 13e division et dans les Royal Fusiliers de 1914 à 1920. C'est l'un des rares écrivains qui se réengagèrent après la guerre. Devenu plus tard avocat, écrivain, éditeur, historien et professeur d'histoire moderne à l'université de Leeds, Chapman mourut en 1972.

Le poète Andrew Marvell vécut de 1621 à 1678.

13. A.P. Herbert, « Le général inspectant les tranchées… ».

Officier de la Royal Naval Division, Alan (A.P.) Herbert était présent lorsque le général Shute fit un sermon à la 63e division à cause de la saleté de leurs tranchées. Elle venait juste d'arriver dans un secteur précédemment occupé par des Portugais, et les hommes s'indignèrent des commentaires de Shute. Le « poème » de Herbert fut chanté sur l'air de « Wrap Me Up in My Tarpauline Jacket » et se répandit dans toute la division, puis dans toute l'armée.

Ce qu'il y avait de drôle là-dedans, c'est que le général Shute, connu pour être un fervent du briquage, quelque peu intraitable en matière de discipline, était admiré de ses hommes pour son grand courage car il n'hésitait pas aller ramper dans le no man's land avec les patrouilles de reconnaissance. À cause du poème humoristique de Herbert, on a tendance à se rappeler maintenant Shute uniquement comme « le général inspectant les tranchées »…

14. Byron (George Gordon, lord), « Le Prisonnier de Chillon et autres poèmes de 1816 ».

15. Wilfred Owen, « Qui sont-ils ?… ».

16. Rupert Brooke, « Le Grand Amant ».

REMERCIEMENTS

J'aimerais remercier les personnes suivantes :

Richard Harrison, qui a mis à ma disposition un véritable trésor – ses livres, ses documents et ses connaissances personnelles sur la bataille de la Somme – ; c'est de la conversation que nous avons eue un jour pluvieux d'août, sur une plage normande, qu'est sorti le projet de ce livre.

Dan Peterson, auquel je suis doublement reconnaissant, pour l'intérêt qu'il porte aux Sioux (et qui a peut-être déteint un peu sur l'auteur) et pour s'être promené avec moi dans les jardins du Japon, les ruelles de Hong Kong et les *klongs* de Bangkok, à la recherche d'une histoire.

Richard Curtis, mon agent et ami, avec une sincérité que la répétition n'entame pas, pour m'avoir de nouveau aidé à écrire ce que je voulais, quand je le voulais.

Et pour finir, comme d'habitude, Karen et Jane, pour leur amour, leur patience et leur soutien que rien ne peut ébranler.

TABLE DES MATIÈRES

Composition et mise en pages
Nord Compo à Villeneuve-d'Ascq

Imprimé en Espagne par
Liberdúplex
à Sant Llorenç d'Hortons (Barcelone)
en janvier 2021

POCKET - 92, avenue de France - 75013 Paris

S29806/01